成一文集

长篇小说·白银谷（下）

成一◎著

山西出版传媒集团
北岳文艺出版社·太原

图书在版编目（CIP）数据

白银谷：全3册 / 成一著 . — 太原：北岳文艺出版社，2019.1
（成一文集）
ISBN 978-7-5378-5656-0

Ⅰ . ①白… Ⅱ . ①成… Ⅲ . ①长篇历史小说 – 中国 – 当代 Ⅳ . ① I247.5

中国版本图书馆 CIP 数据核字 (2018) 第 189707 号

书名：白银谷
著者：成一
出 版 人：续小强
责任编辑：陈学清
书籍设计：张永文
印装监制：巩　璠

出版发行：山西出版传媒集团・北岳文艺出版社
地址：山西省太原市并州南路 57 号　邮编：030012
电话：0351-5628696（发行部）　0351-5628688（总编室）
传真：0351-5628680
网址：http://www.bywy.com
E-mail：bywycbs@163.com
经销商：新华书店
印刷装订：山西人民印刷有限责任公司

开本：787mm × 1092mm　1/16
总字数：3886 千字　总印张：271
版次：2019 年 1 月　第 1 版
印次：2019 年 1 月山西　第 1 次印刷
书号：ISBN 978-7-5378-5656-0
总定价：698.00 元（全 12 卷）

2002年作者在太原寓所书房（《白银谷》写于此）

2003年3月作者六十初度

2009年作者出席电影《白银帝国》首映式

2015年作者重游太谷曹家大院

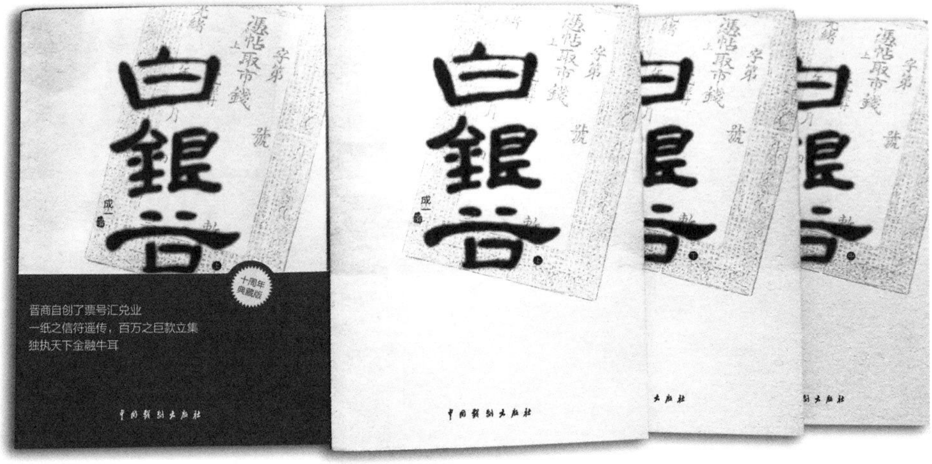

《白银谷》“十年周典藏版”三卷本（中国戏剧出版社2011年版）

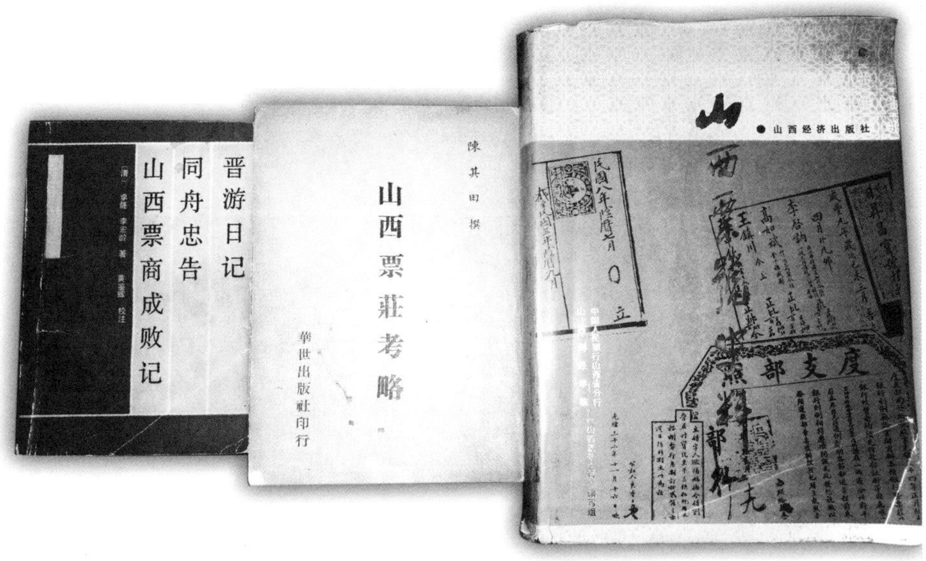

写作《白银谷》参考的几种珍贵资料

目　录

下　卷

下　卷

第一章　老夫人之死

1

自进入腊月，杜筠青就得了一种毛病：爱犯困，常嗜睡。大前晌后半晌的，不拘坐着站着，有事没事，动辄就犯起困来。挣扎了摇头眨眼，想扛住，哪成？没挣扎几下呢，已经歪那儿迷糊着了。

杜筠青一再吩咐杜牧，见她迷糊着了，赶紧叫醒，用什么法子都成。可杜牧几个女佣，用尽各种办法了，还是很难惊醒她。每回，也只好抬她到炕榻上，由她睡去。这一睡，就不知要到何时。

尤其令杜筠青恼怒的是犯起迷糊来，常常连澡也洗不成了。进城的半道上，就爱在车上犯迷糊，歪倒叫不醒。遇了这种情形，杜牧也只好叫车倌调转牲灵，赶紧返回康庄。这么睡得吼叫不醒，拉到华清池也洗不成澡。有时，路上挣扎着没迷糊，到澡堂也要睡着。这真能把她气死！做康家这个老夫人，也就剩进城洗澡这么一点乐趣，竟然也消受不成了？

为了不犯困，杜筠青喝酽茶，学吸鼻烟，居然都不管用。她终于寻到一种稍微管些用的法子：努力饿着自己。人都是饭后生倦意，饥饿时坐立不安。那就饿着你,看你还迷糊不迷糊！尤其进城洗澡时,头天就不吃饱,第二天更粒米不进。这样坐车进城,真还迷糊不着。只是空心肚洗澡,除了觉着软弱无力,实在也乐趣不多。

忽然这样爱犯困,是得了什么病,还是自己老了？

过了年,这怪症越发厉害了。正月依然天寒地冻的,却像陷进沉沉的春困中。她除了爱迷糊,似乎也没有别的不适,不像生了病。唯有苍老之感,那是时时都感觉到了。已经给康家做了十多年老夫人,的确已经是很老的老夫人了。只是,她的年龄还不能算老迈吧:她不过才三十三岁。

都说年迈之后,夜里觉少,白天迷糊。她与老东西相比,实在不能算年迈。老东西健壮不衰,能吃能睡,她自己倒先有了老相？

老东西见她这么爱困,倒也不像以前那样装不知道了,过来几次,殷勤问候:是不是夜里没睡好？做噩梦没有？饮食太素淡了吧？还是有什么心事？时局就这样,也不用太熬煎,听天由命吧。

她日夜犯困,想失眠而不可得,想做梦也没有,吃喝也不香,即使有无限心事搁在心头,也思量不动了:心里一想事,不用多久,照样犯迷糊,就是再熬煎的心事,也得撂下了。但面对老东西的殷勤问候,她没有多说什么,只是说:“困了,就睡呗,也不难受。”

自入冬起,康笏南真搬回后院这座殿堂似的大正房来住了。多年独居之后,他的忽然到来,很叫杜筠青恐惧了几天。还好,他只是白天过来说几句话,夜晚并不来打扰她的。他住东头,她住西头,中间隔着好几间呢,还算相安无事。只是仆佣多了,这座大冷宫中的炕榻炉火,也较往年烧得暖和了许多。

他搬过来,只是为显示一下:对她这位老夫人已不再冷落？

你就冷落下去吧,我已经过惯了冷宫的生活！现在,我也应该受到冷落了,我已经有了罪孽,已经捅破了你们康家这层威严的天！你被尊若神灵,居然至今未能觉察？我不相信。我越来越不能相信了！你一定是知道了,硬撑着装不知道。你是威名美名远播的神灵,怎么能受得了这样的辱没！哈哈，你是在装糊涂吧？今年冬天，你忽然搬过来住，就是想装糊涂？你想叫大家相信，什么事也没发生，老太爷并没有冷落老夫人，怎么会有那种事！你这样装糊涂，心里不定怎样暴怒呢！哈哈，我就想叫你暴怒，但并不想叫你有苦难言。你应该将暴怒形之于色，赶紧废了我这个万恶的老夫人，叫天下人都知道你受的辱没……

只是，杜筠青这样稍一激动，心上就觉得很疲累，头恼也发胀，挡不住地又要迷糊。所以，她也不大能深想许多。

在精神稍微好的时候，杜筠青也会怀疑：老东西真能装得那样不露痕迹？他到底知道了没有？

没出正月，康笏南从城里请来了一位名医。这位姓谭的老先生，常来康家出诊，都称他谭先。

只是谭先还不曾给老夫人看过病。以前，杜筠青大病也没得过，偶尔头疼脑热的，喜欢叫公理会的莱豪德夫人来诊疗。现在，她得了这样奇怪的毛病，几次想起莱豪德夫人，可哪里还能追寻？感世事无常，更生出许多悲凉来。

康家算开明，医家来为女眷诊病，并没有很多忌讳。所以，杜筠青能面对了谭先。她看谭老先生，倒是一位慈祥的长者。他闭了眼，仔细把过脉，又问了饮食起居情形，就说：也没有大的毛病，只是阴虚火旺吧，先吃几服药，调养调养看。

受父亲及莱豪德夫人的影响，杜筠青不大信服中医老先生。不过，谭先诊断她没有大毛病，听了也还叫人高兴。

谭先诊疗的时候，康笏南一直陪坐在侧。听说无大碍，长长出了口气，又追问一句：“真无大碍吧？”

康笏南这样的关心，杜筠青也是很少享受到了，所以令她惊异，也令她生疑。他是做给这位谭先看，还是另有用意？

喝了谭先开的四五服药，杜筠青的嗜睡也并未见好，反倒更重了些似的。康笏南力主再请谭先来，杜筠青不让。她嘴上说："哪能那么快，再多喝几服，总会见效。"可她心里却想：就这样嗜睡也甚好！

睡着了，就什么也不必想了。那些想不通的、疑心的、酸楚感伤的、久久郁闷于胸的，都可以丢到一旁，不必理睬。能这样沉沉睡去，永不醒来，那岂不更好！

但没隔多久，康笏南还是把谭先请来。谭老号过脉，凝思片刻，依旧诊断说：无大碍，加减几味药，服些时看看。

每天早晚各一大碗汤药，又服了四五天，依然没有多少变化。不过，杜筠青放出话来："已略有好转。虽嗜睡依旧，可犯困时头脑不很发胀了。"她放出这样的话，只是不想招谭先来。

谭先来过两次后，全家上下都知道她病了，似乎还以为她病得不轻吧。二爷、四爷、六爷陆续来看望过她，还都挂着一脸的沉重。尤其四爷，脸上的沉重更甚，他跑得也勤，几乎天天过来问候。管家老夏，也跑得勤，一天都不止来一趟。还有大娘、二娘、三娘、四娘一干媳妇，也都来过了。

杜筠青不喜欢这样被抬举：以前眼里没有她，见老太爷变了，你们也变！谁稀罕这一套。再说，她还没病得快死呢。

老东西故意这样兴师动众，分明是在做给大家看。可他这样做，真是为了遮丑吗？他就装得那样稳当，一点恼怒露不出来？

杜筠青越来越有些不敢相信了。

现在，她最想见一个人，那就是以前伺候过她的吕布。

去年三喜失踪以后，吕布的表现就很有些异常。原来那么精干麻利，忽然变痴呆了，常常发愣，叫几声都不应。问是怎么了，她总是慌慌地说：丧父剧痛，一时难以平复。

那时候，杜筠青一心惦记着三喜，也没太理会吕布。只以为遇了大丧，身心受挫，也是人之常情吧。

等康笏南南巡归来，杜牧调过来，吕布调出去照料五娘遗世的孤女，杜

�

“吕布怕老太爷老夫人挽留，不便回绝，没敢往老院辞行。照惯例，吕布也到了手脚不够麻利的年纪，该外放了。”

再问，也不过是类似的话，仿佛什么事也没有，吕布只是正常放出。杜筠青还能怎样逼问？难道那件事依旧无人觉察？

但她回来思前想后，还是觉得吕布外放太可疑。于是，她就想私访一次吕布。见了吕布，大概就能明白底细吧。

然而，杜筠青几次前往寻访，始终就未见着吕布一面。头一回，车倌竟会迷了路，把车赶到了别的村！后来几回，虽寻到了吕布的家，人却总不在：不是走了亲戚，就是进城赶集去了。定好的日子，跑去了，人依旧不在。这么反常，分明是有鬼。不是吕布躲着不出来，就是他们不许吕布出来！

杜筠青假装生了气，叫嚷着再也不想见吕布。隔了许久，装着已经忘了这件事，她才忽然动议，不速而至。奇怪的是，依然见不着吕布的面：家人说她又回了娘家！折腾了一年，又赶上闹拳乱，终究也未见到吕布。

她现在得了这样奇怪的病，显见得无法再去寻访了。但她已经有些疑心：那件事虽已败露，但他们瞒住了老太爷！要真是这样，那可是太可怕了：她自己白染了一身罪孽，却没伤着老东西一根毫毛！老天爷会这样不公吗？

所以，杜筠青特别想见一见吕布。见了面，吕布就是什么也不说，她相信也能看出一个大概。他们这样阻拦着，不叫吕布露面，也能看出一个大概了。

在康家，敢瞒着老太爷，又能够瞒住老太爷的，没有几个人。新当家的三爷、四爷，遇了这样的丑事，当然也想瞒住老太爷。可他们心里装下这么一件捅破天的丑事，又能瞒得过谁？脸上能那样不露一丝痕迹？三爷脾气不好，心里装着这种事，早该爆发出来了。可在今年，三爷凡来见她，除了礼数周到，似乎还多了些和气，甚而是温情。四爷更是一个心善的人，他知晓了这等事，还会那样谦卑如常？

敢不动声色来瞒老太爷的，恐怕只有老夏、老亭这两个老奴才。他们才最擅长皮笑肉不笑！老东西一旦雷霆震怒，也少不了拿这两位老奴才出气。但这两个老奴才中，最敢做这件事，也最能做成这件的，还是那个冷酷的老亭。有他死守了老东西，那真是针插不进，水泼不出！老夏圆滑，可他没那么大胆子吧？他知道了真相，有老亭拦着，只怕也告不成密的。

杜筠青忽然生出一个新念头，求一次四爷：她病成这样了，由不得要念想一些旧人。吕布伺候了她多年，近来特别想她，能不能把她找来，见一面？从四爷的应对中，也能看出些征兆来吧？

这天，四爷又来问候她，她就说："他四爷，你也懂些医，我这到底是得了什么病呀？总不见好！"

四爷忙说："老夫人不用多虑。谭先是名医，他说不碍事，那就是不碍事。"

"老说不碍事，就是不见好！"

"有些小毛病，倒也不好调养，得用慢功，不能着急。"

"他四爷，你也给我号号脉，看毛病到底出在哪儿？"

"老夫人，我哪能与谭先比？我只得医家皮毛罢了……"

"名医不名医吧，我还信不过谭先呢！他四爷，给我号号脉，看谭先说得准不准。"

"只有我号不准，哪有谭先不准？"

"神仙也出错呢，何况那个老先生！他四爷，我信得过你。"

四爷推脱不过，只好给老夫人号了号脉。号完，沉思片刻，说："谭先说得不差，老夫人并无大碍，静心调养就是了。"

杜筠青笑了笑，说："他四爷既这样说，我也踏实些了。人一病，就爱胡思乱想。近来清醒时，不由念想些故人。唉，我在太谷也没太近的人，这些天常念想的一个人就是以前伺候过我的吕布。她在我跟前多年，情同家人。他四爷，我求你件事，不知……"

四爷忙说："老夫人尽管吩咐！"

“你能托人把吕布找来，跟我见一面吗？”

“老夫人放心，这很容易办到。”

“他四爷，你这样说，我真就放心了。这事，我跟老夏提过几次，他都没办成。这可不是告老夏的状！我冷眼看，老夏跟吕布像有什么过节似的，大概他不想叫吕布来吧？他四爷，你要成全我，就不要惊动老夏，悄悄派个人，把吕布叫来就成。”

四爷很顺从地说：“那就听老夫人吩咐。”

四爷的应对，很令杜筠青满意，也更使她相信，四爷也许真的什么也不知道。说了半天吕布，四爷竟然没一点异常的神色。

四爷走后，杜筠青还真有了一点盼头：四爷毕竟是主理家政的，他或许真能把吕布叫来？

然而，三天后，四爷进来回禀说：“吕布被派到天津，伺候他五爷去了。”

“什么时候派去的？”

“早去了吧？天津时局太乱，五爷那里人手太少。吕布去天津，她男人也跟去了，做男佣。”

吕布被派往天津了？那以前怎么不明说？去天津伺候五爷，也无须躲躲闪闪吧？今儿说住了娘家，明儿又说进城赶集去了，那是图什么？

四爷的这个回话，更叫杜筠青多了一层疑问。但她没有再难为四爷。她也看出来了：四爷也给瞒着呢。

2

吕布被派到天津，这倒也是真的。只是，派去并没有多久。

吕布被辞退，又被威胁不许就康家的事多嘴，也不要再见老夫人，这当然都是管家老夏一手操持的。为了唬住吕布，老夏也送了些银子给她。现在给老夫人赶车的车倌，老夏更唬得紧，有什么动静，都得及时通风报信。所以，杜筠青去寻访吕布，每每扑空，也就不奇怪了。遇了老夫人不速而至，吕布就躲着不出来，由家人出面应付。

即便这样，这位出格的老夫人还是叫老夏心惊胆战。那个该死的三喜，已经远远地打发走了。只剩了这个知情的吕布，老夫人如此执意要见面，到底是为了什么？老夏心里真是没底。

幸好去年腊月天津捎来话，疯五爷那头需要人手。尤其跟去伺候的玉嫂，没大出过远门。这趟远门倒好，一走一年半了，还遥遥无期。所以成天哭哭啼啼，只想辞工回家。老夏想了想，在天津伺候疯五爷的仆佣，也不便比照驻外字号的规矩，三年才能下班回来。困得时间长了，他们哪还有心思伺候主家！于是就跟四爷说，在天津伺候五爷的，不论武师、男仆、女佣，都按三年折半，也就是一年半一轮换吧。让谁常在那里，也难保不捣鬼。

四爷又是连声说："甚好，甚好，就照老夏你说的办吧。"

但将吕布派往天津，老夏却没对四爷说。

他将吕布远遣天津，当然是为了对付杜筠青。吕布呢，被老夏辞退后，不仅丢了可观的收入，还时常被吓唬，日子算一落千丈了。所以一听叫她复工，当然愿意。那时天津还在洋人手里，只是已稍安定。即便在大乱时候，五爷那里也未受劫。老夏为了拢住吕布，还叫她带了男人一道去伺候五爷。于是就在腊月，吕布两口随了另外几个男仆悄然赴津了。

及今老夫人竟托了四爷，要见吕布，老夏才庆幸早走了一步棋！要不是早一步把吕布打发到天津，说不定还会惹出什么麻烦。特别是在这种时候！

进腊月没几天，老亭悄然告诉他："老夫人病了。"

他忙问："什么病？"

老亭冷冷地说："还是那种老病。"

老夏听后，心里竟咯噔了一下：那妇人终于要走到头了？从去年请画师给她画像后，他就知道快有这一天了，可也没想到来得这样快。

他没有多说什么,老亭也没再说什么,就悄然离去。

老亭说的“老病”是什么含义,有何等分量,只有老夏明白。他所以不免吃惊,是因为这件事非同小可!不过,他也早在盼着这一天了。那妇人走到头,他也不必这样担惊受怕了。那妇人做了大孽,也早该叫她得“老病”的。

知道了这个非同小可的消息,老夏也才恍然明白:去年冬天,老太爷忽然搬回后院正房,与老夫人同住,原来是为走这一步棋!老太爷多年也没有在正房住过了,去年入冬后执意要搬过去住。老夏还劝说过,要搬,还不等过了年,春暖花开后?今年冬天这样冷,搬进大屋,寻着受罪呀?当时老太爷竟拉下脸说:“我就知道你们想偷懒!我不过去,正房还住着老夫人呢,都不经心烧炕笼火,想把她给我冻死?”

老太爷这样跟他说话,老夏还没多经见过,当时真还受了惊,什么都不敢再说了。现在回想,老太爷原来另有深意。

既是这样,但愿一切顺当吧。

这一非同小可的事态既已成真,老夏该张罗的事情那就刻不容缓了:康家又将操办一次豪华而浩荡的丧事。最迟,这丧事也不会出春三月的。

只是,现在明着张罗棺木、寿衣、墓地,还太突兀。而棺木,已有现成的了。早几年,已为老太爷备了一副寿材。材料不很名贵,只是一般柏木。因为老太爷有严训:他不要名贵寿材。十多年前为他预备过的一副寿材,也是柏木的。那副寿材,老太爷让给前头先走的老夫人了。现成的这一副,急用时,也会让出来吧。寿衣、墓地,也不是太难张罗。

老夏要费心张罗的,是既叫康家上下都知道老夫人已重病在身,又不产生什么疑心。这个妇人一向体格健壮,几乎没得过什么病。忽然就不行了,即便得了暴病,也总得有个交代吧?

所以,在请谭先来诊疗以前,老夏也没怎样张扬。他只是对四爷说了声:“老夫人近来精神不好,疑心得了病了。我看不像,体格那么好,小灾小病还上不了身呢,哪就有了大毛病?四爷通医,进去安慰几句。”

四爷听了，赶紧跑进老院。等四爷出来，老夏就问：“四爷你看，不像有病吧？”

四爷说：“老夫人正睡呢。听杜牧说，别的也没啥，老夫人近来只是爱犯困。我们多操些心吧，安康无恙就好。”

老夏说：“打春了，阳气上升，人爱犯困，也难免的。”

头一回请谭先看过病，老夏也没大张扬。只是谁问起，他才告一声：“也没多大病，只是精神不好，比往常爱犯困。是老太爷不放心，叫请来谭先。谭先说了，不碍事。”

不过，四娘听四爷说请了谭先，就跑过去给三娘通了消息。于是，这两位主事的媳妇，先进去向老夫人问安探视。跟着，大娘、二娘也进去问候了。后来是各位爷们也都进去问候。

大概都看着老夫人不大要紧，所以事情也未怎么张扬起来。

谭先第二回来过后，老夏就挨门给各家说了诊疗的情形：“谭先见他开的方子，竟然一点不见效，很不安。赶紧给老夫人仔细把了脉，问了各种情形，依旧没摸准到底有什么大毛病。谭先更有些不自在了。倒是老夫人开通，说再多服几服看吧，大不了就是多睡会觉。可我看，老夫人已经明显瘦了。老太爷也很不踏实。”

听了这样的消息，谁也不敢不当一回事了，慌忙跑进问候老夫人，安慰老太爷。康家的气氛真为之一变。

老夏在给三娘通报消息的时候，还不经意间多说了一句：“叫我看，老太爷不该搬回正房去住。”

三娘就问了一句：“为什么？”

老夏低声说：“三娘你忘了，老太爷的命相太硬？”

三娘不禁叫了一声：“啊——”

老夏忙说：“三娘，我是瞎说呢。谭先是名医，都摸不准病因，太叫人着急！”

老夏这么一点拨，竟令三娘吃惊起来，是因为她心里也这样想过。

可不是嘛，好好一个人，忽然就得了这样一种怪病，连有本事的医家也摸不准起因，怎能不叫多心呢。老太爷命硬命旺，这是谁都知道的。可你疑心老夫人莫名染病，是叫老太爷给克的，这种话实在也不便说出口。现在好了，老夏已先点破这一层，再提起来，也有个由头了。

所以，老夏走后，三娘约了四娘，先进老院问候了老夫人，拜见了老太爷。从老院出来，三娘就把四娘拉到自己屋里，很神秘地说："你猜，老夏跟我说了什么？"

四娘赶紧问："说了什么？"

三娘低声说："他说老夫人病得这样奇怪，说不定是叫老太爷给克的……"

四娘听了，也不由惊叫了一声，才说："老夏真说过这话？"

"这是什么事，我还哄你？他也是猜疑吧。老太爷命太旺，谁不知道！"

"可这些年，老夫人一直没灾没病的，体格比你我还壮实吧？我都以为，这位开通的老夫人总算服住了。"

"谁说不是呢！这位老夫人虽有时出格些，不大讲究老礼数，可也没坏心眼。对谁也不爱计较，不爱挑剔，也不记仇。这么一个老夫人，竟也服不住？"

"命里的事，真是不好说。前头那位老夫人，也平平安安过了十来年，还生了六爷。谁能想到，说不行就不行了？"

"前头那位老夫人，到后来体质已不行了，总是病病歪歪的。禀性上也没有这一位开通，尤其眼高！全家上下，她能看上谁呢？那才叫心强命不强。"

"前头那一位，也才做了十几年老夫人吧？"

"有十四五年吧？现在这一位，还不到十四五年。"

"他四娘，你知道老夏还跟我说了什么？"

"说了什么？"

“老夏说，冬天，老太爷不该搬回正房去住！”

“为什么？”

“老太爷不搬过去，说不定老夫人还病不了呢。”

“不住一屋，就克不着了？”

“他四娘，你想呀，这位老夫人自进了康家门，老太爷就没在那座正房住几天。我们还以为老太爷不很爱见这位不安分的老夫人呢，现在回头看，说不定是老太爷怕克着她，才避开的。”

“真要是这样，老太爷也是太疼这一位了！宁肯自家委屈，成年躲在那处小院里，也不想妨着她。”

“听老夏说，去年冬天老太爷搬回正房，也是怕冻着老夫人。这冬天太冷，那处大正房就只住老夫人独自家，哪能暖和得了？加上年景不好，全家都节俭度日，用人们再趁机不经心烧火，老夫人真得受冻！老太爷这才搬过去了。”

“为了疼她，反倒伤着她了，老太爷怕更心焦！”

“我看也是。但命里的事，哪能由人？”

“三嫂，老夫人到底是不是给老太爷克着了，我们也是胡猜疑呢。我想起一个人来，她一准心里有底的。”

“谁呀？”

“大嫂。大哥成年习《周易》，老夫人真要到了这种关节眼上，他能看不出来？他看出来了，大嫂能不知道？”

“他四娘，还是你心灵，我光顾着急，连大娘都忘了！”

三娘、四娘当下就去见了大娘。

出乎她们意料，大娘可是平静如常。她明白了两位妯娌的来意后，居然说：“聋鬼也没什么表示呀？”

四娘就问：“大哥知道老夫人染了病吧？”

大娘说：“知道。我早比画给他了。”

三娘忙问：“知道了，真没有什么表示？”

大娘说:“他眼都没睁一下。我还骂他:人家各位爷们都去问候了,你就不能有个表示?说不了话,还不能露个面?你这样骂他,他倒会拿眼瞪你了!”

四娘说:“大哥既这样不当一回事,那老夫人的病情真也不大碍事了。”

三娘也忙说:“可不是呢!大哥不着急,我们也可放心了。”

大娘说:“他一个聋鬼,你们还真当神敬?我还正想问两位呢,老夫人的病到底要紧不?”

四娘说:“大嫂,你问我们,我们去问谁?”

三娘也说:“我们不摸底,才来问大嫂。”

大娘说:“我跟聋鬼世外人似的,能知道什么?他三爷、四爷当家主事了,我不问你们问谁?”

三娘笑了,说:“他们当家,也不过多辛苦些,老院的事,他们能知道多少?”

四娘也说:“老四更是做了长工头,成天听喝,哪是主事当家?”

大娘也笑了:“我又不主事,你们跟我诉苦,这不是上坟哭错了墓堆吗?”

三娘四娘一心想摸摸大娘心中的底数,大娘只是不肯明说一字。这反倒更引起她们的疑心:那种不吉利的话,大娘岂肯说出?

于是,老夫人受克重病,怕有不测的议论,便在康家暗暗传开。

六爷的奶妈初听到这种议论,还似乎有一点幸灾乐祸。她一直以为,当年正是杜筠青的出现,导致了孟老夫人的早逝。现在一报还一报,终于也轮到了这位杜老夫人!

不过,后来她听说了杜老夫人的病情,还是暗暗吃惊了:这位老夫人的症状也是爱犯困?六爷的先母重病时,也是日夜嗜睡。醒着的时候也不糊涂,与常人无异,只是清醒不了多大一会,就要犯困。怎么两位老夫人,都得一样的病?老太爷命太旺,她们服不住,临终就得一样的病?

这样看来，杜老夫人真也不久于人世了？

奶妈忍不住就将自己的这份惊异说给六爷听。

六爷现在对杜老夫人已经不再反感，听奶妈这样说，还以为是她偏心眼，盼杜老夫人早有不测。所以，他不大爱听，说：

“奶妈，你也少听些闲话吧。老夫人病了，倒惹许多人说闲话，岂不是乘人之危？”

奶妈见他这样，就说：“这位老夫人病得如何，我们再操心，能顶什么事？我是不由想起你母亲。当年你母亲病重时，谁肯多操心？”

她说着，已满眼是泪。六爷忙说：“奶妈，我不是说你。这个大家，闲话也太多。要图清静，就得把闲话关在门外！”

奶妈说：“六爷，我是爱管闲事的？只是一想起你母亲，就难受！你母亲病重时，谁为她多操过心？医先说：像是伤寒。一听说是伤寒，都远远躲着了，只怕沾染上。我看她发烧也不厉害，只是嗜睡。醒着的时候，也想吃东西，说话也不糊涂，更没胡言乱语。可越吃医先开的药，越嗜睡。我就给他们说，叫医先换服方子吧，只按伤寒治，怕不成吧？可谁听呢！”

六爷就问：“那时请的医先，也是这位谭先吗？”

奶妈说：“不是。但也是一位名医，姓高，都叫他高先。”

六爷耐心听奶妈又诉说了一番，才把她安慰住。他从小就听奶妈这样说母亲，也早相信了母亲死得很痛苦，很冤屈。母亲死后，鬼魂多年不散，他也是深信不移的。他也像奶妈一样，一直对现在的杜老夫人有种戒心和反感。但他在忽然之间，发现自己并不真正仇恨这位继母，甚尔有些倾慕她后，似乎再也回不到以前去了。他相信，母亲与这位继母之间，不会有仇恨。她们谁也没见过谁。当然，他也知道，他无法改变奶妈。她那样坚贞不渝地守护着母亲，也令他感动。

六爷知道杜老夫人患病后，竟莫名地产生了一种不祥之感。第一次进老院去问候，眼见的老夫人比他想象的要康健得多，但他的不祥之感依然没有消减。他不明白这不祥之感由何而来，只是难以拂去。

老夫人患病，竟是因为命相上受克？在奶妈对他这样说以前，六爷已听过两个仆佣的议论了。当时，他很把那两个仆佣严斥了一顿，但心中还是更沉重了几分。现在，奶妈也这样议论，六爷心里当然更不痛快。

那天，他安慰住奶妈，出来就去了老院：他忍不住要再见见老夫人，她真是厄运缠身了？但他没能见着老夫人，她又在昏睡！杜牧说，刚刚睡着。

他问："近来老夫人好些吗？"

杜牧说："还是那样吧，只是吃喝比以前少了。"

"还是那样嗜睡？"

"可不是呢？"

"谭先又来过吗？"

"来过。老先生也有些慌张了，好像依旧吃不准是什么病。"

"那还不赶紧换个医先？"

"听老夏说，在太谷能压过谭先的高手，也不好找了。老夫人想找个西洋医先，可赶上这年景，到哪去请？老太爷已传话给驻外的掌柜们，留心打听好药方。但愿远水能解了近渴。"

六爷还能再说什么呢？他从老院出来，忽然想去寺院问一次签：为这位老夫人问一个吉凶。只是，一种预感告诉他，他摇到的签，一定是凶多吉少。与其问下一个凶签，哪如不问？

但越是这样预感不祥，越不能放下。六爷终于还是去问了一次签。要说灵验，那是该去凤山龙泉寺的。可他怕太灵了，真问回一个凶签来，受不了。所以就选了城里的东寺。在东寺，摇到一个中上签，不疼不痒吧，他已经很高兴了。老夫人的这场灾病，要真是不痛不痒，那与上上签也无异！

所以，从东寺出来，望见孙家那一片宅第，六爷也不再觉得索然。孙家那位小姐，既然是老夫人举荐，他不应该太挑剔吧？老夫人真要无大恙，他就来东寺还愿，不存奢望，安心娶回孙家二小姐。

3

关于老太爷命硬克妇的议论，当然不会有人说给杜筠青。但她自己终于也想到了这一层。

但此时已进入早春时节。

春光一日浓似一日，可杜筠青的病却依然不见好转。她几乎是整日卧床了，因为她清醒的时候越来越少。食欲也越来越差，人便更消瘦憔悴。进城洗浴早已成为旧事。谭先还是常来，也依然只开方子，不说病名。杜筠青早在怀疑了：他们都在瞒她，不肯告诉她得了什么病。不用说，瞒着她的，一准是不祥之症！

就这样，她将走到尽头，她的性命真要油尽灯灭了？

这是上天对她作孽的报应吗？

杜筠青对做康家这样的老夫人已经没有一点留恋；她走向罪孽，也早预备了去死，可真意识到自己将走到性命尽头，还是惊慌了。

谁愿意被夺去性命！早知道会这样一步一步被夺去性命，那还不如自己弃命而去。自家弃命，尚有几分壮烈，而现在她是连壮烈的力气也没有了。就这样一天比一天不由自主地昏睡，直到醒不来，无声息地被夺去性命。只这样一想，也觉自己太可怜了。

但在这种惊慌中，她也并没有想到老太爷的命硬命旺，想到的只是自己的罪孽。她落到这一步，应该是上天对她的严惩吧。她作了孽，本想捅破康家的天，辱没老东西一回，可上天不叫她称心，又有什么奈何？

所以，天气暖和以后，杜筠青已经不再有什么想望，也不再想探知老东西是否知道了她的丑行，是否在心底强压着暴怒。她把什么都丢下了，只想静静地消受这最后的春光。她能感知春光的清醒时刻，也已经越来越短促。在这样短促的春光里，还尽想些不称心的，那真不如早一步弃世而去。

面对令人敬畏的天意，杜筠青极力想平缓下来，但又怎么能够做到！她不想挣扎了，但还是停不住要回忆：知道自己行将离世，谁能停住回忆！而她能够忆旧的清醒时刻因为太短促，许多往事就总是蜂拥而来，叫她难以梳理，难以驻足回味，只是觉得沉重，劳累。一累，就要犯困，困了也就什么都想不成了。所以，杜筠青想起老太爷的命硬，又将这个记忆抓住不放，也是不容易的。

她记起了这一层，起先只是无力地流出了眼泪。

当年，一面传说康笏南命太旺，连克四妇，不是凡人；一面对他的续弦，又是应聘者如云。杜筠青就此还问过父亲：那个老财主的命相如此可怕，为什么还有这么多的女人争着往死路上跑？当时，父亲是怎么说的：命相之说可信可不信？但是，她意外地被这个老财主选中时，父亲、母亲，还有她自己，谁也没有感到恐惧。当时，除了感到意外，好像什么都忘了去想。其实，她和父母都被一种意外的幸运压倒了。

那是一种什么幸运？幸运地走向今天的死路？

今天，她无力无奈地躺在这最后的春光里，除了流泪，还能怎样？父母的在天之灵，大概已经看见了她今天的结局。你们也不用伤心，我不埋怨你们。既然是命中注定的事，也许想逃也逃不过吧。

杜筠青意识到自己命定要这样死去，本来更想丢开一切，平缓地解脱了自己，可到底还是做不到。流着泪想了许多次，到底把天意也想破了。天意难违，也无非是去死吧。既已必死无赦，还有什么可畏可悔？这条死路也快走到头了，自己的罪孽已经铸就，再悔恨也无用了。

就是在这样想的时候，杜筠青终于抓住了一个念头：忏悔，她可以假借忏悔，把自己的罪孽说出来！我知道我快死了，有一件事，我必须说出来，不说出来，我咽不了气，合不上眼，因为我做下的这件事，对不起康家，更对不起老太爷……这是一个好办法，也是她现在能够做到，更是她最后一次挣扎了。

在得病以前，杜筠青一直就想亲口对老东西说出那件事，气他一个目瞪口呆。只是,每每临场又总是说不出口。你还没听说呀,我跟赶车的三喜相好上了,我早跟他有了私情……这样的话,真是说不出口。现在好了,改用忏悔的口气,就很容易说出口了。这样说出来,老东西也更容易相信吧。他相信了,也才会暴怒吧?他暴怒了,也就说明他被伤着了……

这样一个好办法,怎么就没有早想出来?

杜筠青想出这个办法以后,她的心境倒真正平缓下来。因为只要对康笏南做这样一次忏悔,她就再也没有什么可牵挂的了。无论老东西是目瞪口呆,还是假装不相信,那都无关紧要了。她真可以平静地去死了,无憾地为自己的罪孽去死。

所以,在做这样一次忏悔以前,杜筠青想进城去洗一次澡。她已经很久没有进城洗澡了。就是关在这密不透风的屋里,杜牧她们也不愿叫她多洗浴,她们怕她受风病重。她已经太肮脏了。她不能这样肮脏着身子去死。

这天,趁着清醒时,她对杜牧说:"你去给老夏说一声,叫他们套好车马,我要进城洗浴一回。"

杜牧立刻惊讶地说:"老夫人,你病成这样,哪能进城洗澡呀?"

杜筠青就平静地说:"我知道我病得快不行了,趁还能动,进城洗浴一回。只怕这也是最后一回洗浴了。"

杜牧慌忙说:"老夫人是开通人,怎么也说这种吓唬人的话呀?"

"我何必吓唬你?病在我身上,还能不能抗住,也只有我清楚。"

"老夫人,谭先不是说了吗?能熬过春天,就该大愈了。眼看春天已经来了,你正有熬头……"

"你不用多说了,能熬过熬不过,我比你知道。你就照我的话,去对老夏说!"

"老夫人,这么不吉利的话,我哪敢说?"

"杜牧,我真熬不过春天了。生死在天,天意不活我,我也不强求。只是，平生喜爱洗浴洁身，我不能这样满身肮脏死去。你把这话说给他们。”

“老夫人想干净，我们在家也能伺候你洗浴。”

“在家哪能洗得干净？最后了，我得把自己洗干净。”

“可是，你怎能经得起……”

杜筠青忽然变了口气说：“杜牧，我求你也这样难了？”

杜牧慌忙说：“老夫人，我这就去把老夏叫来！”

“等你把他叫来，只怕我又迷糊过去了。杜牧，叫你传句话，真这样难？”

“老夫人，我还能不听你吩咐？我这就去见老夏！”

杜牧刚出去，睡意果然又像浓雾般弥漫过来。等杜筠青醒来，已经是斜阳西照时候，她并没有想起这件事。直到杜牧伺候她吃过饭食，喝下汤药，才终于想起来，忙问：

“杜牧，叫你见老夏，见着没有？”

杜牧说：“见着了，见着了，老夫人有吩咐，他哪敢不见！”

“他答应没有答应？”

“老夏初听了，也不敢做主，赶紧去问老太爷。老太爷斟酌半天，还是答应了，说：‘出去走走、洗洗，或许能散散邪气。只是，你们得万分小心伺候！’”

“他们真答应了？”

“可不是呢。老夏当下就过来了，想问问老夫人什么时候套车。那时，老夫人又犯困，睡着了。”

“快去告他，明天一早就把车马预备妥吧！”

杜筠青真没想到，他们会这么容易就答应了。看来，他们也相信她快要死去。不去多想了，临死前能进城洗浴一次，她已经满意。

进城的日子，他们推迟了几天，说是要等她精神好些再出行。进城的那天，她的精神还果真格外好。在车轿里，虽然被包裹得严严实实，可居然没有犯困！马车一直跑到那片枣树林，她依然清醒着。

杜筠青凑近小小的轿窗口，望着还未出新叶的那片枣树林，任心中翻江倒海。

这是罪孽之地。

这也是令她刻骨铭心之地。

她不恨三喜。她依然想念他。这个英俊的车倌，是她这一辈子唯一喜欢过的男人。他也许真的为她而死了。

马车驶过去了，但她还能望见那片枣树林。而且，就这样一直望着，很久了，居然没有犯困。

今天这是怎么了，病也忽然变轻了？

不过，杜筠青还是再次吩咐杜牧：洗浴时，她犯了病，迷糊着了，你不用怕，请继续为我洗浴。只要小心不要把我淹死，别的都不用怕。

做了这样吩咐以后，她依然没有犯困，直到快进城时，才有种困意慢慢飘来。

这最后一次洗浴，杜筠青没有留下多少太清晰的记忆。完全清醒后，已经重新躺在那久卧的病榻上。不过，她感觉到了身体的轻快：洗浴是真的。

趁着干净，赶紧做最后一件事。但她似乎许久没见老东西了。

她问杜牧："老太爷一直没有过来？"

杜牧忙说："老太爷常来。来时，尽赶上老夫人沉睡不醒。老太爷不让惊动老夫人，但要细问病情，醒的时候长些了？进食多些了？还常坐着等一阵。"

杜筠青问："老太爷常在什么时候来？"

杜牧说："也没准。"

既没个准头，就都赶上她昏睡不醒时候？杜筠青就对杜牧说："老太爷再来时，你长短把我摇醒，我有话跟他交代。"

杜牧说："老夫人的吩咐，我记住了。只怕到时摇不醒……"

“那你就用针扎！不拘用什么办法，叫醒我就是了。”

“就怕老太爷不许……”

杜筠青冷冷地说：“杜牧，我求你真这么难了？”

杜牧忙说：“我当然听老夫人吩咐……”

然而，两天过去了，杜筠青依然没见着康笏南。杜牧说，老太爷来过一回，她使了大劲摇，也没摇醒。后来，老太爷喝住她，不许再摇。

杜筠青没跟杜牧生气，只是平静地说：“那你过去，请老太爷过来，就说我有要紧的话跟他交代。”

杜牧倒是立刻去了，但迟迟不见回来。直等得杜筠青的困劲又上来了，杜牧才匆匆回来，说：“老太爷不在屋里，跑出去也没找见，去问老夏，才知道进城了，说是有……”

杜筠青没听完，就睡过去了。

改日清醒时，又吩咐杜牧去请老太爷。这回，杜牧倒是很快就回来了，并说：“老太爷说了，他立马就过来。”

可杜筠青没等来康笏南，就又昏睡过去。醒来问起，杜牧说：“你刚睡着，老太爷就到了，只差一步！”

以后几次也一样，不是找不见人，就是等不到人，好像老东西已经看透她的用意，故意不见。

杜筠青感到自己已经支撑不了多久，因为醒着的时候，分明更短暂。她不能再延误了。见不着老东西，见着别人也成。挑一位适当的人，做那样一次忏悔，也会传到老东西耳中吧。

挑谁呢？

可挑的人，无非是四爷、六爷，三娘、四娘。那件事，说给三娘四娘，她们一定会叫嚷出去的，尤其一定告诉老太爷。可老东西也许不大相信她们的话，媳妇们说三道四，他一向讨厌。四爷呢，他会不会被那件事吓倒，手足无措？六爷太年轻，也不宜对他说这种事。三爷不在家。二爷呢？他大概也不爱听她多说话。还有一个老东西正宠着的人：宋玉。可你能把她叫来？老东西从不许宋玉进这大书房来。

杜筠青挑来挑去,又剩下了那两个人:老夏和老亭。

老亭是老东西的近侍。但他太冷酷,也太可能瞒下不报。

老夏呢？老夏圆滑,什么话都听。他对老太爷更是忠心不二。他知道了这样的丑事,不敢瞒下不报吧？三喜失踪,吕布反常,说不定老夏早有猜疑。她临终说破,他更会深信不疑。他也许会对所有人瞒下不报,但不大敢欺瞒老太爷吧？他得给自己留后路。也只有老夏,有可能穿过老亭的防线吧？

杜筠青就这样错误地挑中了老夏。

老夏当然是一叫就来了。杜筠青刚说:“我怕快不行了,有几句话想向老太爷交代……”老夏立刻就把杜牧一干仆佣支开了。

杜筠青没有迟疑,赶紧说:“我对不住老太爷……”于是,把那件事说了出来。

老夏瞪着眼听完,说:“老夫人,你是刚做过这样的梦吧？”

杜筠青说:“这几个月,我已经不会做梦了,一睡过去,就像死了似的。这事,你不说给老太爷也成。但我死后,怕不宜进康家的坟地吧？我这样的人,埋进康家坟地,只怕要坏了他家风水的!”

老夏极力忍耐着说:“老夫人,你在说胡话吧,我看得赶紧把谭先叫来!”

“我不是说胡话。这件事,老亭已经知道,你依然不知,只怕老太爷会迁怒于你。所以,我才给你做此交代。这件事,于你们谁都无关,只是我一人的罪孽。你要怕受牵连,就在我死前,设法把老太爷请来,我当面给他做交代。”

“老夫人,你一定做噩梦了!”

“这是我临死前的交代!”

老夏却已经在招呼杜牧她们:“快过来,小心伺候老夫人!”

杜牧一进来,老夏匆忙就走。

杜筠青看那形势，相信老夏是匆匆见老太爷去了。

老夏虽被杜筠青的临终交代吓得出了一身冷汗，但跑出来后，却很快就平静了。老亭已经知道了那件捅破天的丑事？他越想越不像！老亭是个什么人，他能不知道？老亭要真知道了这件事，即使要瞒住老太爷，也不是现在这种做法了。他会叫这妇人死得更痛快！

老夏留心试探了老亭，没有任何异常，一切还是依老例进行。

此后三天，杜筠青很想见老东西，看他知道了那件事是什么表情。可惜终于也没有见着。她清醒的时刻，也是越发短暂了。

到第四天，她就片刻也没有醒过来。

4

三爷得知老夫人病重的消息正在杭州。

去年腊月，三爷带着汝梅南下时，最先也是停在汉口。汉口是大码头，加之已近年关，汉号的陈老帮极力挽留，他们就留在汉口过年。过罢年，即沿江而下，经九江、安庆、芜湖、镇江到南京，一路都有停留。出正月时，才经苏州到了上海。

因为戴膺在上海，三爷就多停留了一些时候。

汝梅初到江南，偏赶上一隆冬，外间不算冷，屋里却太不暖和。再加上不能习惯的潮湿感，又冷又湿，真是不好受。三爷嘴上对她说："出来就得受罪！这点潮气就扛不住，你还想到口外？口外，那才叫受罪！"可还是很心疼她，见上海的上等客栈屋里还暖和些，也就有意多住些时。

出来这一路，三爷所见着的各庄口老帮，都不似孙大掌柜那样令人心冷，一个一个既知礼，又不生分，坦诚说事，情同故交，很叫他感到舒服。这才叫他想起邱泰基劝过他的话：多往外埠码头跑跑，尤其该多往江南跑跑。所以，他曾想在上海住到春暖时候，再从容往别处去。可汝梅哪能长住得了？没多久，就又嚷着去杭州。

他们到杭州没几天，就得到老夫人卧病的消息。三爷初听了，觉得很突然，老夫人一向心宽体健的，怎么说病就病倒了？他看老号发给杭州庄口的信报，说老夫人得的还是一种疑症，只嗜睡，不思饮食，城中名医亦有些束手无策。各庄口可于本埠寻医问药，有验方秘方速寄回，切切。

得的还是疑症？

三爷回想这次出远门前，曾去见过老夫人。那时也看不出什么异常，只是有些几分憔悴罢了。怎么就忽然得了疑症？既已这样满天下寻医问药，可见病情不寻常。

三爷就毅然决定不再往前走，立马返回太谷。汝梅当然有些不情愿，但见父亲不容分说，也只好默然了。也幸亏她早催促，来到了杭州！

返回上海，三爷与戴老帮说起来，戴老帮也是惊叹不已：这位老夫人心性开通，体格也好，怎么就忽然得了这种病？应该无大碍吧？

沪号的孟老帮，已张罗了几种昂贵的西洋药物，托三爷带回。他也是拣吉利话说，但隐约露出的一种暗示，三爷还是觉察到了："这位老夫人，不会像前头那一位吧？"前头那一位老夫人去世时，四下里都议论：老太爷的命太旺，一般女人服不住。三爷不敢这样想，可孟老帮的暗示还是将一种不祥之感扯了出来，挥之不去。

匆匆离开上海，赶到汉口时，家中已发来急报：老夫人病重，告三爷速归。陈亦卿老帮感叹时，竟也无意间流露了与孟老帮相似的猜疑：老太爷的命相真是太不一般了。这种可畏的猜疑，居然在各地的字号间流传开了？三爷越发多了不祥之感。老太爷的命相就真是那样可怕？但愿老夫人不是一般女人，一般命相！

离开汉口后，都是旱路，三爷还是日夜兼程往回赶。其时，已处处可见明媚春景。尤其南地的新绿，经水气洇润，格外鲜嫩，又格外饱满。汝梅初见，真是迷恋不已。可父亲对此简直就视而不见，只是一天比一天忧愁。所以，汝梅独览春景，也渐渐失去了兴致。

老夫人的病情居然也叫父亲这样牵挂？

汝梅忽然想起为老夫人画像的事。她就问父亲："老夫人早就病了吧？"

三爷说："我们走时还好好的。"

汝梅说："我看，早就病了。"

三爷瞪了一眼，说："你胡说什么！"

汝梅就小声说："去年刚入冬，我就看见请了画师给老夫人画像。"

三爷说："画像哪能挨着害病！不是也给你画了一张吗？"

汝梅更小声说："给老夫人画的那幅，尺寸跟前头几位老夫人的遗像一般大小……"

"汝梅！"三爷呵斥了一声，"你尽胡说些甚！"

汝梅并不害怕，依然小声说："爹，你听我说。"

她就把凤山尼庵所见，前老夫人遗像上那颗美人痣，以及老太爷的莫名冷淡，都说给了父亲听。她看父亲听得愣了神，以为相信她了。但父亲听完，还是拉下脸来，严厉地说：

"汝梅，你也不小了，眼看就要嫁人，怎么还跟小娃们似的，尽胡思乱想，编些吓唬自家的故事？"

汝梅想分辩，父亲喝住了她。一路上，父亲就再不许她提起此事。直到快到家了，父亲才非常庄重地对她说："汝梅，你眼看就成人了。有一句话，你得记住：在我们这种大户人家，你别想什么都知道。该你知道的，你就知道。不该知道的，就不用刨根问底。在我们康家需这样，日后你嫁到常家也得如此。大户人家都这样。"

父亲这句话，汝梅真是闻所未闻。不过这句话，也够她琢磨一辈子了。

三爷到家时是二月二十日，老夫人却已于三天前病逝了。未进村前，远远望去，康庄已经是银装素裹，他就明白了一切。

日夜兼程，还是没有赶上。

在老夫人的灵堂上，三爷第一次见到了汝梅说过的那幅画像，他几乎惊呆了:她宛如真人,而丽质之绝佳又胜于生前,尤其那样高贵却难掩幽怨地注视着你,更令人心惊肉跳!她是不想死去吧……但在伏身祭拜时,三爷极力镇静下来,脸色凝重,不让太重的悲哀流露出来。

出来,三娘也对他说:“老夫人这幅遗像画得太逼真,凡来祭奠的都吓了一跳,以为老夫人又再生了。夜里守灵,更时时觉得她逼视住你,有话要说。”

三爷听了,只是淡淡地说:“洋式画像,就这样吧。”

三爷回来第二天,就被老太爷召去。去了,见除了五爷外,其他爷们也都应召来到,连一向不出门的大哥也来了。

老太爷明显有些憔悴,精神也蔫蔫的。他说话也没了往日的底气,软软的,很无力:

“早该把你们叫来,说说老夫人的后事,只是想等一等老三。老三到底赶趁回来了,听说是日夜兼程……”

三爷忙说:“赶上这时局不靖,日夜兼程也没赶出多少路来。”

老太爷就忽然长叹一声,动了情说:“在这种乱世,该死的是我呀,怎么叫她死?我早老朽了,早该死了,怎么不叫我死?”

三爷四爷忙加劝慰,可哪里能劝得住?老太爷越说越激动,老泪都流下来了。二爷也跟着劝说,但他显然不善言辞,说了两句,不知该再说什么。六爷低头站着,一直没有说话。聋大爷更是平静如常,闭目端立。

在一边的管家老夏,也插进来劝说:“老太爷还是节哀吧,富贵有命,生死在天,不由人呀。老太爷毕竟寿数大了,真不敢哀伤过甚!”

老太爷竟说:“要能死,就叫我死吧,跟她一道走了,也省得你们再办一回丧事!”

老夏就说:“什么都是天意,哪能强求呀?还是先议老夫人的后事吧。”

老太爷哀伤地说:“她是受了我的害的,连个亲生骨肉都没留下,叫我怎么给她办后事?”

三爷忙说:“后事有定例,该怎么办,就怎么办吧。”

老夏就说:“老太爷的意思,你还没听出来?老夫人没生养,谁来给她当孝子?出殡的时候,谁来给她扛哭丧棒?”

孝子是中国葬礼中的主角。照老例,葬礼中当孝子的,理当是子辈中行大的。康家因连丧老夫人,送葬时的孝子就有了问题。行大的聋大爷头一回做孝子,是为自己的生母送葬,那自然天经地义。到第二回给后母当孝子时,他的年龄已很接近逝者了。再往后,他的年纪更大了,可跟着去世的后母们大限总在三十来岁。年纪大的长子给年轻的后母做孝子,叫世人看着也别扭。所以,从第三位老夫人起,孝子改由其亲出的子嗣担当。可新逝的杜老夫人到康家后不曾开怀生养,孝子就又成了问题。

老夏刚把难题点出来,老太爷紧跟着说了句:“我扛哭丧棒!”

老太爷亲扛哭丧棒?这不是乱了伦常吗?大家知道他是在说伤心话。三爷正想说:按年纪排下来,我该当孝子,可话没说出,六爷竟先跪下说:

“父亲大人,我当孝子。”

更没有想到的是,四爷竟也跟着跪了说:“六弟幼年已做过一回孝子,这一回,由我来尽孝吧。我料理家政无能,老夫人重病期间也张罗无方,临了多尽一份孝,心里才能稍安……”

三爷赶紧顺势也跪了,说:“我常年在外跑动,平日已很少尽孝,老夫人重病期间,我依然南下未归,连病榻前的一声问候也没送达,就由我来尽这最后一份孝吧。我不及老夫人年长,又长于四弟、六弟,也理该由我尽孝的。”

显然,老太爷没有想到会出现这种场面,三爷以下居然都愿为老夫人做孝子,而且一个比一个说得有理,又一个比一个说得动情!他很沉默了一番,才说:

“都起来吧,老夫人知道你们这样仁义也能瞑目了。都起来吧。”

老夏忙说:“争了半天,到底谁当孝子呀?”

老太爷就问:“老夏,你看呢,谁该当?”

老夏说："叫我看，三爷与老夫人年纪相仿佛，六爷年少居后，四爷似相宜些。"

三爷忙说："我并不比老夫人年长……"

老太爷就说："我看，老三想尽孝，就成全他吧。再说，老四张罗丧事也太劳累。老六能有这份孝心，也就行了。都起来吧。"

老太爷做了这样的裁定，别人再也不能说什么了。他选了三爷，当然是因为三爷在外间更显赫。由显赫的三爷为老夫人打头扶灵，会为康家赢来更多赞誉吧。而在三爷心底，他也是甘愿这样送别这位老夫人的。

照阴阳先生写定的出殡榜，需停灵三七二十一天，到三月初七出殡。

三爷既为孝子，也就挑头扛起了祭奠、守灵，尤其是接待吊客的重担。吊客除了亲戚本家，更多的是本地大户和祁太平的大商号，终日络绎不绝。送来祭席，都只能在灵前略摆一摆，赶紧撤下，后面的祭席还等着呢。送来的祭幛，更是层层叠叠挂满了灵棚。凡有吊客来，三爷都得出面，这可实在不是一件轻松营生。好在三爷体格健壮，又心甘情愿，倒也没有累草了。

辛丑年的春天，旱象依然严重，祁太平一带已集聚了许多外乡逃荒而来的饥民。听说有大富之家办丧事，纷纷跑来求乞。康笏南听说了，就发话说：

"赶紧支起几处粥棚，凡来的，先发二尺孝布，再进粥棚尽饱喝！"

康笏南还吩咐四爷：一锅粥下多少斤米粮，出锅后舍出多少碗，要给他们一个定例。按定例，亏了米粮的，咱给补；余出米粮，就得骂他们！既做善事，就得圆满。支了粥锅，你又越熬越稀，那图甚，沽名钓誉？

四爷当然是连声答应。

康笏南似乎还不放心，三天两头的，总往粥棚跑，亲自查看粥熬得够稠不够稠，掌勺的给人家舀得够满不够满。时常还亲手掌勺，给饥民舍粥。所以，他一出来，饥民常常跪下一片。

这倒是康家以往治丧没有过的景象，一时也流传开了。

5

杜筠青醒过来时，并没有立刻发现自己是躺在一个陌生的地方，也没有习惯地呼叫杜牧。她只是觉得头脑异常沉重，意识也甚迟钝，几乎什么也想不起来了。身上却软得厉害，手脚有感觉，没有多大力气动弹。不久就支撑不住，又昏睡过去。

再次醒来，她知道饿了，也知道有人伺候她吃喝过。但那人是谁，吃喝了什么，仍没有意识到去分辨。

就这样，杜筠青不断醒过来，清醒的时候不断持久，身上渐渐恢复了力气，记忆也多起来。有一天，她终于呼叫起杜牧来。

但应声而来的却不是杜牧，是一个年长的村妇。杜筠青从来没见过这个满脸皱纹的村妇，就问："你是谁？"

村妇也不搭她的话，只是问："夫人，有甚的吩咐？"

"你快把杜牧给我叫来！"

村妇显然不知杜牧是谁。杜筠青这才将目光移往别处：她这是躺在什么地界？这不是老院那处太大太冷清的上房，屋顶这样低，也没吊顶棚，椽梁都清晰可见……

"我这是在哪儿？"

村妇仍不搭话茬，只问："有甚吩咐？"

"你听见我说什么？我这是在哪儿？"

村妇没说话，慌忙出去了。不久，进来一个人，杜筠青认出了：他是老亭，成天跟着老太爷的那个老亭。

"你是老亭吧？"

"老夫人，你醒过来，能认出人来，很叫人高兴。"

"老亭，我这是在哪儿？"

“老夫人,你还记得吧?过了年,你就卧病不起,名医名药都不顶事,眼看就不行了。记得吧?”

杜筠青真有些记起来了。是呀,她也以为自己快死了。现在,她还没有死?

“老太爷见请医先不顶事,就赶紧请来一位深谙河图命相的老道。人家问了老夫人的生辰八子,又看了宅院方位,就说今岁老夫人行年值星罗睺,有血光之厄。化解之法,除用黄纸牌位写明‘天官神首罗睺星君’,每月初八供于正北,燃灯九盏祭之,还需请老夫人移出旧居,另择吉地暂避。这里,便是由道士选定的吉地。”

“我来此几天了?”

“没来几天。看看,真还灵验,老夫人已经好多了。”

“杜牧她们呢,就没有一人跟来伺候?”

“她们跟来不吉。这里有人伺候老夫人的。”

“这是什么地界?”

“老夫人无须多问,能化凶为吉就好。”

杜筠青再问什么,老亭也是拿这句话挡着。她虽有些疑惑害怕,也无力追问了。原来是叫她来此避凶。可富贵有命,生死在天,凭此道术便能挡住天意?其实她是愿意死的。

不过,她倒真是一天一天复原了,不久已能下地走动。

能出来走动后,终于看清了,她住的这地界像独户小村,就一个院落,几处农舍。一问,才知道住户是康家的佃农。这一带的地亩,离凤山已经很近,属于康家较为远僻的沟坡地。这几处农舍,本是为佃户盖的地庄子,也即供佃户农忙时就近食宿的工房。后来,有佃户就常年在此安家了。

此地有何吉利呢?老亭不让多问,好像是天机不可泄似的。老亭依然是那种面无表情的老样子,也令杜筠青不愿多问。

好在春光正美,虽然天旱,沟坡间还是散满了新绿。这里那里,零落点缀其间的桃杏，更涨满了一树新绿。若早春时来，望见的该是一树繁花吧。凤山不远，山脉草木都清晰可见，反观太谷城池，倒落在一片迷茫中了。

在这世外小村，也许比死后的阴间好些？

三月初七天未亮，杜筠青就被叫起来。老亭说："今日早起，是要伺候老夫人往寺庙敬香还愿。老夫人已近大愈，得及早向神佛谢恩。"

杜筠青就问："往何处进香还愿？"

老亭又以无须多问挡过。

登车以后，天色依然未露曙亮。路不好走，上下起伏，颠簸得很厉害。走到天亮时候，车停了下来。老亭过来说：

"一路颠簸，老夫人受累了。前面庄子有熟人，我们进去稍做歇息？"

杜筠青说："由你安排吧。"

车马没走多远，果然停下来了。杜筠青被农妇搀扶着走进一处还算排场的院落，让进上房，却没见着任何人。老亭说：叫主家回避了。

坐下歇息喝茶时，老亭将跟着伺候的农妇支了出去，然后说：

"老夫人，不久有出殡的从门外经过，我们避过再走吧。"

杜筠青就随便问了一句："是大户出殡，还是一般人家？"

老亭平淡地说："是大户。"

杜筠青还是随便问道："谁家？"

老亭依然很平淡地说："就是我们康家。"

"康家？"杜筠青不由惊叫了一声。"谁没了？"

老亭还是面无表情地说："谁也没过世，只是为老夫人出殡。"

"为谁出殡？"

"为老夫人你。"

"为我？"

杜筠青觉得整个身心都发木了：为她出殡？她无论如何不知道这是什

么意思。难道她已经死了吗？她与康家已经是阴阳两界了吗？

老亭依旧平静地说："老夫人不必惊慌，这都是为救老夫人性命。眼看老夫人大愈了，老太爷就想接你回去。为保万全，又将那位道行精深的老道请去，要他选一个吉日。哪想到，老道一见老太爷，就是一脸惊愕！他说：万不可迎老夫人回府。五月，老夫人还将有大危厄，远避尚且不及，岂可近就？别人还没听明白老道说的意思，老太爷已经老泪纵横了，直说：我死，也不能叫她死，我也活够了，还留着这妨人的命做甚！别人劝也劝不住，老太爷只是问：我死了，就能保住她的命吧？老道默念片刻，才说：有一法可救老夫人性命。老太爷急忙问是什么法术？老道命众人退下，才对老太爷说出了此法：为老夫人办了丧事，即可逃过厄运。"

杜筠青听得更愈加发木了，只说："我不怕死，我愿意死。"

老亭说："可老太爷哪能忍心？老夫人真有不测，老太爷怕也真不想活了。他已经克死四个女人，说起来总觉自家有罪。"

杜筠青木木的，只会说："我愿意死。"

说话间，已有鼓乐隐隐传来。

老亭说："出殡大队就要过来了。老夫人，请去观赏一下吧。浩荡的场面，全是老太爷的深情厚谊。"

杜筠青仿佛什么都不会想了，顺从地按老亭的指引，登上了屋顶的一间眺楼。眺楼，是富户人家为护院守夜所建的小阁楼，居高临下，俯视全院。而这处眺楼正临街，大道两头尽收眼底。

一上眺楼，杜筠青已经望见了树林般一片白色旌幡纸扎，鼓乐声也听得更分明。这时候，老亭又在说什么，但杜筠青似乎已听不见了，她一味盯着殡葬大队，什么都不回想了。

大队已经走过来。最前头是高高的引魂幡，跟着是两个撒纸钱的。纸钱很大，像在撒花。

接着就是二十来人的仪仗，前头有扛"肃静""回避"大牌的，后有举旗、锣、伞、扇和鞭、板、锁、棍的。仪仗所执，虽都是纸糊的仿制物，却精致如真。

仪仗之后，是两具更为精巧的绢制童男童女。

紧随童男童女之后，就是四人抬的影亭。影亭里悬挂着的，正是杜筠青那幅西式画像。杜筠青见到了自己画像，不由一惊，似乎要想起什么，但又没有抓住。她只好继续木木地盯住下面：影亭前，拥挤了太多争看的乡人。

其后是鼓乐班。

再后是手执法器、口中念经念咒的和尚、道士。

接着是一片来送葬的亲友宾客，多为商界及本家族有头脸、有身份的男宾，个个略戴轻孝，手执祭香。

跟着是一片纸扎，都是供老夫人升天后所用的各样物品，一件件也甚逼真。

后面就该是孝子了。

谁是披麻戴孝、拄哭丧棒的打头孝子？杜筠青忽然又一惊，意识到了这个问题。她没有生养，谁会给她当孝子？

看见孝子了，还不少呢，有二三十人吧，大概家族中子孙两辈都出动了，可打头的是谁？重孝之下，只能看出是一个高大的男子，别的都看不清。

杜筠青不由问了句："孝子是谁？"

老亭说："我看是三爷。"

"三爷？"

她几乎是惊叫了一声。三爷居然肯给她当孝子？一定奉了老太爷之命。她听不到三爷的哭声，但被人搀扶着的样子，像是动了真情在哭丧……

后面就是三十二抬的灵柩。只能看见豪华异常的棺罩。灵柩里躺着谁，或许是空棺……

再后面是哭丧的女眷。

其后还有黑压压的送葬人群。

杜筠青又复发木了，几乎忘记了是在看自己的殡葬场面。

从眺楼下来，杜筠青就呆呆地坐着。

老亭一再说："老太爷把葬礼办得这样浩荡、豪华，也对得起老夫人了。逢了这样不好的年景，依然将老夫人的葬礼办得这样体面，真不容易了。"

杜筠青没有说话，她不知道该说什么。许久，才问了一句：

"都知道是假出殡吗？"

"几乎没人知道。三爷、四爷都不知道。"

"他们都不知道？"

"丧事办得不真，哪还能为老夫人避得了祸？"

杜筠青又发了一阵呆，才问："那我也永远不必回康家了？"

老亭说："已经为老夫人预备了安妥的去处。"

"去哪儿？"

"进香还愿毕，就伺候老夫人去。"

第二章　祖业祖训

1

老夫人出殡后没几天，就传来一个可怕的消息：晋省东天门已被德法洋寇攻破，官兵溃败而下，平定、盂县已遭逃兵洗劫。日前，乱兵已入寿阳，绅民蜂拥逃离，阖县惊惶。与寿阳比邻的榆次也已人心惶惶，纷纷做逃难打算。

榆次紧挨太谷。彼县一乱，接下来就该祁太平遭殃了。

三爷先得到这个消息，立马就回来见老太爷。还没有说几句呢，孙北溟和林琴轩两位大掌柜也先后到了，危急的气氛顿时如乌云密布。

可康笏南精神萎靡，似乎还未从丧妇的悲伤中脱出。他听三人都在叫嚷时局危急，便无力地说："该怎么应对，两位大掌柜去跟老三一道谋划吧。是福是祸，都是你们的事了。我这把老骨头留着也多余，谁想要，就给他。"

两位大掌柜慌忙劝慰，康笏南也不听劝，直说："去吧，去吧，你们去谋划吧。我听这种红尘乱事,心里发烦。去吧,去吧,不敢误了你们的大事。”

康笏南既这样说,两位大掌柜也不便违拗,又劝慰几句,退了出来。

三爷忙跟了出来,将两位引至前头客厅,吆喝下人殷勤伺候。两位刚落座,三爷就拱手作揖道:“老夫人新丧,老太爷精神不佳,偏就遇了这危难临头。康家兴亡,全赖两位大掌柜了!我初涉商务,甚不懂事,有得罪两位的,还望多海涵。尤其孙大掌柜,年前我有大不敬,更望见谅!”

来不来三爷就这样赔礼,大出林琴轩意料。但他没抢先说话,想叫孙大掌柜先接话。今日孙大掌柜似也失去了往常的威风,见三爷先给了自己面子,也就接了话说:

“三爷不要多心!谁不知三爷有侠肠义胆?所以我跟三爷说话,也就直来直去。三爷千万不可多心!”

林琴轩这才说:“都是一家人,有些小小不严,快不用提它了!还是先议眼前的危局吧。”

三爷就说:“那就先听孙大掌柜的高见!”

孙北溟今日所以谦和许多,是有些被这风云突变给吓着了。乱兵将至,遍地洗劫,他一听这样的传言,先想到的就是去年京津两号遭遇的劫难。京号虽然丢了,但戴掌柜毕竟临危不乱,巧为张罗,将柜上存银分散出去,显出高手做派。他真没有想到,老号竟也忽然面临了这样的危难!临危不乱,似也可做到,可如何巧为张罗,却是一点抓闹也没有!老号存银可不是小数目,如何能分散出去?若老号似津号那般被打劫,他这把老骨头也成多余的废物了……所以他慌忙跑来,实在是有些心虚胆怯的。见三爷恭请他先说,也只好说:

“三爷,我哪有高见?去年至今,时局大乱,生意做不成,天成元老号存银滞留不少。当务之急,是将老号巨银移出秘藏!”

林大掌柜说:“在太谷商界,天成元非同小可!你移巨银出号,还不引发倾城大乱?”

孙北溟说："号中存银，当然需秘密移出。"

林琴轩说："巨银移动，如何能十分秘密的了？"

孙北溟说："没有这种本事，岂能开票号？"

林琴轩说："我们茶庄可没有这种本事。茶货如何秘密移出，还望孙大掌柜不吝指点呢！"

孙北溟就说："库底的那些茶货能值多少钱？将银子和账本移出秘藏就得了。"

林琴轩说："那东家呢？东家偌大家资又如何移出？移出后，又能匿藏何处？"

孙北溟说："东家自有东家的办法。"

林琴轩说："照孙大掌柜意思，岂不是大难将临，各自逃生？既然如此，我们还计议什么？各自携银出逃就是了！"

三爷忙说："孙大掌柜所说，也是当务之急。兵祸将来，也只能先将银钱细软移出匿藏，保一些，算一些。"

林琴轩说："三爷！以我之见，切不可如此仓皇应对。兵乱未至，我们就领头自乱，引发阖城大乱，这哪像康家做派？"

孙北溟说："那就坐以待毙？"

林琴轩说："去年隆冬，三爷南行不在时，北边紫荆关、龙泉关也曾军情危急。老太爷并未慌乱，邀来本邑曹培德、祁县乔致庸，从容计议，谋得良策。计议毕，曹培德就去见了马玉昆，探得军中实情，心中有了数。其后，康家、曹家及乔家镇定如常，该做生意做生意，该过年过年，全没有慌乱避难的迹象。人心、市面，也就稳定下来。"

三爷说："原来已经历过一次惊险？"

林琴轩说："可不是呢！当此之时，三爷也该先与太谷大户紧急计议，共谋对策。这样的兵祸，毕竟不是我们一家可抵挡。马军门仍驻守山西，三爷与马军门又有交情，何不先去拜见马军门？"

三爷听林琴轩这样一说，心里才有些主意。但他也不敢冷落孙大掌柜，继续恭敬地请教应对之策。末了，便说："当此危急关头，康家全赖两位大掌柜了！只要两位从容坐镇，我们阖家上下就不会心慌意乱。"

送走两位大掌柜，三爷就要了一匹快马，飞身扬鞭，往北洸村曹家去了。

曹家当家的曹培德，也得到了同样的消息，正欲去官府打听真伪，就见康三爷火急来访。看来，太谷局势真是危急了。

曹培德慌忙将康三爷迎入客厅，努力镇静了说："三爷是稀客，好不容易光临一回，何故这么慌张？来救火呀？"

三爷说："真比火上房还急，贵府还没有听说？"

曹培德才说："是说东天门失守吧？"

三爷说："可不是，眼看溃兵要来洗劫太谷了！"

曹培德说："你家老太爷经见得多，器局也大，一向临危不乱的。今三爷火急如此，莫非局势真不妙了？"

三爷忙问说："仁兄难道另有密报？"

曹培德说："我哪来密报？这不，正要进城向官府打听真伪呢！"

三爷说："县衙能知道什么？我们该速去拜见马玉昆大人！阻拦溃军，抗衡洋人，也只有马军门可为。"

曹培德说："我早听说马军门已经接了上谕，要移师直隶镇守。朝廷早改封马大人为直隶提督了。此前，与马军门一道镇守山西的四川提督宋庆老帅，也奉旨率川军移师河南。"

三爷说："难怪洋寇如此猖獗！守晋重师纷纷调出，难道朝廷要舍弃山西？"

曹培德说："舍弃倒也不敢。山西为西安屏障，舍晋岂能保陕？调走重师，怕是以为和局将成，可以兼顾他省防务吧。"

三爷说："天天都在说和局，和局又在哪儿？朝廷将驻晋重师移出，洋寇围晋重兵却不但不撤，反而趁机破关而入！朝廷如此软弱，我看和局也难成！”

曹培德说：“自去年京师丢失，已是人家的手下败将了，还能怎么刚强？”

三爷说：“我看洋寇也非天兵天将。自去秋攻晋至今，多半年了，始破东天门。”

曹培德说：“你不说朝廷往山西调来多少驻军！”

三爷就说：“那我们更得速见马军门，代三晋父老泣血挽留！在此危急之时，马军门万不能走。马师一走，山西乱局就难以逆转了！”

曹培德说：“三爷与马军门有交情，此重任也非三爷莫属！”

三爷说：“贵府是太谷首户，仁兄岂能推诿？我愿陪仁兄去见马军门！”

曹培德就说：“那好，我们就一道去求马军门！只是，我们有富名在外，总不能空手去见吧？不说捐助军饷，至少也需表示一点犒劳将士的薄意吧？”

三爷说：“这有何难？见了马军门，尽可将此意说出，不日即行犒劳！”

曹培德说：“都像三爷这样，自然不难。去年腊月，北边紫荆关、龙泉关军情危急，你家康老太爷和祁县乔老太爷也是怕遭溃军洗劫，忧虑至甚。我受二老委托，去见马军门。马大人倒是甚为爽快，坦言无须多虑，说他与宋庆老帅即将亲赴边关，挥师御寇。我当时甚受慰藉，便表示年关将近，祁太平商界将凑些薄礼犒劳将士，只是年景不好，怕不成敬意。马军门听了当然很高兴，更发誓言：晋省绝不会失。”

三爷说：“仁兄所为，在情在理。”

曹培德说：“当时，两位老太爷也很夸奖了几句。张罗犒劳之资，也由二老出面。哪想，此举竟招来许多非议！三爷也听说了吧？”

三爷说：“我由南方归来，就赶上老夫人大丧，实在无暇旁顾的。有什么非议？真还没有听说。”

曹培德说：“最厉害的一种，是说乔家康家又想露富！”

三爷说：“西帮富名，早不是藏露可左右！当此危难之际，仍守财不露，岂不是要结怨惹祸？”

曹培德说：“谁说不是？可没看透这一层的，真也不少。只怕露了富，招来官兵吃大户，却不想一味守财哭穷也将惹来大祸！你家康老太爷和乔老太爷本想促成一次祁太平商界的紧急会商，公议一个联保的对策。可张罗许久，响应者不多。就是公摊一些薄资，略表劳军之意，也有许多字号不肯成全。还是你家康老太爷器量大，说人家不肯出血，也甭勉强。大不了就我们曹、乔、康三家，也能犒劳得起官兵！乔老太爷也有手段，他张扬着请匠人造了一块‘犒军匾’，凡出资的都匾上刻名。”

三爷问：“这手段能管事吗？尽是怕露富的，谁还愿留名？”

曹培德说：“你猜错了，这手段真还管用。”

三爷问：“是何缘故？”

曹培德说：“匾上无名的，怕官兵记了仇，专挑他们欺负。”

三爷说：“原来如此。那后来是应者如云？”

曹培德说：“倒也不是。愿跟我们三家一道劳军送匾的字号，虽也不少，毕竟有限。平帮几家大号，人家另起一股，自行劳军。祁帮、太帮也另有几股，自行其是。不拘几股吧，反正在去年年关，祁太平商界是群起劳军，把逼近家门口的洪水猛兽给安抚住了。”

三爷问：“那破关而来的洋寇，也给挡回去了？”

曹培德说：“灵邱、五台都派驻有重兵，德法洋寇也不敢贸然深入晋境。朝廷也连发急谕，命抵御洋寇，不能失晋。不过，从龙泉关溃败下来的一股官兵，一路溃逃，一路抢劫，直到阳曲，才被制住。距省府太原，仅一步之遥了！”

三爷说：“无论洋寇，无论官兵，都是我们商家的洪水猛兽！”

曹培德说：“抵御这等洪水猛兽，我们也只能凭智，无以凭力。”

2

康三爷与曹培德刚派出人去打听马玉昆的行止，太谷忽然就进驻许多官兵。一问，竟正是马军门所统领的兵马。原来，马部官兵正欲绕道潞安、泽州，出晋赴直隶，听到东天门失守的警报，也暂停开拔，将所统兵马由太原以北调至徐沟、榆次、太谷、祁县，向南一字摆开。仅太谷一地，就开来六营重兵，城关周围驻了四个营，大镇范村驻了两个营。

先听说马部重兵进驻，三爷和曹培德还松了一口气：依仗马军门，祁太平局面还不至大乱吧。但稍作细想，又感蹊跷：军情危急之地是在榆次以东，由故关东天门直至寿阳；马部却不挥师东去，倒将重兵摆到榆次以南。这是何意？难道要任敌深入，在祁太平这一线关门打狗，做一决战？

果若如此，祁太平更要遭殃了！战事一起，还能保全什么？

意识到这一层，三爷和曹培德更惊出了一身冷汗。幸好探知马军门的大帐就设在祁县，两人火急飞马赴祁求见。

马玉昆很给面子，听说是康三爷，当下就叫了进去。

三爷和曹培德刚落座，马玉昆就笑道："二位给吓着了吧？"

三爷忙说："马大人的兵马已驻扎太谷，我们还怕什么？"

曹培德也说："我们是代太谷父老，来向马大人致意的。"

马玉昆更笑了，说："看你们的脸色吧，哪能瞒得过我？"

见马军门这样，三爷也不拘束了，径直说："我们不过是平头草民，忽遇这样的战祸，哪能不害怕！东天门既有天险可倚，又有重师镇守，竟也被洋寇攻破？"

三爷话音刚落，马军门忽然就满脸怒色，大声道：

"东天门岂是洋寇攻破？全是这位岑抚台拱手让出！"

三爷这才听出，马军门是朝新任山西巡抚的岑春煊发怒，虽放下心来，也不便多说什么。马军门似乎也全无顾忌，一味大骂岑春煊不止。

原来，岑春煊于二月由陕西巡抚调补山西巡抚后，第一要务就是与围攻山西的德法洋军议和。为此，他到任伊始，即新设洋务局，由张家口聘来精通英国语的沈敦和出任洋务局督办，主持议和事宜。

沈敦和本是浙江人，曾留洋英国，在剑桥大学研读法政。归国后，为两江总督刘坤一聘用，官至吴淞开埠局总办，并被保举为记名出使大臣。后因吴淞炮台案遭革职，以流罪之身发落到北地东口。去夏京师陷落后，也有一队洋寇进犯东口。因沈敦和精通英语，就被委任与洋寇交涉。经他说动，洋寇居然撤出东口！此事报到西安行在，朝廷特旨他官复原位。

岑春煊在西安当然听说了此事，所以一到山西任上，就将这位擅长议和的沈敦和聘请到自己麾下。

进入辛丑年，也即光绪二十七年(1901)，原东西洋八国又加比、西、荷三国，共十一国联军，与清廷本已就十二款和约大纲草签画押，除京津直隶外，洋军也陆续从各地撤离。唯独围攻山西的德法军队不肯后撤。德军统帅瓦德西又是联军统帅，德法如此围晋不撤，清廷也不敢大意。去年洋军攻陷京津时，这位瓦德西还未来华，他是在秋天才赶来就任统帅的。虽出任统帅了，却没有多少侵华战功，所以攻打晋省，他的劲头挺大，想赶紧捞一些战功以服众。议和全权大臣李鸿章，屡屡与德法交涉，都无结果。对方公使竟以“此系瓦帅军事机密”搪塞！

朝廷调集各地重兵守晋，仍不断有危急军情发生，太后甚感烦心。一怒之下，将锡良开缺，给岑春煊加封了头品顶戴、兵部尚书衔，调来补任山西巡抚。所以岑春煊知道，尽快与德法洋军议和，解去山西之围，当是能最取悦太后的。聘来精通洋务的沈敦和，就是为成就这件事。

可仅凭精通洋务，就能退去德法重兵？想得也太天真。德法从东北两边围晋，已有数月之久，尤其在边关山野度过了一个严冬，岂肯听几句美言好话，就罢兵而去？沈敦和在东口退敌，其实靠的是重贿。窜入那里的小股洋寇，经数日抢掠，本来已经盆盈钵满，再得重贿，当然容易劝走。现在是大军压境，如何行贿？

沈敦和几经交涉，也许之以重利，围攻晋省东天门的德军一直不答话，只有法军发来一纸照会：晋省守军全行退入山西境内，才可议和。

法军为何提出这种要求？原来山西与直隶交界的东天门，是由故关、旧关、娘子关几处险要关隘组成。虽有易守难攻的天险之利，可这几处关隘都在地势峻拔的石山巅，驻扎不了大队兵马，又乏水源。所以，镇守东天门的大同总兵刘光才，就将大队兵马分散驻扎到东天门内外的山谷之间、近河之地。关隘之上筑了重力炮位，山谷间布满大队援兵和后勤粮弹，互为依托，使关防坚不可破。驻在关隘以外的营地，多属直隶所辖的井陉地界。久踞获鹿、井陉的德法洋军，每每攻关，都被遍布山谷的晋军所阻。现在，法军要求晋军退入晋境，实在是要断东天门的天险之威！

所以，马军门和刘总兵极力坚持：决不能答应法军要求。井陉也不属法土，何理命我军撤出？

可岑春煊为推动议和，奏请西安军机处后，竟同意刘部守军撤回晋境。只是要求在我军后退时，德法军队也同时后撤。

法军见我肯退，就发来新照会：法军本无意西进，现在与你方两军齐退，好像法方害怕你方华军，恐被西洋他国讥笑，所以万不能照办。你方驻军必须先行退出井陉，才可议和。否则，德法将合兵西进！

法军分明是得寸进尺，越发不讲理了。可岑春煊依然奏报军机处，言明为避免给洋军留下借口，还是同意我军先行撤退。军机处竟也批准。

刘总兵和马军门力阻不成，只好准备撤军。东天门晋境一侧，多为不宜驻兵的干石山地，大部兵马需退至远离关隘的平定、盂县城关附近。这几乎等于将东天门拱手让出了。

就在刘总兵被迫张罗撤兵之际，法军五千人、德兵八千人，乘火车出京南下，紧急增援驻扎在获鹿、井陉的德法军力。洋寇意图已再明显不过：先诱逼我军后撤，尔后集重兵破关而入！

在京的议和大臣李鸿章得知德法增兵西进，给岑春煊发来急电，告知正就此事与德法交涉，但也难保洋军将领为邀功贪利，在我撤兵后，破关深入，进犯晋省。望做提防，不敢大意。

可岑春煊居然表示：即便洋军来犯，也不能再开战衅。为早日成就议和计，我败固贻误，我胜亦贻误。反正是不能与洋寇交战！

马玉昆言及此，早已是怒火冲天：“今敌已破关，我军不战而溃，平定以下已是局面大乱，也未见岑抚台去赴死！”

三爷大胆问了一句：“即便败局难挽，也轮不到岑大人去赴死吧？”

马玉昆冷笑一声，说：“没人叫他赴死，是他夸了海口，要去赴死。他坚令刘总兵撤回东天门，我说刘部先行撤出容易，洋寇扑来追杀就难抵挡了。这位岑大人就慷慨许诺道：‘如真有此危情，煊唯有身赴敌营，与之论理。如其不听，煊甘愿继之以死，阻其开战！’今洋寇已破关而入，一路杀掠过来，也未见岑大人身赴敌营，以死阻战！”

曹培德忽然给马玉昆跪下，说：“晋省局面既已如此危急，我等平头草民的身家性命、祖业祖产，全系于马军门一身了！今能挽狂澜于既倒者，非马军门莫属……”

三爷也跟着跪下，说：“三晋父老都祈盼马军门火速挥师东进，抗击洋寇！我们西帮也愿多捐军饷，助大人抗洋……”

马玉昆忙叫两位起来，说：“二位要这样，算是错看我了！我岂不想挥师迎敌？只是已有上谕在先，命本部移师直隶。及今也未接新旨，不能妄动。新近布兵于徐沟至祁县一线，属撤出晋省的路线。今暂停开拔，即为保晋。洋寇一旦进犯至此，我部以逸待劳，当会扑而歼之！你们尽可放心，无须惊慌的。”

听马军门这样说，三爷和曹培德心里越发不安了：以逸待劳，扑而歼之，即便真如此，战事也还是在祁太平地界。战事起处，真不敢奢望还能保全什么！

三爷不由感叹一声说：“别地战事早平息了，洋寇何以这样与山西过不去？”

曹培德也叹道：“洋人痛恨毓贤，毓贤也早革职查办了，为何依然不肯与晋省议和？”

马玉昆笑笑，说：“二位最应该知道其中缘由的。”

三爷和马玉昆茫然相视，实在莫名所以，恳请马军门指点。

马玉昆说：“二位真是骑驴数驴！洋寇不肯放过晋省，还不是因为贵省是块肥肉？如你等这样的富商富室遍地，就是洗劫也油水大呀！攻入晋省，洗劫一过，再向朝廷追加赔款。晋省既是富省，追加的赔款会少吗？洋人不傻，他们围晋多半年，历尽艰辛，图什么？”

听马军门这样一说，三爷和曹培德更是惊出一身冷汗。

三爷茫然说：“洋人也知晋省之富？”

马玉昆说：“洋行洋商岂能不知你们西帮底细？再说，还有跟在洋寇后面的教民呢，他们什么不知！”

曹培德就说：“今幸有马军门镇守晋土，也是天不乱晋吧？”

马玉昆果然昂扬地说：“二位放心，有本帅兵马在，洋寇一旦深入晋中，便成瓮中之鳖矣！”

马军门说得这样慷慨昂扬，也难释三爷和曹培德的惊慌：看来马军门依然要将祁太平一带作为抗洋的战场。胜负不说，战事是难免了。马部兵马不肯挥师东进，是有圣旨管着，凭三爷和曹培德的情面哪能说动？所以，他二人也只能极力恭维马军门一番，惊慌依旧，退了出来。

3

东天门守将刘光才总兵，是在三月初一将大部兵马撤回故关、旧关的。到三月初五，德法洋军就集结重兵，扑关而来。

此军情急电报到西安行在的军机处，所做处置也不过：一面电旨李鸿章，速向德法公使交涉诘责，一面命晋抚岑春煊查明详情，及时报来。至于要不要迎敌开战，却是语焉不详！朝廷上下都有一大心病：战衅一开，搅黄了和局，如何了得？但再失晋省，西安也难保了，和局又得重议。

就在军机处左右为难的时候，陕西道监察御史王祖同上了一奏折，为朝廷出了一个主意：

窃自停战议款以来，我军遵约自守，未尝轻动。而洋兵时出侵轶，不稍敛戢。紫荆、获鹿先后被扰。当草约画押后，又迫刘光才以退守，不烦一兵，坐据井陉之塞。近复阑入晋域，夺我岩关，太行天险，拱手失之，平定一带岌岌可虑，太原全省也将有震动之势矣。夫此退彼进，多方误我，不能力拒，而徒恃口舌相争，已属万难之举，若并缄口扪舌，听其侵逼，置不与较，以此求和，和安可保？

山右殷富巨商，彼实垂涎，择肥而噬，势有必至。现时中国利权多为外洋侵据，尚赖西商字号缓急流通。若被搜刮一空，不特坐失巨利，将各省饷源立形困敝，与大局实有关碍。且各国效尤，殷厚之区处处肆掠，伊于胡底！

愚臣以为凡开议后被扰各地，宜查估丧失确数，悉于赔款内扣除，虽得不偿失，或可稍资抵制。

臣愚昧之见，是否有当，伏乞皇太后、皇上圣鉴。谨奏。

王祖同这个"扣减赔款"的主意，当然不是高招，更不能算高尚的义举，但军机处却是颇为赏识。见到王祖同奏折的当天，就代朝廷发电旨给李鸿章：

奉旨：洋兵擅逼晋境，已过故关，殊与前约不符。现闻到处滋扰，即使不任意西趋，亦应力与辩论。如仍似在京津直隶勒索银两，掠抢财宝，将来须在赔款内作抵，庶昭允协。钦此。

不能义正词严声明迎敌还击，也总得说句硬话吧？扣减赔款，实在是一种恰当的说辞！不过这道电旨的弦外之音，已然要放弃晋省了。

军机处发出这道电旨是在三月初十，其时不光是平定、寿阳、榆次，就连太原省城及祁太平一带，也早是传言纷纷，人心惶惶，外逃潮流几不可遏。

三爷和曹培德见过马玉昆，于赶回太谷前，往祁县乔家拜见了乔致庸前辈。说起见马军门经过，乔老太爷说，他与祁县几家大户，已拜见过马大人了。但看乔老太爷神态，似不焦急，与平素也无多少不同。

三爷就问："马军门莫非给你们吃了什么定心丸？"

乔致庸一笑，反问："马军门也不是乔家女婿，何以会偏心我们？"

曹培德就说："我们是看老太爷无事一般，有些不解。祁太平已危在旦夕，你们倒稳坐钓鱼台，不是心中有数，何能如此消停？"

乔致庸就问三爷："你家老爷子也惊慌失措了？"

三爷说："老夫人新丧，家父还沉于伤悲，只说天塌了他也不管。"

乔致庸说："这就是了，你家老太爷也未惊慌，还说我？"

三爷仍不解，说："家父那能算不惊慌？我们康家真是祸不单行，老夫人新丧，又赶上这样的兵祸，家父无力料理，我也力不能胜呀！"

曹培德说："遇了这样危难，谁能轻松应对？乔老太爷历世久，富见识，多谋略，还望多指教，以共渡难关！"

乔致庸说："我多活几年，与你们能有什么不同？既无奇兵可出，又无奇谋可施，果真溃军来抢，洋兵来杀，也只能听天由命了。想破了这一层，也就无须慌张。慌张也没用呀！"

三爷说："乔老太爷还是不肯直言。难道我们就坐等杀掠？"

乔致庸说："朝廷拥天下重兵，尚不敌洋寇。我们无一兵一卒，怎么抗洋？"

曹培德说："那我们只有及早逃难一条路？"

乔致庸说："小户人家，一根扁担；中常人家，几辆马车，就举家逃难走了。我们怎么逃？浩浩荡荡一旦上路，更成抢劫目标了！眼下出逃者虽众，也多为小户及中常人家。以我之见，我们大户切不可妄动。在祁太平，我们商家大户一动，必然倾城都动。到了那一步，敌未至，先自乱，更不可收拾了。”

三爷说：“老太爷还是叫我们坐以待毙？”

乔致庸说：“以老汉愚见，现任晋抚岑春煊，谅他也不敢将晋省拱手让给洋寇。朝廷给他加封头品顶戴、兵部尚书，难道就是叫他来开关迎寇？”

曹培德说：“听马军门说，岑抚台是宁死不开战衅的，所以才有东天门之失。”

三爷也说：“洋寇已破关多日，晋省尽陷于敌手，只是迟早的事！”

乔致庸说：“马军门的话，我们不能不听。可你们就没有听出来？马对岑颇多不屑！我们去拜见时，马军门大骂岑：‘恃才妄为，不听吾言，径自撤东天门守军，惹此祸乱。’我问马军门：何不率部出寿阳退敌？马军门竟说：‘只待洋寇入晋陷省城，掳去岑大人后，请看本帅克城救彼，易如反掌耳！’听听，马军门按兵不动，原来是要岑春煊的好看！给你们说这种话没有？”

三爷说：“倒未这么明说。”

曹培德说：“两位斗法，遭殃的只是我们！”

乔致庸说：“当时我问马军门：晋省表里山河，进来不易，出去也难；攻破东天门的德法洋寇，真敢孤军深入进来？”

三爷忙问：“马军门如何回答？”

乔致庸说：“他说洋夷用兵，别一种路数，鲁莽深入也难说。敝老汉不懂兵法军事，但叫我看，洋军也不至如此鲁莽。即便深入晋境，也须步步为营，留一条能进能出的后路。洋军大本营在京津，京津至太原千里之遥，又跨太行天险，一路占据，须调多少兵力？所以，我们不必太慌张，自乱阵脚。”

三爷说：“我们一路撤兵降敌，人家也无须多少兵力！”

曹培德也说：“洋军未到，溃败下来的官军，就似洪水猛兽了！”

乔致庸说：“近日收到我们省号贾继英送来的急报，说他刚拜见过岑抚台，确知岑大人已派出重兵开赴寿阳，弹压溃军抢掠。”

三爷说：“这还算一条好消息。”

曹培德说：“溃军弹压下了，洋寇跟着进来！”

乔致庸说：“洋寇真来了，也只能破财保根基吧？我听贾继英说，洋务局的沈敦和在东口议和，也无非是敢破财！送洋寇银数万两，羊千头，马千匹，牛百头，鸵百峰，狐裘百余袭，羊裘千余件。”

三爷惊问：“我们亦如此，那不是受辱降寇了？”

曹培德也惊叹说：“去年以来，我们西帮已破财太甚！”

乔致庸说：“除了破财，唯有破命。去年的拳民就是走破命一途，结果如何？如今朝廷都受降议和了，我们还能怎样？”

三爷和曹培德想了想，觉得真到了那一步，也只能如此了。朝廷官军无力拒敌，一心议和，商家不受此辱又能如何！只是，破了财，就能保住根基吗？真也不敢深想。

如何阻挡眼下的逃难风潮，三人计议半天，也无良策，仅止于联络大户大商号，尽量稳住，不敢妄动。

在赶回太谷的路上，三爷和曹培德更看到举家出逃者，络绎不绝。此种风潮再蔓延几日，局面真将不可收拾！所以，两人一边策马赶路，一边议定：到太谷后，三爷去见武界领袖车二师父，请镖局派精干把式，速潜往东天门打探真情；曹培德即往县衙见官，申明商家愿与官方一道共谋安民之策。

三爷赶到贯家堡车二师父府上时，李昌有等一干形意拳高手都在。

三爷向各位武师一一作揖行过礼，就将见马玉昆的情形略说了说。众人就争着问：洋寇到底已攻到哪儿了？是否已攻破寿阳？

三爷说：“东路军情，马军门不肯详告，只说洋寇鲁莽深入，攻陷太原，都是可能的。”

众人也问：洋寇将至，马部大军为何按兵不动？三爷只说：“马军门还未接到挥师迎敌的上谕。”

李昌有便说：“我们正议论呢，看官军架势，一准不想与洋寇交手！平头草民纷纷出逃，就是看官军指靠不上。可我等是习武之人，难道也似一般民众，弃乡逃亡？”

车二师父也说：“去年夏天，义和拳民蜂起杀洋教，我们形意拳弟兄多未参与。洋教在太谷，结怨并不多。几位教士被杀，也有些过分。今洋军攻打过来，只是查办教案，倒也罢了。如滥杀无辜，强掠奸淫，我们形意拳兄弟可就不能再坐视不理！”

三爷惊慌问道：“车师父你们也要起拳会？”

李昌有说：“我们不会像义和拳，见洋人就杀。武界尊先礼后兵。洋军来时，我们潜于暗处，静观不动。彼不行恶，我们也不难为他；但凡有恶行，当记清人头，再暗中寻一个机会，严惩不贷！如系大队作恶，当先刺杀其军中长官。”

三爷说：“这与拳会有何不同？”

李昌有说：“拳会是乌合之众，徒有声势，并不厉害。我们不会挑旗招摇。洋军在明处，我们在暗处，无形无迹，只叫洋寇知道形意拳的厉害！”

武师们的大义，是叫三爷感动。可这与拳会毕竟类似，一旦给官府知道，哪会被允许？官府怯于与洋寇交战，可剿灭拳会不会手软。拳师暗杀洋寇，也必然要扩大战衅，祁太平更得陷于水火之中。但三爷知道，他出面阻武师们的义举，也不会收效的。所以，他也没有多说，只是照原来目的，请求车、李二位师父，派出高手，赶赴东路平定、盂县一带，打探洋寇犯晋的真实军情。

车二师父说：已经派出探子了，有探报传回，一定相告。三爷有新消息，也望及时通气。

三爷连声应承，又随武师们议论附和几句，就匆匆告辞出来。

眼看天色将晚，三爷却无心回康庄去。多少焦虑压在心头，回到家中又能与谁论说？以往遇大事，都是老太爷扛着，你想多插嘴也难。现在，老太爷像塌了架，连如此危急的战祸都不理睬。这真似忽然泰山压顶，三爷很有些扛不住了。他不由又想到邱泰基。自己身边还是少一个足智多谋的人，邱掌柜远在西安，那位能干的京号戴掌柜，也远在上海。

天成元老号的孙大掌柜，那当然不能指望。

现在，只有去见茶庄的林大掌柜。能不能谋出良策，先不论；只是说说心头想说的话，眼下也唯有林大掌柜了。

于是，三爷吩咐跟随的一个小仆，回康庄送讯，自己便策马向城里奔去。

林琴轩见少东家摸黑赶来，还以为出了什么事。慌忙问时，才听三爷说："跑腾了一天，还没有吃顿可口的茶饭。我是跟你们讨吃来了。灶房还没封火吧？"

林琴轩放下心来，说："三爷想吃什么，尽管吩咐！灶火还不便宜？"

三爷说："不拘什么吧，清淡些，快些，就成。"

林琴轩说："总得烫壶酒吧？"

三爷就说："不喝了。今日太乏累，能喝出什么滋味？不喝了。"

林大掌柜说："喝口酒，才解乏！难得三爷来一趟，我陪三爷喝一壶。"

三爷说："既受林大掌柜抬举，那就烫壶花雕吧。"

"三爷哪能喝花雕！我这里有几坛汾州杏花村老酒。"林大掌柜转脸朝身后一伙友说："快吩咐灶房，先炒几道时鲜的菜，烫壶烧酒，麻利些！"

三爷刚洗漱毕，酒菜已陆续端来。与林大掌柜这样秉灯对酌，真还不多，可三爷喝着老酒，品出的却尽是苦味。他将见马军门、乔致庸以及车二师父的经过简略说了说，感叹跑腾一天，未遇一件如意事！

林琴轩忙说："三爷也不必太心焦了，大局如此，亦不是谁能左右得了。岑抚台既已派重兵弹压寿阳溃兵，这毕竟还是好消息。局面不乱，才可从容对敌。"

三爷说："洋寇眼看攻杀过来，如何能不乱！"

林琴轩说:“叫我看,洋寇还不至轻易攻杀过来。”

三爷问:“何以见得?”

林琴轩说:“只要马军门统领重兵驻守晋省腹地不动,我看洋寇也不敢贸然进来。岑抚台想成就议和,只怕也会不惜多让利权,换取洋寇退兵。任洋寇攻杀进来,占去省府,那还叫议和吗?丢了晋省,西安危急,朝廷如何能饶得了他?太后赏他一个头品顶戴来山西,也不是叫他来丧土降敌吧?”

三爷说:“但洋寇也不是那么好哄吧?既千辛万苦攻破东天门,哪能轻易罢兵?听马军门说,洋夷用兵,是另外一路,很难说的。”

林琴轩说:“我们跟洋夷也多做过生意了,他们可傻不到哪!晋省地形,他们不会不顾及。深入进来,就不怕断其后路,成瓮中之鳖?所以叫我看,大局还是和多战少。洋人攻入晋境,无非多加些赔款,也就成了和局。”

三爷说:“真如林大掌柜所说,那还让人放心些。”

林琴轩说:“乔老太爷说得很对,我们大户大号千万不能妄动!我们一动,谁还敢不动?到那一步,局面可就不好收拾了!”

三爷说:“眼下大户大号倒是都没动,可外逃潮流不还是日甚一日?照这样下去,过不了几天,大户大号也要慌!”

林琴轩说:“大字号表面未动,暗地里谁家敢静坐不动?我跟伙友们也在底下张罗呢!”

三爷说:“所以我说,不用几天,不拘洋寇攻来没攻来,祁太平局面必将大乱!百姓倾城蜂拥逃难,驻守的官军岂肯闲着?他们早视祁太平是肥肉。一想今后几日情景,就叫人心惊肉跳!”

林琴轩说:“听三爷说,曹培德正与官衙共议安民之策?”

三爷说:“正是。就怕谋不到良策!岑抚台顶着兵部尚书的头衔,尚不敌洋人,县令出面说话,谁又肯听?”

林琴轩说:“三爷,我倒有一安民之策!”

三爷忙问:“大掌柜有什么良策,快说!”

林琴轩说:“目前局面是人心惶惶,官府贴布告,不会有人信;可稍有传言,都信!所以,设法散布一些能安定人心的传言,说不定还管用。”

“散布些安民的流言?”

“这也算略施小计吧。”

三爷立马振作起来:林大掌柜献出的这个小谋略,可是今天最叫他动心的了!在马军门、乔老太爷及车二师父那里,都未曾听到类似的奇谋。自家这位大掌柜,真还不能小看。

“林大掌柜,这个计谋甚好!只是,何种流言才能阻挡乡民外逃?”

林琴轩说:“叫我看,不在编出什么传言,而在谁编、编谁!”

三爷忙问:“我没明白,大掌柜说的什么意思?”

林琴轩倒反问:“三爷你说,现在乡民还敢相信谁?”

三爷竟一时不该如何回答:“也真是……”

林琴轩笑了,说:“传言官军能抵挡住洋寇,最没人信!说我们大字号得了密报,议和将成,洋寇将退,只怕市间也是半信半疑。现在唯有一家,乡民尚敬重不疑。”

“谁家?”

“即三爷刚拜见过的形意拳武师们。”

“车二师父他们?”

“对。车二师父、昌有师父他们,武艺高强,德行也好,在江湖中的名望谁不知道?传言他们已有对敌之策,乡民也许会驻足观望,暂缓出逃的。但凡有一点指望,谁愿背井离乡!”

三爷点头说:“车二师父他们出面,势必应者如云。只是,如此一来,会不会将他们的形意拳传说成义和团似的拳会,惹官府疑心?”

林琴轩忽然就击掌说:“三爷,你和曹培德就不会居中说合,叫县衙将形意拳编成乡勇?新编乡勇,不说抗洋,只说对付溃兵流匪。如能说成,再劝武师们率众来城里公开操练演武。其时,我们商界前往慰劳,县衙也去检阅。有了此种气象，不用多置一词，乡民也会传言纷纷，驻足观望的。”

三爷一听，也击掌说：“林大掌柜，明日一早，我就往县衙献上你的计谋！事到如今，我看县衙也别无良策了。”

至此，三爷才来了酒兴。对林大掌柜，他也更刮目相看了：林大掌柜的才具，当在孙大掌柜之上吧。

4

隔日，在城里东寺旁的空场上，真聚集了二百来名乡勇，在形意拳武师的统率下，持械操练。间或，爆出几声震天动地的喝叫，传往四处。闻声赶来观看的民众也就越聚越多。

在场边，车二师父、昌有师父几位武林领袖，康家习武的康二爷、曹家习武的曹润堂等几位大户乡绅，以及县衙的几位官吏，正在神色凝重地议论时局军事。声音很高，语意明了，并不避讳围在身后倾听的一般民众。

他们的话题，多集中在如何对付溃兵流匪上，言语间，对将至的兵匪甚是不屑，又议论了一些擒拿兵匪的计谋。这叫挤在一边旁听的乡民听得很顺心，很过瘾。

这中间，也对洋寇来犯，稍有议论。武师、乡绅们都煞有介事主张：对洋寇须智取，不能硬碰硬。洋寇到时，可杀猪宰羊先迎进来，再摆酒席大宴之；席上只备烧酒，务必悉数灌醉。等洋寇醉死过去，可往洋枪枪管、洋炮炮筒内浇入尿汤；一过尿汤，洋枪洋炮就失灵了……这类降敌方法，更令乡民听得兴味高涨。

后来，知县大人驾到，检阅了乡勇操练，听了武师、乡绅的退敌之论，夸奖一番。县令刚走，几家大商号又来慰劳。

第二天，在北寺附近也有一队乡勇在操练，情形与东寺相差不多。

于是，官衙、武林、商界联手平匪御敌的种种消息，就由民众口口相传，迅速传遍全县城乡。民心果然稍定,外逃风潮开始减缓。

这几天,三爷也一直住在城里的天盛川老号,各方奔忙,一直未回康庄。见局面有了好转,正想痛快喝一回烧酒,就有仆佣来传老太爷的话:赶紧回来!

匆匆赶到家,就听四爷说:这几天已将年少的男主和年轻的女眷送出去避难了。六爷及各门的小少爷,三娘、四娘及汝梅以下的小姐们都走了。

三爷一听,就有些急:他四处劝说别的大户不可妄动,自己家眷倒纷纷出逃了。他问是谁主张,四爷说当然是奉老太爷之命。不过,都在夜间潜出,又都化了装,没多少人知道。

三爷能说什么,只在心里说:夜间出逃的并不少,怎么能秘密得了!

康笏南听到东天门失守,洋寇攻入晋境,官家溃兵即将至的消息,心头有些像遭了雷击:这是上天对他的报应吗?

因为杜氏的“丧事”刚刚办完,就传来了这样可怕的消息。以他的老道,当然知道这消息意味了什么:康家的祖产祖业面临了灭顶之灾!太谷真遭一次兵祸,康家的老宅、商号必然成为被洗劫的重头目标,康家几代人、历几百年所创的家业,就将毁于一旦……

这样的兵祸,不光在他一生的经历中,就是在祖上的经历中似乎也不曾有过吧。咸丰年间闹太平天国,危急时大清失了半壁江山,都以为战祸将至。外埠字号撤了回来,老宅、老号的家产、商资也做了匿藏准备,结果,是虚惊一场。那次战祸,起于南方,乱在南方,这边慌是慌,毕竟离得远,逃难也能从容准备的。

这一次,兵祸就在家门口,说来就来了,天意就是不叫你逃脱吧?

去年朝廷有塌天之祸,危情不断,但于太谷祖业终究也只是有惊无险。眼看议和成了定局,怎么兵祸忽然又降临到家门口?

这分明是上天的报应!

如果不送走杜氏，就不会有这样的兵祸吧？

分明是报应……

康笏南面对突临的兵祸，就一直摆不脱这样的思路。越这样想，他就越感到心灵惊悸，精神也就垮了下来。他把应对危机的重担那样草率地撂给了三爷，实在也是不知所措了。

这在康笏南，可是前所未有的！

不论在家族内部，还是在康家外面的商业王国，康笏南一直都是君临一切的。他畏惧过什么！家事商事，就像三爷所深知的：别人就是想插手也很难，他哪里会把事权轻易丢给你？

康笏南给失宠的老夫人这样办丧事，也不是第一次。以前，他可没有这样惊悸过。经他老谋深算，事情办得一点纰漏都没有。日后就是闹几天鬼，他也根本不在乎。但这一次似乎有些不同。治丧期间，好像人人都动了真情，为杜氏悲伤，却不大理会他，仿佛他们已经看穿了一切。所以在未知兵祸临头前，他已有些心神不定，恍惚莫名。

老夏和老亭一再说：没有一点纰漏，谁也不会知道真相。他不相信这两个人，还能相信谁？也许他自己衰老了吧？人一老，心肠就软了，疑心也多了？

或者，他真应该受一次报应？

时局一天比一天可怕，康笏南也一天比一天感到软弱。他自认逃不过报应，也只好预备舍身来承受，但祖业还得留给后辈去张罗。所以，他不敢再拖延，决定向三爷交代后事。

对老三，他依然不够满意，可还能再托靠谁？

三爷见到老太爷，大感惊骇：就这么两天，老太爷好像忽然老了多少岁！精神萎靡，举止发痴，人也像整个儿缩小了……他当然不知道父亲内心的惊悸，依然以为父亲是丢不下新逝的杜老夫人。

父亲对杜氏有这一份深情，也难得了。

三爷一到，康老太爷就把所有仆佣打发开，气氛异常。

“父亲大人，你得多保重！”三爷先说。

康笏南无力地说：“我也活够了，不用你们多操心。外间局势如何？”

三爷忙说：“局面已有好转。近日商界、武林与官衙联手，已止住外逃风潮，民心稍定。”

“溃军和跟在后头的洋寇呢，也止住了？”

“听说岑抚台已派出重兵，到寿阳弹压溃军。退守乐平的大同总兵刘光才也出来剿抚乱兵。”

“洋寇呢？洋寇攻到哪了？”

“还得不到洋寇的准讯，只听说岑抚台在极力议和。”

“既已攻破东天门，人家能跟你议和？叫我看，洋寇不攻下太原，决不言和。这一兵祸，那是逃不过了。”

“父亲大人，以我看，战与和，还各占一半。马军门的重兵，尚在晋中腹地驻守着，洋寇也不敢轻易深入吧？”

“东天门也有重兵镇守，还不是说丢就丢了？不用多说了，这场劫难是天意，别想逃过去。”

“父亲大人，既如此危急，那你也出去躲躲吧。由我与二哥、四弟留守，尽力应对就是了。”

“老三，今日叫你来，就是向你交代后事的……”

三爷一听这话，慌忙跪下说：“父亲大人，时局真还未到那一步！即便大局崩盘，太谷沦陷，我们也会伺候父亲平安出走的。”

康笏南停了停，说：“我哪儿也不去了。这场劫难非我不能承担，此为天意。我已到这把年纪，本也该死了，但康家不能亡。所以，该出去避难的是你们。我留下来，谁想要，就给他这条老命。你起来吧，这是天意。”

三爷不肯起来，说：“父亲大人，这不是将我们置于不孝之地了？”

康笏南说：“这是天意，你们救不了我的。你快起来，我给你看一样东西。”

说时，康笏南从袖中摸出一页信笺，递了过去。三爷也只好起来接住。展开看时，上面只写着寥寥几行字，又都是“仪门假山”“偏门隐壁”之类：什么意思，看不出来。

康笏南低声说：“老三，这是我们康家德新堂的九处隐秘银窖。你要用心记住！这九处银窖，也没有暗设许多机关，只是选的地界出人意料就是了。总共藏了多少银锭，我说不清。只能告诉你，这些银两足够支撑康家遍布天下的生意。”

三爷这才意识到了这页薄笺的分量，默数了一下，是九处。三爷从小就知道家资巨富，但到底有多富，直到他接手料理商事，也全然不知。现在，家资就全在这页薄纸上了，只是银窖所在的确太出人意料，几乎都在明处……

康笏南问：“记住了没有？”

三爷忙说：“记住了。”

康笏南便说：“那你就点一根取灯，烧了它。”

三爷听说是这个意思，忙又看了一遍，才点了取灯，烧着了这页薄纸。

康笏南说：“这九处银窖，你永远只能记在心上，不能写在纸上。这是向你交代的第一样。”

三爷忙答应：“我记住了。”

“第二样，这些银两永不能作为家产，由你们兄弟平分。这是祖上传下来、一辈一辈积攒起来的商资老底。康家大富，全赖此活水源头，永不能将它分家析产！你能应承吗？”

“永记父亲嘱托！”

“此为不能违背的祖训。”

“知道了，当永遵祖训。”

“第三样，这份商资在我手里没少一两，多了一倍。我一辈子都守一个规矩：不拘商号赚回多少钱，都是分一半存进这银窖中，另一半做家中花销；赚不回钱，就不花销。这规矩，我不想传给你，但这份老家底在你手里不能亏损太多。”

“我谨守父亲的规矩，赚二花一，不赚不花。”

“世事日艰，尤其当今朝廷太无能，我不敢寄厚望于你。我倾此一生，所增一倍商资，总够你亏损了吧？祖上所遗老本，你们未损，我也就满意了。”

“父亲交到我手上的，我亦会不损一两，传给后人！”

“老三，你有此志，当然甚好。但遇此无能朝廷，你也得往坏处想。所以，我交代你的第四样，就是也不能太心疼这老家底：商事上该赔则赔。祖上存下这一份商资，既为将生意做大，也为生意做败时能赔得起。西帮生意能做大，就凭这一手：赔得起，再大的亏累也能赔得起！不怕生意做败，就怕赔不起。赔不起，谁还再理你？大败大赔而从容不窘，那是比大顺大赚还能惊世传名。”

“因大败大赔而惊世扬名？”

“因你赔得起，人家才更愿意跟你做生意！当然，不赔而成大事最好。西帮事业历练至今，也渐入佳境，少有大闪失了。只是，遇了这太无能的朝廷，似也劫数难逃。去岁以来，损失了多少！眼前大劫，由我抵命就是。但以后乱世，就得由你们张罗了。生意上遭赔累不用怕，这些商资老底还不够你们赔吗？就是把我所增的那一倍赔尽，也要赔一个惊天动地了。先赔一个惊天动地，再赚一个惊天动地，那就可入佳境了。怕的是你们舍不得赔，希图死守了这一份巨资，吃香喝辣，坐享其成！”

“父亲放心，我们不会如此不肖！”

“那我就交代清了。后世如何，全在你们了。”

“父亲大人，局面还并不似那么无可挽回！”

“你不用多说。眼下还有些小事，你替我检点一下吧。你们兄弟各门逃难走前，不可将珍宝细软藏匿得太干净，宜多遗留一些。无论溃兵，还是洋寇，人家冲杀进来，没有劫到多少值钱的东西，怒火上来，谁知道往哪发泄？明处的那两个日常使唤的银窖，也要多留些银两，尤其要存留些千两大锭。世间都知道西帮爱铸千两银锭，劫者不搜寻出几锭来，哪能过得了瘾？孙大掌柜那里，你也过问一下，天成元柜上也不可将存银全数秘运出去，总得留下像样的几笔，供人家抢劫吧？什么都劫不到，饶不了你。听明白了吧？”

“听明白了。”

“检点过这些事，你跟老四也避难去吧。你大哥、二哥他们，能劝走，也赶紧叫他们走。这里的老家底，我给你们守着。但愿我舍了老命，能保全了家底。”

“父亲大人不走，我们也不会走的！”

“你们不走，是想叫康家败亡绝根吗？”

5

三爷虽不敢太违拗老太爷，但他哪里会走？本来与曹培德就有约，不能妄动；现在老太爷又将康家未来托付给他，更不能临危逃走了。

他去劝大哥、二哥，他们也都不想走。大哥还是闭目静坐，不理外间世界。大娘说，我们也年纪不小了，还怕什么？二爷日夜跟形意拳武师们守在一起，忙着操练乡勇，计议降敌之策，正过瘾呢，哪会走？

四爷当然也不肯走，反倒劝三爷走。

劝不走，就先不走吧。反正外间的逃难风潮也减缓了。

可就在老太爷交代后事不久，外间局面又忽然生变：马玉昆派驻太谷的几营官军，突然开拔而去。也并非进军东路，去迎击洋寇，却是移师南去了！由榆次开过来的马部驻军，也跟着往南移师。

马军门统领的重兵，要撤离山西！

三爷听到这个消息，又惊出了一身冷汗：朝廷真要放弃晋省了？说不定是再次中了洋寇议和的诡计！东天门之失，就是中了洋寇的诡计。说好了敌我齐退，结果是我退敌进。官军前脚撤出关防，洋寇后脚就扑关而来。现在，你想叫洋寇退出晋境，人家又故技重演。马军门的官军一退，洋寇洋兵必定乘虚而来！

三爷不敢怠慢，立马去寻曹培德商量对策。

曹培德倒不像三爷那样着急，说已经派人往祁县打听消息去了。叫他看，马玉昆重兵撤出山西，说不定还是一种好兆。若军情危急，西安军机处能允许马军门撤走？三爷依然疑心：一定是岑春煊急于议和，将马军门逼走了。马部重兵一撤，山西必成洋寇天下！

曹培德也没太坚持，只说："洋寇真来了，我们也只能杀猪宰羊迎接吧？"

三爷说："我们杀猪宰羊倒不怕，就怕人家不吃这一套！"

曹培德说："我看，再邀祁太平几家大户，速往省城拜见一回岑抚台。见过岑大人，是和是战，和是如何和，战又如何战，也就清楚了。"

三爷说："这倒是早该走的一步棋。岑春煊移任晋省抚台后，祁太平商界还未贺拜过。只是，今日的岑春煊好见不好见？"

曹培德问："你是说见面的贺礼吗？"

三爷说："可不是呢！去年，岑春煊只是两宫逃难时的前路粮台，写一张千两银票，孝敬上去，就很给我们面子了。现在的岑春煊已今非昔比，该如何孝敬，谁能吃准？"

曹培德说："叫我看，只要我们不觉寒酸，也就成了。岑春煊吧，又见过多少银钱！乔家的大德恒在太原不是有位能干的小掌柜吗？该备多重的礼，托他张罗就是了。该斟酌的，是再邀哪几家？"

三爷说："不拘邀谁家，也得请乔家老太爷出面吧？你我都太年轻。"

曹培德说："乔老太爷年长，人望也高，只是乔家并非祁县首户。乔老太爷出面，平帮会不会响应，就难说了。我看，请祁县渠家出面，比乔家相宜。渠家是祁帮首户，又有几家与平帮合股的字号。渠家出面，三帮都会响应。"

三爷说："请渠家出面，那也得叫乔家去请。"

曹培德说:“那我们就再跑一趟乔家?”

三爷说:“跑乔家,我一人去吧。仁兄还得联络武林、官衙,继续操练乡勇。官军撤了,乡勇再一散,民心更得浮动。”

曹培德就说:“那也好。只是辛苦三爷了。”

二位还未计议完,曹家派出打听消息的武师已飞马赶回来了。带回的消息是:马玉昆兵马已全军开拔,由祁县白圭入子洪口,经潞安、泽州,出山西绕道河南,开赴直隶。传说朝廷有圣旨:和局将成,各国洋军要撤离,所以命马部官军赶赴直隶,准备重新镇守京畿地界。所以,说走就走了。

和局将成,洋寇要撤离?真要是这样,那当然是好消息;可看眼前情形,谁又敢相信?

三爷反正不敢相信,疑心是军机处怕开战衅,使了手段,将主战的马玉昆调出了山西。曹培德也不大敢相信,只是以为:若调走马玉昆,能使三晋免于战事,也成。但三爷说:

“就怕将山西拱手让给洋人,人家也不领情,该抢还是抢,该杀还是杀!”

曹培德就说:“马部兵马已走,就看洋寇动静了。眼下,攻入晋境的洋寇到底推进到哪儿了?日前听知县老爷说,平定、盂县两地县令竟弃城逃亡,岑抚台已发急牒严饬各县,再有弃城者,杀无赦。所以知县老爷说:既不叫弃城逃难,那就打开城门,杀猪宰羊迎洋寇吧。”

三爷说:“朝廷弃京逃难走了,洋寇还不是将京城洗劫一过!杀猪宰羊迎接,洋人就会客气?我不敢相信。车二师父派出的探子,也传回消息说,寿阳、榆次县衙已会集商绅大户,令预备迎接洋寇的礼品货物。乡人听说了,更惶恐出逃。马玉昆这一走,祁太平一带的逃难风潮会不会再起?”

二位计议半天,觉得当务之急还是如何安定民心,对付洋寇,贺拜岑春煊倒可缓一缓的。商界的巴结,哪能左右了岑春煊?他该议和还不是照样议和!

既不往祁县游说乔家渠家，三爷就赶去见车二师父。

近日车二师父一直住在城里的镖局。一见三爷来，就问："三爷，来得这么快？"

三爷不明白是问什么，就说："车师父，快什么？"

车二师父说："康二爷才走，说去请你，转眼你就到了，还不快？"

三爷说："我刚从北洸村曹家来，并未见家兄。有急事？"

车二师父说："那三爷来得正好，正有新探报传来！"

三爷忙问："洋寇来犯？"

车二师父一笑，说："算是喜讯吧，不用那样慌。"

"喜讯？"

"能算喜讯。"

的确能算喜讯：攻入晋境的德法洋军，已经撤回直隶的井陉、获鹿了，并未能大举西进。

原来，三月初一，镇守东天门的刘光才总兵被迫撤兵时，怕故关、旧关及娘子关的炮台成孤立之势，不能持久，就设了一计：密令这三处关防的守将，明里也做撤退假象，暗里则将阵地潜藏隐蔽，备足粮弹存水。这样佯退实不退，为的是不招敌方围困；洋寇若大意扑关，又能出其不意，迎头痛击。

果然，德法洋军派过来刺探军情的华人教民，听信传言中了计，把关防炮台守军也撤退的情报带回去了。

初四日夜半，法军扑故关，德军朝娘子关，分兵两路西进，企图越关入晋。因为已经相信是空关，大队兵马径直往前开时，无论德军法军，都没有攻关打算。哪能想到，大军都挤到关下了，忽然就遭到居高临下的重炮轰击！德法两军遭遇都一样，死伤惨重，惊慌后撤。不同的是，德军从娘子关后退时，又走错了路，与从故关败退下来的法军，迎面相撞。初四后半夜，正是黑得伸手不见五指的时候，惊慌撤退的双方未及细辨，就以为遇到了清军的埋伏，于是仓皇开战。等明白过来，又伤亡不少。洋寇连夜退回井陉，据说将跟随他们的教民，杀了不少。教民谎报军情，洋人以为是有意的。

洋寇吃了这样大的亏，哪能甘心？初五、初六两日，连续发重兵，围攻故关、娘子关及南北嶂几处关防。双方伤亡都够惨重，娘子关也一度失守，但洋寇终未能长驱入晋。此后相持数日，也时有战事，但已波澜不惊。到三月十三，德法洋军都退回获鹿，连战死的尸骸也运走了，怕是要放弃攻晋吧。

三爷听了，当然松了一口，说："洋寇息战，当然是喜讯。只是，东天门关防虽危急，并未尽失，溃军之乱又从何说起？"

车二师父说："那是盂县一帮歹徒趁危兴风作浪。娘子关失守后，洋寇并未敢单道深入。可附近一个乡勇练长，叫潘锡三，他听说关防失守，就勾结一帮不良官兵，四处散布洋寇已破关杀来，引发民乱。他们就趁乱肆意抢掠。此乱一起，那就像风地里放了一把野火，谁知道会烧到哪儿！不用说一般乡民了，盂县、平定的县令就先吓得弃城逃跑了。"

三爷说："刘总兵机智阻敌在前，拼死守关在后，怎么也不见张扬？只听说溃军将杀掠过来，还以为就是刘部兵马呢。"

车二师父说："德法扑关伊始，刘总兵就急报岑抚台，岑只让劝止，不许开战。刘大人只好急奏西安军机处，岑抚台知道后，反责备刘大人谎报军情。这种情形，谁还敢为之张扬？派去探听消息的武友，很费了周折，才得知实情。"

三爷又能说什么？虽然知道了兵祸暂缓，可以松口气了，但还是更记起父亲交代过的那句话：当今朝廷太无能，凡事得往坏处想！

其实，德法肯退兵，到底还是因为岑春煊答应了由晋省额外支付一笔巨额赔款。这就正如林大掌柜所预料：破财议和。

6

兵祸暂缓之后,康家逃难出去的也陆续回来。老太爷的精神分明也好转了。但三爷却轻松不下来:老太爷秘密向他交代了康家的老底,他算是正式挑起重担了吧。

所以,三爷终日在外奔波,不敢偷闲。但一件棘手的事却令他想躲也躲不开:兵祸才缓,票庄的孙大掌柜就提出要告老退位。

这次兵祸虽然有惊无险,孙大掌柜的表现却令人失望,一味慌张,没有主意,哪还像个西帮的大掌柜?或许孙大掌柜也真是老迈了。只是,他是老太爷依靠了几十年的领东掌柜,三爷哪敢擅自撤换?尤其有去年冬天的那次龃龉,三爷更不能就此事说话了。他刚主事,就叫领东老掌柜退位,别人不骂他器量太小才怪!

再说,更换领东大掌柜,毕竟是件大事。要换,也得待天时地利人和具备之际,再张罗吧?眼前时局,哪容得办这种事!三爷心里已有了自己中意的大掌柜,可他连一点口风都没敢透出。

因此,孙大掌柜一跟他提起这事,三爷就极力劝慰,直说这种时候康家哪能离得开你老人家呀!天成元遇了这样的大难,除了你老,谁能统领着跳过这道坎?你老要退位,天成元也只好关门歇业啦。总之,拣好听的说吧。

可孙大掌柜好像铁了心要退位,你说得再好听,他也不吃这一套。

这是怎么了?孙大掌柜是被这场兵祸吓着了,还是另有用意?以他的老辣,觉察出老太爷已经交代了后事,三爷正式继位,所以不想伺候新主了?

老太爷交代后事那是何等秘密,三爷哪敢向世人泄漏半分?他连三娘都没告知一字!孙大掌柜是从他的言行举止上觉察出来了?近日他是太张扬了,还是太愁楚了?自家就那样沉不住气?

三爷躲也躲不过,劝也劝不下,就对孙大掌柜说:“这么大的事,跟我说也没用。大掌柜想告老退位,去跟我们老太爷说。我自家出趟远门,还得老太爷允许呢,这么大的事,跟我说顶什么事?”

孙北溟却说:“我还不知道跟你家老太爷说?说过多少回了,都不顶事!前年,津号出了事,我就跟他说,该叫我引咎退位了吧?他不答应,怕伤了天成元信誉。去年京津庄口被毁,生意大乱,应付如此非常局面,我更是力不能胜了。可你家老太爷依旧不许退位,说留下这么一个乱局,没人愿接!这不是不讲理呀?这么个乱局,也不是我孙某一人弄成,岂能讹住我不放?现在,洋人退了,议和将成,乱局也快到头了,还不允许老身退位?”

三爷只是说:“这是我们老太爷器重你,离不开你。”

孙北溟说:“他是成心治我!三爷,我求你了。孙某一辈子为你们康家效劳,功劳苦劳都不说了,看在我老迈将朽,来日无多的分上,也该放了我吧?入土之前,我总得喘息几天吧?你们家老太爷,他是恨不得我累死在柜上才高兴!三爷,你替我说句话,替我在老太爷跟前求求情,成不成?”

三爷现在毕竟老练多了,孙大掌柜说成了这样,他也没敢应承什么,依旧说:“孙大掌柜,在我们家老太爷跟前,我说话哪有你老顶事?我替你求几句情,有什么难的?只怕我一多嘴,老太爷反而不当一回事,那又图甚?以你大掌柜的地位,有什么话不能自家去说!”

“三爷,你怎么听不明白!我自家说话要顶事,还来求你?我亲口说了多少回了,不管用呀?”

三爷笑了笑说:“这能怨谁?只能怨你的本事太大了。孙大掌柜,我也求你了,先统领天成元渡过眼下难关,再言退位,成不成?”

三爷没想到,他这句话竟令孙大掌柜拉下了脸:

“三爷,你也这样难求?我也老糊涂了,年前竟敢得罪少东家!罢了,罢了,谁也不求了,无非舍了这条老命吧。”

孙大掌柜竟这样说,三爷可是有些不知所措了:这不是当面说他器量

太小,记了前嫌,不肯帮忙吗?他慌忙给孙北溟行礼赔罪,说:

"大掌柜要这样说,我可是无地自容了!你老是前辈,我岂敢不听吩咐?那我就照大掌柜的意思,在老太爷跟前说道几句。顶事不顶事,乃至坏了事,我可不管了。"

孙大掌柜倒转怒为喜,说:"这还像你三爷所说的话!求了半天,总算没白求。三爷,老身临危逃避,实在是怕贵府生意再遭伤筋动骨之累!你与老太爷当紧得另选贤能,来挑领东这副担子。"

三爷就问:"似孙大掌柜这样的领军人物到哪儿去寻?"

孙北溟说:"京号的戴掌柜,汉号的陈掌柜,才具都在老朽之上。两位又多年驻大码头,大场面、大波澜经见得多了,不拘谁,回来领东,都远胜于我!"

孙大掌柜所举荐的这二位,那当然堪当其任。只是,那并不是三爷所心仪的人。但三爷口头还是说:"戴、陈二位的出类拔萃,也是有目共睹的,只是不及孙大掌柜就是了。"

"三爷无须这样客套,戴、陈二位必能保天成元渡过难关,先复兴,再发达的。"

孙北溟此次坚辞领东掌柜的职位,倒不是要难为三爷,他的确早想退位了。庚子之乱以来,他也实在感到力所不逮。京津两号被毁,北方大半庄口被殃及,这在天成元可是前所未有的浩劫。即便和局成了,如何复兴这许多分号?孙北溟每一想及,就不寒而栗。再想想洋人如此得势,日后国将不国,民生艰难,商业衰微是不可免了。尤其听说这次赔款竟高达四亿五千万两之巨!将如许白银赔给外国,国内哪还有银钱来流通?在此种国势下,银钱业还能维持吗?

孙北溟毕竟年纪大了,已经没有了绝境再生的心劲。

西帮商号体制,即使做了孙北溟如此显赫的大掌柜,也依旧是商号的托管者。生意是东家的,他感到难经营了,自然要辞职退位。做大掌柜多年,家资已大富,退位后尽可颐养天年。所以,他才不想恋栈不去,落一个败名。

三爷看出了孙大掌柜退意是真。他也答应了替孙大掌柜说情。可见着老太爷,总不便开口。由他提出撤换大掌柜,实在怕惹老太爷不高兴。比较妥帖的办法,应该由一位能与老太爷说上话的中间人,先将此事提出;老太爷拿此事来询问他时,他再出面说话。

可到哪去寻这样一位中人?说合撤换大掌柜这样的事,实在非同小可,此人既得有相当的身份,又没有太大的瓜葛。谁适宜担当这样的重任?家馆的何举人吗?何举人说这种事,老太爷多半会一笑置之,不当回事。老夏、老亭?身份不够,他们也从不就外间商事插嘴。

二爷、四爷呢?他们说话,老太爷也不怎么当回事。

三爷想来想去,想不出一个适当的人来,就只好叫孙大掌柜先去求老太爷。一趟不成,再跑一趟。跑得老太爷心动了,把换大掌柜的话茬提出来,他就好说话了。到那种火候说话,也才顶事。

孙大掌柜采纳了三爷的主意,开始不厌其烦地往康庄跑,软话硬话都说了,非告老退位不可。但三爷看老太爷动向,却一直平静如常,有关孙大掌柜的事,半个字也没有提起。

看看,老太爷还是不想换天成元的大掌柜。

三爷正庆幸自己没有冒失,突然被老太爷召去。去了,就见老太爷脸色不对。

"你答应孙大掌柜退位了?"

"父亲大人,这么大的事,我哪敢答应?"

"孙大掌柜亲口说的,还能是假?"

"父亲大人,我哪敢答应这种事!孙大掌柜是求过我,但我说这事非同小可,得由家父做主……"

"我能做什么主?现在,一切是你做主!"

三爷知道,他最担心的情形,到底还是出现了。眼前盛怒的父亲,分明已经从丧妇的悲伤中脱离出来,威严如旧。

第三章　情遗故都

1

三月初八这个日子，六爷最不能忘记了：去年因洋人陷京，朝廷将耽误了的恩科乡试，推延至今年的此日开考。

朝廷发此圣旨的时候，还正在山西北路逃难呢，就以为今年三月能雨过天晴？三月是到了，朝廷却依然在西安避难。议和受尽屈辱，还是迟迟议不下来。德法洋军倒攻破晋省东天门，杀了进来。不用说，恩科比试又给搅了。

六爷听到兵祸将至的消息，最先想到的，就是当今皇上的命数，实在是太不济了。三旬是而立之年。皇上三旬寿辰开的这个恩科，居然就这样凶祸连绵！看来尊贵如皇上，竟也有命苦的：该着的劫难，逃也逃不脱。逢了这样的皇上，你也只能自认命苦吧。

本来，听说发生拳乱的州县将禁考五年，六爷已经断了念想，自认倒霉，自认命苦。想不开时，偷偷吸几口料面，飘飘扬扬，也就飞离苦海了。没想到，年后从西安传来消息，说禁考条款只是应付洋人，朝廷已有变通之策：禁考州县的生员，可往别地借闱参考。山西属禁考省份，乡试将移往陕西借闱。京师也在禁考之列，会试将移在河南开封府借闱。

借闱科考，这是谁想出的好主意？

六爷赶紧振作起来，头一样，就是决定戒烟，再不能吸料面了。吸大烟后，他算知道烟瘾是怎么回事了。进入考场，一旦烟瘾发作，哪还能做锦绣文章？堂皇森严的考棚里，大概不会允许带入烟枪料面。

只是，戒烟哪那么容易！烟瘾来了，不吸两口，人整个儿就没了灵魂，除了想吸两口，就剩下一样：想死。

何老爷，你这不是害了我了？

何举人当然没有料到朝廷还有借闱科考这一手。但国运衰败如此，忍辱借闱吧，就能选取到贤良了？朝廷无能，贤良入仕又能如何？所以，对六爷的责难，何老爷倒也不在乎。染上大烟嗜好，赴考是有些关碍，可六爷你若弃儒入商，那就什么也不耽误。这种话明着说，当然六爷不爱听。

何老爷只是劝慰六爷，说戒烟不能太着急。"你这才吸了几天，烟瘾远未深入骨髓，戒是能戒了，只是不能着急。戒烟也似祛病，病去如抽丝。"

六爷听了这话更着急："我倒想悠着劲儿戒烟，可朝廷的考期能悠着劲儿等你？三月初八，转眼就到了，我不着急成吗？"

当时是正月，离三月真不远了。

何举人笑了笑说："就因为三月初八不远，才无须着急。"

六爷以为何老爷是成心气他，就说："着急也没用，反正来不及戒了？何老爷是不是有什么妙法，能将烟具料面夹带进考棚？"

何老爷说："六爷，到三月初八若能如期开考，咱们真还不愁将烟枪烟土夹带进去。烟枪可制成笔形，烟土又不占地方，塞哪儿吧不便宜？"

六爷说："何老爷当年就这么带的？"

"那时本掌柜正春风得意，抽什么大烟！我染上烟瘾，也跟六爷相仿，全因为断了锦绣前程。中举后，京号副帮做不成了，还能做甚？只好抽大烟吧。"

"何老爷你又来了！你不叫我着急，难道真要抽足了大烟，再做考卷？"

"六爷，我劝你不必着急，是因为到三月初八，肯定开不了考！这一届恩科乡试，保准还得推延。"

"何老爷又得了什么消息？"

"有消息，没消息，一准就是推延了。转眼三月就到了，什么动静还没有。议和还没有议下来，谈何借闱？"

六爷想想，虽觉得何老爷推断得有些道理，但依旧必须戒烟：不论考期推延到何时吧，总是有望参加的。

所以在正月二月，六爷算是把自家折腾惨了。烟瘾发作时，墙上也撞过，地下也滚过，头发也薅过，可惜自虐得再狠心，终于还是免不了吸两口拉倒。一直到杜老夫人重病时，六爷的戒烟才算见了效。

老夫人忽然重病不起，使六爷受到一种莫名的震动。震惊中，竟常常忘了烟瘾。尤其在探望过老夫人后，好几天郁闷难消：这几天就一点烟瘾也没有。

二月十七，老夫人真就撒手西去。从这一天起，一直到三月初七老夫人出殡，三七二十一天中，六爷居然没发过一次烟瘾！除了繁忙的祭奠、守灵、待客，他心里也是压了真悲痛。杜老夫人的死，自然叫他想起了生母的死。但在心底令他怅然若失的，还有另一层：他是刚刚看懂了这位后母，怎么说死就死了？他刚刚看懂了什么是女人，什么是女人的天生丽质，什么是女人的优雅开通，什么又是女人的郁郁寡欢……刚刚看懂女人的这许多迷人处，竟会集于后母一身，她就忽然死了。

她刚刚现出真身，忽然就死了！

在这种无法释化的悲伤中，六爷彻底忘记了大烟土。因为他愿意享受这一份悲伤，再浓厚，再沉重，也不想逃脱。

出了三月初七，六爷才忽然想起三月初八是个什么日子。他的烟瘾已祛，延期的乡试倒如何老爷所料，仍没有如期到来。时局也未进一步缓和，反而又吃紧了。东天门失守，兵祸将至，传来的都不是好消息。

没过几天，六爷跟了何老爷，趁夜色浓重，逃往山中避难去了。

那是一个叫白壁的小山庄，住户不多，但庄子周围的山林却望不到边。林中青松居多，一抹苍翠。六爷还是头一次见到这样广袤雄浑的山林，稀罕得不得了。尤其在夜间起风时，林涛呼啸，地动山摇，六爷被惊醒后那是既害怕，又入迷：似近又远的林涛，分明渲染着一种神秘与深邃，令你不知置身何处。

何老爷对此却兴致全无。他一味劝说六爷，与其在这种山野藏着，还不如去趟西安。眼下朝廷驻銮西安，那里才最适宜避难。西安离太谷也不远！

去西安避难？何老爷真是爱做奇想。六爷也未多理会，只是说："西安我可不想去，只想在这幽静的山庄多住几天。这么壮观的林子，何老爷多经见了？"

"六爷，你真是气魄不大。与朝廷避难一城，你就不想经见经见？"

"与朝廷同避一城？"

"你既铁了心要入仕途，也该赶紧到西安看看。"

"看什么？"

"看朝廷呀！朝廷整个儿都搬到西安了，又是临时驻銮，最易看得清楚！京中朝廷隐于禁宫，与俗市似海相隔。弃都西安，哪有许多禁地供朝廷隐藏？所以朝廷真容，现在是最易看清的时候！"

"何老爷，现在是朝廷最倒运的时候。你是叫我去看朝廷的败象吗？"

"朝廷的败象，你轻易也见不着吧？"

"撺掇我去看败象，是什么用意，我明白！"

"我有什么用意？"

"还不是想败坏我科举入仕的兴致！"

"六爷，这回你可冤枉本老爷了。我撺掇你去西安，仅有一个用意：沾六爷的光，陪了一道去趟西安。朝廷驻銮西安，败也罢，盛也罢，毕竟值得去看看。汉唐之后,西安就没有朝廷了,这也算千载难逢吧!"

何老爷这样一说,六爷倒是相信他了。只是,跟何老爷这样一个疯人出游西安,能有什么趣味?所以,他也没有松口:

"西安真值得去,眼下也去不成吧?我们正逃难呢,哪有心思出游?再说,老夫人初丧,也不宜丢下老太爷出门远行。"

"六爷,到无灾无难时,朝廷还会在西安吗?"

何老爷仍极力撺掇,六爷终也没有应承。但趁朝廷驻銮之际,去游一趟西安,倒真引起六爷的兴致。反正考期又推延了,大烟瘾也已祛除,正可以出游。日后借闱开考,也在西安,早去一步,说不定还能抢到几分吉利吧。

只是,无论如何也不想跟何老爷同去。有他在侧,太扫兴。但除了何老爷,又能与谁结伴出游?

六爷也没有多想,就有一个人跳了出来,浮现在眼前:这个人竟是孙二小姐,那位已跟他定亲的年少女子。

他这也是突发奇想吧,竟然想跟未婚妻结伴出游?那时代,订婚的双方在过门成亲以前,不用说结伴出游,就是私下会面,也是犯忌的。而自定亲后,六爷实在也很少想起这位孙小姐。在老夫人安排下,他暗中相看过对方,看不出有什么毛病,却也未叫人心跳难忘。

但在老夫人重病不起后,他开始时时想到孙小姐了:她是老夫人为他物色到的女子。那一次在华清池后门,也许并没有很看清。又是冬天,包裹得太严实。不是很出色的,老夫人能看得上吗?六爷已生出强烈的欲望:能再见一次孙小姐就好了。可除了老夫人,谁又会替他张罗这种事?重病不起的老夫人,再不会跟他一起捣这种鬼了。那次捣鬼,真使他感到温暖异常。

只要一想,六爷就感伤不已。

老夫人病故之后,六爷就更想念这位孙小姐了:她是老夫人留给他的女人。记得她也是很美貌的,也是天足,也爱洗浴,也应该很开通吧。她也会不拘于规矩，悄然出点格，捣一次鬼吗？

在为老夫人治丧期间，六爷就止不住常常这样想。那时他幻想的是与孙小姐一道，为老夫人守一夜灵。在长明灯下，面对了老夫人那幅音容依旧的遗像，只有他们二位，再没有别人……当然，那也只能幻想。没人替他张罗这种事。

现在，提到出游西安，六爷不由得又想到孙小姐。与孙小姐一道出游，那是更不容易张罗的出格事。但他幻想一次，谁又能管得着！

孙小姐是天足，出游很方便。她也开通，不会畏惧见人。她甚至可以女扮男装，也扮成一位赶考的儒生，那他们更可以相携了畅游西安。她扮成儒生，会太英俊吧。

这样的幻想，使逃难中的六爷想得很入迷。有时候，为了躲开何老爷的絮叨，他就只带了小仆，偷偷钻进村外的松林。林子深处幽静神秘，更宜生发幻想吧。

2

从白壁逃难回来，时局已大为缓和了，乡试却没有任何消息。何老爷就继续撺掇：到西安走一趟，什么消息探听不到？

刚经历了老夫人新丧和外出避难，六爷感到窝在家中也实在郁闷难耐。于是，真就跟老太爷请示了：听说将在西安借闱科考，所以想早些去西安看看。趁朝廷驻銮西安，去了，也能开开眼界吧。

老太爷居然问："这是何老爷的主意吧？"

六爷一听就明白了：这个何老爷，倒先在老太爷跟前嚷嚷过了！大概是未获赞同，才又撺掇他出面。于是说："是我想去，不干何老爷的事。"

没想到，老太爷竟痛快地说："是你自己的主意，那更好！老六，你早该去西安看看了。朝廷落难时候是种什么气象，你早该去看看了！这也是千载难逢啊，西安又离得近，不去真可惜了。想去，就赶紧去吧！"

老太爷说的话，也居然和何老爷一模一样。是老太爷听信了何老爷的怪论，还是何老爷本来就暗承了老太爷的意旨？不论怎样吧，六爷的兴致大减。他们撵他到西安，不过是为叫他亲见朝廷的败象，以放弃科举入仕。早知这样，他才不上当呢。现在也不好反悔了，只好答应尽早动身。

老太爷叮嘱：到西安就住到天成元柜上，多听邱掌柜的。邱掌柜手眼通天，什么都知道。

他们的用意更清楚了。六爷嘴上答应下来，心里却想：他才不想听掌柜们念生意经，只想游玩。再说，人在外，还不知会怎么着呢。

去西安已无阻碍，但结伴同行的，果然指派了何老爷。六爷先兴味索然了一阵，转念一想，倒也觉着无妨：何老爷兴趣在商事，到了西安准就一头扎进铺子，与邱掌柜论商议政去了。六爷尽可独自游玩的，只怕比在家中还要自由得多。

既如此，六爷的那个奇想又跳出来了：能邀了孙家小姐一道游西安，那该是种什么滋味？

若在以往，六爷才不会做此种非礼的出格之想，现在可不同了。这两年历尽大变故，不断令人丧气损志，什么仁义礼信，他也不大在乎了。再加上杜老夫人在他心底唤醒的青春意识，已经再按捺不下。所以他反倒渴望出格！

简直没有多想，六爷就奋笔给孙家小姐写下一信。信中说老夫人的仙逝叫他痛不欲生，困在家中更是处处睹物伤情。近日，他已获准出游西安，一面散心，一面还可瞻仰朝廷气象云云。只在末尾提了一笔，汝敬仰先老夫人，似大有维新气韵，定也不惮出游。想已游过西安吧，可指点几处名胜否？

信写好，如何投递？

六爷就想到了初见孙小姐的地界：城里的华清池后门。孙小姐常去洗浴，那应是传信的好地界。他叫来心腹小仆桂儿，吩咐其到华清池后门守候，设法将信件送给孙家小姐。行事要秘密，又要机灵。

桂儿应命去了，当日就跑回来禀报：信已交到了。

六爷忙问："交给了谁？"

桂儿说："当然是交给了孙家小姐跟前的人。"

"接了吗？"

"一听是六爷的信，哪敢不接！"

"说什么没有？"

"孙小姐还没从浴池出来呢，一个下人，她能说什么？只说一定转呈。"

给孙小姐写信本是一时冲动，打发桂儿走后，六爷才有些后怕了。太鲁莽了吧，孙小姐是不是那么开通，还两说呢！人家不吃这一套，翻脸责怪起来，岂不麻烦了？当时就想，桂儿此去扑了空就好了，他后悔还来得及。孙小姐不会天天去洗浴，哪会那么巧，初去就撞到？

老天爷，真还撞着了！

既已出手，结果如何，也只好听天由命吧。想是这么想，心里可是大不踏实。六爷毕竟是自小习儒的本分人，又是初涉男女交往，当然踏实不了。

他嘱咐桂儿，多往华清池跑跑，看孙小姐有什么回话。

谁料，还没等桂儿往城里跑呢，孙家倒派人来了。

那是送出信后第二天，六爷催桂儿往城里跑一趟，桂儿不愿去，说去也是白跑，人家哪能天天去洗浴！六爷也不好再催，心里七上八下的，坐也坐不住，动又不想动。就在这当口，管家老夏领着一个生人进来，说孙家差人来了，要面见六爷。

六爷一听就有些慌，只以为真出了麻烦，忙对老夏说："叫底下人引他进来就得了，哪用老夏你亲自张罗？"

老夏笑笑，说："孙家来的人，哪敢怠慢！"

六爷极力装出常态，说："不过是个跑腿的，老夏你也不用太操心，有什么事，叫他待会儿跟我说吧。你要不忙，先坐下喝口茶？"

"不了，六爷你快招呼人家吧，有吩咐的，叫桂儿来告我。"

老夏走了，再看孙家差来的这个下人，也平平静静，六爷这才放心些了。便问："孙家谁派你来的？"

那人低声说："我们家小姐。"

他们家小姐？

"派你来何事？"

"送一道信，面呈六爷。"说时，从怀中摸出一封信札，呈了上来。

六爷接住，努力不动声色，说："就这事？"

"就这事。六爷亲手接了，我也能回去交代了。"

六爷就吩咐桂儿送孙家差人出去。两人一走，赶紧抽出信来看：老天爷，她怎么跟自己想象的一模一样！信中说，接了传来的私函，惊喜万分，不敢信以为真；杜老夫人仙逝后，思君更切；出游外埠名胜，正是她的夙愿；与夫君相携出游，她已做过这样的梦了；今游西安，实在是正其时也；愿与夫君同行，乞勿相弃；为避世人耳目，她可女扮男装……

这岂止是开通，简直是满纸烈焰！

这样的信函，竟大模大样派人径直送上门来！

孙小姐的开通程度，虽然叫六爷大受冲击，可他还是像抽了料面一样，忽然精神大振。

女扮男装的孙小姐会是什么样子？更风流俊雅，还是更大胆？

眼看着自己的胡思乱想即将成真，六爷恨不得立马就能启程赴陕。急匆匆去跟何老爷商量行期，这老先生，却正卧在炕榻上。一问，才知是染了风寒，大感不适，浑身上下像被抽了筋了，棉花一团软。

这叫什么事儿！平日也不见你害病，到了这种要命的关节上，害得什么病？既然想害病，何老爷你就踏踏实实病着吧，我也不催逼了，只好先行一步。赴陕一路，辛苦万状，等踏实养好病，你再赶来西安也耽误不了啥。

这也许还是天意，特别将何老爷早早支开，省得他碍眼碍事？

六爷就极力劝说道："何老爷，上了年纪了，贵体当紧。先踏实养你的病，就是天大的事也不用多操心。学生也该长些出息了，去趟西安哪还非用老师领导着？就是跑口外吧，也该学生独自去历练。自古以来，远路赶考的生员，也未见有为师的陪伴吧？何老爷你从容养病，学生就先行一步，在西安恭候老师随后驾到。”

何老爷一听可急了，翻身滚下病榻，直挺挺站定，说：“六爷，我什么病也没得！刚才，不过是戏言，吓唬你呢。即便明日动身，我这里也便宜。”

六爷看何老爷的情形，却分明一脸病容，虽努力挺着，身子还是分明在抖。

他忙扶持何老爷躺下，可老先生死活不肯挪动，直说：没病，没病，什么时候启程都便宜！

老先生不是又犯了疯癫吧？

纠缠了半天，六爷才明白：何老爷实在是怕丢失了这次出行外埠的机会！自从顶了举人老爷这个倒运的功名，脱离京号，还再未外出过，更不用说大码头了。此回赴西安，无论如何得成全了他！“不过是偶感风寒，无关痛痒的。六爷，你可千万不能将此小恙，说给老太爷知道，切切，切切。”

一旦给老太爷知道，何老爷就去不成西安了？这倒也是摆脱这位疯爷的一步棋。不过看着他那副可怜相，六爷实在有些不忍心。毕竟是老师呀！

没办法，只好等他几天。

六爷答应了等，何老爷只是不相信，还是纠缠着说：千万不能丢下他，千万不能叫别人知道他病了。不能说给老太爷，更不能说给老夏！老夏对他一向不安好心……

六爷忍不住真生了气，丢了一句话：“信不过我，你就自个儿去西安！”也不管何老爷如何起急，径自走了。

孙小姐带给六爷的那一份激情，叫何老爷这样一搅，倒变成了几分无名火。回来冷静了一阵，才想起该给孙小姐传一声回话过去。人家一团烈焰，你倒只顾了与这位疯老爷生气！

六爷展笺写回信时，只觉自己也成了一团烈焰，奋笔疾书下去，什么顾忌都丢到一边了。

不久，收到孙小姐回信，依然满纸激情。

这样来来去去，倒也顾不上生什么气了。五天后，六爷先启程上路。以他的愿望，那当然是想与孙家同行！与她结伴，这一路长旅将会是何等滋味？他想象不出。但孙小姐说，在本乡地界毕竟不便太出格，还是先分头赴陕吧。言外之意，到了西安，才可无所顾忌？于是约定了六爷先行，孙小姐随后再启程。

六爷启程时，自然将何老爷"带"上了。他说小恙已大愈，谁知道呢？

其时已到四月中旬，天气正往热里走。由太谷奔西安，又是一直南下。天气一天比一天热，沿途地界也是一处比一处热，两热加一堆，赶路不轻松。

六爷心里还装着一热：孙小姐投来的那一团烈焰。被这热焰鼓舞着，他倒也顾不得旅程之累了。只是这位何老爷，一路不停地念叨自家当年如何不惧千里跋涉，又说前年老太爷南巡时正是大热天气，我们受这点热哪叫热？仿佛别人都是怕热怕累，软差不堪，只他有当年练就的英雄气概。

可刚走了五六天，到达洪洞，何老爷就先病倒了。这回是患时疾，下痢不止，人又成了棉花一团软。

六爷也只好在这洪洞停下来，寻请医先为何老爷诊视抓药。心里刚要生气，忽然一转念，暗暗叫了一声好：在这地界多等几天，不就把孙小姐等来了？

他尽量显得不动声色，安慰何老爷不要着急上火，止痢当紧，大家也走乏了，正可乘机喘息几天。暗中呢，打发了桂儿留意探听孙家人马的动静。

洪洞倒也有几处可游玩的名胜，除了尽人皆知的大槐树，霍山广胜寺更是值得一游的一座古寺。可六爷他哪有这份心思！

等了四五天，何老爷的时疾已渐愈，桂儿却什么消息也没打探回来。

“你这小猴鬼！是没有用功探听吧？”六爷等得心烦意乱：错过四五天了，孙家还不动身？

桂儿却不含糊，说：“洪洞有多大呢？像模像样的客栈，又有几家？我早打点妥了，孙家人马一到，准给我们送讯来！除非他们不在洪洞这地界打尖。”

六爷忙问：“不在洪洞打尖，也行？”

“不在洪洞打尖，除非孙家人马是日夜兼程往西安赶。他们哪能叫孙小姐受这种罪？”

“孙小姐要日夜兼程，底下人也挡不住吧？”

“孙小姐会这样赶趁？”

“我们也走得太慢了！”

桂儿不过是随口这样一说，六爷听了竟当了真，不敢再耽误，立马催撵启程赶路。陷入情网的公子小爷们，大概都这样，敏感躁动，又容易轻信。只是，六爷还不大意识到自己已深陷情网：他什么也顾不上想了。这一路就想一件事，早一天到西安，见着男扮女装的孙小姐。

3

到西安一进天成元的铺面，何老爷的精神就大不一样了，长旅劳顿简直一扫而空，就连吸几口鸦片的念想也退后了。

这些年，他最大的念想，就在这外埠的字号里头！

西号的程老帮和邱泰基已知六爷一行要来陕，没料到随行的竟然还有何老爷：老号来信提也没提。不过邱泰基对何老爷的光临，还是有些喜出望外。他知道这位当年的京号副帮那是有真本事的，以前就很仰慕，可惜未在一起共过事。现在忽然相遇西安，他就未敢怠慢，恭敬程度不在六爷之下。

实在说,六爷此时来陕,邱泰基是忧多喜少。他先想到的就是前年五爷五娘在天津出的意外。今年时局比前年更不堪,兵荒马乱的,哪是出游的年头!连寻家像样的客栈也不容易,去年冬天给三爷赁到的那种僻静的小院,已难寻觅。西安成了临时国都,聚来的官场权贵越来越多,好宅院还不够他们抢呢。

邱泰基极力劝六爷和何老爷,受些委屈,就住在自家字号里,不够排场吧,伙友们倒也能尽心伺候。哪知,六爷说什么也不在柜上住!住下等客栈、车马大店都成,就是不想在柜上住。

邱泰基请何老爷劝一劝,何老爷也不劝,便做主说:“六爷自小习儒,不想沾商字的边儿,就不用强求了。正好,本老爷是不想在外头住,就由我代六爷领你们的情,住在柜上。两位掌柜,也不用客气,由我们各得其所罢。”

邱泰基赶紧将何老爷拉出账房,悄声说出了自己的担忧。

何老爷依然用决断的口气说:“多虑,多虑!朝廷在西安呢,满街都是富贵人,哪能轮到绑我们的票?”

邱泰基说:“官场权贵不敢惹,正好欺负我们商家!”

何老爷依然口气不变:“邱掌柜,你听我的没错!有朝廷在呢,谁那么憨,跑朝廷眼皮底下绑票?京城的行市,我清楚!”

“何老爷,西安不比京师。眼下西安是什么局面?天下正乱呢!”

“现在西安就是京都,听我的没错!”

说什么,何老爷也听不进去,邱泰基也只好不劝了。赶紧叫程老帮张罗酒席,给二位接风。他呢,亲自跑出去给六爷寻觅客栈。

跑了几处,都不满意,就想到了响九霄。受西太后垂眷不厌,响九霄在西安越发红得发紫。官场求他走门子的,已是络绎不绝,这么一点小事,也值得求人家?邱泰基却是有另一层想法:借响九霄几间房子住,图的是无人敢欺负。这比雇用镖局高手还要保险。在西安响九霄是通天人物,谁敢惹他?

邱泰基亲自上门，响九霄还真给面子，一口就应承下来了。邱泰基也说得直率：想借郭老板的威风，为少东家图个吉利。毕竟是伶人出身，见邱泰基这位大票号的老帮也低头求他，心里还是够满足。以前，是他这样求邱掌柜！

借到的自然是一处排场的院子。邱泰基就劝说何老爷也住过去，哪想，何老爷也来了个死活不去！不过，何老爷倒说得明白：他离开字号多年了，想念得很，给他金銮殿也不稀罕，只贪恋咱这字号。

话说成这样了，还能强求吗？

安顿了六爷，何老爷就缠着他问朝廷动向、西号生意。邱泰基也正想有个能说话的自家人，谋划谋划许多当紧的事务。西号的程老帮倒是不压制他，但见识才具毕竟差了许多，说什么，都是一味赞成，难以与之深谋。何老爷虽离职多年，但毕竟是有器局、富才干的老手，总能有来有往地议论些事。

何老爷先急着打探的，当然是时局："邱掌柜，朝廷议和到底议成了没有？我们来陕前，山西还仿佛危在旦夕，满世界风传洋人打进东天门了，咱祁太平一带也蜂拥逃难。我和六爷还逃进南山躲避了十来天。跟着，忽然又风平浪静了。何以起落如此？太谷市间有种传说：洋人在东天门中了咱官兵的埋伏，死伤惨重，败退走了。朝廷的官兵要真这样厉害，京城还至于丢了？"

邱泰基说："现今时局平缓下来，那是和局已经议定。洋军围攻山西，不过是逼朝廷多写些赔款罢了，也不是真想攻进去。"

"和局已议定了？赔了洋人多少？"

"听说赔款数额加到四万万五千万两，洋人算是满意了，答应从直隶京津撤出联军，请朝廷回銮。"

"四万万五千万？"何老爷做过多年的京号副帮，他明白这是一个什么数额！乾嘉盛世那种年头，大清举国的岁入也不过三四千万两银子。其后，国势转颓，外祸内乱不断，国库支绌成了常事，厘金、新税、纳捐，出了不少敛钱的新招数，但如今户部的岁入也不过是四万万五千的一个零头！

“听说就是这个数，少了，洋人不撤军。人家占了京师，不出大价钱，你能赎回来？朝廷没本事，也只能这样破财免灾吧。”

“破财，你也得有财可破！邱掌柜，我们是做银钱生意的，户部每岁能入多少银子，大清国库总共能有多少存底，如今阖天下又能有多少银子，大概也有个估摸。如今朝廷的岁入，记到户部账面上的，也就七八千万吧，末了能收兑上来的，只怕一半也不到。就按账面数额计，四万万五千万，这是大清五六年的岁入！依现在的行市，就是把朝廷卖五六回，只怕也兑不出这么多银子！”

“谁说不是？甲午战败，赔东洋日本国的两万万，已把朝廷赔塌了，至今还该着西洋四国的重债，国库它哪能有存底？就是存点日用款项，这次丢了京城，也一两没带出。按说，朝廷背了债，也犯不着我们这些草民替它发愁。可天下银钱都给洋人刮走，不用说国势衰败，民生凋敝，就是市面忽然少了银钱流动，我们也难做金融生意了！”

“朝廷它哪知道发愁？这四万万五千万洋债，无非是分摊给各省，各省再分摊给州县，严令限期上缴罢了。”

“摊到州县，州县也无非向民间搜刮吧。可近年民间灾祸频仍，大旱加战乱，本来就过不了日子了，再将这滔天数额压下去，就不怕激起民变？听说这次也是效仿甲午赔款，将赔款先变成洋债，再付本加息，分若干年还清。”

“老天爷，四万万五千万变成洋债，就限二十年还清吧，只是利滚利，又是一个滔天数额了！洋人的银钱生意眼，真也毒辣得很！”

“听说这四万万五千万赔款，议定分三十九年还清，年息定到四厘！本息折合下来，总共是九万万八千万两！”

“老天爷，九万万八千万？等这笔赔款还清，大清国只怕再无银两在市面流通了！”

“听说军机大臣荣禄也惊呼道：外族如此占尽我财力，中国将成为不能行动的痨病鬼了！但他是大军机，弄成这样，好像与他无关？”

“卖身契，卖身契，这是朝廷写下的卖身契！这样的朝廷，六爷还一心想投身效忠，憨不憨？”

“何老爷，我早看明白了，无论西洋东洋，不只是船坚炮利，人家那些高官大将，爵相统帅，一个个都是好的生意人！洋人可不轻商。哪次欺负我们，不是先以重兵恶战给你一个下马威，接下来就布了生意迷阵，慢慢算计你！你看甲午赔款，东洋人海战得了手，叫你赔军火，算来算去竟算出一个二万万的滔天大数！他东洋鬼子的舰船枪炮，难道是金铸银造的？算出这样一个滔天大数来，为的就是叫你大清还不起。你还不起，西洋四国就趁势插进来了：我们可以借钱给你。借钱能白借吗？西洋人写的利息，更狠！看看，东洋人的二万万一两不少得，西洋人倒平白多得了一笔巨额利息！这次庚子赔款更绝，算出一个四万万已经够出奇了，又给人家写了那么高的年息，滚动下来赔成了九万万八千万！这么有利可图，洋人欺负我们还不欺负出瘾头来？叫我看，朝廷养的那班王公大臣，武的不会打仗，文的不会算账，不受人家欺负还等什么！”

“邱掌柜，你把这种话多给六爷说说！老太爷打发六爷来西安，也是想叫他见识见识朝廷的无能，丢了科考入仕的幻想。这位六爷，既聪慧，又有心志，就是不想沾商字的边儿，憨不憨？”

“我说几句还不容易？就怕六爷不爱听。”

“在西安转几天，亲眼见见京师官场的稀松落魄样，我看他就爱听了。”

“何老爷，你去转两天，也就明白了，聚到西安的这帮京中权贵，才不显稀松落魄呢！”

“不稀松落魄，难道还滋润光鲜？”

“反正一个个收成都不差。”

“在西安是避难，哪来收成？”

“何老爷，你还做了多年京号掌柜呢，其中巧妙，想吧，想不出来？”

“可西安毕竟不比京师,能有多少油水?”

“朝廷一道接一道发上谕,各地的京饷米饷也陆续解到。可因为是逃难,京中支钱的规矩成例都无须遵守了,寻一个应急变通的名儿,还不是想怎么着,就能怎么着?再者,临时屈居西安,门户洞开,出外搜刮也方便得很。”

“你这一点拨,我就清楚了。生疏了,生疏了,毕竟离京太久了!”

“人年轻时练就的本事,轻易丢不了的。何老爷,柜上正有件事想请你指点。”

“邱掌柜不用客气!”

“这和局一定,朝廷也该回銮了。随扈的那班权贵,逃出京时孤身一个,别无长物,现在要返京了,可是辎重压身,不便动弹。”

“辎重压身?”

“要不说一个个收成都不差呢!他们收纳的物件,再金贵,在西安也不好变现,就都想带走。可跟着两宫随扈上路,哪敢阵势太张扬了?所以,就想把收成中的银钱,交我们票庄兑回京城。银锭多了,太占地方。”

“想兑,就给他们兑吧!这也是咱们常做的生意。”

“搁平常,这还不是例行生意吗?可现今,他们是只探问,不出手。”

“为什么?”

“咱们的京号遭劫被抢,人家能不知道?现在还没京号,银钱能汇兑到?”

“邱掌柜,硬硬地给他们说:西帮哪能没京号?朝廷回銮之日,必定是我京号劫后开张之时!”

“何老爷,老号要有这种硬口气,那倒好办了。那些权贵们虽是派底下的走卒来打探,我们也不敢大意,但只能含糊应承:大人信得过敝号,我们哪会拒汇?洋人一撤,京号开张,我们立马收汇。人家也不傻,一听是活话口,就逼着问准讯儿:你们的京号到底何时开张?到底何时能收汇?我哪有准讯儿告人家?也只好说:朝廷回銮的吉日定了,我们也就有准讯儿了。人家说，到那时节，哪还赶得上呀？也是。我们赶紧发了电报，请示老号。老号回电只四字：静观勿动。”

“老号是不大知晓西安近况吧？”

“我们三天两头给老号发信报，该报的都随时报了。朝廷在这里，我们哪敢怠慢？可就回了这么四个字，何老爷，你说叫我们如何是好？”

“邱掌柜，你没听说吧？孙大掌柜正闹着要告老卸任呢，只是老太爷不允。叫我说，孙大掌柜也真老朽了，放他告老还乡，天成元也塌不了！”

见何老爷说得放肆，邱泰基忙岔开说：“老号的事，我们也不便闻听。何老爷，只求你一解这‘静观勿动’的用意，教我们如何张罗？”

何老爷又断然说：“邱掌柜，我看你也别无选择，就听我的，硬硬地应承下来！老号叫静观勿动，你们也不能回绝人家吧？既不能回绝，那就得应承；既应承，就痛快应承。京城官场这些大爷，你哪敢模棱两可的伺候？何况这又是他们搜刮的私囊，你不给个痛快话，他哪能放心？”

“我岂不想如此？可老号不放话，我这里就放手收了，到时京号不认，或是支付不起，那我们罪过就大了：这不是叫我们砸天成元的牌子吗？”

“可你们不应承，也是砸天成元的牌子！这都是些什么主儿？京城官场的王公大臣，部院权贵！在这非常年头，想指靠西帮一把，却指靠不上，想想，以后还能有我们的好果子吃？”

“何老爷，这其中利害，我能不知道？只是，我们一间驻外分号，哪能做得了这样大的主？近日，人家都在问：到底何时可开京陕汇兑？老号不发话，我们怎么回答？”

“就照我说的，朝廷回銮之日，即我天成元京号开张之时！”

“何老爷，日前我们听说，朝廷已议定在五月二十一日起跸回銮。眼看就进五月了，我们也不便再含糊其词吧？”

“已议定了五月二十一日回銮返京？”

“这还是听响九霄说的，禁中消息，他可灵通得很。”

何老爷愣住，想了想，忽然击掌说：“邱掌柜，有好生意做了！”

“什么好生意?”

4

那天说到关节处,何老爷忽然来了烟瘾,哈欠打起来没完,身上也软了,什么话也不想再说。

邱掌柜是交际场中高手,一看就明白了。以前柜上也备有烟枪烟土,招待贵客。只是这次返陕后,因西安权贵太多,一个个又似饿狼,就尽力装穷,不敢招惹。尤其给西太后底下的崔玉桂,串通响九霄,敲去一笔巨款后,更是乘势趴下,装成一蹶不振的气象。来客不用说大烟招待了,就是茶叶,也不敢上好的。现在何老爷来了烟瘾,他还真拿不出救急的东西来。

“何老爷,我们真不知你还有此一风雅。怕惹是非,柜上久未备烟土了,实在不敬得很……”

“什么风雅?我这是自戕,是自辱,自辱本老爷头顶的这个无用的功名!”

“何老爷,叫伙友出去给你张罗些回来?”

“不连累你们了,本老爷自带粮草呢。请少候,少候。”

邱泰基忙叫伙友扶何老爷进去了,心里就想,这么一位商界高手,当日何以要参加朝廷科考?

不由想到了六爷。何老爷叫开导六爷,可他和这位少东家没交往过,性情,脾气,一些儿不摸底,说深了,说浅了,都不好。所以,他也不敢多兜揽,只求六爷在西安平平安安,不出什么意外就得了。六爷要想拜见官场人物,倒可求响九霄居间引见的。

为尽到礼数,邱泰基派了柜上一个精干的伙友,过去伺候六爷。万一有个意外,也便于照应。可这个伙友跟过去没多久,就给撵回来了:六爷高低不叫他在跟前伺候。还嫌不够精干机灵?六爷说是老太爷有交代,不能太麻烦柜上。这是托词吧？何老爷依旧断然说，人家是不想沾“商”字的边儿，就由他吧。

邱泰基还是放心不下：巴结不上倒在其次，为首是怕出意外。住的地界虽然保险，但六爷也不会钻在那宅子里不出来。外出游玩，谁还给他留面子！派个伙友暗暗跟着？

何老爷已经精神焕发地出来了。

“邱掌柜，好生意来了！”

“什么好生意？愿听何老爷指点。”

“这是放在明处的生意，邱掌柜哪能看不见？”

“真是看不见，何老爷就给点明了吧！”

“只要朝廷回銮的吉日定了，那我们就有好生意可做！”

“什么生意？”

“邱掌柜，朝廷回銮虽说不上是得胜凯旋，也不会像去年逃出京师时那样狼狈了。皇家的排场，总是要做足的。这是天下第一大排场，那花销会小了吗？官府为办这份回銮大差，必定四处筹措银子。所以，从回銮吉日确定至两宫起跸，这段时日西安的银根必定会异常吃紧，不正是我们放贷的良机？”

“良机是良机，可我们拿什么放贷？西号本来也不是大庄口，架本就不厚，这一向怕再惹祸，尽量趴着不敢动。暗中做了些生意，也撑不起大场面的。尤其老号也不支持，三爷出面都未求来援手。就真是千载难逢的良机，也只好干瞪眼，动不得。”

“邱掌柜，你听我说！我只说了放贷良机，还未说收存的良机呢！”

“收存的良机？”

“邱掌柜你刚才不说了吗？京中权贵正想将私囊中的现银交我们汇往京师，这不是小数目，还用发愁无银放贷？回銮花费那是动用京饷官款，权贵们谁舍得动自家的私囊！回銮之日越近，他们越着急汇出私银。我们一手收汇，一手放贷，岂不是好生意！”

邱泰基一听，眼也亮了，说："何老爷，真不愧是京号老手！我们真是给懵懂住了，看西安就只是满目乱象，却瞅不出如此良机！"

何老爷真是得意，说："邱掌柜，做票号这一行，你不住一回京号，终是修炼不到家！"

"这谁不知道？但才具不够，老号也不会挑你去。不说这种不该说的话了。只是收汇，老号不发话，我们到底不便自作主张吧？京号何日能开张，也须老号做主。听说京号被糟蹋得片纸不存，底账也都被抢走了，一时也怕难以恢复吧？"

"邱掌柜，你就放心预备做这番好生意吧！老号那边，本老爷给你张罗！孙大掌柜听不进话去，还有康老太爷呢！天成元只要不想关门大吉，就不能不设京号！如今开票号，哪有不设京号的？叫我说，京号实在比老号还要紧。"

"何老爷既这样深明大义，我们西号也有救了！还望何老爷能及时说动老号，眼前良机实在是不容迟疑了！"

"我岂能不知？邱掌柜你就放心吧。"

邱泰基虽未住过京号，但对眼前这一难逢的商机也已看出来了。只是，老号对西号似乎已有成见，报去的禀帖，再紧急，再利好，也是平淡处理。所以，他才这样故意装出懵懂，激起何老爷的兴头，代为说动。何老爷寂寞多年，对商事的激情实在也叫人感叹。

只是，以何老爷今日之身份能说动老号吗？

何老爷知道老号的孙大掌柜不会买他的账，就径直给康老太爷写了一封信。信走的是天成元的例行邮路，即交付宁波帮的私信局紧急送达。所以，信报还是先到天成元老号，再转往康庄。

按规矩，外埠庄口写给东家的信报，老号是要先拆阅的，凡认为不妥的，有权扣押下来。何老爷正是要利用这个规矩，叫老号先拆阅他的信报。因此，他特别嘱咐了邱泰基，信皮要与西号惯常信报一般无二，不可露出是他何某人上呈老东家的。

邱泰基就问:“这样经老号过一道手,就不怕给扣押下来?”

何老爷说:“谅他们也不敢。孙大掌柜只要读过我的这道信,他就知道事关重大,绝不敢耽误;他更会猜想到,老东家见到此信,不会不理睬。这样一来,他孙大掌柜对此事也不敢等闲视之了。”

邱泰基笑了:“何老爷到底手段好,想一箭双雕?”

何老爷也得意地笑了:“实在说,我这信报主要还是写给孙大掌柜的,可不把老东家抬出来,他哪会理睬?”

邱泰基有意又夸了一句:“何老爷真是好手段!”

告急的信报就这样发走了,回音还没等到,柜上就来了犯难的事。

这天,邱泰基和何老爷正在后头账房议事,忽然就见程老帮跑进来说:“响九霄派底下人来了,言明有要事求见邱掌柜。你快出去招呼吧!”

邱泰基没急着出去,只是说:“看这响九霄,排场越发大了!既有要事,怎么不亲自来?只是打劫我们,才肯亲自打头阵?”

何老爷倒慌忙说:“邱掌柜,你不想出面,那本老爷出去替你们应付一回!”

邱泰基赶紧拉住,说:“一个伶人派来的走卒,哪能劳动何老爷!”

说着,才出去了。

响九霄底下的这个走卒,居然也派头不小,见面连个礼也不行,仰脸张口就问:“你就是邱掌柜?”

邱泰基心里有气,面儿上不动声色,忙行了一个礼,说:“不知是公公驾到,失敬了,失敬了!”

那走卒见此情形,忙说:“邱掌柜认错人了,我是郭老板打发来的……”

邱泰基才故意问:“郭老板?就是唱戏的郭老板?”

“对。”

“小子,你把我吓了一跳!去年,西太后跟前的二总管崔公公亲临敝号,还没你小子这派头大呢!人家也还讲个礼数,更没这么仰脸吊脖子地跟人说话。你这副派头,我还以为是太后跟前的大总管李公公来了!”

那走卒听不出是骂他,倒呵呵笑了。

邱泰基拉下脸,厉声说:“小子,你听着!我跟你家郭老板可是老交情了。以前我没低看他,如今他也没低看我。今日就是他亲自上门,也不会像你小子这么放肆!郭老板现在身价高了,你们这些走卒也得学些场面上的规矩,还生瓜蛋似的,那不是给你们主子丢人现眼吗?等见着郭老板,我得跟他当真说说!”

那走卒这才软了,忙跪下说:“邱掌柜在上,小人不懂规矩,千万得高抬贵手,别说给郭老板知道!”

“怎么,你们郭老板也长脾气了?”

“可不是呢!邱掌柜要把刚才的话说给我们班主听,那小人就得倒灶了……”

“我还当你小子胆子多大呢!郭老板派你来做甚,起来说吧。”

“小人有罪,就跪着说吧。我们班主交给我一张银票,叫面呈邱掌柜,看能不能兑成现银?”说时,就从怀中摸出那张银票,双手举着,递给了邱泰基。

邱泰基接过来细看,是天成元京号发的小额银票,面额为五百两银子。京中这种小票,其实也是一种存款的凭证,只是因数额少,就写成便条样式,随存随取,也不记存户姓名。不想,这倒十分便利于流通,几近于现代的纸币了,在京中极受欢迎。但这种小票也只是在京城流通,京外是不认的。响九霄在西安土生土长,他哪来的这种小票?是哪位权贵赏他的吧?

邱泰基就问:“这张银票,是谁赏你们郭老板的?”

那走卒说:“银票不是我们班主的,听说是位王爷托班主打听,看这种银票在西安管用不管用?”

“知道是哪位王爷吗?”

“班主没交代,小人哪能知道?”

“那你记清了：这种票是我们天成元写出的，不假。可它是银票，不是汇票。我们票庄有规矩：只收外埠的汇票，不收外埠的银票。”

“邱掌柜是说，这种银票不管用了？”

“这张银票是我们京号写的，在京城管用，在西安不管用。不是我们写的票，辨不出真伪，不敢认。你回去告郭老板，这银票废不了，妥为保管吧，等回到京城，随时能兑银子。记清了吧？”

“记清了！”

这时，何老爷走了出来，说：“拿银票来我瞅瞅。”

邱泰基把银票递了过去，说：“你看是咱京号的小票吧？”

何老爷只看了一眼，就说：“没错，可惜是光绪二十二年(1896)写的票，那时本掌柜已离开京号了。”

邱泰基说：“谁呀，逃难还把这种小票带身上？”

何老爷说：“人家不是图便当吗？总比银子好带。”说着，就转脸对那走卒放出断然的话来：“回去跟你们主子说，银票我们认，想兑银子就来兑！”

邱泰基一脸惊异，正要说什么，何老爷止住，抢着继续说：“按规矩，我们西号不能收京号的银票，可遇了这非常之变，敝号也得暂破规矩，为老主顾着想。既然朝廷落脚西安，我们西号就代行京号之职，凡京号写的票，不拘银票、汇票，我们都认！听清了吧？”

那走卒也是一头雾水，瞅住邱泰基说：“听是听清了，这位掌柜是……”

何老爷又抢先说：“本掌柜是从天成元老号来的，姓何，早年就在京号当掌柜！小客官，要不把这五百两银票给你兑成银锭？背了现银回去，也省得你家主子不信我们，又疑心你！”

那走卒忙说：“班主只叫来问问银票管用不管用，没让兑银子。”

何老爷紧跟住就说：“那你还不赶紧去回话！”

那走卒慌忙收起银票，行过礼，出门走了。

邱泰基早忍不住了，跺了跺脚，说：“何老爷，你不是害我们呀！”

何老爷一笑，说：“天大的事，咱们也得到后头账房说去，哪能在铺面吵?"

来到后头,何老爷立刻一脸正经,厉色说:

"邱掌柜,我可不是擅夺你们的事权,此事是非这样处置不可! 这张银票事关重大!"

邱泰基有些不解:"区区一张小票,有什么了得?"

"邱掌柜,你忘了眼下是非常之时?"

"非常之时又如何?"

"就我刚才那句话:现在你们西号就是平素的京号!"

"我们哪能担待得起? 再说,老号也没把我们当回事。"

"邱掌柜,调你回西安,为了什么? 还不是西安庄口非同寻常吗?"

"这我知道,我也想将功补过。"

"我告你,眼下就是一大关节处! 稍有闪失,就难补救了。"

邱泰基这才忽有所悟,忙恭敬地说:"愿听何老爷指点!"

5

那时已将近午饭时,邱泰基就叫司厨的伙友加了几道菜,烫了壶烧酒,还邀来程老帮,一道陪何老爷喝酒。

被这样恭维着喝了几盅酒,何老爷也没得意起来,依然一脸严峻。不等邱泰基再次请教,何老爷就指出了眼前的要紧处。

原来,西帮的京号生意除了兜揽户部的大宗库款,另一重头戏,就是收存京师官场权贵的私囊。京官的私囊都是来路暧昧的黑钱,肯交给西帮票号藏匿,自然是因为西帮可靠。首先守得住密,其次存户日后就是塌台失势了,也不会坑你。所以,京官的私囊黑钱,存入票号比藏在府中保险得多,不用担心失盗,连犯事抄家也不用怕。西帮原本不过是用此手段拉拢官场,不想竟做成了一种大生意。清时代官员的法定俸禄非常微薄,就是京中高官,真清廉起来,那可是连套像样的行头也置办不齐的。既然不贪敛搜刮不能立身，那贪起来也就无有限度。京师官多官大，西帮京号吸纳这种私囊黑钱可谓滔滔不绝！

去年遭遇塌天之祸，京师陷落，西帮京号自然也无一家能幸免。京号遭了洗劫，心痛的就不只是西帮的财东掌柜，那些存了私囊的官场权贵更心痛得厉害。只是当时局面危急，先顾了逃难保命。现在和局定了，返京指日可待，这些主儿自然惦记起他们的存银来了。

托人拿银票来探问，就是想摸摸我们西帮的底细：你们还守信不守信？被洗劫去的银钱，你们能不能赔得起？

程老帮就说："要摸底，那得去寻京号、老号，我们哪能做得了这种主？"

何老爷说："我们天成元也是汇通天下一块招牌！现在寻着你们西号，也就是把你们当京号、老号。你们一言不慎，即可坏天成元名声，乃至西帮名声！"

邱泰基惊问："这么严重？"

何老爷说："眼下是非常之时，一切都不比往常。就拿今日这张京号小票说，我们一推脱，告人家回到京城再商量，人家准会起疑心：你们天成元遭劫后已大伤元气，恐怕指靠不上了吧？这种疑心在市间蔓延开来，那会是什么局面？首当其冲，你们西安庄口就可能受到挤兑！西安一告急，跟着就会拉动各地庄口！我们天成元一告急，很快也要危及西帮各号！当年胡雪岩的南帮阜康票号，不就是这样给拉倒的吗？"

程老帮说："阜康受挤兑，是胡雪岩做塌了生意。我们遭劫，可是受了朝廷的连累，又不是做塌生意了。这回是天下都遭劫，也不至独独苛求我们西帮吧？"

何老爷说："正是天下遭了大劫，人心才异常惶恐，稍有一点风吹草动，都会酿成滔天大浪！尤其这班京官，他们一起骚动，市间还能平静得了？"

邱泰基说："这样说来，不只是我们天成元一家受到试探吧？"

何老爷说："那当然了。两位可多与西帮同业联络，叫大家都心中有数。在西安,我们西帮票商有无同业会馆?京师、汉口、上海这些大码头,都有我们的票业会馆,或汇业公所。”

邱泰基说:“以前张罗过,未张罗起来。”

何老爷就说:“那就赶紧联络吧。”

邱泰基问:“何老爷,大家当紧通气的,该有些什么?”

“当紧一条,必须硬硬地宣告,西帮的京号一准要恢复开张!京号旧账一概如常,不拘外欠、欠外,都毫厘不能差。持京号小票的,如急用,可在西安兑现。如此之类吧,不要叫市间生疑就是。”

程老帮说:“都持京号银票来兑现,岂不要形成挤兑之势?我们只怕也应对不了……”

何老爷说:“眼看要踏上回京的千里跋涉了,他们兑那么多银子做甚!何况,当时从京城逃出,大概也没顾上带出多少这种小票吧?所以,尽可放出大话去。再者,凡要求往京城汇银子的,我们尽可放手收汇!汇水呢,也不宜多加。官府来借款,也尽力应承!在这种危难惶恐之秋,我们不可积怨于世。”

邱泰基说:“高见,我们就听何老爷的!只是,还得请你再与老号通气,当前西安的要紧处,老号未必能深察到。”

何老爷说:“这你们不用操心,本老爷会再谋妙着,说动老号。既然和局成了,朝廷回銮之期也定了,老号张罗京号复业就该刻不容缓。不能叫你们在西安唱空城计呀!”

邱泰基说:“京号的戴老帮还在上海吗?”

何老爷说:“还在上海。不过,眼前局势,戴老帮也会早一步看清的,回京如何作为,只怕他也是成竹在胸了。”

程老帮问:“以何老爷眼光看,老号孙大掌柜真告老退位,京号的戴掌柜会继任领东大掌柜吗?”

何老爷笑了笑,说:“换领东大掌柜,在东家也是一件大事,本老爷哪敢妄言?眼下天成元另有一个重要人位,我倒是敢预测一番。”

邱泰基就问:"哪一个人位?"

何老爷说:"津号老帮。自前年刘国藩自尽后,这个人位就一直空着。这次津号遭劫更甚,不派个得力的把式去,津号很难复兴的。"

邱泰基说:"事变前,老号不是要调东口的王作梅去津号吗?"

何老爷说:"此一时非彼一时。东口所历劫难也前所未有,王老帮怎能离得开?东口字号,也并不比津号次要,老号才不敢顾此失彼。所以,津号老帮必然要另挑人选。"

程老帮说:"天津卫码头本来就不好张罗,这次劫难又最重,谁去了也够他一哼哼。"

邱泰基说:"何老爷你挑了谁去?"

何老爷说:"要能由我挑,那我可谁也不挑,只挑本老爷我自家。哈哈,哪有这种美事!我是替老号预测:津号新老帮,非此人莫属!"

邱泰基就问:"何老爷预测了谁?"

何老爷一笑,说:"还能是谁,就是邱掌柜你呀!"

邱泰基一愣,说:"我?"但旋即也笑了。"何老爷不要取笑我!"

何老爷却正经说:"我可不是戏言!"

邱泰基也正色说:"不是戏言,那也是胡言妄说了。我有大罪过在身,老号绝不能重用的。何况,这一向孙大掌柜对我也分明有成见。再则,我自家本事有限,张罗眼前的西号都有些慌乱,哪能挑得起津号的重担?"

何老爷却问程老帮:"你看本老爷的预测如何?"

程老帮说:"邱掌柜倒真是恰当的人选。只是,老号能如何老爷所想吗?"

邱泰基更恳求说:"何老爷,此等人位安排,岂是我等可私议的?传出去,那可就害了我了!"

何老爷笑了,说:"此言只我们三人知道,不要外传就是了。等我的预言验证之日,邱掌柜如何谢我?"

邱泰基也笑着反问:"如不能应验,何老爷又如何受罚?"

何老爷说:“那就请程老帮做中人,以五两大烟土来赌这件事,如何?”

邱泰基说:“我又没那嗜好,要大烟土何用?”

何老爷说:“大烟土还不跟银子一样!”

说到这里,何老爷又来了烟瘾,也就散席了。

但何老爷的这一预言却沉沉地留在了邱泰基的心头。做津号老帮,他哪能不向往?只是自前年受贬后,他几乎不存高升的奢望了:因浅薄和虚荣已自断了前程。去年意外调他重返西安,心气是有上升,却也未敢生半分野心。熬几年,能再做西号老帮,也算万幸了。三爷对他的格外赏识,倒也又给他添了心劲。可去做津号老帮,他是梦也不敢梦的。

何老爷放出此等口风,或许是听三爷说了什么吧?

三爷虽接手掌管了康家商务,可真正主事的依旧还是老太爷:这谁不知道!三爷即使真说了什么,何老爷也敢当真?

何老爷中举后就疯疯癫癫的,他的话不该当回事吧。但何老爷来西安后,无论对时局对生意,那可真是句句有高见,并不显一点疯癫迹象。

在这紧要关头,把何老爷派到西安来指点生意,或许是康老太爷不动神色走的一步棋?

那何老爷关于津号老帮的预言,还或许是老太爷有什么暗示?

看何老爷那一副了然于胸的样子,也许真……

邱泰基正要往美处想,忽然由津号联想到五爷五娘,不由在心里叫了一声:不好!

他猛然醒悟到,这么多天,只顾了与何老爷计议商事,几乎把六爷给忘了!六爷没有再来过柜上,他和程老帮也没去看望过六爷。真是太大意了!

六爷不会出什么事吧?

邱泰基立马跟程老帮交代了几句,就带了一名伙友,急匆匆往六爷的住处奔去。

6

到了那宅子,还真把邱泰基吓慌了:六爷不但不在,而且已有几天未回来了!

老天爷,出了这样的事,怎么也不跟柜上说一声?

这次出来跟着伺候六爷及何老爷的除了桂儿,还另有三个中年男仆。何老爷住到柜上,六爷叫带两个男仆过去使唤,何老爷一个也不要。他说住到字号,一切方便,不用人伺候。四个仆人都跟着六爷,但他外出却只带了桂儿一个小仆。问为什么不多跟几个去,仆人说六爷不让。

“六爷出去时,也没说一声要去哪儿?”

“六爷交代,要出西安城,到邻近的名胜地界去游玩。我们说,既出远门,就都跟着伺候吧?桂儿说,不用你们去,你们去还得多顾车轿,就在店里守好六爷的行李。我们问,出去游玩,也得有个地界吧?桂儿说,出游还有准?遇见入眼顺心的地界,就多逛两天;遇上没看头的,就再往别处走吧。桂儿这么着,那是六爷的意思。我们做下人的能不听?”

“你们都比少东家和桂儿年纪大,出门在外,哪能由他们任性!眼下正是乱世,放两个少年娃出城游玩,就不怕有个万一?”

“我们也劝了,劝不住呀!”

“你们劝不住,跟我们柜上说一声呀!还有何老爷呢,何老爷跟来不就是为管束六爷吗?”

“他们早也没说,临走才交代我们,交代完抬脚就走了。我们哪能来得及去禀告何老爷?”

“他们走后,也不能来说一声?”

“我们觉着不会有事。何老爷总说,朝廷在西安,什么也不用怕。”

“你们真是!六爷走了几天了?”

“今儿是第四天了。”

“雇的是车马,还是轿?”

“跟车行雇的标车。”

“你们谁去雇的?”

“桂儿雇的。”

“带的盘缠多不多?”

“带了些,也没多少。”

再问,也还是问不出个所以然来。邱泰基只能给他们交代:有六爷的消息赶紧告柜上,但也不用慌张,更不能对外人说道此事。

邱泰基赶回字号说了此情况,程老帮也惊慌了,但何老爷却只是恬然一笑,说:“由他游玩去,什么事也没有!”

邱泰基说:“处此多事之秋,总是让人放心不下。万一……”

何老爷还是笑着说:“只要邱掌柜在西安没仇人,就不会有万一!”

邱泰基忙说:“我和程老帮在西安真还没有积怨结仇。”

何老爷就说:“那就得了,放宽心张罗生意吧。现在西安满大街都是权贵,哪能显出六爷来! 再说,既已过去三四天,要出事,也早出了,绑匪的肉票也该送来了;肉票没来,可见什么事也没有。”

程老帮慌忙嚷道:“何老爷快不敢说这种不吉利的话了! 等肉票送来,那什么也来不及了!”

何老爷只是笑,不再说什么。

何老爷说的也是,真要出了事,也该有个讯儿了。邱泰基也就不再多说什么,但心里还是松宽不了。托镖局的熟人在江湖上打探一下? 也不太妥当,万一传出什么话去,以讹传讹,好像天成元的少东家又出了事,岂不弄巧成拙! 他只好暗中吩咐柜上的几位跑街,撑长耳朵,多操心少东家的动静。

然而,又过了两天,还是什么消息也没有。邱泰基再也坐不住,连何老爷也觉得不对劲了,不断催问有消息没有。

此时的六爷，正离开咸阳，往西安城里返。要照他的意思才不想回去呢：正是甜美的时候！但孙小姐怕耽搁太久了，叫人猜疑，主张先回西安住几天，再出来。六爷也只好同意。

当初，由太谷到达西安刚住下来，六爷就急忙命桂儿去打听，看孙小姐到了没有。桂儿经这一路长途劳顿，动都不想动了，就说孙家一行晚动身，一准还没到，就是明儿出去打听，也一准白跑。

六爷连骂了几声小懒货，桂儿还是不动。六爷只好美言相求，并许于重赏，桂儿这才不情愿地去了。

孙家在西安也有几处字号，其中一间茶庄尤其出名。这间茶庄字号老，庄口大，铺面排场，后头也庭院幽深，地界不小。当时西安讲究些的客栈不易赁到，孙家就吩咐茶庄，在字号后头拾掇出一处小院，供小姐临时居住。所以，孙小姐在行前就跟六爷这边约好了，到西安后去茶庄联络。

桂儿寻到孙家茶庄，绕到后门，就按约定对门房说：他是天成元驻西安的伙计，听说孙小姐要来西安，我们掌柜叫来打听一下，小姐哪天能到？讨个准讯儿，我们好预备送礼。

哪想，门房上下瞅了瞅桂儿，竟说："东家二小姐早已经到了。"

"已经到了？"桂儿吃惊不小：孙家怎么倒跑到前头了！

"可不是，已经到了两天了。"

"麻烦禀报一声，能见一见孙小姐底下的人吗？"

门房又上下瞅了他一遍，就进去传了话。

跑出来的一个小仆，桂儿认得，是跟孙小姐的，叫海海。但海海装着不认得他，绷着脸叫桂儿跟他进去。进去，也没叫见孙小姐，只停在过道说："你们走得也太慢了！告你们六爷，明儿到碑林见吧，早些去，不用叫我们再等。"

说完，也不容多问，就送他出来。

六爷听说孙小姐早已到了，就骂桂儿。桂儿说："该怨何老爷，不在洪洞耽误，我们也早到了！"

六爷心里倒是兴奋异常：孙小姐也急着想来西安！

第二天，六爷哪还敢耽搁，早早就雇了一顶小轿，只带了桂儿，赶往城南的碑林。在轿中，六爷才忽然想到见了孙小姐，他能认出来吗？当初老夫人安排他偷看孙小姐，也只偷看了那么几眼，雾里看花，早没有清晰的印象。现在又女扮男妆，哪里还会认得？孙小姐那边，更是从没见过他是什么样，若这一见面，令她大失所望，还有游兴吗？

好在桂儿倒是见过孙小姐。有次去送信，孙小姐特意把他叫到跟前，问长问短，很说了一阵话。有桂儿跟着，认不错人，但毕竟彼此未曾谋面，千里风尘跑这儿，一旦见面后不遂心，算什么事儿？

孙小姐毕竟是老夫人给他挑选的女人，总不会令人太扫兴吧？

等他下轿时，桂儿已慌忙凑过来低声说："人家又早到了！"

他刚抬起头来，就见一位俊雅非常的书生，步态轻盈地迎了过来，大气地作了一个揖，说："六爷，兄弟在此等你多时了！"

六爷哪想到会是这番阵势，先就慌了，再近看孙小姐：更感光彩夺目，越发慌张了，不知该说什么。

孙小姐倒笑了，跟着就眯眼瞅住他，说："六爷，我看你有些瘦了。"

六爷听了，这才醒悟过来，忙问："你我首次见面，就知道我瘦了？"

孙小姐又一笑，说："我见过你。"

六爷又一惊："见过我？在哪儿？我怎么不知？"

孙小姐说："以后再告你。六爷，在西安既得这样乔装出行，那你我得另借称呼。"

六爷就说："怎样称呼？"

"自然以兄弟相称，我长你一岁，只好权且为兄，失敬了。"

"由你吧。"

"谢贤弟大度！"

说完，孙小姐又快意地笑了。

六爷也就顺着说："尊兄的爽直出我意料。"

孙小姐慌忙说："冒顶一个'兄'字，已失敬，哪敢再妄沾一个'尊'字！千万不敢，千万不敢，只称兄即可。"

"那便称大兄？"

"也去掉'大'！"

跟着的仆佣听得也笑起来：双方跟来的都是心腹。六爷只带了桂儿，孙小姐那头除了小男仆海海，还有一个中年老嬷。

桂儿催促道："两位老爷快不用谦让了，也不看这是什么地界！"

海海也说："真是，在文庙跟前还是少说吧，小心叫夫子看露了！"

大家这才正经起来，进了文庙。

西安文庙是热闹地界，只是拜夫子的不多，看碑林的多。可惜此时的六爷，无论对夫子牌位，还是《十三经》古碑，都有些视而不见了，眼中心中就只有这位结伴同行的孙兄。他没有想到孙小姐原来这样俊美，更没想到她这样开通顽皮，当然也想象不出与未婚妻在一起做游戏会是如此令他着迷。

自此以后，他与孙兄天天相约了出来，游览不过是虚名，为的只是能见面，能相伴了在一起。孙小姐分明也一样兴奋，但倒日渐拘束了，常羞涩不语，不似初时爽直顽皮。六爷问她："孙兄，游兴已尽？"

孙小姐瞅住他，许久才说："城中无一处清静，何不到城郊逛逛？"

六爷立刻说："甚好，甚好。"

于是各自回去略做打点，会合后雇了两辆普通标车，一道出城去了。跟着的下人，依然是桂儿、海海和那位老嬷。六爷原想请位镖局的武师跟着，孙小姐说，弄那么大排场反倒引人注目。就我们这样，俩穷酸书生似的，没人会麻烦我们！

想想，倒也真是。

第一天的去处，原定了临潼的骊山。行到灞桥打尖时，孙兄说："一人坐一辆车，闷在里头一熬就是半天，枯索之极！如此下去，这不是出来受罪呀？"

六爷就说:“那换作骑马? 骑马可太辛苦!”

海海却说:“我倒有个两全其美的主意,只是怕委屈了两位老爷!”

六爷忙问:“什么主意?”

“两位老爷同坐一辆车上,不就能一路说话了? 我们下人挤另一辆上,也能放肆说笑,岂不是两全其美? 就怕老爷们嫌挤。”

孙兄跟着就说:“我倒不怕,就看贤弟怕不怕。”

六爷早听得冲动了,忙说:“我更不怕!”

重新上路后,孙兄真坐到六爷的车轿里,桂儿跳到后头的车马上。这一变更,旅途的情形就大不同了。

这种普通标车,车轿不够宽敞,两人忽然挤坐在里面,都很不好意思。孙小姐先就叫车把式放下轿帘。

六爷无意间说:“也不嫌热?”

孙小姐就瞪了他一眼。

六爷一时更寻不着话了,只盯了瞅人家。

孙小姐更伸脚蹬了他一下,说:“还没瞅够?”

六爷脸一红,但抓到了一个话题,便说:“你说以前见过我,我怎么不知道?”

孙小姐一笑,说:“叫你知道了,我哪能细看成? 你不是也偷偷相看过我吗?”

“那就明白了! 老夫人也跟你一起捣了鬼?”

“哪能叫捣鬼! 老夫人没跟你说过呀? 男女相亲,不先过自家的眼睛哪成! 媒人才靠不住呢。”

“老夫人什么时候跟你说的?”

“我们常跟老夫人一起在华清池洗浴,什么话不跟我们说! 老夫人还说,西洋男女间是先相处得心意投合了才请媒人提亲。定了亲的男女,更能自由交往,因为成亲前的交往,才更珍贵。哪像我们,见面都算越礼!”

“老夫人可没跟我说这么多。”

“那你怎么想起要约我出来同游西安?”

“只是忽发奇想吧……”

“不是情愿?”

“情愿,当然情愿!”

“也不怕坏了礼数?”

“我情愿。”

“你白读了圣贤书。”

“你也看不起我一心读书求仕?”

“看不起,我会跟你定亲?”

说时,她又轻轻蹬了他一下。

自此以后,观景访古退于其次,路途挤在车轿里说亲密话倒成了主要节目。六爷不只是沉迷其中,在精神上好像终于有了亲密的依靠。他幼时失母,总渴望一种亲密的依傍。如此亲近的孙小姐,不止长他一岁,在气质上也开朗、有主见,更有似杜老夫人那样一种迷人的气韵,所以叫他感到能够依靠,情愿依靠。

不过,有时在车轿里,他会叫孙小姐除去男妆,一现女容。有一次,他还磨着要看看她的天足。孙小姐捶了他几拳,还是让他如愿了。

由他脱去鞋袜后,她红了脸说:“后悔定了一个大脚女子?”

“我让老夫人挑的就是天足! 小脚女人,哪能相携了宦游天下?”

“但愿不相负。”

不过,这也是他们间最亲密的举动了。每住客舍,都是各处一室,不敢逾规。

出游得如此甜美,六爷哪还愿意归去?

第四章　雨地 月地 雪地

1

杜�青初到这处尼姑庵时，木木的，对什么都没有反应。这是什么地界，有些谁，待她如何，乃至她自己如何吃住起居，都木然失去审视意识。

在旁人看，她像灵魂出窍了，跟个活死人似的。

就这样过了月余光景，杜筠青才显出一些活气来，注意到这是一个生疏的地界，离山很近。不过，这地界倒很安静，也很干净，时时都飘散了一种香火的芬芳，仿佛是仙境气息。所以，她也不免懵懵懂懂地想：这里就是死后要来的地界吧？

这里也不大，没有许多院落，只是庭院里都有树木。绿荫庇护下的那一份幽静，的确很生疏。在前院中央，是一方精致的花池，池中有几株主干苍老、枝叶茂盛、花朵硕大的花木。可惜花正败谢，落英满池。供在这样显赫的位置，一定是什么名贵的花卉吧。

这天，杜筠青正在花池前发愣，就有一位跛足的老妇走过来。这位老妇，她好像认得了，就问："这是什么花？"

老妇冷冷地说："给你说过几次了，这是牡丹。"

"你给我说过？"

老妇冷冷地哼了一声。

"叫什么花？"

"牡丹。旁的花，哪能开这么大？"

"牡丹？牡丹才开这么大的花？"

"你连牡丹都没见过？真是枉在京城长大。"

"什么京城？"

"京城就京城吧，能是什么？不说了。你的茶饭还吃不吃？才吃几口，就跑这儿来发愣。"

"茶饭？"

"想吃，就回去吃！过了饭时，可没人伺候。"

说毕，老妇一歪一歪地走了。

老妇是小脚，又跛了一只，但走路很有力。杜筠青望着离去的老妇，没有立刻回去接着吃饭。她也没记住，池中正败谢的花木叫牡丹。

这位老妇，正是康笏南的第四任夫人孟氏，也就是被三爷跟前的汝梅，去年在凤山撞见的那位长着美人痣的老尼。她自取了一个法号，叫月地。

她被康笏南神秘废黜时，也如杜筠青一样，先是嗜睡，接着重病不治，然后亲眼看到了为自己举行的浩荡葬礼，最终被送进这座幽静的尼姑庵。当年她被废，起因正是这位由京城归来的杜家女子。如今，杜氏也步了自己的后尘，跌落到这个世外佛界了。月地本该有几分快意的，但她实在没有了那份心思。

她心静如死水。

杜筠青卧病不起时，月地就听到了消息。她是过来人，一听便知杜氏在康家的末日也即将到来。那时，她心中生出的只是几分悲悯：佛性早使她泯灭了嫉恨吧。

杜氏的到来，比她预料得还要早。她原想总要拖延到五月，没想刚进三月就来了。杜氏也不像想象的那样憔悴苍老，这妇人似乎未经历大悲痛。以前，总是想在近处面对了杜氏仔细端详一回。现在。终于如愿了，却已经没有了那一份兴致。当时的杜氏也痴痴呆呆的，真像灵魂远去了，丧失了喜怒。她与杜氏是冤家对头吧，终于末路相逢了，却像谁也不认得谁，平静如死水。

这是佛意？

当年，月地刚到这里时，也是痴痴呆呆的，像一个活死人。重病时她是不想死，但也没给吓呆：天意要你死，你是逃不脱的。可那场浩荡的葬礼，真把她吓呆了！她没有死，但宣告自己死去的大场面葬礼却那样隆重地举行着：她无法明白这是发生了什么事。

当时老亭对她说：这是留住她性命的唯一办法。隆隆重重假葬一回，她的真命才能留住。

可那时她已经听不明白别人说话了，耳没聋，但一点也解不开老亭的话。

她痴呆了，傻了。

后来她才怀疑，当时傻成那样，除了大场面的葬礼叫她太受惊骇，可能身上的药性还没有退尽吧。经多年参悟，她终于猜疑到：当年临终前那样嗜睡，昏迷，多半是给她服了什么药。

现在，杜氏痴呆得这样厉害，一准也是药性在作怪。

当年，月地到尼姑庵后，也就痴呆了十天半月光景吧，以后渐渐不傻了，先知道了悲痛。杜氏已经傻了一个多月了，居然还缓不过来，月地就怀疑他们下药下得太猛了。腊月发病，正月病重，二月升天，三月发丧，实在是太急促了。月地自己从发病至发丧，拖延了近半年。这样急迫地给杜氏下猛药，大概看她体健心宽，也为时局所迫吧，但这么下虎狼药，她若昏迷过去再也醒不来呢？

或者,他们还在暗中继续给她下药?

月地的怜悯之情,即由此引出。她注意检点庵中斋饭,提防暗中继续给掺了什么药。因为庵中米粮菜蔬,还是康家供给。但进食庵中茶饭的,也不只杜氏一人。别人无事,杜氏也该无事吧。这一向,月地吃什么饭食,也给杜氏吃什么。但杜氏依旧痴憨着,唤不回灵魂。

月地疑惑重重,无计可施。是佛意不叫杜氏醒来?或者,是佛意不想叫自己打听六爷的近况?她盼杜氏清醒过来,实在也是存了一份私念:跟杜氏仔细打听一回六爷。想到六爷,月地才忽然有悟:杜氏原来是没有牵挂!世间没有大牵挂撕你扯你,可不是唤不醒呢!

当年孟氏清醒过来,最先想起的就是六爷!六爷是她的命,那时六儿才五岁。临终时候,她割舍不下的也只是六儿。

如果没有六儿,天意叫她死,她就甘心去死。康家,康老太爷,还有她那做老夫人的日子,实在也不叫她怎么留恋。偏偏上天给了她了一个六儿,那就给了她一个不能死的命。可她的六儿才五岁,上天就要叫她死!她是作了什么孽,要撕心裂肺受这样的报应?

就不能容她把六儿守大,等他成人后,再来索她的命吗?

她的命也不金贵,在康家她实在也不是在享受荣华富贵,其间的屈辱幽怨,世人难知,天当知。就留她多受几年罪吧!

一旦六儿自立,她当含笑自尽。

可上苍不听她的哀求,好像必死无赦。

迷迷惑惑来到尼姑庵,在难辨生死间,是六儿先唤醒了她。临终的时候,奶妈抱了六儿来。她也想抱一抱六儿,六儿却不让,只是生疏地望着她,往后挣扎。

自己是不是憔悴得很可怕了?眼泪已经涌出来。

可六儿一点悲痛也没有。他还不知道什么叫悲痛吧?

沉重的睡意又压迫过来,她自己也没有力气悲痛了。以后就再没有见过六儿，也没见过奶妈：她已到了“升天”的大限。所以临终前，整个世界留给她的最后记忆，便是不知悲痛的六儿，生疏地望着她，极力向后挣扎，仿佛要弃她而去……

既然没有死，既然还留着性命，那就得先叫六儿知道，就得先见见六儿！不能见六儿，留这性命何用？

但庵主雨地劝她不要去，冷冷地劝她不要去。

后来知道了，庵主雨地原来是五爷的生母朱氏。那时的雨地，虽然冷漠，倒是一脸的善相。四十多岁了，颜面光洁如处子，神情更是平静如水。

孟氏当时也如今日的杜氏，对眼前的一切都浑然不加审视，也就觉不出雨地是善是恶。她心里全被六儿占满了。

她哪肯听雨地劝？就说：“我得去，一定得去，谁也挡不住。”

雨地淡漠地说：“有人能挡住你。”

“谁也挡不住！”

“你的六爷也挡不住你？”

“六儿？他怎么会挡我？他不会挡我！”

“你不怕吓着他？”

“我会吓着他？”

“你再现身康家，就是鬼魂了。”

“鬼魂？”

“你已经病故发丧，新坟未干。”

“老亭说，那是假葬。”

“在康家，没有几人知道那是假葬。在全太谷，人人都知道你隆重发丧了。你再现身，谁敢将你当阳间活人看？”

孟氏这才惊愕得说不出话来。

“你虽活着，但与庵外世界已是阴阳两界了。”

“阴阳两界？”

“康家那样浩浩荡荡为你发丧，你以为是只图排场？那是向阳间昭示：

你孟老夫人已经升天了。从此，你在阳间就只有鬼身，不再有活身。”

“他们说这是假葬，是为了避灾躲祸，换我活命……”

雨地冷笑了一声，说：“阴间要了结你的阳寿，躲避到这里，就寻不着了？阴曹就那么笨，康家一场假葬，便能蒙过他们？若此法灵验，世间人人都可不死了。”

孟氏又无言以对。

“记着吧，你于庵外人世已是阴阳两界，尽早忘记外间红尘。”

“阴阳两界？我不管！我忘不了六儿，我得去见六儿！”

“听不听我的话，由你了。但你把你的六儿吓出一个好歹，在这阴间世界你也不得安心吧？”

“六儿会认得我，他是我的骨肉，我吓不着他！”

“六爷年幼，也许还不知惧怕。但你在他幼小的心底就留一个厉鬼的印象，叫他一生如何思念你？”

“六儿会认我，会认出我没有死！”

雨地又冷冷一笑，不再劝她。

那时候，孟氏真是不相信自己不能重返阳间。

2

明白了自己身处何境，孟氏也冷静了一些。但她依然义无反顾地给自己的性命定了价：不能见到六儿，不能与六儿重享亲情，她就去真死了。她只是为六儿留着这条性命。

失去了六儿，在这不阴不阳的地界苟延残喘，哪如真去升天！

孟氏问过雨地，庵中有什么规矩。庵主说，什么规矩也没有，不强求你剃度，不强求你做佛事功课，也不强求你守戒，尽可照你在阳间的习惯度日。因为外间大戒已经划定，想跳也跳不出去了，阳间红尘早远离我们而去，想贴近，已不可得。

这叫无须受戒戒自在。

那时，孟氏对罩着自己的大戒还没有多少感知。既然无须剃度，也不必更换尼僧的法衣，那今之身与往日何异？只设法给六儿的奶妈捎个讯，也就打通重回阳间的路了。奶妈是她的心腹，她就真是鬼身，奶妈也会见她的。

但谁能替她送讯呢？庵中除了庵主雨地，再没有其他尼僧，只有几位未出家的女仆，都是中年以上的妇人。她们应该容易收买吧？

原来，那简直是难于上青天的事！她们都挣康家的钱，不便逾规的。更可怕的，是孟氏自己已身无分文来收买别人了。她现在才更明白，自己除了这条性命，什么都没有了，以前的月例和私房、首饰细软，一切值钱不值钱的东西，全留在了阳间。她已无身外之物，拿什么来收买别人？

庵中供给一切衣食用度，要什么都给，只是不给银钱。就是庵主雨地，也有许多年没摸过银子了。庵中一切用度，都是康家现成送来。雨地已视银钱为废物。可孟氏却吃惊了：康家真是知道银钱的厉害！

收买不了别人，那就只能依靠自己吧，岂能叫银钱将她与六儿隔离开？她的性命既在，这两条腿就能动。没有车送轿迎，自家还能走路。

她已经辨认清了，这处尼姑庵就在凤山之下，离康庄不是太远。凤山的龙泉寺，她每年都来一两次。从这里往康庄，不过是一路向北，坦途一条。

孟氏便默默开始谋划：如何徒步暗探康庄。

在她看来，一切都不在话下，唯一应该操心的，是选一个恰当的时辰。雨地已经给她点明：外间世界都知道她已经死了。所以，在天光明亮时候，她难以现身。但在夜深黑暗之时，康家也早门户禁闭，无法与六儿联络。那就只能在黄昏时候吧？此时天色朦胧，门禁又未闭。

但再一想，觉黄昏也不妥。康家是大富之家，对门户看管极严。她在康家十多年，知道康家对黄昏时候的戒备，是一天中最严密的：就怕强人在黄昏蒙混入宅，潜服至夜间行窃。

那就选在凌晨？康家有早起习惯。尤其是操练形意拳的男人，讲究天光未启时开练，所以大宅的侧门早早就能出入了。早起初时，人不免残留了睡意，迷迷瞪瞪的，警觉不灵。她以一妇人之身出入，不会引起注目吧。而此时，六儿当在酣睡，奶妈崔嫂肯定已经起来了。先见崔嫂，容易说清真相，也吓不着六儿。

就选在凌晨吧。

孟氏急于见着六儿，只粗粗做了这样的谋划，以为一切都妥帖了。她选了身平常的衣服，还暗暗预备了一点干粮，就决定立即成行。

直到临行前夜躺下来，才发现必须于夜半就动身：还有二十多里路要走呢。孟氏从来不曾徒步走过这样远的路程，也不知需要多少时辰。反正赶早不赶晚吧，动身晚了，怕凌晨赶不到康庄的。

可夜半动身，又如何能开启这尼庵的山门？这尼庵在夜间也要门户紧闭，由女佣上锁的。

她如何能说通女佣，为她夜半开门？说要去野外念佛？恐怕说不动的：她依然无有本钱来收买女佣。

这一夜，孟氏真是彻夜未眠。以前一切都不需要自己去亲手张罗，有事，吩咐一声就得了，自有人伺候。现在，不但得自己张罗，还失去了任何本钱和名分。这里的女佣，没人在将她当老夫人看待。真是阴阳两重天了。

但她一定要去见六儿。她一定要在这阴阳两界之间，打通一条路。

凌晨不行，就黄昏？想来想去，终于也悟通了：就无所谓凌晨黄昏吧，反正在山门未闭之时，就离开尼庵，往北走动。在天光未暗前，不进康庄就是了。只在陌生地界走动，不会有人将你当鬼看。等到天色朦胧时，不拘是黄昏，还是凌晨，能蒙混进康宅就成。

反正是横下一条心，不见着六儿，就不再回这尼庵！在外间游荡，讨吃，也不怕。天也热了，在外间过夜，冷冻不着的。

既然去做一件重于性命的事，那一切都不在话下了。

只延迟了一天，孟氏就选在午后，悄然离开了尼姑庵。

其时，凤山也无多少游人，尼庵又处静僻的一道山谷中。走出凤山的这一段路程，还算顺当。未遇什么人，脚下也还有劲可使。出了凤山，路更平坦，还是慢下坡。可孟氏就觉着一步比一步沉重起来。再走，更感到连整个身子都越来越沉重，全压在两只脚上，简直将要压碎筋骨。

咬牙又走了一程，实在走不动了，只好席地歪在路边。

很喘歇了一阵，起来重新上路时，竟不会走路了：两脚僵硬着，几乎没了知觉。老天爷，她这双金莲小脚，原来是这样不中用！

孟氏出身官宦之家，从小缠了这样一双高贵的小脚，整日也走不了几步路。到康家做了老夫人，那更不须走什么路。平时这样不多走路，也就不大明白自家不擅走路。现在，冷不丁做此长途跋涉，头一遭陷进这种困境，除了惊慌又能如何？

如此狼狈，怎么再往前走！就是调头返回尼庵，也不知要挣扎多久吧？

孟氏也只好调头往回返了，却依旧一步比一步艰难。没挣扎多久，她已是一步三摇，三步一歇。天色虽然尚早，却已觉得尼庵遥远无比，到天黑时候还能挣扎回去吗？

就在这几陷绝境时，尼庵中一位女佣悄然出现。女佣什么都没有说，只是过来搀扶了她，一步一步艰难往回走。挨到山谷间，这女佣不得不背了她一程，才回到庵中。

其时，真近黄昏了。庵主雨地也没有多说什么，连脸面的表情也是依旧的，仿佛什么事也不曾发生。只是吩咐女佣，多烧些热水，供孟氏烫脚。

那一夜，孟氏只觉得自己已经失去了双脚。不眠之间，只觉剩下了发胀的双腿，再寻不到脚的感觉。她也失去了悲痛之感，没有想哭。就那样一直瞪眼望着黑暗，感觉着腿部的胀痛。

她也几乎没有再想六儿。

第二天，孟氏更不会走路了。雨地就过来对她说："想走远路，需先练习脚腿之力。有一功法,你愿不愿练?”

雨地太平静了,孟氏有些不能相信,所以也没有说什么。

“这功法也不难,只要早晚各一课,持之以恒,不图急成,即可练就的。”

“我往庵外远走,你不再拦挡?”

“我早说了,一切由你,从未拦挡的。”

“量我也走不出去,才不拦挡?”

“你有本事破了大戒,我也不会拦挡的。”

雨地这样说话,很令孟氏不爱听。不过,她还是问:“你说的是什么功法? 女辈练的拳术吗?”

“近似外间拳术,只是简约得多。”

“由形意拳简约而来?”

“也许是,我也不识何为形意拳。”

“既由拳术简约而来,我可不想沾染。我讨厌练拳的男人!”

“那还有一更简约的练功法,常人动作,于武功拳术不相关。”

“这功怎么练?”

“前院中央的牡丹花坛,绕一周为六六三十六步。你可于早晚绕花坛行走,快走慢走由你自定,以舒缓为好。首次,正绕三圈,再反绕三圈。如此练够六日,可正反各加一圈。再六日,再加。如此持之以恒,风雨不辍,练到每课正反各走九九八十一圈时,即可到脚健身轻之境,即便云游天下,也自如了。”

“那需要练多时日?”

“明摆着有数的,不会太久。”

孟氏想了几日,觉得也只有练出腿脚来,才能见着六儿,就决定听雨地的,绕了花坛练功。

她没有想到,那么鲁莽地跑出庵外,走了不过三里路,就歪倒歇了六七天,才缓过劲来。所以,她开始练功时,也不敢再鲁莽了,老实按照雨地的交代，一步不敢多走，当然一步也不愿少走。

孟氏当年初进尼庵时，已经入夏，所以庵中那池牡丹早过了花期，连落红也未留痕迹。她天天绕了花坛走，只是见其枝叶肥大蓊郁而已。没有几天，也就看腻了。

第一个月走下来，每课加到了八圈。正反各八，为一十六；早晚各十六，每日为三十六圈，近一千三百步。孟氏练下来，倒也未觉怎么艰难。只是，总绕了一个花坛走，就跟毛驴拉磨似的，在局促地界，走不到尽头，乏味之极。自然花坛中间的牡丹，也早看不出名贵，一丛矮木而已。

雨地说：到秋天就好了，可细见牡丹如何一天天凋落。到来年开春，又可细看它如何慢慢复苏，生芽，出叶，挂蕾，开花。

要练到牡丹花期再来时，才能练到头？

雨地这才说了实话：一天不拉，总共得练四百七十四天，才可达九九八十一数。所以，即便牡丹花期再来时，也远未到头呢。

原来竟要练这样长久？

3

雨地叫孟氏练习这种功课，原本是想淡其俗念，不要去做虚妄的挣扎。康家那个老东西所设的这个阴阳假局，周密之至。你妄去冲撞，不但徒劳，还要再取其辱，叫俗世故人真将你当鬼魂驱赶，何必呢？俗世既已负你、弃你，你还要上赶着回去做甚？

绕着花坛，如此枯索地行走，乏味中做千思百想，总会将这层道理悟透吧。特别是练到秋凉时候，眼看着万物一天天走向凋零，即便如花王牡丹，也不能例外，一样败落了：睹物思己，还不想看破俗世吗？

孟氏练到深秋时候，似乎也全沉迷在功法中了。她已很少提起她的六儿，只是不断说到自己的腿脚已经如何有劲。

雨地为叫孟氏功德圆满，也不断对她说：现在腿脚只不过生出一些浮劲而已。浮劲无根基，只要松怠几日，功力就会离身的，几个月的辛苦算白费了。只有练到九九八十一数，根基笃定，深入筋骨，那腿脚功夫才会为你长久役使，受用不尽。

孟氏现在对雨地的话，已经愿意听取。如果不出意外，她真会按部就班练到功德圆满吧。

但意外还是发生了。

那天，孟氏已经在练三十之数，也就是每课正反各走三十圈，全天总共要走一百二十圈，四千三百二十步。小脚妇人步幅小吧，这四千多步也走出四里多路了。如此之量，孟氏仍未觉出分明的辛苦，反而很有些成就感，也有了娱乐趣味。所以，近来她的晚课也提早了许多，太阳刚落，天光还大亮着，就开练了。

这晚开练不久，就见有外间的差役来送菜送粮。花坛在前院，与山门就隔了一道影壁。庵中司厨的两个女佣，在影壁那边接收米粮菜蔬时，不断与差役说笑，这本已是常态了。但今日她们在影壁那边，似乎有些反常，只神秘地议论什么，没有一点说笑气氛。

孟氏心境本来已趋平淡，反常就反常吧，俗世情形真与己不很相关了。除了六儿，就是天塌地陷也由它吧。她只是专心练自己的功。

不过，她毕竟凡心未泯，尽管不大理会影壁那边，还是依稀能觉察到差役走后，两女佣不赶紧搬运粮菜，却一直站在山门口继续那神秘的议论。孟氏就不免留意细听了听。这一听，可不得了，孟氏几乎把持不住自己，要大叫几声，瘫坐在地……

幸亏练了这五六个月的功，才终于挺住，未大失态。

孟氏听到了什么，这样受刺激？原来那两个女佣议论的，正是康笏南要娶杜氏做第五任老夫人！而且，那时满城都在议论这件事了。

这位年轻美貌的杜家女子，随父回晋之初，以京味揉了洋味的别一番风韵，引起不小轰动，太谷大户争相延请，孟氏当然是知道的。康笏南在老院之内谈论杜筠青，即便是当了孟氏的面，也无什么顾忌。康笏南的议论，两个字可概括：激赏。

作为一个女人，孟氏最能体察出康笏南对杜筠青的激赏，内里包含了什么意思，但她并没有生出多少妒意。进康家虽已多年，孟氏一直不以做商家贵妇为荣。这也不尽是孤高自洁，康笏南在老院之内才肯现出的本相，实在令她难生敬意。何况，大户人家纳妾讨小，三房五室的，本也很平常。

所以，孟氏曾真心劝康笏南：这么喜欢那位杜家女子，何不托个体面人物，做一试探，看愿不愿给老太爷做小？那女子不过小寡妇一个，其父也不是什么正经京官，她高贵不到哪儿吧？

哪料，康笏南一听此话，就拉下脸来，冷冷地说："康家不娶小纳妾，这是祖上留下的规矩，你叫我破？"

真是好心不讨好。谁想破你家祖上规矩，你最明白吧？你成天老着脸评品杜家女子的姿色，就算守了祖上规矩？看看每说到人家的天足吧，简直要垂涎三尺了：一双天足，走路也风情万千？天足也有那样别致玲珑的？

你果真不愿破祖上规矩，那当然好。

孟氏从此不再多说，康笏南对杜家女子的评品却未有收敛。

那时候，正盛行大户人家争邀杜家父女去做客，康家却一直没有动静。年轻的三爷几次跟老太爷提出：我们也宴请出使过西洋的杜长萱一回，听听海外异闻，以广见识。但康笏南只是不允，说洋人不善，理他做甚！

孟氏见此，也就更以为康笏南要坚守祖制了。后来，虽也听说康家的天盛川茶庄曾宴请过杜家父女，但康笏南并未公开出席，只是在隔断的后面窥视了杜筠青的芳容：他毕竟不想越轨。

杜家父女大出风头是在那年的秋冬，到了腊月年关时候，已经平淡下去了。第二年整整一年，几乎无人再提起杜家父女。孟氏记得，这年她曾向三爷打听过：杜长萱是不是已经返京了？三爷说：没走，还在太谷。三爷似乎不想就此多说什么，她也就没再多问。

事情就那样过去了。

到光绪十三年(1887)春天，孟氏重病不起之时，虽也偶然想到过那位杜家女子，却也未疑心过什么。她是疑心过自己病得太奇兀，却没有疑心过康笏南。

自来到这处尼庵，渐渐明白了自己假死的含义，除了牵挂她的六儿，孟氏已经决意抛弃俗世。至于杜家女子，真已淡忘了。

可现在，这一切都在她面前轰然坍塌：康笏南这样快就要娶杜家女子！原来她的假葬是为了成全康笏南：既让他娶到垂涎已久的风流女子，又叫他守了祖制，保住美德！

苍天在上，她作过什么孽呀，叫她陷入这样一个阴阳假局？

为了叫这个男人私欲美德两全，居然由他搅乱阴阳两界？

她人老珠黄，可以弃之如敝屣，六爷却是你的骨肉，也忍心叫他自幼丧母？

孟氏无论如何是忍耐不下了，只想立马向世人揭穿康笏南的这个假局。现在，她能与之诉说的第一人，就是庵主雨地。因为直到此时，她还不知雨地就是五爷的生母朱氏。

当时她冲动异常，跑进去就拉住雨地，语无伦次地说出了自己的惊天发现。

雨地平静如水地听着，听完，问了一句："你知道我是谁？"

"谁？"

"我就是你前头的那个朱老夫人。"

孟氏再次被震惊了："你是五爷的生母？"

雨地恬然一笑，说："你没有细看过我的遗像吧？"

孟氏怎么能没见过前头三位老夫人的遗像？但遗像与真人，相差实在是太大了。现在的雨地，圣洁如仙，谁会将她与已故的朱氏联系起来？

雨地继续平静地说："我被活葬在此庵中，已有十多年。这期间，正是你在康家做老夫人的年月。"

"那你是因我而死？"

"怎么会是因你？"雨地又恬然一笑，"何况我也未死。要说置我死地的，应是康家当政的那个男人。他想再娶一位你这般官宦出身的女子，就叫我死了。不过，我死前还不知你在何处。罢了，那已是俗世红尘，不值一提了。"

"我有今天，也是报应吗？"

"你未作孽，何来报应？倒是得以脱离孽海，应为幸事的。"

"幸事？沦此不阴不阳之境，何幸之有！"

雨地只是平静一笑。

孟氏却忍不住追问："你前头的老夫人，即三爷、四爷的生母，也是如你我这样死去？"

"她是真死，做老夫人也最短，只六七年吧。康笏南对她思念也最甚。他当年选中我，似将我当作那女人的替身。我哪是？红尘中事，太可笑。"

"那他的原配夫人呢？"

"当然也是真死了。假葬自我始。"

"不说老夫人的虚荣，只是活生生一个人，忽然给孤身囚于此，你怎么能容忍？"

"当年初来，亦跟你无异，懵懂可笑。只是庵主为正经出家尼僧，道行深厚，得她及时引渡，也就渐渐悟道，得入法门。"

"这尼僧今何在？"

"法师已移往外地修行，嫌太谷市尘太重了。"

"道行再深，我也不信！别的不说，当初你能不挂念五爷？"

"你正在练的绕坛功法，就是法师当年渡我之法。当年，我也似你，最难割断的就是与五儿的母子情了。可法师无一语阻拦，只是说重返康家，先须有脚有腿，你的腿脚残废已久，何以能至？等我练到九九八十一数，有腿有脚了，却已经将一切悟透，再不想重入俗世孽海。”

“我才不信！你悟透了什么？”

“等你练到九九八十一数，就明白了。”

孟氏冷笑了一声。

“我虽有缘引渡你，只是道行不深厚。你既已望穿孽海，还望能将功法练到底的。”

孟氏那时已不再能听进雨地的话了。

4

孟氏知道了雨地就是已故多年的朱氏后，更失去了冷静。

她以为正是朱氏的遁入佛门，静无声息，才更纵容了康笏南！他营造下的这个阴阳假局，既然如此成功，如此滴水不漏，那为何还不再来一局？

她决不能静无声息，就像真死了一样！

所以，孟氏决然中断了练功。而此时的她，也觉得自家重新生出了腿脚，就是有千山万水搁在前面，也不惧怕了。

她开始公然做现身康庄的准备，对雨地及庵中女佣都不避讳。奇怪的是，她们竟也不言不语，尤其是雨地，平静依旧。

她们是认定她回不到康庄？

这更激怒了孟氏。真就破不了这个假局？她才不信。

现在，她也无须做更多的准备。既是破假，也不必挑时辰了，什么时候走到，什么时候进去。需要预备的，是带一些路途上吃的干粮。她还没有走过这段长路，不知道需要走多久。也需带件御寒的厚衣吧，已经秋凉了，说不定要在野外过夜。

孟氏用两天攒够了干粮，就毅然走出了尼庵的山门。她没有向雨地告别，也没有留意是否有女佣盯着。此时秋阳刚刚升高，将山谷照得金黄一片。山中被霜染红的林木，点缀在金黄中，别是一番景致。稍有一些凉意，却没有风。

这分明是人间。

孟氏现在果然有种身轻步健的感觉，走路不再是件难事。这还应该感谢雨地。雨地练功既已练到功德圆满，为何却不想走出尼庵？既想出世，为何还要苦练腿脚功力？

管她呢。不去多想了。

这次走出凤山，渐渐踏进平川，孟氏一直感到很轻松，心情也就好起来。在进入平川后，她就不断遇到行人、车马、出工的农夫，可没有谁停下来看她。

可见她没有什么异常。

凤山至康庄，不到二十里路。孟氏快走到时，已是正午了。走过十里之后，她就渐渐觉出吃力来，走得也越来越慢。但她还是铁了心往前走，不再回头。原想也许会累死在路上吧，却没有累死，就走近了。

她分明望见康庄，望见康家那一片宅院时，心里就想：自己已经死过了，所以不会再死。就是想累死，也累不死了。

深秋的正午，已不像夏日那样安静：白昼渐短，农事也忙了，乡人不再歇晌。此时康家还歇晌的，也就是康笏南这个老东西吧。

管它安静还是热闹，孟氏只是不停脚地往前走。望见康庄后，她分明重新来了力气。哼，重回康庄这有什么难的？抬脚不就走回来了！雨地故作玄虚，说不定受了那个老东西暗中托付吧？

就这样，孟氏昂扬地临近了康庄。眼看要进村了，迎面走来两个扛着空扁担的农夫，一个年轻，一个年纪大些。康庄的农夫，大多是康家的佃户。所以，还未碰面，孟氏就低下了头：她不想让这些村夫过早认出她来。

但已经晚了！

快走近时，那个年轻的农夫先望了望她，倒也没有什么表示，继续走过来。可那个年纪大的，随后只是抬头瞟了她一眼吧，突然就大惊失色地厉声怪叫了一声，跟着就匍匐在地，捣蒜似的磕起头来，嘴里还不停地哀求着什么。

这时，那个年轻的也愣住了，张嘴瞪眼地呆了片刻，才忽然扔下扁担，撒腿朝村里跑去。一边跑，一边惊恐万状的大呼小叫。

当时孟氏没听见这后生在呼叫什么，也没听清伏地磕头的农夫在哀求什么：她也被这突然出现的事态吓住了，惊慌失措，什么也顾不上了。她分明也惊呆了，愣住了！

一路走，她就曾一路想：世人会怎样将她当鬼看？可还是没料到会是这样一种场面。而更难以想象的情景，还在后头呢！

可能就是转眼间吧，村口已经聚满了人。人群拥挤，却没人敢出声，只是都抻长了脖子，朝她这里张望。

也没张望几眼，这一片乡人竟一齐匍匐在地，磕起头来，但依旧没人出声。

这死寂忽然被打破：村中响起了凄厉的锣声。一面，又一面，锣声四起。

狗也狂吠起来，一呼百应。

孟氏几乎是下意识地逃走了：她无力撒腿跑掉，只是钻了路边的一片庄稼地。那是未收割的高粱地，能将她完全隐没。

后来多次回想，也幸亏有这一片高粱地。否则，那天村人将会怎么驱赶她？说不定会请来什么和尚道士，施了法，捉拿她？

那天藏进高粱地，可是一直惊魂未定。她不知道村人会不会追赶进来，或者，人不敢进来，只放进狗来？那就更可怕。此刻，极度的疲累感已经涌上来，特别是腿脚，好像又失去了。她再无力挪动半步。有谁追进来捉拿她，都会易如反掌。

村中的锣声和狗吠喧嚣了很久才渐渐平息。但一直没见人或狗冲进来追赶她。

庄稼地里寂静无声，因为一点风也没有。外面，村子那边，也沉寂了。

但太阳当空，外面还是一个明亮的世界，你万万不能走出高粱地。等到天黑了再说吧。

此后整整大半天，孟氏就坐在那片高粱地里，等待天黑下来。恐惧与疲累也渐渐在消退，但她不敢多想今天发生的一切。后半晌了，才有了饥饿感，翻出干粮吃了几口，又吃不下去。

终于熬到日落星出，才发现还有月亮。夜越深，月光越明亮。

这是不让她走出高粱地了？

秋夜的寒意越来越重，秋夜的旷野更是死一般的寂静，月光虽明亮，映照出来的分明也是阴森和凄苦。鬼蜮就是这样吧？既已成鬼，还有什么可怕的？阳间的活人才怕鬼。

这样一想，孟氏终于站起来了：她得先回凤山尼庵。她不能困死在这里。她已经不能再死了。

往出走时，孟氏才发现：自己冲进高粱地时，竟钻到这样的深处？居然费了这样大的劲才走了出来。当时也是太仓皇了。

月光照耀下的乡间大道，此刻空无一人。望了望康庄，已落在一片朦胧和死寂中，只有高处可见几点灯火在游动。那是康宅守夜家丁在屋顶巡游吧。她的鬼魂在村口出现，康家一定知道了。他们会不会告诉六爷？能不能吓着他？奶妈一定会听说这件事，她应该护着六爷，别叫他受惊。

这一趟，来得还是太鲁莽？

孟氏不再多想，转身向凤山方向走去。此时，她仿佛又来了功力，走路重新有了身轻步健之感。这种有力感，倒渐渐唤起了她的自信。虽然是头一遭走这样的夜路，似乎也不是十分惧怕。

在夜间旷野，活人所惧怕的，无非是鬼怪吧。她现在已被阳间活人视为鬼怪了。世间如真有鬼魂，她倒想遭遇一回，看看真鬼是何样面目行止。从此往后，她将以鬼名存世，却并不知真鬼为何样德行，也是太可怜吧。

越这样想，周围倒越是空旷寂静，寻不出一点动静来。

其实,这死一样的寂静才是最可怕。

归途这一路,孟氏倒并不觉十分漫长。风山渐渐临近时,她觉自己腿脚依旧有力。自己真是有腿有脚了?她惊异得不大敢相信。

其实,孟氏到达尼庵时,已是午夜了:她一路极度紧张,不断设法给自己壮胆,哪还能感知别的!她断定敲不开山门了,预备倚在门洞,坐以待旦。但试着推了推,山门居然就动了,再一用力,就张开一道宽缝。

是雨地特意留了门吗?还是有女佣一直暗中盯着她的行踪?

不过,孟氏已顾不及多想:极度的疲累仿佛突然苏醒了!她进入尼庵后,才感到一点力气也没有了,挣扎回自己的禅房,一头栽倒了下来。

第二天醒来时,睁眼就看见了雨地。她还是那样平静如死水,这使孟氏感到非常不快:雨地早料到她会这样无功而返?

雨地平静地问:"腿脚比以往好使唤了?"

孟氏懒懒地说:"好使不好使,我也得去。"

"你把功法练到头,来去自如,岂不更好?"

"与其驴拉磨似的绕了花坛转,哪如多出外跑几趟?反正不叫腿脚闲着,总会练出来的。"

"练功需内外都静,跑出去处处嘈杂,心里也慌乱,哪能练得出来?"

"我也不求得道成仙,只求腿脚如村妇乡姑似的,能随处走动就得了。"

"只是无人会将你当村妇乡姑的。你闯康庄这一趟,很快就要传遍四乡了:康家闹鬼,新逝的老夫人现身村头。此流言既经风行,世人将重新记起你,疑心你会随时随地现身。康家一准要为你再次大做道场,请了道士和尚,驱鬼的驱鬼,超度的超度。这就像布下了天罗地网,你岂能再临近康庄?"

"我才不管这许多,想去,抬腿就去了。既已为鬼身,还受它世间束缚?"

"是你在紧束自己。"

“我紧束自己？”

“你每去闹一次鬼，那边就重布一次驱鬼的天罗地网；你去得越多，那罗网就结得越严密。那边防备得越严密，你的行动就越艰难。这岂不是紧束自己？”

“你怎么知道得如此清楚？”

“静心一想，即可了悟的。”

“当年，你也去探望过你的五爷吧？”

雨地恬然一笑，说：“尽早了悟才好。”

孟氏冷冷地说：“我可丢不下我的六儿！我也不想得道成仙。”

雨地依然平静，说：“我还是劝你练够九九八十一数。无论入佛门，还是返尘世，自家能来去自如，总是好的。”

雨地离去后，孟氏慢慢回想她说的话，觉得不愿听从，也得听从。雨地说得很对，康庄这一闹鬼，真也十天八天冷淡不下去。在这人人怕鬼疑鬼，人人议论老夫人阴魂不散的时候，你真是不能再靠近康庄了。

这一闹鬼，会吓着那个杜家魔女吗？洋夷不敬鬼神，那魔女也会如此大胆吗？

只是不要吓着六儿就好。

想到杜家魔女和六儿，孟氏还是不肯罢休的。这一趟往返康庄，她也尝到了练功的甜头：腿脚到底大不一样了。要想见到六儿，还得将功力练到头的。只练到三十数，便能往返康庄，要练到九九八十一数，也许真能健步如飞，随心所欲吧？

所以，孟氏暂时安静下来，听从了雨地劝说，继续绕了花坛练起旧功。

在那乏味的绕圈中间，她终于也想起来了：自己初到康家时，也有夜间锣声四起的情形。她问起，总是说吓贼呢，没说过吓鬼。现在看，谁知是吓什么！说不定雨地也有过像她一样的闹鬼经历吧？

雨地也许生性贤淑沉静，可怎么能淡忘了她的五儿？

孟氏设法探问过多次，可惜，雨地对此一直不多言一字。

5

孟氏练到九九八十一数，已到中秋时候。临近功满时，日走路程已到十二里，即早晚各走六里，来回轻松自如。不过这时的孟氏，已无惊喜，她也变得平静多了。

这期间，她曾得知杜筠青果真做了康笏南的新妇。听到此消息，虽然也一股怒气顶上来，冲动不已，但她毕竟没有失控。所以，练功一天也没有耽误。

功法练到头了，雨地以为她已看淡了俗世恩怨，就问她愿不愿进入佛门。哪想，孟氏居然说：

“我剃度为秃尼，六儿更认不得我了。”

雨地一惊，问：“你还想重返俗世？”

“不为见六儿，我何苦下这种功夫？”

“你已试过，搁在阴阳中间的天罗地网是撞不破的。”

“只试了一次，就知撞不破？”

“此道间隔，我比你看得清晰。”

“你也试图穿越过吧？”

“天长日久，你也会一眼望透的。”

“我一眼想望见的只是我的六儿！”

雨地叹了一口气，说：“既然因缘未尽，也只能由你了。”

“那我讨教一声：我脸上这颗痣，割去无妨吧？”

雨地又一惊：“割你脸上的痣？为什么？”

“这颗痣，是我脸面上最分明的记号。”

“这种痣是不能动的，医家郎中都不敢动。”

“为什么不能动？”

“听说连着命根，割开将流血不止。”

"我们已是鬼身了,还有血吗?"

说完,孟氏倒平静地笑了。

有六爷牵挂着,孟氏哪能割断俗念!但现在她除了牵挂六儿,对世间的一切真是看淡了。跟老东西的恩怨,他的新妇杜氏,还有康家兴衰,商界官场,她都已撒手丢开:不过是一片孽海,你在乎不在乎都一样了。但她不会丢下六儿。想割去脸上的这颗美人痣,正是为了在阴阳两界间来去方便。

在这大半年的练功中,她不知想过多少次了:那次刚到村口,一眼就被认出,只怕要赖这颗痣。如没了这颗痣,村人即便觉得她像死去的孟老夫人,多半也不敢认吧?所以也下了无数次决心:去掉这颗痣!

因为从小生了这样一颗痣,也就早听说了它连着命根呢,不敢动,更不敢伤着。现在雨地也这样说,虽附和了俗世说法,只怕也是动不得。鲁莽将它割下来,真会失血而死?

孟氏还有一种担忧:去掉这颗痣,就怕六儿也不认她了!

所以,孟氏已另谋了掩盖的办法:寻一片膏药,贴住它就得了。在功法还未练到头时,她就吩咐女佣,送几贴拔毒膏来:膏药早预备妥帖了。

她也早预备了一身尼僧穿的法衣。那一次,穿着上也太大意。虽然只穿了妇人便服,但还是太像大户气象。她看雨地,穿了那身法衣,真与大户不相干了,冰冷中透着圣洁。这番气象,乡人见了既不敢轻慢,也不会害怕吧。她没有答应剃度出家,雨地还是送了她一套法衣。

总之,孟氏是一边练功,一边就在谋划重返康庄。功法练到头时,一切也早预备齐了。雨地劝阻,她也只是平静地听听而已。

就只等挑一个好日子,从容下山。

八月中秋是个大节庆,孟氏不想在这种时候惊吓乡人。所以,她挑了八月十七这天下山。

下山前,试穿了那身新法衣,忽然才觉得一个尼姑进了村,也够醒目了。尤其像她这样的尼姑，也不丑，又藏不尽头上蓄发，必定引人注目。一被注意，就麻烦了。

想了想，穿农妇粗衣最佳，可一时也不易得。于是，她就试着向尼中女佣借一身布衣。想了半天借口，只勉强寻到一个：日后要练武功，看穿你们这种便装是否更利落？不想，一位女佣倒慨然答应。

十七日正午时候，孟氏就穿了这身女佣服装，用膏药贴住脸上的美人痣，从容走出山门，下山去了。依然未跟雨地告别。

这一次，不到一个时辰就临近了康庄。只是，她并未直奔村口，而是提前绕了一段田间小路，又蹚过几处庄稼地，藏进了一片枣树林。从这片枣树林望过去，百步之外就是康宅正门前那道巨大的影壁。

康庄的前门，开在村子的最南头，可遥望凤山。风水上为了聚气，在大门对面立了那道影壁。

孟氏在康家多年，自然知道这一切形制。不过，她还是经过大半年的寻思，才谋得这样一个线路。因为心宅渐渐冷寂平静后，她已经不想蒙混着进入康宅了。既然脱出孽海，何必再入其中受玷污！她只是想见见自家的六儿，在宅外见分明更从容，也更干净吧。

六儿毕竟是男娃，屋里关不住他，宅院里也不够他奔跑。奶妈常带他到康宅之外，跑跑跳跳，护他玩耍淘气。有时也到这边的田亩枣林间，掐野花，逮蚂蚱。孟氏得闲时，也与他们一道出来。这一切情形，孟氏当然也是熟知的。

所以，思来想去，她选定了隐藏在这片枣林中，死守着，等候六儿出来。在这安静地界，也便于向奶妈说清真相的。

现在，已经顺顺当当来到这片枣林中了，但望过去，影壁那厢却是一片冷清。已是午后了，还不见有多少人影走动。

那老东西是不是得知她已下山了？尼庵的女佣若暗中跟了来，也该跑进康家报讯去了。

下山这一路，孟氏已留了心眼，不时回头观望：并没有发现什么可疑处。再说，她现在行动利落，健步疾行，也不是谁能轻易跟随得上。

耐心等吧。

六儿从五岁起，已送入家馆识字读书。有塾师管束，也不可能早早跑出来玩耍的。

可死死等到天色将晚，也未能如愿。孟氏也不气恼，起身撤出枣林，从容踏上返回凤山的大路。

哪那么巧呀，头一天就见着？

回到尼庵时，月色正好，山门依然留着。她也不甚疲累。吃了斋饭，洗漱过，恬然入睡。

第二天，依然如此。直到第七天，也许感动了上苍吧，她终于见到了她的六儿。

那天康宅前门依旧冷清，只是偶尔有村人走过。后来，见到一辆华丽的马车驶过来，但并未停在前门。这样华丽的车马，只能是往康家，为何不停？孟氏这才记起：康家前门平时不大开，主客都走东边的旁门。

守住旁门，也许能更容易等到六儿吧？可旁门开在街巷里，附近实在不好藏身的。她也只能继续守候在枣林中：六儿总有来前面玩耍的时候。

这天守到后半晌，她已不抱希望了，正想松弛一下，起身走动走动，就见从影壁后面走出一个妇人。

好像是一个眼熟的身影！

孟氏不由一惊，忙定睛细看：那可不就是奶妈崔嫂！

但六儿呢，怎么不见六儿？

崔嫂走出影壁不远，就站住了，转身望着后面，又不断招手：六儿在后面跟着，一定在后面跟着。

可他就那样被影壁遮挡着，久久不肯走出来！

六儿在影壁底下玩什么呢？

孟氏真想冲过去。为这一刻，她努力了一年多，一天都没放弃。现在到底等来了：与她的六儿只相隔百步之遥了。

不能错过!

要在半年前,她可能早冲过去了。可现在,她没有动:她不能吓着六儿。

崔嫂竟要往回返吗?

她就这样闪出来露了一面,连六儿也没引出来,就要回去了?

孟氏望见崔嫂开始向影壁走回去,真急了,几乎要喊一声:崔嫂——,六儿——当然没有喊出。

也幸亏没妄动,就在崔嫂往回返时,六儿终于走出了影壁!是的,那就是她日夜牵挂着的六儿!他低着头,迈着缓慢的小步子,就像小老头踱步似的,从影壁的遮挡中走出来,显然很不高兴。

他不高兴,为什么不高兴?

崔嫂迎过去,蹲下身来哄他。他站定了,不理奶妈。

他是不高兴!

崔嫂转过身,蹲得更低,六儿就爬到奶妈背上。她背负六儿站起身来,却没向枣林这头走,竟继续往回返了,转眼间就被影壁重新遮挡住……

孟氏没有冲出来,她一动不动伏身在枣林中,一直到天黑。泪流满面时,都没有知觉。

回到尼庵过了许久,孟氏也没有再下山。

六儿的不高兴,压得她太沉重了。临终时见到的六儿,就是一脸的陌生和惧怕。经过千辛万苦,终于又远望了六儿一眼,见到的还是他寡欢的样子。才多大一个孩子,就这么郁郁寡欢,太可怜了。

这都是因为失去了母亲!

可她能再见他吗?能跟他说清真死和假死是怎么一回事?能说清她为什么要丢下他,自己去假死吗?

这一切,就是跟奶妈崔嫂只怕也说不清的。崔嫂会相信她还活着,而不是鬼身吗?

就是说清了，他们全相信了，她也不可能把六儿带到这尼庵来常住，她更不可能重新回到康宅的。既如此，何必徒然给他们压上太重的新仇旧恨?

六儿才是多大一个孩子！冒失去见他，多半是什么也说不清楚，只会惊吓着他的。

孟氏想起雨地当初劝说她的许多话，就想下决心断了俗念。至少，是不能再下山相扰六儿了。再退一步，至少要等六儿长大一些，才宜重做计议吧。

只是，孟氏虽不断下这样的决心，可哪能真断了对六儿的挂念！尤其六儿那郁郁寡欢的可怜情状，她是一刻都丢不下。自这次见到六儿之后，孟氏一方面是多了理智，也就是更能为六儿着想，一方面却是念想更浓。

终于，在忍耐一月四十天之后，孟氏又悄然下山，藏身在一个僻静处，等候能远望六儿一眼。这种次数多了，她也摸熟了隐身的门道和六儿的习惯，每次下山总能如愿。扑空的时候，被村人发觉而引起骚动的时候，很少有了。

其实，孟氏能如此成功，也是康宅里面“配合”的结果。正像她曾经疑心的那样，她每次下山，康宅里头岂能不知！为了少引发白日闹鬼的骚动，那就得尽量满足孟氏的愿望：叫她尽快见一见六儿。当然这“配合”要做得神不知、鬼不觉，尤其崔嫂和六爷是毫不知觉的。暗中张罗这事的老夏和老亭，虽也是高手了，到底也没料到孟氏会如此倔强。

他们也时时提心吊胆呢。

为了预防意外，孟氏每次下山来，除了尽量叫她如愿，在她走后还要有意造一些闹鬼的气氛：在夜间响起锣声，之后传言谁谁又现身云云。这是怕孟氏万一被村人撞见，好做遮掩：常闹鬼，撞见鬼也就不稀罕了。也因此，六爷幼时就只记得，母亲的英灵常在夜间来看望他。

长此以往，这一切似乎也走上了正轨，除了隔些时闹一次鬼，两面都相安无事了。

可惜天道对孟氏还是太不公，她如此可怜的一条探子之路却未能长久走下去。

那是她“死”第三年的冬天，特别寒冷不说，雪还特别多。前一场雪还没有消尽，后一场雪就落下了。只是，凤山不是怎么险峻的大山，它又在平川的边缘，也不是那种深山幽谷。加上有名寺名泉，常年热闹来往的大道算是宽阔平坦的，就是进山上山，也仅止于慢坡而已。所以，也无所谓大雪封山的。

但对于孟氏来说，走冰雪覆盖的大路，就艰难得多了。用现在的道理说，脚小，摩擦力就小，滑倒的可能就大了。孟氏虽然一直没停止练腿脚的功夫，可征服冰雪还是功力不够。

十月，下头一场雪时，孟氏立刻就想到六儿可能会出来玩雪。他喜欢雪。一下雪，他就坐不住了，只想往雪地里跑。所以，雪还正下着呢，她就下山了。

刚下的雪，松软，滋润，踏上去很舒服的。下山这一路，孟氏并未费什么劲。到康庄不久，果然就见着了崔嫂和六儿。虽然依旧是藏在远处瞭望，但她能看出六儿很高兴。他在雪地里跑，崔嫂越追他，他跑得越快，跑摔倒了，就势滚几下，再爬起来跑，快乐得发出了笑声。

孟氏深信她听见了六儿的笑声，清脆的快乐的笑声。

离开俗世以来，就没有听见过六儿的声音了。

三年来，更是头一回见六儿这样快乐！

这次，六儿很玩耍了一阵，孟氏自然也看了够，全忘了雪地的寒冷。这一次下山，也是孟氏最满足的一次。

返回的路上，她才发现雪地有些坚硬打滑。车马行人已经将路面压瓷实了。所幸的是，半道上有辆农家马车，见她行走艰难，执意拉了她一程。因马车去向不同，她在进山前下了车。临别时，车夫还顺手砍下一根树枝，削成手杖，叫她拄了进山。

有这根手杖拄着，孟氏走雪路算是好多了。但回尼庵短短一段路，还是滑倒好几次，所幸没摔着哪儿。

这场雪没消尽，就下了更大一场雪。从此，整个冬天就被冰雪覆盖了。

终日望着洁净的冰雪，孟氏就更想念六儿。几次试着下山，都因路太滑，未及出山便返回来。她真是干着急，没有办法。

后来，雨地给她送来一双新“毡窝”，说今年冬天雪大天冷，穿了这种毡窝不冻脚。所谓毡窝，就用是擀羊毛毡的工艺，直接擀成的一种毡棉鞋，相当厚，又是整体成形，所以严实隔寒，异常暖和。自然，它的外形也就又笨又大。孟氏是小脚，鞋外套了这种毡窝，倒觉走路稳当了许多。特别是走冰雪地界，竟不再怎么打滑！

这使孟氏喜出望外：有了这双毡窝，她可以下山去见六儿了。她当然想不到，正是这双毡窝，永远断了她的下山之路。但这并不是雨地有意害她。

原来这种毡窝鞋帮鞋底一体全是厚毡，只适宜平日在家穿用，不适合穿了走远路，更不便雨雪中远行。因为毡底不经磨，又易吸水。孟氏做惯了贵妇，她哪里知道这些？穿了新毡窝觉得不滑，就以为走在冰雪中远行也不打滑！

她得到这双毡窝没几天，又下了一场小雪。又是雪正下呢，孟氏就急不可待地套了毡窝，悄然下山：有新雪落下，六儿准会出来的。

刚踏雪上路时，脚下还蛮舒服，既松软，不滑，又十分暖和。可是走着走着，毡窝就变重了，也开始有了打滑的感觉：毡底吸了雪水，又渐渐冻结，岂能不滑！幸亏孟氏还拄了手杖，能坚持走出山。

但出山后行走在缓慢下坡的大道上，却开始频频滑倒了。新雪覆盖的路面上，是整个冬天积存下来的坚冰；而她的毡窝底也结成了一层冰。所以，一脚踏下去，稍一不慎，就得滑倒。

可此时的孟氏，却没有一点返回的意思。她想，再挣扎一二里，就是平路了。何况，自做了鬼以来，什么罪没受过？摔几跤，能算什么呢。哪料，正这样想呢，竟又一脚打滑，跌倒在地。这一次，虽也未觉大疼痛，却就势在路边滑行不止，刚想慌张，已经滑落到路边的一道沟里，右脚髁就猛撞到一块坚硬的石头上……跟着，钻心的疼痛从天而降！

那道沟并不深。孟氏在那里也未呻吟多久，就被一位打柴的农夫救回了尼庵。雪还没停，就请来了捏骨的医先。但她还是一直躺到来年正月，才能勉强下地。那只右脚，更是永远长歪了。

经历这场磨难后，孟氏决定脱离俗世了。她给自己起了一个法号：月地。她第一次失败地下山，就是在月光明亮之夜结束的。但她并没有剃去长发。她问雨地，不剃度成不成？雨地还是说：一切由你。

她就留下了旧发。因为她还是不能断了对六儿的念想。只是，那已仅是深留在心底的念想了。

6

杜筠青到尼庵一个多月后，神志也渐渐复原。月地就将自己的身份与来尼庵后的一切经历，全坦然说了出来。

杜筠青听了，惊骇得不知该说什么。半天才说：“六爷的情形，还算好……”

但月地打断她，说：“别提六儿，别提。”

杜筠青只好问：“那雨地呢？”

月地说：“死了，真死了。”

“死了？按你说的，她年纪也不算很大吧？”

“前年，五娘在天津遇害，五爷失疯不归的消息传到尼庵后不久，雨地就死了。”

“你不是说她早断了俗念，修行得心静如水，圣洁如仙吗？怎么竟会如此？”

“雨地死得很突然，也很平静。头天还没有一点异常，第二天大早就没有醒来。”

“自尽了？”

“不是，我看绝不是。她的遗容就像平静地睡着了，与生前无异。服毒自尽的，死相很可怕。”

“闭目收气，就无疾而终了？”

“从外表看，是这样。但她的死，还是我叫明白了：她的心底里并不像平日露出的神态那样沉静淡泊，她也深藏了太重的牵挂！她虽然早就毅然剃度了，可终究也未能真出家。”

“她因为什么被废？”

“雨地极少跟我说她自己。她把一切都藏起来了。可我敢说，她被老东西废弃，绝不是因她有什么过错！我有什么过错，你又有什么过错？你我不是也步了雨地后尘？”

“我没有怪怨雨地的意思，只是不明白，那个人，那个老东西，他为什么要设这种阴阳假局？凭其财势，或妻妾成群，或寻个借口休了你我，那还不是由他吗，谁会说三道四？”

“你真是枉为康家老夫人十多年！康家不许纳妾，说那是祖制，不能违。大户人家纳妾本来是平常事，他们为什么要死守了这一祖制不弃？只为敬畏祖上？”

“我看不过是为图虚名吧！我刚回太谷，未进康家前，满耳听见的都是康笏南的美德！”

“你真是枉为商家妇了！他们图的才不是虚名呢，那是由白花花银子堆成的实利！商家的一份美誉，也是一份能长久生利的股金，他们岂肯丢弃？康家这一份不纳妾的美德，若在康笏南手里忽然废了，他本人也落不下多大恶名的：大户人家都如此。但在商界传开，那就会被视为康家败落之兆！做金融生意，一有败落之兆，谁还敢再理你？”

“原来是这样……你我不能生利，说废就废了……”

“这其中奥秘，我一直也懵懂不明。直到临终前，我还劝过康笏南，既然喜欢杜家女子,何不娶过来?”

“你是说我?”

“那时你正大出风头呢。他一回老院,就说捧你的话!可一说娶你,他竟大怒了。我那时真不知他何以会如此。直到死后,来到这尼庵修行,才算参悟明白。中间,也受了雨地的点拨。”

“你也来点拨我?”

“一切在你。我及早将心中所藏所悟悉数倾倒了出来,其实也是为我。我怕像雨地似的,心中藏了太多太重的东西,密存不泄,终于将自己压死了。”

“雨地葬于何处?我想去祭奠一下她。”

“我也不知她葬于何处。”

“你也不知?”

“你忘了吗,雨地及你我都是已死的鬼身了。我们早都隆重下葬了,堂皇的坟墓已成旧物,还怎么再葬?又会有谁来葬你?”

这话叫杜筠青听得阴森,惊悸,不寒而栗!

“那她的后事是谁张罗的?”

“康家吧,能是谁!只派来两个下人,乘夜间把人抬走了,一切都无声无息。我想去送送,没人敢答应。”

“那我就到佛堂祭拜一下吧。”

“其实,你不妨就到她那座堂皇的空墓前祭奠。顺便,你也看看自己的新坟!康家墓地,离这里也不很远。”

“你去过?”

“去过,是和雨地一起去的。”

“去祭奠谁?”

“只是去看自己的墓吧。”

“看它如何排场?”

“世间无人能见到自己死后的坟墓,我们有此幸运,为什么不去看看?”

“我可不想去。既已脱离康家,康家的墓地我也不想沾它!”

“我初到尼庵时,也是你这样。”

杜筠青已不想再说话。

月地还是说:“但你比我强。”

“强什么?”

“你没缠足,有自己的腿脚,想去哪儿,抬脚就去了。哪像我,受了多大的罪……”

“我哪也不会去,哪也不想去。”

杜筠青感到自己心已死,下了决心要真出家。她见月地还蓄着发,就问:女人出家亦可蓄发?

月地说,本庵戒律不苛严,守戒不守戒,全在各人心。你我修行,本已同俗世无涉了,处于不阴不阳间。大戒既如此划定,小戒也就无须太拘泥。

那法名呢,总该有庵主赐给吧?

月地竟说:也由自己选。雨地曾交代,当年引渡她的尼僧,即是叫她自选法号,以牢记修行本意:自悟自救。

杜筠青便给自己起了一法号:雪地。

第五章　奇耻大辱

1

自老夫人发丧后，三爷就一直未出过远门。按孝道，孝子得守丧三年。杜老夫人无后，三爷倒想为她守丧，老太爷却也没有叮嘱。

这期间，他也就没断了到城里的字号转转。到天成元老号，不免留心翻翻西安的信报。这一向西号总是陈说，和局议定，朝廷预备返回京都，官府要办回銮大差，我们正有好生意可做。既有好生意，为何只报不做？三爷一细想，才明白了：一定是西号屡报，老号迟迟不允。

但他对老号的孙大掌柜也无可奈何的。想来想去，只能去探探老太爷的口气：能说动孙大掌柜的，只有老太爷。

自兵祸有惊无险地退去，和局日渐明朗，老太爷似乎也复原如初了。三爷进老院来求见时，他正在把玩古碑拓片。

但三爷还未开口，老太爷就问："你是来说西安的事？"

"正是……"

三爷倒也没有很吃惊，他推测孙大掌柜已与老太爷计议过此事。既如此，也就没有什么可指望了。孙大掌柜不想成全西号，老太爷已经知道，那还能再说什么？

“西安的事，你我不用多操心，有何老爷在那里张罗呢。”

“何老爷？哪位何老爷？”

三爷真是一时懵懂住了，根本就没想到家馆的何老爷。

“还有几位何老爷！家馆的何老爷带着老六去西安，你难道不知？”

“知道是知道，只是……”

“只是个甚！何老爷以前也是京号一把好手，张罗西安这点生意，还不是捎带就办了。”

三爷当然也知道何老爷以前的本事。老太爷在此时放他去西安，原来另有深意。可西号的难处，不在老帮无能，而在老号不肯成全。邱泰基能看不出眼皮底下的商机？只是说不动孙大掌柜。何老爷去了西安，孙大掌柜就会另眼相看吗？所以三爷就大胆说：

“眼下西安也似京都，何老爷张罗京中商事，当然是轻车熟路。就怕老号仍以闲人看他，不大理会他的高见。”

听三爷这样说，老太爷竟哈哈笑了，放下手中拓片，坐了下来。

“你还是太轻看了何老爷！他既下手张罗，岂能眼睛只盯了西安？这里有他一封信，你看看吧。”

三爷接过老太爷递来的一纸信笺，细看起来：

老仁台大人尊鉴：

此番陪六爷来西安，本是闲差，不关字号商事。只是游历之余，冷眼漫看此间市面，竟见处处有商机！愚出号多年，理商之手眼怕早废了，故又疑心所见不过梦幻尔。信手写出，请老仁台一辨虚实。若所见不假，想必西号及老号早已斩获，就算愚多嘴了。若真是愚之幻觉，只聊博老仁台一笑。

……

跟着，略述了朝廷回銮在即，官府急于筹银办大差，而朝中大员又为私银汇京发愁，这不正是召唤我票家出来兜揽大生意吗？

因为何老爷所说的商机，三爷已经知道，所以看毕信也觉不出什么高妙来。便说："西安商机再佳，也得老号发了话，才可张罗吧？"

老太爷就冷笑了一声，说："仍看不出何老爷的手段？"

"何老爷的手段？"

"愚不可及！"

"愿听教诲。"

"妙处在信外。何老爷这封信明里是写给我的，暗里却是写给孙大掌柜看的。此信由西号发往老号，按字号规矩，老号须先拆阅，再转来。所以，信中抬头虽然是我，孙大掌柜却在我之前先过目了。何老爷信中以局外闲人口气道来，既不伤老号面子，又激其重看西号生意，岂不是妙笔！"

"原来如此。"

三爷虽觉出其中一些巧妙，但以何老爷目前地位，孙大掌柜又会重视到哪？所以也未怎么惊叹。

"我知道你想什么：此不过小伎俩尔！"

"我可未低看何老爷，只是怕孙大掌柜不理何老爷的一番美意。"

"那你猜，这封信如何送到康庄来？"

"老号派可靠伙友送来吧？"

"孙大掌柜亲自送来了。"

"亲自送来？"

"他还不糊涂。一看此信便明白，何老爷去西安并不是闲差。"

三爷这也才真明白了：何老爷是老太爷派往西安的，孙大掌柜自然不便等闲看待。既如此，那老号为何依旧没有动作？三爷就说：

"有父亲如此运筹，我们也无须太忧虑了。和局既定，朝廷回銮在即，京津两号的复业,孙大掌柜已开始张罗了吧?"

"你这句话,才算问得不糊涂。京津两号复业,才是你该多操心的!西安那头,你不用操心。"

"京号没着落,西号也无法开通京陕汇路。大宗汇款不敢收揽,西号也难向官差放贷……"

"老三,你年纪轻轻,怎么跟孙大掌柜似的,一点气魄都没有了?孙大掌柜那日送信来,也是你这等口气:京号难复,收汇宜缓云云,好像活人要给尿憋死!早年遇此种情形,他早发话给西号了:你们只管放手张罗西安的生意,京号这头不用你们操心!如今连句响话也不敢说了。"

"京津庄口复业不是小事……"

"连你也这样说,真是没人可指望了!"

"两号劫状非常,都是连锅端,尤其账簿,片纸不存,毕竟……"

"毕竟什么!开票号岂能没有京号?"

"朝廷回銮未定,也不好张罗吧?"

"等朝廷回京再张罗,只怕更难!不用啰唆了,你就操心京津复业这档事。孙大掌柜那里,还得靠你给他鼓气!京津复业能有多难?无非是补窟窿吧。京津窟窿系时局所致,与字号经营无关,这窟窿由咱们东家填补。你心里有了这个底,还有什么可犯难的?"

三爷还想说几句,老太爷已经撵他走了,也只好退出。

三爷本是来促请老太爷说动老号的孙大掌柜,现在怎么倒仿佛同孙大掌柜站到了一头,对京津两号复业畏惧起来?

其实三爷是有意如此的:老太爷既已挑明了说孙大掌柜气魄不够,他当然不能趁机将许多怨气也倾倒出来。若那样,岂不是气量太小?

再者,京津两号复业的确也不是件小事。和局已然议定,朝廷预备回銮,此种消息在祁太平传开,各大票号计议的第一件要务,便是京津复业!去岁庚子祸乱,京津沦陷,西帮票号的庄口无一家不被洗劫。但店毁银没,损失毕竟有数,而账簿票据不存,那可就算捅下无底的窟窿了。尤其京号，积存的陈账太多，又大多涉及官场权贵，失了底账，那可怎么应付？借了银子的，人家可趁乱装糊涂，不再露面；存了银钱的，握了汇票小票的，一定惦记得急了眼，见你复业，还不涌来挤兑！历此大劫，连朝廷都指靠不上了，谁知你西帮还守信不守信，元气伤没伤？在此情形下重回京城，谁肯轻放了你！

想想那情景，真不敢大意。

所以票业同仁中就有一种议论：此一劫难为前所未有，又系时局连累，西帮当公议一纸禀帖，上呈户部，请求京津庄口复业时，能宽限数月，暂封陈账，无论外欠、欠外都推后兑现，以便从容清理账底，筹措补救之资。不然，甫一开业，即为债主围困，任何作为都无以施行了。

三爷也是很赞同此议的。只是，这种事须有西帮的头面人物出来推动才能形成公议。可至今还没有一位巨头重视此议。三爷便想给自家老太爷提提此事：父亲若肯出面，再联络祁帮、平帮三五巨头，此事就推动起来了。所以见老太爷时，特意强调京津复业之难，也是想为此做些铺垫。哪料，刚铺垫几句，还未上正题，就给撵出来了。

老太爷叫他操心京津复业，又不愿听他多啰唆，还责他愚不可及：分明也没有十分指靠他。他就是提出公议之事，老太爷也会一笑置之。

三爷就想到了何老爷：何不将此议先传达给西安的何老爷，再由他上达老太爷？这样绕一趟西安，说不定能有些结果。

这样学何老爷伎俩，三爷倒也很兴奋。

但他平素跟何老爷并无深交，只好给邱泰基写了一封信，请邱泰基将他的用意转达何老爷。信函口气平常，毫无密谋意味，只是未交字号走信，而直接交给私信局送达。

刚办了这件事，忽然就接到县衙的传令：美国公理会办理“教案”的总办大人，将于六月初八光临太谷，特荣请贵府康老贤达，届时随知县老爷出城恭迎。

去年拳乱时，几位公理会教士被杀，人家这是算账来了。所谓恭迎，不过是赔罪受辱吧，何荣之有？老太爷当然不能去受这份辱。

2

与洋人议和期间，德法联军一直围攻山西，所以议和案中当然要额外敲山西一杠。德法给山西抚台岑春煊的说辞是：山西教案太多，和局须另议，否则不罢兵。岑春煊怕晋省失守，不好向朝廷交代，也只好答应另议。

另议的结果，是在辛丑十二款条约之外，山西额外再赔款二百五十万两银子；这笔额外赔款还必须在德法撤兵之日付清！为急筹这笔罢兵赔款，仅全省票商就被课派了五十万两银子。当时因怕战事入晋，殃及祖产祖业，各家已忍辱破财。康家天成元是票业大号，出血岂能少？

拳民杀洋人教士是太过分，可因这点罪过，兴师讨伐在先，索赔巨款在后，还没有扯平？何况官府早将拳民中的凶手，追拿斩杀，抵命的拳民比被害的洋教士不知多了多少几倍！太谷被害的教士教民，已由省洋务局出面，隆重安葬。赔也赔了，罚也罚了，命也抵了，礼也到了，今来办教案者，不知还要如何，竟给如此礼遇：官府真叫洋人吓软了。

接到县衙传令，三爷和四爷商量后，决定不告知老太爷。老太爷年纪大了，又丧妇不久，容易借故推托。四爷的意思，就由他代老太爷去应差，康家无人出面，怕也交代不了官府。但三爷主张谁也不出面，因为有现成的理由：老太爷年迈了，贵体欠佳，出不去；我们子一辈正有母丧在身，本来就忌出行。身披重孝去迎接洋人，岂不是大不恭！

三爷就打发了管家老夏，去县衙告假。不料，县衙竟不准允。说洋人习俗不同，无三年守丧之制。还说，这次来的总办大人，就是十多年前最初来太谷传教的文阿德。他对太谷大户望族很熟悉的，康家不露面，哪能交代得了？

三爷听老夏这样一说，还是很生气：入乡随俗，这是常理。洋教士来太谷，岂能不顾我们的大礼？守丧之身，连朝廷都可以不伺候，准许辞官归乡，洋大人比朝廷还大？

老夏忙劝说："我看县衙的老爷们也是不得已了，很怕大户都托故不出，场面太冷清。战祸才息，不敢得罪洋人。"

四爷也说："我们也不便太难为官府。我就去应一趟差，你们都无须出面的。这年头，连朝廷都忍让洋人，我们也不能很讲究老礼了。"

但三爷还是说："你们先不要着急，等我出去打听打听再说。尤其曹家，看他派谁出面，咱们再拿主意。"

还没等三爷出去打听，老太爷就传唤他了。进了老院，老太爷劈头就说："你们都不愿去，那六月初八我去。"

谁已把这事告给老太爷了？一想，就知道是老夏。老夏最忠心的，当然还是老太爷。

"我们不是不愿去……"

"不用多说，我就告你一声，六月初八，我去。"

三爷慌忙说："我去，我去！大热天，哪能叫父亲大人去？"

"你怕丢人，我去。"

"我去。"

三爷说完，忙退了出来。他这才冷静细想：自己又犯了鲁莽、外露的毛病吧？也许四弟说得对，这年头朝廷都不怕丢人，我们还能讲究什么！

他就对四爷、老夏说：六月初八，我替老太爷去应差。但四爷还是坚持他去：我担着料理家政的名儿，我去也能交代得了，三哥就不用操心这事了。

争了争，四爷依然坚持，三爷也就不争了。

六月初八，正是大伏天，知县梁大老爷备了官场仪仗，带领近百人的随员、乡绅，出城五里，到乌马河边迎接洋教士文阿德。四爷回来说，穿官服的老爷们，真没有给热死，补服都湿透了。

四爷也只说了天气热，至于场面如何，县衙的官老爷们巴结得过分不过分，陪着的士绅名流冷场没有，都没有提起。

三爷也就不再多打听,只问:“曹家谁去了?”

四爷说:“曹培德去了。”

“曹培德去了?”

“不过,也就曹家。其他大户也跟我们似的,只派了个应差的人头,正经当家的没出来几个。”

曹家是太谷首户,不好推脱吧。但曹培德肯出面,还是出乎三爷的预料:自己还是城府不深?

文阿德到太谷不久,居然派了一个人来,向杜老夫人的不幸病故,致以迟到的哀悼。十多年前,文阿德初来太谷开辟公理会新的传教点,就结识了杜长萱及其令爱杜筠青。杜筠青年轻、高贵的音容笑貌犹在,人竟作古?

被文阿德派到康家来致哀的,不是别人,正是去年从被围困的福音堂逃脱出去的孔祥熙。他逃出来后,辗转到天津,投奔了主持华北公理会的文阿德。这次随文阿德荣返太谷,自然是别一番气象了。

不过这次来访,康笏南并没有见他。三爷见他时,也甚冷淡。本来不过是给洋教士跑腿,居然还想将杜老夫人与洋教扯到一起,三爷哪会给他好脸看?那时的孔祥熙,毕竟只是一个无名的本地小子,不是仗了洋教,三爷大概不会见他。

然而没过几天,就传出文阿德查办教案使出的几手狠招,似乎招招都是朝着商界来的。

头一招还是洋人惯使的索要赔款,要太谷专门赔公理会二万五千两银子。这笔赔款又在朝廷赔款和全省额外赔款之外!洋人算是尝到赔款的甜头了,从上到下,从军界到教会,都是银子当头,层层加码。

第二招就对准了富商大户,逼迫城里孟家“献出”孟家花园,给死难教士做墓地!城里孟家也是太谷数得上的富商望族,发家甚早,其祖上建在东门外田后宫的孟家花园,那一直是太谷头一份精致秀美的私家园林。这花园不仅亭榭山石讲究，占地也甚广。公理会居然要掠去做墓地，这不是要辱没太谷以商立家的富户吗？文阿德敢提出此种蛮横要求，唯一的借口就是在去年闹拳乱时，孟家有子弟交结拳民，纵容作乱。去年那样的拳乱，岂是孟家子弟所能左右！其实，洋教不过是想霸占这头一份秀美园林罢了。第三招，更损了：提出要给遇害的洋教士和本地教民重新举行隆重的葬礼；届时，上到知县老爷，下到各村派出的乡民，中间自然也少不了富商名流，都得披麻戴孝去送葬。这更是要全县受辱，重辱商界！洋人葬礼中，难道也有披麻戴孝的习俗？

人们盛传，给文阿德跑腿的那个本地小子孔祥熙，在其中没少出主意。

三爷听到这个消息，又一次失去了冷静。他飞身策马，奔往北洸村，去见曹培德了。

曹培德也是一脸愁云。他说，刚从孟家回来不久，孟家请他去商量对策，商量了半天，实在也无良策可谋。

三爷就露出一脸怒色，说："偌大一个花园，也不是什么物件，你不给他，他能抢去？"

曹培德说："文阿德那头说了，不献花园，就缉拿孟家子弟。你也知道吧，当家的孟儒珍那是个格外溺爱子孙的人，他一听这话就怕了。"

"去年拳乱时，也没听说孟家子弟出来怎么兴风作浪呀？围攻福音堂，有他家子弟在场吗？"

"听孟儒珍说，只是去看热闹，并未出什么风头。孟家子弟还交结了一位直隶来的张天师，曾在他家花园请这位天师练功降神，也是图一时热闹而已。"

"那位张天师，我领教过。那次提刀追进我们天成元，要杀公理会的魏路易，叫我给拦下了。这个张天师，看着气势吓人，其实也不是什么拳首，一个疯癫货而已。交结这么一位疯天师，有多大罪恶，就得赔一座花园？照这么种赔法，全太谷都'献'出来也不够赔的！"

"谁给你讲这种理？人家现在是爷，成心想霸占那座花园，借口还愁找？”

“那就拱手献出？”

“孟家当然不想献出，可官府不给做主，他家哪能扛得住？”

“文阿德不过一个洋和尚，知县老爷何也如此懦弱？”

“朝廷已写了降书，一个小小县令，叫他如何有威严？和约十二款，那还不是朝廷画了押的降书！再说，岑抚台也是想急于了结教案，对洋教会一味忍让，文阿德当然要得寸进尺。”

“这样欺负孟家，也是给我们商家颜色看吧？”

“公理会来太谷这一二十年，我们商界并没有得罪过他们。”

“但我们也冷冷的，对人家视而不见。”

“商家与洋教，也是神俗两家，各有各的营生，常理就该敬而远之的。就是对本土自家的神佛道，我们又如何巴结过？”

“在祁太平，正因为我们商家不高看它，才难以广传其教。公理会来太谷快二十年了，入教的才有几人？叫我看，文阿德这次揪住孟家不放，实在是有深意的。”

曹培德忙问：“他有什么深意？”

“趁此次朝廷都服了软，先给太谷商家一个下马威，以利他们以后传教。在太谷敢如此欺负孟家，以后谁还敢再低看他们？”

“三爷说得有道理！既如此，我们商界何不先给足他面子，或许还能救救孟家吧？”

“我也有此意。文阿德使出的这几手狠招，分明都是朝着太谷商家来的。头一招赔款，大头还不是我们出？霸占孟家花园不用说了，直接拿商家开刀。叫乡绅名流披麻戴孝，更是重辱商家！太谷的乡绅名流，除了我们，还有谁！人家既如此先叫板，我们只是不理会，怕文阿德更要恼怒。”

“三爷，我有个主意，只是不便说出。”

“到如此紧要关头了，还顾忌什么？说吧！”

“疏通文阿德的重任，我看非三爷莫属。”

“太谷商界巨头多呢，我有何功德威望，来担当如此重任？老兄别取笑我了。”

“三爷，这不是戏言。贵府的先老夫人杜氏，与公理会的教士有私交；你们的天成元也一向替他们收汇；尤其在去年拳乱中，三爷挺身而出，救过他们的魏路易。有这几条，三爷去见文阿德，他会不给你些面子？”

“前几天，文阿德也曾派了个姓孔的小教徒来康庄，给先老夫人致哀。就凭给我们康家的这点面子，哪能救了太谷商界？”

“三爷，他只要待之以礼，你就可对他陈说利害：你们得理得势了，就如此欺负商家，对以后在太谷传教何益？洋教不是尊崇宽恕吗？当此惊天大变，贵教若能以宽恕赐世，一定会深得太谷官民敬仰，商界更会带头拥护贵教。然后再相机说出我们的价码：不占孟家花园，不令各界披麻戴孝，太谷商界愿再加赔款！”

三爷听了，觉得值得一试，便说：“为太谷商界，在下愿负此命！”

省上的抚台、藩台，还有洋务局，按说也应该去奔走疏通，求上头官府出面挡一挡。但三爷和曹培德商量半天，还是作罢了：求也是白求。

回到康庄，三爷静心思想，深感要想不辱此命，只凭一腔怨气不成，恐怕得使些手段才好。但身边找不到一个足智多谋的人。邱掌柜远在西安，须刮目相看的何老爷也在西安，京号戴老帮更远走上海。只好再去见茶庄的林大掌柜。

倘若杜老夫人在世，那该有多大回旋天地！

回想去年拳乱方起时，老夫人曾特意跑来，吩咐三爷赶紧出面联络各界防备拳乱闹大。还说他有将才，正可趁此一显作为。老夫人还说过一句令他永生难忘的话：全康家就数三爷你辛苦。

想到杜老夫人，三爷立刻就打发人去叫女佣杜牧。杜牧一直贴身伺候老夫人，老夫人生前如何与公理会交往，她应该知详的。

杜筠青去世后，杜牧虽然还留在老院，但也只是做些粗活，到不了老太爷跟前了。所以,听说是三爷叫,老亭也就放她出来。

杜牧慌忙跑来,因猜不出为何叫她,所以有些紧张。

三爷实话对她说了,只是想问问老夫人跟洋教士交往的情形,但绝不是追究什么,倒是想借重老夫人的旧情,去与公理会交涉些事务。

可杜牧还是说:“叫我看,老夫人对洋教士起根儿上就看不上眼!那么多年,一次都没去过他们的福音堂,倒是他们的莱豪德夫人常来巴结老夫人。她每次来巴结,老夫人都是说些不咸不淡的话,不很爱搭理。”

“除了这个莱豪德夫人,还跟谁有交往?”

“早先也记不清了,自我伺候老夫人以来,上门巴结的,也就这位莱豪德婆姨。老夫人不爱搭理,她为甚还常来巴结?因为老夫人开通,心善,有求必应。去年拳乱初起时,莱豪德婆姨慌慌张张跑来,向老夫人求助。老夫人说:我也不会武功,哪能挡得住练拳的?洋婆姨说:康家在太谷名声大,出面一张罗,谁不怕?老夫人说:既如此,那我暂入你们的洋教,给你们当几天幌子使。”

三爷吃了一惊,忙问:“老夫人入过公理会?我怎么没听说?”

杜牧说:“后来没入成。”

“为何没入成?”

“她们没敢叫老夫人入教。”

“为何不敢?”

“我就不知道了。反正老夫人答应入教后,莱豪德婆姨也没再来。不几天,城里的福音堂就给围死了。”

“老夫人以前提过入教没有?”

“起根儿上就看不上眼,哪还愿入他们的洋教!莱豪德婆姨为甚常来巴结,还不是想拉拢老夫人入教?老夫人从来就不搭她这茬儿。”

“那这次提出入洋教,真是为了救他们?”

“可不呢,老夫人太心善。”

三爷又问了些情形,还就数这件事有分量。有了这件事压底儿,三爷也就没去见茶庄的林大掌柜。

3

文阿德住在县衙的驿馆，禁卫森严，俨然上峰高官的排场。不过，三爷递了帖子进去，立马就见那个孔姓小子跑了出来。

“文阿德大人听说康三爷来访，很高兴。三爷快请吧！”

三爷今天是有求而来，所以对孔祥熙也不便太冰冷，一边走，一边就随便问了几句：“你是哪村人？”

“程家庄，城西的程家庄。”

“祖上是做官，还是为商？”

“家父一生习儒……只是文运不济，现为塾师……志诚信票庄的领东大掌柜，是我们本家爷……”

“志诚信的孔大掌柜，是你本家爷？孔大掌柜赫赫有名！”

“本家是本家，来往不多……”

三爷本想另眼看待这位孔姓小子，却见他羞涩躲闪。正要再问，已到文阿德住的客舍。

这是驿馆正院正房，里面铺陈更极尽奢华：真是以上宾对待了。

文阿德就西洋人那种模样，高鼻凹眼，须发卷曲，妖怪似的。只一样，脸色红润得叫人羡慕。这位老毛子已经满脸皱纹了，脸面红润得却像少年。

“不知康三爷来访，有失远迎！”

一见面，老毛子一副惊喜的样子，不知是真是假。不过，他的汉话能叫人听懂，三爷才放心了一些：他很怕由那个孔姓小子做通译，居间使坏。

“在下是代先老夫人杜氏来向文阿德大人致谢的！”三爷行礼时，尽力显得恭敬。

“请坐，请坐。我记得杜夫人年轻，美丽，体质也甚佳，何以就如此早逝？得了什么急症？”

“老夫人重病时，我正在上海、杭州一带，病情不大明了。听说是一种怪症，只是嗜睡。”

“嗜睡？还有什么症状？”

“当时我不在家，真是不大明了。”

“康三爷，杜夫人也是给拳匪害死的！”

文阿德竟断然这样说，三爷很不悦。但还是忍住了，平静地说：“大人，先老夫人是在今年春天才升天的。”

“知道。但我也记得，杜夫人是相信我们西洋医术的，有病常求公理会。如若不是拳匪作乱，太谷公理会的医疗所，一定能医好杜夫人的病症。在拳乱中遇难的桑爱清大夫，医术很好。若不遇难，何愁保住杜夫人的高贵性命？拳匪罪恶滔天！”

这位老毛子原来在这儿出招，三爷真没想到。他也只好顺势说：

“大人说的是。老夫人生前，也很关照你们公理会的。莱豪德夫人有事，就爱求我们老夫人。为什么？老夫人有求必应！”

“知道，我知道。”

“老夫人的一大义举，大人未必知道吧？”

“什么义举？”

“去年拳乱初起时，莱豪德夫人又来我们康家求援。老夫人不避风险，依旧慨然允诺。为壮公理会声威，老夫人决定立马加入你们的洋教！在太谷，有我们康家老夫人立身其间，谁还敢轻易招惹洋教？”

“真有这样的事？”

“面对老夫人在天之灵，我岂敢妄说？”

文阿德又回头问孔祥熙：“你听说过此事吗？”

孔祥熙说：“是听莱豪德师母说过。”

文阿德追问：“那为何未入教？”

孔祥熙说：“那时已一天比一天危急，福音堂中忙乱异常，怕是顾不上了。”

三爷便紧接了说：“我们老太爷捐有朝廷四品官职，按规矩，老夫人是不能入外国洋教的。可为救你们，毅然出此义举，舍身护教，真是心太善了！”

文阿德忙说：“杜夫人有此义举，我们不会忘记的，主也不会忘记。”

三爷就问：“魏路易还记得吧？”

文阿德说：“怎么不记得！他是一位伟大的牧师，竟也遇难，拳匪真是罪恶滔天！”

“在下亲手搭救过魏路易。”

“康三爷搭救过魏路易？”

“你问他知道不知道？”三爷指了指孔祥熙。

孔祥熙忙说：“是有这样的事。三爷勇退张天师，谁都知道。”

文阿德就问：“是怎么一回事？”

三爷又指了指孔祥熙，说：“叫他说。”

孔祥熙慌忙说：“还是三爷说吧，我也只是听说，说不详细。”

三爷才说：“那次我进城，就是受老夫人托付，来张罗提防拳乱的事务。正在天成元跟孙大掌柜谋划呢，就听说前头柜上要杀人。赶紧跑出来，见直隶来的那个张天师，已经拦住魏路易，举刀要砍。幸亏在下练过形意拳，急忙飞身一跃，跳到张天师跟前，把魏路易隔开了！”

文阿德就问：“你当时拿什么武器？”

三爷说：“慌忙跑出来，哪来武器？赤手空拳而已。”

文阿德又转脸问孔祥熙：“赤手空拳，刀枪不入？”

孔祥熙说：“康三爷练的形意拳，那是真武功，跟拳匪的义和拳不一样。太谷人多爱练形意拳，防身，护院，押镖，都管用。”

三爷说：“我的武艺很平常，仅够防身吧。但当时我一看那位张天师握刀的样式，就知道是个没啥功夫的愣货。正想明里挥拳一晃，暗中飞起一脚，将其手中大刀踢飞，忽然转念一想，觉得也不宜令人家太丢丑。本来就是一个愣货，太惹恼了，跟你来个不要命的发泼，也麻烦。所以，当时我只是摆了一个迎战的架势，并没有动他。他又举刀要砍，我只是笑而不动。这一笑，真还把他吓住了，高举了刀，不敢砍下来。没相持多久，这个张天师提刀退走了。”

文阿德就问：“魏路易呢，是不是已经走了？拳匪会不会再去追他？”

三爷说：“魏路易哪敢走？他早由柜上的伙友领进后院，躲藏起来了。直到事后，他都不敢独自回去，还是我们派了武师，送他回到福音堂。”

文阿德说：“感谢康三爷仗义相救！太谷商界若都似康三爷，我会诸牧师也不致全体蒙难了。”

三爷一听，急忙说：“大人千万不能这样说，太谷商界与洋商交往很久了，一向两相友善的。所以，贵公理会来太谷以来，我们商界也是很友善的。不仅我们康家，谁家不是有求必应？去年太谷拳乱，实在是由外地拳匪煽动，上头官府纵容所致。商界虽也尽力张罗，哪能左右得了大势？在动乱中，我们受累也是前所未有！”

文阿德沉下脸说：“你们受累，去寻你们官府诉说。本人只是来查办教案，凡曾加害我教士者，必惩不贷。”

三爷真没想到，自己还尽拣好听的说呢，这位老毛子竟然就拉下脸来了！其实，文阿德渐露出的一种钦差大臣似的傲慢，三爷已经忍耐了半天。现在终于忍不住了，便直言说：

“大人你误会了，我岂是来寻你诉苦？在太谷，只有官吏们向我们商家诉苦，我们从不向官府诉苦！近日，县衙又来向我们商界诉苦。你们公理会索要赔款，他们发愁啊！拳乱以前，你们公理会也是常来找我们商界诉苦、求助、借贷，我们何曾麻烦过你们？”

文阿德听出了口气不对，但还是沉着脸，反问：“你这样说是什么意思？”

“大人既问，我就明说了吧。在下今天来，一是代先老夫人向你们道谢，二来代太谷商界顺便问问：贵公理会了结教案后，要从此永别太谷了吧?"

"什么意思?"

"办完教案,携了赔款,一走了之,从此再不来太谷:贵会是这样打算吧?"

文阿德有些被激恼了,大声说:"放肆!谁说我们有如此打算?"

三爷笑了,说:"我们商界只会以商眼看事。大人来太谷办教案,所使出的三大招,在我们商家看来,那分明是做一锤子买卖。"

"一锤子买卖?"文阿德回头问孔祥熙:"什么叫一锤子买卖?"

孔祥熙当然能听出三爷话中的刀锋,又不敢明说出来,一时语塞,不知该如何解释。

三爷又一笑,说:"一锤子买卖还不懂?就是交易双方,为了争一次生意的蝇头小利,不惜结下深仇大恨,从此老死不相往来!"

文阿德怒喝了一声:"放肆!"

孔祥熙也帮腔说:"文阿德大人来办教案,是依朝廷的议和条款行事。"

三爷立刻瞪了孔祥熙一眼:"你也不是洋人,能轮着你说话?"

文阿德厉声说:"我们严办教案,正是为了日后的事业。真没想到,康三爷竟也有仇洋驱教之念!"

三爷换了一副笑脸,说:"我也没想到,文阿德大人竟会如此忘恩负义!我康某若仇洋仇教,何不坐观张天师怒斩魏路易?我冒死搭救你们的教士,就为大人赏我一顶仇洋驱教的帽子?"

文阿德冷冷地说:"你既不仇洋,为何非议本总办?"

三爷毫不相让,说:"我刚才说的,不是一己之见,实在是太谷商界乃至全县乡民的一致议论:公理会是要出口恶气,捞些银子,溜之大吉!"

文阿德没有再发作,仍冷冷地说:"办案严厉,是本总办的行事风格。太谷发生如此次惨案,我们不加严办,日后也难在贵县立足吧?"

三爷冷笑了一声,反问:"公理会如此办事,以后还想在太谷传教?"

文阿德又忍不住了,厉声说:"本教事务,岂是你可非议!"

三爷依然冷笑说："太谷商界与贵会，一向井水不犯河水。若不是贵会趁此次危难，讹诈商界，我们也无暇多管你们的闲事！"

"发生如此惨案，我会六位伟大的教士全部遇难，怎么是讹诈？"

"贵会教士被拳匪杀害，我们也是甚感悲愤的。可因为这一类教案，你们东西洋十多国，出兵犯华，已杀害了多少中国人！以至京师陷落，朝廷逃亡，我晋商在京津的字号，悉数被抢劫。这一切，居然还是抵不了你们被害教士的命！为求议和，朝廷答应赔款四亿五千万两银子；山西更倒霉，在四亿五千万之外，还得另赔二百五十万。这四亿五千万另加二百五十万，是赔给谁呢？与贵国无关，与贵公理会损失无关吗？"

"怎么能说无关？但每一桩教案，都务必具体查办！"

"那照大人行事风格，查办每一桩教案，岂不是还得额外再赔一次款，再割一次地吗？以此法查办全国教案，岂不是要再多赔一个四亿五千万，再割走几个行省？"

孔祥熙忽然插进来说："三爷，账不能这样算。"

三爷立马怒斥道："你一个太谷子弟，不学算账为商，却来给洋人跑腿！你懂什么叫算账？"

文阿德忙压住三爷说："本总办只是公理会神职人员，仅限查办本会教案，与赔款割地何干？"

三爷说："杀害贵会教士的拳民，官府早缉拿法办，抵命的人数，几倍于遇难教士。省洋务局也将六位教士隆重安葬。因这桩教案，太谷商界已被省衙重课了十多万赔款。不久，朝廷的四亿五千万分摊下来，我们不知还要被重课多少！太谷因出了此桩教案，还将被禁考五年！可这一切处罚赔偿，对你们似乎都不算数？查办才几天，就又索要赔款，更有甚者，还要霸占孟家花园！这不是额外赔款割地是什么？"

文阿德还是冷冷地说："两万赔款，是赔福音堂之损失。孟家花园，只是做死难先贤的墓地而已……"

三爷知道这位老毛子难以说动，早不想多费口舌，但一口怒气咽不下去，竟慷慨直言，说了这许多。闷气既出，也想收场了，就放缓了口气说：

“文阿德大人，你来华多年，大概还没听说过中国民间的一句俗话：得理且饶人。我听老夫人生前也说，皈依基督的洋教，最崇尚的是宽恕，饶恕，仁爱，是普爱天下每一个人。贵会如执意照大人风格查办教案，恕我直言，那必定要自断后路！在这场塌天大祸中，贵会因蒙难而如此报复，与基督教义真是相差了十万八千里！太谷人重商敬商，大人这次又偏偏与商界过不去，竟敢拿富商孟家开刀！在太谷与商家过不去，那将意味着什么，大人就没想吗？”

文阿德沉着脸，只冷冷地说了一句：“你岂配说伟大的基督！”

三爷笑了笑，说：“我是不懂基督，但你是基督的使者，你的所作所为就在昭示什么叫基督！拳乱以前，贵会来太谷传教十七八年，得教徒仅百人而已。何以会如此冷清？就因太谷敬商不敬教。今结怨商界，以后贵会只怕连冷清亦不可得！山东、直隶为何教案频仍，激起如此烈火似的拳乱？以前我不甚明了，今观文阿德大人来太谷数日的所作所为，算是明白了！”

文阿德恼怒地喝问：“你想煽动新的拳乱？”

三爷大笑一声，反问道：“基督令你靠什么传教？宽恕，仁慈，普爱众生，还是恃强凌弱，趁火打劫，贪得无厌？”

说毕，行礼作别，扬长而去。

4

就在康三爷失去控制，激扬舌战文阿德的时候，太谷第一大票号志诚信的孔庆丰大掌柜，也正在为此事谋划对策。因为志诚信的财东员家，听说要没收孟家花园，也慌了，生怕殃及自家田产。

这时的志诚信虽仍为太谷第一大票庄，但其财东员家已露败象。员家当家的已经是不理商、也不懂商的一代人，只是会坐享商号的滚滚红利。这一代员家弟兄中，又没有特别出类拔萃者，可以压得住台。于是兄弟间无事生非的故事就不断上演了。老九和老十因小小一点分利不均，就酿成惊天动地的一场诉讼，生生靠银钱铺路，一直把官司打到京城。两边比赛似的扔掉的银子市间传说有百万两之巨！即便富可敌国，也经不住这样败家吧？

遇了庚子、辛丑这样的乱局，员家就没了主心骨，一切都得仰仗字号的领东大掌柜。这真是兄弟阋于墙，又怯于御外，内外都不济。

孔大掌柜把东家几位爷安抚回去后，自然得考虑如何御外。洋教倒是寻不到借口来霸占员家田产，但这次对太谷商家的羞辱，孔庆丰也是怒不可遏。给公理会赔几个钱倒也罢了。竟然要拿孟家开刀，还要太谷商界有头脸的人物披麻戴孝给洋鬼送葬！西帮立世数百年，还未受过这样的奇耻大辱！志诚信是太谷排行在前的大字号，这场羞辱也得首当其冲了。

但孔庆丰毕竟是商界成了精的人物，外面上没露出多少痕迹。

这天，字号的协理，也即俗称二掌柜的，又在孔庆丰跟前提起孔祥熙。说不妨把这后生叫来，让他给文阿德掏掏耳朵：公理会如此糟蹋商界，以后还想不想在太谷立足了？

孔庆丰见又提孔祥熙，终于忍不住，勃然大怒了：“你又提这孙子做甚？他与我何干？”

二掌柜忙说：“我又不是当本家提他！眼看公理会要糟蹋商界，能跟文阿德那个老毛子说上话的太谷人就数这个孔祥熙。他既然想高攀大掌柜，何不教他做件正经事？”

“谁认他是太谷人？他是美国人，不是太谷人！”

“大掌柜，外辱当头，还是以西帮尊严为重吧。孔祥熙一个毛小子，何必跟他太计较了？”

“太谷商界再没本事，也不能去求这孙子！你们求这孙子疏通洋人，也不能由我出面！他满世界跟人说，志诚信的孔大掌柜是他本家爷，我这一出面，不等于认了他？我这孔门跟他那股孔门，八竿子打不着。他投洋不投洋，我也不能认他！”

“你们天下孔门是一家，都认孔圣人。”

“他孙子投身洋教，早背叛了孔门！”

孔庆丰这么与孔祥熙过不去，实在也不是自眼前始。

孔庆丰祖居太谷城里，孔祥熙则祖居太谷西乡的程家庄，本来也是八竿子打不着的两支孔门之后。城里孔家，老辈虽也算不上太谷的望族，家势可比程家庄孔门兴旺得多。到孔庆丰做了志诚信的领东大掌柜，其家族已跻身太谷大户之列，孔祥熙父子却仍挣扎在乡野寒门。孔父习儒落魄，靠乡间教职营生，又染了鸦片毒瘾，家境可谓一贫如洗。所以，两孔家隔了贫富鸿沟，分属两个世界，即便同宗同姓，实在也没有来往。

孔祥熙从十岁起，投身公理会免收学资的福音小学堂，在太谷孔氏中间，并没有引起太大注意：那时他太卑微了。五年后，孔祥熙以福音小学堂第一名优等生毕业，公理会要保送他去直隶通州的潞河书院深造，这才引起孔氏众族人的非议。潞河书院是美国公理会最早在华北办的一所教会中学，为的是在华人中培养神职人员。可晚清时代，尊孔依然是国朝大制，即便在商风炽烈的太谷，孔姓也依然被视为天下第一高尚姓氏。孔圣人之后，竟要皈依洋教，卖身去司夷邦神职，这岂不是亵渎孔门，背叛祖宗，大逆不道吗？

谴责最烈的，当然是程家庄的孔氏族人。但他们一样地位卑微，孔家父子哪肯听从！孔父因习儒潦倒，见儿子能有出路，也顾不上孔圣人的面子了。尤其孔祥熙，他从教会学堂得到的智慧和赞赏，比虚荣的孔姓不知要实在多少倍。所以，少年孔祥熙竟对族人放言：不让姓孔，我正好可取个西洋姓名！

这更了不得了。程家庄的孔氏只好来求孔庆丰。孔庆丰是太谷孔姓中最显赫的人物，借其威势，或许能压住孔祥熙父子。当时孔庆丰并不想管这种闲事：他哪想认这许多穷本家？但经不住这帮人的磨缠，就答应叫来说后生两句。

一听是志诚信的孔大掌柜召见，孔祥熙赶紧跑来了。可还没等问几句话呢，这位正做西洋梦的少年，竟兴头昂然，眉飞色舞，给孔大掌柜讲解起中国人供偶像、拜祖宗、女缠足、男嗜毒的害处来。孔庆丰连训斥的话都没说一句，就将孔祥熙当生瓜蛋撵了出去。一个十五六岁的后生，谁敢这样对他孔大掌柜说话？仅仅是那种讲解的口气，孔庆丰就恼了。

这孙子既然连祖宗都不要，你们还要他做甚！

这是孔庆丰第一次知道孔祥熙，第一次就厌恶之极。

此后，孔祥熙当然是执意去了通州潞河书院。在那里，因为他有中国这个高尚的姓氏，似乎也得到了校方的格外垂青：孔圣人之后皈依公理会，这是基督在中国的一个小小胜利吧。

到庚子年，孔祥熙在潞河书院也将近五年了。京津拳变一起，书院不得不遣散避乱，孔祥熙也只好躲回太谷。哪想到，没几天太谷的拳乱也起来了。他被围福音院，几乎丢了小命。

这次跟随文阿德重返太谷，孔祥熙很有一点大难不死，衣锦还乡的感觉。但作为一个太谷人，在心底里还是想攀附孔庆丰这样的富商：他毕竟是被商风熏大的。何况在西洋人眼中，商人并不卑贱。所以，他不计前辱，还是到处跟人说：志诚信的孔大掌柜是他本家爷。

这话传到孔庆丰耳中，先还只是勾起淡去的厌恶。后来就传说文阿德使出的几手狠招，孔祥熙起了不小作用。这一下，孔庆丰除了怒不可遏，真替孔门脸红了。在此情状下，堂堂孔大掌柜怎么可能出面去求一个叛祖事敌的狗东西！

孔庆丰在志诚信，虽也至高无上，他还是善听属下进言的。可这一次，二掌柜费尽口舌了，大掌柜依然是毫不松动。

其实协理的意思，也并非要孔大掌柜低下头去求孔祥熙，更不是叫他去认这个本家子孙，只不过给孔祥熙一点面子，不妨叫桌酒席请一次，以便正经陈说在太谷得罪商界，会有什么后果。说不定，孔祥熙还正是因为你这个同姓大掌柜，看不起他，才偏使坏，糟蹋商界。这关乎西帮尊严，商界名声，不能只顾跟这么个不肖晚辈怄气的。

但好说歹说，孔庆丰还是不见孔祥熙。二掌柜只好提出，那就由他代大掌柜出面请一次。孔庆丰勉强同意，但不许太抬举那孙子！

这位二掌柜姓刘，在商界也是位长袖善舞的人物。他本想再联络几位大字号的协理，把招待的场面弄大点。再一想，觉得也不妥：孔祥熙这后生的心病，分明在孔大掌柜这厢，扯来别的大头，也不见得管用。于是决定，只以志诚信的名分来宴请，并从财东员家搬一位少爷出来做东。酒席呢，摆在饭庄中排场大的醉乐园。这也算把面子给足了。

员家少爷一辈，也是些平庸子弟，志诚信的掌柜们很容易搬动。

孔祥熙那头，也果然如刘掌柜所料，志诚信的帖子送过去，很爽快就答应下来。

可孔祥熙如约来到醉乐园，却未见孔庆丰大掌柜在座。刘掌柜早有准备，没等孔祥熙问出话来，已抢在前头说：

"这桌酒席，本来是孔大掌柜做东的。可我们东家听说了，也要出来作陪。大掌柜见东家肯出面，当然也觉脸上有光，就说：东家既出面，那就做东吧，我们字号的掌柜欣然作陪。东家一听，又不忍叫大掌柜陪坐副座：大掌柜辈分大呀。就改由这位四少爷出来作陪，还叫大掌柜主持席面。四少的年纪、辈分，都跟舍儿你相当。"

舍儿是孔祥熙的乳名。刘掌柜事先特意打听来，就为以此称呼能给孔祥熙一种本家的感觉。

这时，员四少爷就照刘掌柜事先吩咐，站起来对孔祥熙说："咱们头回见面，不要见外。"又转脸对刘掌柜说："舍儿既不是外人，也不用太拘老礼了。"

刘掌柜才接住说："舍儿你是不知，我们大掌柜可是最重礼数的人！说即便是四少出面，也不能乱了主臣呀？财东为主，字号为臣，这是商家大礼。有东家出面，无论长幼，大掌柜还是不便主席。我看两头都为守礼，谦让不下，就出了个主意：反正舍儿你也不是外人，这头一次，就成全了四少,由他做东,我作陪;等过几天,再选个好日子,由大掌柜和东家一道出面做东,宴请一次文阿德大人。所以,今天就这样了。到时候请文阿德大人,舍儿你还得出力!”

刘掌柜这样一圆场,孔祥熙也没有怎么计较,忙应酬了几句客气话。他毕竟是头一回出入富商大户的这种交际场面。

席间,刘掌柜一面殷勤劝酒,一面只是扯些闲话:在洋人书院读什么书,吃什么茶饭,睡火炕不睡,在潞河想不想家,快二十岁的后生,也该说媳妇了,有提亲的没有,如此之类。跟着,问起西洋人娶亲如何娶,过生日如何过。

孔祥熙哪还有防备,早来了兴头,有问必答。论及洋人习俗,更是眉飞色舞,侃侃而谈。

于是,刘掌柜轻轻提起葬礼:“舍儿,那西洋人办白事,也与我们很不同吧?”

“当然,西洋人的葬礼,也甚是简约。”接着详细说起西洋人葬礼中,教会如何做主角。

刘掌柜耐心听完孔祥熙的解说,才又不经意地问:“那西洋人办白事,并不披麻戴孝?”

“当然,穿身黑礼服就算尽孝了。”

“搁我们这儿,哪成!办白事,不见白,不哭丧,哪成!”

“中西习俗不同,叫我看,还是西洋人的婚丧习俗比咱们文明!”

听孔祥熙这样一说,刘掌柜已有几分得意。只是仍不动声色地说:“我看也是。我今年五十多了,托祖上积德,父母不但健在,身子比我还硬朗。这是福气,我就盼二老能长命百岁。只一样,到那时我也老迈了,如何有力气给二老送终?一想发丧期间,那磕不尽的头,哭不尽的丧,真也发愁呢。”

“要不,我说西洋人比我们文明?”

“舍儿,只空口说人家文明,谁能相信?”

“谁叫太谷人不爱入洋教!”

“这次你们办教案,何不做个现成样儿给乡人看?”

“做什么现成样儿?”

“听说要给遇难的洋教士,再发一次丧。洋人照洋礼发丧,不正好叫乡人看看如何文明?”刘掌柜轻轻带出藏着的用意。

孔祥熙似乎仍无觉察,仍然兴头高涨地说:“这次不是再发丧,是要举行公葬。六位公理会先贤,为神圣教职蒙难福音堂,直接凶手虽为拳匪,而拳匪作恶系官府治理不力所致。所以举行全县公葬,也是理所当然!公葬非同家葬,那是需异常隆重才上规格。此亦为西洋文明也!”

刘掌柜没料到这后生会提出公葬一说,但还是照旧平静地说:“不拘公葬家葬,显出西洋文明就好。公葬更无须披麻戴孝吧?”

孔祥熙似乎明白了刘掌柜在说什么,便严肃说:“公理会诸位先贤死得太惨烈,所以公葬须重祭。请各界戴重孝送葬,即是重祭的意思。”

刘掌柜还是从容说:“重祭也该按西洋之礼吧?”

“正是按西洋之礼,才要求官府政要、各界名流、民众代表都来祭奠送葬。”

“舍儿,你不是说西洋丧事中并无披麻戴孝之礼吗?”

“这是太谷各界要求。”

“舍儿,你是太谷子孙,该知道太谷各界哪有比商界大的?志诚信也不是商界的小字号,我们竟不知谁人有此要求?”

“那是官府说的。刘掌柜不信,去问县衙。”

“舍儿,你信了洋教,也还是中华子孙吧?你也该知我中华葬礼中披麻戴孝是什么意思。”

“就是戴重孝呀。”

“孝为何义?”

“生者祭奠死者。”

“这我可得说你两句了!亏你还顶着孔姓呢,竟忘了何为孝?孝为人伦大礼，岂止及生死！丧葬中戴孝有五服之别；披麻戴孝是子孙重孝。让官府政要、各界名流、乡民代表都披重孝，那岂不是要太谷阖县给洋鬼当子孙！洋教士死得冤枉，给予厚葬，各界公祭，商家也无异议的。但叫各界去给洋鬼当子孙，这哪是重祭死者，分明是重辱各界！”

“文阿德大人可没这样的意思。”

“那就更是你的罪责了！文阿德他一个洋人，不很懂我邦礼仪，可你是中华子孙，为何不提醒他？难道甘愿陷文阿德于不仁不义，为太谷万夫所指吗？”

孔祥熙竟一时语塞。

“还有洋教欲霸占孟家花园一事，你为何也不做劝阻？先不说当不当霸占，即以墓地论，首要得讲风水吧？抢别人阳宅做阴穴，岂不是又陷死者于不仁不义？诸位冤魂在九泉之下也将永不得安宁！这是厚葬，还是恶葬？”

“洋人有洋人习俗……”

“墓地既在华土，岂可逃避风水！再者，一旦以我邦披麻戴孝之礼发丧，受风水报应就铁定了。”

孔祥熙支吾说：“我人微言轻，查办教案大事，哪容我多嘴……”

刘掌柜正襟正色说：“舍儿，我们不把你当外人，才怕你背了恶名，累及孔门。文阿德一个洋人，办完教案，远走高飞了。你亦能飞走？令尊呢，祖宗呢，也能飞走？孟家花园，洋人能霸占，亦不能携带了飞走吧？”

刘掌柜虽然始终以礼相待，孔祥熙也终于明白了这桌酒席的分量。

5

孔庆丰并没有出面宴请文阿德，他只是约了天成元的孙北溟，曹家砺金德账庄的吴大掌柜一道去拜见了知县老爷。

与其求洋人，不如去求官府。

今任知县徐永辅，倒是没有怠慢这三位商界巨头，但也只是一味诉苦。一提洋人教案，徐老爷就把话头转到他的前任胡德修身上：“胡老爷的前车之鉴在那里放着呢，本老爷哪敢不留心？”

太谷发生了福音堂教案，当时的知县胡德修自然被罢官查办。上头军机处的意思，起初就是杀无赦。因为像这种低等小官，杀了既不可惜，又能为严惩凶手得分。但实在说，胡德修在拳乱初时，还是出面保护过公理会。不是省上毓贤的威逼和插手，惨案也许还能避免。他被查办后，华北公理会曾出面为其求过情。可直到现在，也只是缓议，吊在生死未卜间。

“几位大掌柜想必也与胡老爷有些交情。胡老爷今日陷入生死难料之危境，实在也不是咎由自取。拳乱当时，哪一样能由得了他？抚台要灭洋，他敢不灭？朝廷向着义和拳，他更不敢弹压拳民。结果，闹出乱子，要他抵命。不怕各位见笑，今日查办教案，只怕依旧是一样也由不了本老爷。”

徐老爷先撂出这么一番大实话，明显是想堵三位大掌柜的嘴。这三位老到之极，当然都看出来了。

吴大掌柜就先说：“徐老爷的苦衷，我们能不知道？查办教案，这是朝廷圣命，太谷商界会尽力成全徐老爷的。”

孙北溟跟着说：“公理会索要赔款，虽有过分，我们商家也会分担大头。”

孔庆丰也说：“听说索要两万来两银子？也不是大数。”

县老爷立刻低声叫道：“你们还是财大气粗呀！快不敢这样张扬！本老爷在文阿德跟前，可是一直替你们哭穷。省上岑抚台也有谕令：严防洋教无理滥索，凡赔付，都须与之痛加磨减，万不能轻易允许。我为给你们哭穷，嘴皮也快磨破了。你们倒好，口气还这么大？”

孔庆丰当然看出了县老爷的表演色彩，只是不动声色地说：“我们再穷，也不敢在徐老爷跟前哭穷。经这次祸乱，太谷商界所受损失绝不比公理会少，生意上的大亏累不说，志诚信驻外伙友也有遇难者。”

吴大掌柜插进来说:“去年关外沦陷,曹家驻辽沈的伙友,仅被俄国老毛子杀害的,也不止六人!”

孙北溟也说:“在动乱中,我们商界两头都没惹,倒是两头受抢劫,拳民过来抢劫了一水,洋人过来又抢劫了一水。到头来不但没有人赔我们,反倒叫我们赔别人!”

徐老爷急忙拦住,赔了笑脸说:“本老爷跟文阿德交涉,你们这些话都说到了,有过之,无不及。自始至终都一口咬定:经此事变,太谷已无几家富户,赔款只得缓议。赔少了,贵会不答应;陪多了,我们付不出,只得缓议。”

吴大掌柜就问:“是不是将赔款压得太狠,洋教才想夺去孟家花园做补偿?”

徐老爷忙说:“孟家花园与赔款无关。孟家子弟有把柄在洋教手里……”

孔庆丰忍不住说:“有什么把柄?杀过洋教士,还是杀过教徒?无非借机讹诈吧!”

徐老爷竟说:“我看也是!只怕文阿德早已盯上了孟家花园。交涉中,别的都能杀价,唯有这孟家花园杀不动。各位大掌柜足智多谋,有何应对良策?”

孙北溟就说:“无非多加些赔款,令其另置墓地。”

孔庆丰说:“孟家花园做阳宅既久,忽然改做冤鬼阴穴,就不怕亡魂永世不得超度?”

吴大掌柜也说:“就是!在我华土,坟地最需讲究。霸人阳宅做坟地,对洋鬼的子孙后代更不吉利!”

徐老爷说:“各位说的这几手应对之策,本老爷也都试过了,不顶事!增加赔款,阴阳风水,都使过,不顶事。文阿德咬定,赔款与孟家花园无关。人家洋教也不信咱们的阴阳风水。”

孙北溟说:“那就由着这洋大人欺负商家?”

徐老爷说:“本老爷也着急得很！恳请各位谋一良策。”

吴大掌柜说:“洋教分明是要羞辱太谷商家！太谷拳乱发端,在城北水秀村。要惩罚,该先在水秀征用田亩做洋鬼墓地。水秀之后,生乱的地界还多呢,哪能轮到孟家花园?”

孔庆丰说:“将洋鬼埋在太谷最出名的花园中,那不是成心羞辱全县?首当其冲受辱的,便是徐大老爷!”

吴大掌柜说:“听说发丧时候,徐大老爷也得披麻戴孝?大老爷是朝廷命官,岂能给洋鬼戴子孙重孝?”

徐老爷说:“文阿德此项要求,本官还未答应。”

吴大掌柜说:“决不能答应。官府答应了,恐怕也没几个人能从命。这是背叛祖宗,辱没家门啊！在下宁可不做领东大掌柜,也不能去给洋鬼披麻戴孝!”

孙北溟也说:“我也这么大年纪了,去给洋鬼披麻戴孝,何以面对子孙?真躲不过,孙某告老还乡就是了。”

孔庆丰说:“一二日之内,我即起身赴西安去了。为伺候朝廷回銮,我得坐镇西安庄口。”

徐老爷又慌忙说:“各位这不是要本官的脑袋吗?披麻戴孝一事,本老爷真还没答应。我也是上有祖宗,下有子孙呀！还望多献良策,共同应对洋人。在太谷没有商界捧场,本官真也得挂冠而去了。”

孔庆丰说:“洋教也是看准了商界,非要重辱我们不可!”

徐老爷忙说:“我们共谋良策,共谋良策!”

三位大掌柜早看出来了,这位大老爷应对他们的只是满口软言虚语,什么都应承,什么也不做主。或许他真是一样也做不了主。所以,也没再多费心思,略做陈说后,就告退了。

从官衙出来,孔庆丰又邀吴、孙两位大掌柜来志诚信小坐。计议良久,仍无好办法应对。官府指靠不上,仅靠商界自家,实在也难以左右时局。庚子辛丑两年,西帮商家一再陷入这种无可奈何的困境。洋枪洋炮惹不起,受了数不尽的劫难后,眼下是连小小的公理会也惹不起了。

现在,这三位大掌柜,对去年义和拳民何以会一夜之间就席卷城乡、灭洋怒气何以会似燎原烈火烧起来,也能理解了。洋教名为替上帝行善,但其在华料理俗务,实在是太霸道,太贪婪,太爱做断子绝孙的事了!

惹不起,还躲不起?吴大掌柜就问孔庆丰:"你说要躲到西安去,是吓唬县太爷呢,还是真有此打算?"

孔庆丰说:"我说的是真话,不日就动身。"

吴大掌柜就说:"那我步你后尘,到山东走走。"

孙北溟说:"你们一走了之,把东家撂下受辱?"

孔庆丰说:"东家想东家的办法。"

吴大掌柜说:"我叫了少东家一道走。"

孙北溟说:"我老了,只好就近躲到南山,避两天暑吧。"

6

商界的一切努力,果然是白辛苦了一场。六月十七,县衙发了布告,文阿德提出的那几款,款款都白纸黑字爬在上头了:赔款两万五,霸占孟家花园,全县重孝公葬。末了还有一款:省洋务局奉头品顶戴、兵部尚书衔、山西巡抚岑大人谕令,凡有抗阻查办教案者,严惩不贷。

此布告发布前后,孔庆丰、吴大掌柜以及另几家大字号的领东掌柜,也果然悄然离开了太谷。

孙北溟没有走,只是在布告出来后,去了一趟康庄。

见到康笏南,他提了孔庆丰几位大掌柜外出避辱的事。康笏南便说:"大掌柜你也该出去躲躲吧?"

孙北溟说:"那老太爷跟我一搭出去寻个凉快地界,避几天暑?"

康笏南笑笑说:"想避暑,你去,我留下给洋鬼送葬。"

"你这是不叫我走?"

“没那意思，只是我这张老脸也不金贵了。”

孙北溟一听康笏南这样说，不敢再多劝：老太爷分明不主张躲避。于是说：“要躲，我也早走了。躲了和尚，躲不了庙，天成元反正得出人。”

从老太爷那里出来，三爷留他吃饭。席间，三爷听说曹家账庄的吴大掌柜竟也躲走了，就问：“曹培德呢？他走没走？”

孙北溟说：“吴大掌柜原先倒说过，要跟少东家一搭走。可近来听说，曹培德还常进城来走动。”

三爷就说：“那孙大掌柜你也出去躲躲吧，字号声誉不能玷污。”

孙北溟笑了，低声说：“老太爷不许我走。”

三爷便说：“到时托病回家住两天，也成。字号不用再出人，我去顶杠。”

孙北溟说：“三爷正当年呢，不能去受这种羞辱。我老迈了，老脸也厚了，三爷不用多操心。”

三爷说：“大掌柜脸面，就是天成元脸面！到时还是托病躲一躲吧。”

孙北溟说：“三爷能这样说，老夫更感惭愧了。字号的事，三爷就不用多操心了，我们想办法吧。”

三爷说：“那就托付给孙大掌柜了。”

自去年冬天他与孙大掌柜发生不快以来，这算是两人最融洽的一次小聚了。虽大辱临头，两人还是小酌得颇为尽兴。

送走孙大掌柜，三爷就想一件事：曹培德不走，却将吴大掌柜放走，用意为何？是不是真如自己所想：此次大辱既无法逃避，那就先保全字号，东家出面顶屎盆子？

三爷留心到城里做了打听：果不其然，大字号的领东掌柜，凡没走的都在悄然做躲避的准备。他就赶紧先去了天盛川茶庄，吩咐林大掌柜出去躲一躲。林大掌柜说，他也正好要往湖北茶场去，那就早动身了。

三爷再到天成元劝孙大掌柜时，孙北溟只是笑笑说：“三爷放心，到时我自有办法，反正躲过披麻戴孝就是了。”

三爷就问:“大掌柜有什么好办法?”

孙北溟说:“三爷就不用操心了。”

三爷也不好再问,不过心里倒是放心了一些。

跟着就传来消息:公理会已经雇了民夫,开始在孟家花园挖墓筑坟,而且要挖三十多座!

福音堂教案中,遇难的洋教士不过六人,连上八名一道遇难的本太谷教徒,也只十四人。多余的那些墓坑,要埋葬谁?

后来打听清了:在汾阳教案中遇难的公理会教士教徒十七人,也要葬到太谷的孟家花园,而且还是和太谷的洋鬼一道发丧、下葬!太谷也没欠了汾阳洋教什么,为何竟把死人都埋过来?唯一的理由,就是文阿德在汾阳也传过教。

听到这消息,太谷各界对文阿德更是恨得牙根都痒了!

这不是明摆着吗,太谷各界还得给汾阳的洋鬼们披麻戴孝!

三爷本来决定了,为了保全自家字号的名声,到时就出面披麻戴孝一回。这已经忍让了一万步,竟然还不行?还要给汾阳的洋鬼当一回哭丧的子孙?

这不是逼人去做义和拳吗?

一股怒气冲上来,三爷要飞马去见车二师傅。四爷闻讯,跑来拦住了他。

四爷说:“三哥,不敢意气用事。到时,还是我去吧。你也该到外地巡视生意,眼不见为净。”

三爷说:“如此重辱,怎么可能眼不见为净!四弟你去给洋鬼戴孝,就不是辱没康门了?”

四爷说:“朝廷都受了重辱,我们岂能逃脱?祖训不与官家争锋,此时也不能忘的。”

三爷说:“唉,既如此,那还是由我去顶杠吧。”

四爷说:“不必争,还是我去。三哥宜赶紧外出。”

三爷说:“我出面,既是财东,又可代替字号,一身二任。”

四爷说:“一人出面,哪能交代得了官府?我以东家出面,字号不拘谁再出个人,也就对付过去了。”

三爷说:“字号去顶了这个屎盆子,在外埠码头还能立身吗?字号不能出人!”

四爷说:“我有个主意,不知可行不行?”

“什么主意?”

“大膳房有个老厨子,不是长得很像孙大掌柜吗?到时候,就叫他披了孝袍去顶替孙大掌柜,不就得了?”

三爷真没有想到,老四竟也会谋出这样的办法!洋教欺负人如此决绝,真叫好人也学坏,把哑巴都逼得说话了!

“四弟,露不了馅儿吧?”

“孝袍一披,孝帽一戴,谁能看清谁?”

“叫下人顶替,也是担着天成元的名誉。”

“我们不会将偷梁换柱的故事,偷偷散布到外埠码头吗?”

“四弟,你这办法成!”

不料没几天,天成元就传来消息,说孙大掌柜外出中途,忽然从轿里滑落下来,现已卧床不起。

三爷听说后,赶紧跑到城里。见了孙大掌柜,他却朝自己笑呢。三爷这才明白了,大掌柜是在演苦肉计。忙说:

“大掌柜这么大年纪了,为字号名誉,还得受如此苦痛!没有伤着筋骨吧?”

孙大掌柜哈哈一笑,坐了起来,说:“四爷,我要真从轿里滑下来,岂不弄假成真了?我们只是瞅了一个周围没人的机会,虚张声势闹腾起来,然后一路叫嚷得令市间知道就是了。我连轿也没有下,哪能伤着身子?”

三爷听后也笑了,说:“还是大掌柜足智多谋!见大掌柜不肯外出躲避,四爷都着急了,已经为你谋了一个冒名顶替的办法。哪想大掌柜倒先演了苦肉计！”

孙大掌柜忙问：“怎么冒名顶替？”

三爷就说了老四想出来的办法。

孙大掌柜听了就说：“四爷这法子甚好！早说出来，也省得我这样折腾了。”

三爷说：“还是大掌柜这办法省事。”

孙大掌柜说：“城里知道我孙某是出不了门了。可到时字号还得出人吧？”

三爷说：“那再找个像二掌柜的下人去顶替？”

孙大掌柜说：“四爷之法倒叫人开了窍。也不必东家府上派人，更无须像谁不像谁，到时不拘谁吧，字号派个伙友去应差就是了。”

三爷问：“不拘谁都行？”

孙大掌柜说：“可不是呢！”

三爷还是问：“为何？”

孙大掌柜说：“四爷不是说了吗？到时孝袍一披，孝帽一戴，脸前再遮一块哭丧布，谁能看出是谁来！”

三爷说：“此法虽为四爷谋出，还是大掌柜才看出妙处！”

孙大掌柜忙说：“三爷巴结老夫做甚？”

三爷的确是用了心思，让孙北溟高兴。于是两人商定，到公葬那天，就由四爷带一位字号伙友去孟家花园应差。

辛丑年六月二十五，也即西洋公历1901年8月9日，在西帮重镇太谷县，破天荒举行了一次西洋式的公葬公祭。但上至知县，下到普通乡民，最多的是商界名流却被强迫披戴了中国家葬中最重的孝服，参祭送葬！

商家名流中，像康家那样捣了鬼的虽然不少，但受辱的羞耻岂可洗刷得了！

后来传说，太谷首户的当家人曹培德，这天也是挑了一位体貌相仿的家仆,披挂了重孝,赴孟家花园冒名顶替的。但曹家披麻戴孝给洋鬼送葬的耻辱,也依然流传了下来。

孟家花园也从此成为美国公理会的一块飞地。孔祥熙因协助文阿德有功,太谷教案了结不久,即随文阿德去美国欧伯林大学留学去了。六年后,孔祥熙学成归来,就是在这处孟家花园开始创办西洋式的铭贤学校。所谓铭贤者,并不是铭记孔孟圣贤,而是铭记埋葬在此处的美国公理会洋教士。

民国年间孔祥熙发达后,忽然又要脱洋入儒,曾亲往曲阜续写"孔子世家谱"。但他并未念及孔孟圣学的一脉相承,想过要退还孟子之后的这处孟家花园。可见,孔孟之于孔祥熙,也常常只是一件饰物罢了。当然,这是闲话。

第六章　返京补天

1

太谷的知县徐大老爷，前脚送走公理会的文阿德，后脚就收到省上抚台岑大人的一份紧急公文：

接户部来文称：和局已定，列强撤兵，圣驾回銮在即，而京师市面萧条异常。市面流通，全视票号、炉房以资周转。珠宝市炉房二十六家，去年五月被火，现将修盖完竣。在京西帮号商自去夏悉数辍业回籍，至今未有返京者。山西抚臣应速饬该号商尽快到京复业，以便利官民云云。今特饬祁太平等各知县，速咨会众号商，令其及早到京复业，重兴市面，迎圣驾回銮……

徐老爷看完急帖，头就大了：为了结教案，刚刚得罪了满城富商，这还没喘口气呢，就转过脸来饬令商界？谁买你的账？

动员票商返京复业，不同于派差派款，人家觉得现在返京无利可图，可以寻找无穷借口推诿的，何况又刚受了这样一场重辱！

但上锋谕令不能违，这又关乎朝廷回銮，弄不好也是掉脑袋的事。

徐大老爷虽然怵头，却也不敢怠慢，只好把脸面放到一边，去会商界大头。在文阿德那个老毛子跟前，也已经把脸面丢尽了。朝廷没脸面，叫他这个小小县令到哪找脸面！

想起前不久那三位大掌柜曾来见他，就赶紧给这三位写了礼帖，邀请到衙门闲叙。帖子上就先带了一句："前理教案，知有委屈商界处，容当面致歉。"

哪想，衙役送帖回来报道：志诚信的孔大掌柜，已去西安坐镇生意；砺金德的吴大掌柜，则往山东巡视字号；唯有天成元的孙大掌柜在，却卧病炕榻多日了。

徐老爷一听头就更大了：看来真是把商界得罪到底了。躲的躲，病的病，商界唱的这出戏，分明是朝县衙来的。难道这几位大掌柜早已掐算到了：官府迟早得来请他们返京？

不管怎样吧，徐老爷知道自己已经没有退路。往前走，头一步唯有向商界服软。他换了身便服，又叫衙役给雇了乘民用小轿，就悄然往天成元票庄去了。

这时候，孙北溟早离了炕榻，正在账房议事。忽然有个伙友慌慌张张跑进来，说："县太爷徐大人，微服来访！"

孙北溟吃了一惊：县太爷官虽不大，却是从不进商号的，怕有失朝廷体统；徐老爷微服而来是为了什么？他只顾吃惊，就忘了装病。

底下伙友慌忙说："大掌柜，还不赶紧上炕躺着！"

"上炕躺着？"

"外面谁不知道，大掌柜正卧病在床！"

孙北溟这才定过神来，匆匆脱鞋上炕躺下来。

这厢刚假装妥帖，那边徐老爷已经挑帘进来了。孙北溟故作惊慌状，欲起身下炕跪迎。徐老爷忙说：

"躺着吧，躺着无妨！本老爷听说孙掌柜有恙，过来问候一声。"

孙北溟就朝底下的伙友喝道："还不快给徐大老爷看座！"其实，一位伙友早搬动座椅恭候了。

徐大老爷坐了下来，说："孙掌柜，无大碍吧？"

孙北溟说："毕竟年纪大了。近日下痔又犯，坐立都难。前几日坐轿外出，因疼痛难忍，挣扎中竟失身从轿上跌下来，几乎将这把老骨头摔散了。"

徐老爷惊问："竟有如此意外？"

孙北溟说："那日，满大街人都看见老夫出丑了。"

"孙掌柜吉人天命，已无大碍了吧？"

"毕竟年纪大了。为了号事，竟如此伤筋动骨，实在想告老回乡了。"

徐老爷这才乘机点题，说："我看孙掌柜面色甚好，有望不日大愈。眼下，贵字号面临佳期，也离不开孙掌柜的。"

孙北溟平淡地说："敝号劫数未尽，倒霉受辱接连不断，哪来什么佳期？"

"孙掌柜，本老爷才接到抚台岑大人的公文：说洋军即将撤出京师，去年过了火的珠宝市炉房，也快修盖完毕。京师商界正翘首等待贵号这等大票庄，返京复业，以便银钱流通。户部已有急帖发到抚台岑大人处，催西帮票商尽早返京，重振市面，迎圣驾回銮……"

孙北溟这才明白了徐老爷的来意。难怪呢，县太爷肯如此屈尊，原来是领了这样的新命。想起前几日商界苦求县衙的无奈情景，孙北溟在心里冷笑了：徐大老爷，前几天怎么就没留后眼，你以为再求不着商界了？给你说在太谷得罪商界，没好果子吃，哼，你只是不信！这才几天，就活眼现报。但他面儿上却不着痕迹，故作兴奋状，问：

"徐老爷，真有这样的公文？"

"本老爷哪敢假传上锋谕令！"

"那真是佳音！自去年京师陷落后，我西商无时不在盼望这一天。尤其我们票庄，丢了京号，等于失了耳目。”

徐老爷没有想到，孙掌柜对返京竟如此殷切，心里踏实了许多。便说：“京师官民都巴望西商归去呢，他们离不开咱们！”

孙北溟不动声色，轻轻将话锋一转，说：“只是，这次我们在京津受了浩劫，店毁银没，片纸不存。北方各地庄口受亏累也甚巨。加上去年孝敬过境的朝廷，今年又屡屡被官府课派赔款，我西帮财力之损伤，实在是创业数百年以来所未有！别家不知如何，我天成元是一蹶不振了。昔日天成元还勉强忝列西帮大号间，今日只怕连中常都不及。是否仍设京号，还得与东家仔细计议。”

徐老爷这才听出些刀锋来，忙说：“孙掌柜，西帮所受损失，户部及抚台岑大人哪能不知？然西帮财力更为天下共知！这次劫难虽大，西帮渡此难关当不在话下的。”

“别家也许如此。尤其人家祁帮、平帮，在京津外埠受了亏累，在自家老窝可没受教案拖累。我们比人家额外赔了银子、献了花园不说，还披麻戴孝受重辱！即便回到京师，谁还看得起我们？”

“孙掌柜，办理教案中本老爷的无奈，你们也是知道的。洋教蛮横，上锋又不大撑腰，本官两头受气，其中辛酸难向外人道出！所幸太谷商界忍辱负重，成全大局，才算了结教案，过此难关……”

“徐老爷，要再过眼前这道难关，你得去求别家。我天成元实在是沦为小号了，不足以返京补天的。”

“孙掌柜，本老爷也是奉上头意旨，劝说你们返京开业。你们的难处，本官也会如实向上禀报的。”

“我票商返京，最大难处当然是财力不足。还有一大难处，是京号账簿被毁了。一旦京号开业，人家该你的账，不用指望讨要回来；可我们该人家的，必定蜂拥来讨要。事态如此，我们哪能开得了门？所以，商界曾有议论，希望户部能先发一谕令：在我票商返京复业后，宽限时日，容业界稍为振作后，再结算旧账。”

"此议很合情理,本官一定如实上报!"

"此议详情,还望徐老爷能听志诚信等大号陈说。我们天成元日后设不设京号,实在没有议定。"

找志诚信?志诚信的大掌柜还不知在哪儿呢!徐老爷知道孙大掌柜话里藏刀,但也不敢太发作,只好装糊涂,极力软语劝慰。

这厢装病的孙北溟,是一点面子也没给徐大老爷。

送走徐老爷,孙北溟没敢再躺着,赶紧叫了乘小轿,悄然往康庄去了。

徐老爷送来的消息,实在非同寻常!从去年京津陷落以来,的确是无日不在盼望这一天。和局议定后,业界议论返京更甚。不过都以为要到朝廷回銮的行期择定后才会允许西商返京复业吧。哪想到户部会这么着急?

孙北溟到康家后,自然是先见了老太爷。

康笏南一见孙北溟,就故作吃惊状,问:"大掌柜不是摔得不轻吗?不躺着养息,跑来做甚?"

孙北溟一笑,说:"年轻时,我也练过形意拳,还经得起摔打。"

康笏南就说:"经摔打,也不值得那么摔!无非是给洋鬼送一趟葬吧,还用那么费心思躲藏?"

孙北溟说:"各家都躲,我们何必出那种风头,不躲?"

"别家想不开,你也想不开?"

"怎么想不开?"

"自去年弃京出逃以来,朝廷已经把天下的脸面丢尽了!所以,我们本来已经没了脸面,你们还要白费心思。又是躲藏,又是装病,又是找替身,这能护住多少脸面?"

"能护多少算多少吧!"

"白费心思。"

"那就甘心受辱?"

"受辱也是替朝廷受,丢人也是丢朝廷的人!"

“要这样说，我们是有些想不开。不过，也快熬出头了。”

“快熬出头？官府令我们返京复业了？”

“老东台真是成了精了，怎么猜得这样准？”

“这不明摆着吗？和局定了，赔款也涨上去了，教案也了结了，接下来就该朝廷回銮了。京城一片萧条，哪成？”

“老东台的眼睛太毒辣，什么都叫你先看透。我来请老东台定夺的，正是返京复业的事。户部已发了急帖下来……”

“这是生意上的事，大掌柜你拿主意就得了。”

“此事重大……”

“那你跟老三商量去，我不管外间商事了，家政也不管了。我能替他们管到什么时候？不管了，都不管了。”

怎么能不管！这次京津两号的大窟窿，得东家掏大额银子填补，你老太爷不管，谁能管得了？但任孙北溟怎么说，康笏南也不搭茬儿。孙北溟也只好作罢，正想退出来去见三爷，老太爷却拉着他说古道今，尽扯闲话。焦急间，孙北溟才忽然有悟：当此重大关口，康老太爷是要看看三爷的本事吧？

2

孙北溟终于从老院出来时，三爷刚刚从外面赶回来，满头大汗。

孙北溟就说：“三爷回来得正好，晚一步，我还得再跑一趟。”

三爷说：“我就是听说大掌柜到了，才泼了命往回赶！”

三爷怎么知道他来康庄？孙北溟就问：“三爷到柜上去了？我来时怎没碰上三爷的车马？”

“我没进城，只是往龙泉寺走了一趟，想消消暑吧。”

看来，是老太爷暗中派人把三爷叫回来的。他猜得不差：这回，老太爷是要看看三爷的本事。

孙北溟忙说：

“三爷先洗浴更衣，喘口气再说。你既回来，我也不着急了。”

三爷哪能从容得了，匆匆洗了把脸，就跑了出来。

孙北溟先将县太爷微服到访的经过交代了一遍，才对三爷说：“这不是件小事，所以得同东家仔细计议。尤其京津两号遭劫后留下的窟窿太大。”

三爷就说：“这样大的主意，当然还得老太爷拿。大掌柜见过我们老太爷了吧？”

孙北溟说：“见是见过了，可老太爷说，他早已不管生意上的事，让三爷你拿主意。”

三爷忙说：“大掌柜你还不知道呀，我哪能拿得了这样大得主意？还请大掌柜进去劝劝老太爷。”

孙北溟说：“我没把嘴皮磨破！可你们老太爷高低不理睬，只是说：我都这么大年纪了，能替他们管到什么时候？不管了，不管了。三爷，要劝，你进去劝吧，老身无能为力了。”

三爷说：“大掌柜都说不动，我更不顶用。那大掌柜先拿个主意，我再呈报老太爷。”

孙北溟听这样说，就觉三爷老练些了，便说：“三爷，不是我推托。字号该拿的主意，我拿；东家该拿的主意，我可不能多嘴。”

三爷说：“东家该拿的大主意，无非是填补窟窿吧？这倒好办。老太爷早放过话：京号、津号及各地受害庄口，生意赔损系时局连累，与字号经营无关，所以不拘窟窿多大，如数由东家填补。大掌柜也知道，西帮为商之道中，无人能企及者，就在一个‘赔得起’。”

孙北溟没料到三爷会说得这样痛快，便说：“东家既拿了这样的大主意，京津庄口复业，也就没有大难处了。”

三爷却说：“近来同仁间议论的是要求户部能宽限时日，暂封旧账，待京津字号有所复原后，再清还旧债。否则，复业之初，我们势必被债主围困，连门也开不了！遭遇了如此浩劫，京中官民谁不急着用银钱？"

孙北溟说："此议好办。写一个呈帖，递往抚台衙门就得了。"

三爷说："谁来写这件呈帖？谁来收拢西帮大号一哇声附议这件呈帖？总得有人挑头张罗吧！"

孙北溟说："太谷那得志诚信出面，人家是老大。"

三爷说："祁县、平遥那头呢？"

孙北溟说："他们也不会闲着。跟他们联络，我看得三爷出面。"

三爷忙说："我哪成！"

孙北溟说："志诚信的财东，哪有堪当此任的？太谷首户曹家，它又不开票庄。你不出面，还能叫谁出面？"

三爷说："孙大掌柜，你得出面！"

孙北溟说："我闲不着。太谷商界的事，由志诚信的孔大掌柜张罗，我也得帮衬。返京在即，自家字号里更有一大摊事呢。"

孙北溟极力鼓动三爷出头露面，也是想叫他露出些本事来，令康老太爷称心。一辈子了，孙北溟还能摸不透康笏南的心思？

三爷见孙大掌柜这样抬举他，也就答应下来，说："那我就多跑几趟腿。"

孙北溟说："还有件事，也得三爷拿主意。"

三爷问："什么事？"

孙北溟说："京号复业，当然还得戴膺老帮领庄。除了他，别人真还担当不起。可津号复业，派谁去做领庄老帮，就叫人颇费踌躇了。"

三爷立刻说："字号驻外老帮的人位安排，那是大掌柜你的事权，我绝不敢多嘴！"

孙北溟说："三爷别说这见外的话。生意毕竟是你们康家的，遇了难处，你能袖手不管？"

三爷说："我不是见外。遇眼下这种历劫复兴的大关节处，更得仰赖大掌柜呢。我年轻浅薄，跑腿还成，别的真不敢多嘴！"

这几句话，叫孙北溟听得很舒坦。他倒也不是有意试探三爷，看懂不懂规矩，津号老帮的人位，实在也叫他犯难。尤其前年五娘受害后，津号本来就叫他发怵。便说：

“三爷既不见外，就先听我说说津号的难处！去年津号受洗劫最烈，不必多说了。前年因老身用人不当，令五爷五娘受害，也不多说了。但自刘老帮出事后，津号领庄老帮一直未安排妥当。原拟将东口的王作梅调往天津，王掌柜还没来得及挪位，拳乱就起来了。东口也是大码头，去年受祸害也不轻。东口的字号复业，只怕除了王作梅，无人能担当。津号复业，难处不比京号小，非戴膺、陈亦卿这等高手扛不起来。可京号、汉号哪能离得了他们？”

三爷心里已经跳出一个人来：西安的邱泰基。但他不能说出。只好说：“物色津号老帮这等大事，还得大掌柜拿主意！前年天津出的意外，不用老放在心上。”

孙北溟面露难色，说：“现在津号这步棋，真别住马腿了！”

三爷低声说：“要真有难处，还得去求老太爷。”

三爷也老练了。

第二天，三爷备了一份礼，先往祁县拜访了乔家的当家老太爷乔致庸。乔家因慷慨出资接济逃难的朝廷，名声正隆。西帮真有什么上呈的帖子，由乔家出面递送，应是最恰当的。

见着康三爷，乔老太爷就问：“你家老爷子怎么不来？”

三爷忙说：“家父这一向精神不大好……”

“怎么，还没从白事中脱出来？”

“老夫人不幸早逝，毕竟令家父痛楚不已。人老了，更怕孤单。”

“真嫌孤单，他早出来走动了。叫我看，你家老爷子窝在家，不知又谋什么高招呢！”

“家父真是精神不大好。”

"你回去告他，我才不管他精神好不好，反正得来趟乔家堡！不能老叫我往你们康庄跑！"

"一定转达乔老太爷的盛意！"

"你告他，我可不是要探听他谋出的高招，只想跟他说说闲话。我们这种老不死的，别人都讨厌。两个都是老不死，谁也不嫌谁，说话才对心思。"

见乔老太爷一味闲聊，三爷忍不住说："眼看外头大军压境了，乔老太爷还在此谈笑风生。不用说，你们的大德通、大德恒早有破敌良策了。"

乔致庸笑问："何来大军？洋军，还是官军？"

"向我们讨债的大军呀！"

"你是说京号复业吧？"

"可不是呢！乔老太爷善远谋近虑出奇兵，一定已有应对之策。"

"哈哈，康三爷，你巴结我这老朽做甚！你家老爷子谋出什么高招了？能露几句不能？"

"我们有高招，还用这么大老远抬了礼盒，来求你老人家？"

"那你趁早把礼盒抬走！"

"老太爷是嫌我辈分低，不肯多搭理？"

"可不是呢，快去叫你家老爷子来！他来了，我能叫他的小名儿。康三爷，你的小名儿，我可不敢叫。"

"我的官名，只怕你还记不住呢，小名儿你更不记得。"

三爷看出来了，今日乔老太爷的兴致好，只想说笑，也就不再强往正题上扭，干脆一味陪了闲说逗乐。

说笑了一阵，乔致庸才终于问起：太谷县衙宣谕户部公文没有，太谷同业有何打算，你们康家又有何打算。三爷就说出了太谷同仁想上呈户部，请求在西帮返京开业时，官府能出面护市。

乔致庸听后，又哈哈一笑，说："也算英雄所见略同。祁县同业，也是一片这种议论。前日，县衙宣谕了户部及抚台岑大人发下的急帖，祁帮同业竟跑来围逼我这个老汉！说我们乔家去年接济过境朝廷，拔了头彩，现今西帮到了一大关节处，乔家理该出面与官府交涉。我说，你们吃大户，也吃不到乔家，祁县的首户是城里的渠家！”

三爷说：“谁叫你们乔家拔了头彩！应该。户部借了你们三十万两银子，还能不给你乔老太爷面子？”

乔致庸说：“真是墙倒众人推，连康三爷你也想欺负本老汉！”

三爷说：“这是抬举你们乔家！”

乔致庸说：“不拘是抬举还是欺负，反正推脱不过，只好领命吧。再说，究竟也是为西帮请命。西帮票业领袖在人家平帮，日升昌或蔚字号，他们要肯出面请命，本老汉不就推脱了？昨日，就赶紧往平遥跑了一趟。”

三爷说：“看乔老太爷今日神采，日升昌、蔚字号也推举你们乔家出面代西帮请命了？”

乔致庸说：“哈哈，康三爷，做西帮领袖就那么值得高兴？”

三爷忙说：“那是日升昌、蔚字号愿意出面张罗了？”

乔致庸说：“你猜的这两样都不是。”

“那结果是什么？”

“谁也不必出面。”

“谁也不出面？”

“无须求官府护市，还用推举谁出面？”

“无须求官府护市？”

“对，无须出面求官府。”

“本来一哇声要求官府护市，怎么忽然又不求官府了？”

乔致庸感叹了一声，说：“到底人家是西帮领袖！在此大关节处，日升昌、蔚字号到底比我们厉害！”

原来，昨日乔致庸到平遥后，先拜见了日升昌的大掌柜郭斗南。刚提请求官府出面护市，郭大掌柜就反问：

“你们乔家出借了御债，也不至于掏空老底吧？大德通、大德恒在京津的窟窿又能有多大？就值得求官府出面护市躲债？”

乔致庸忙说：“这倒也不是我们乔家自个儿的事，祁县同业都有此意。”

郭斗南接住反问：“你们祁帮竟无力补窟窿？谁信！就说渠家，可不比我们财东李家差。尤其你们乔家，去年挑头露富，今年怎么又要装穷？”

乔致庸倒也没大在意郭斗南说话难听：日升昌一向便是这种做派；他笑了笑说：“祁帮是不能跟你们平帮比，但填补京津窟窿，还是力所能及的，无非砸锅卖铁吧。我们所虑，是京津字号复业之初，天天被债主围困，如何能做得了生意？再说，西帮这次大劫，全系时局拖累，不向官府吭一声，叫几声疼，日后课派赔款，西帮还得受拖累。总得叫官府明白，我们西帮不是朝廷的摇钱树！”

郭斗南说：“你们想的是不差。我们平帮中也早有此议。但经历这次大劫难后，对朝廷、户部、下头的官府，我们还敢有什么指望？一切祸根还不是朝廷无能？向它叫几声疼，又能如何？它给列强写下那样一笔滔天赔款，不向民间课派，又能向谁课派？求官府既不顶事，何必去求？叫我说，户部即便能出面护市，我们也不能求！”

“为何不能求？”

“此次塌天之祸，既是一场惊动天下的大劫难，劫后复兴也必为天下所瞩目。我西帮一不靠官护，二不靠借贷，却能从容填补了这塌天的窟窿，守信于当今乱世。西帮‘赔得起’的名声，还不传遍天下！由此西帮声誉必将空前隆盛。声誉大隆，复兴还有何难？”

“郭掌柜说的倒也是西帮本色。只是京津萧条两年了，官民都是囊空如洗，我们一旦复业，还不被持票的债主围困死？”

“想围就围着吧。这样一围困，西帮在京师就更受人瞩目了。”

“受围困，也能出彩？”

“可不是呢！我们又不是不认票，不还债，只是银子运不过来吧。整个京师围着看西帮终日源源不断往字号运银子，那还不是出彩是什么？”

郭斗南这几句话，才真正打动了乔致庸：日升昌到底眼睛毒辣，竟能在危急处看出彩来！不过，乔老太爷也未形之于色，只说："你们日升昌财大气粗，有银子源源运京。我们就是砸锅卖铁吧，能支撑几天？"

哪料，郭斗南竟击掌叫道："乔老东台，你这'砸锅卖铁'四字好！我再加四字：倾家荡产。"

"砸锅卖铁，倾家荡产？"

"到时候，一面悠着些劲往京津调运银子，一面就张扬说：我们西帮可是砸锅卖铁、倾家荡产补窟窿。世人听了，尤其京师官民听了，谁能不信赖我西帮？"

乔致庸开了窍，不再提及求官府的事，转而议论起复兴的举措。后来，他又去拜见了蔚泰厚的大掌柜毛鸿瀚。毛大掌柜所说，与郭斗南几无差别，只是口气更傲慢些。

乔致庸回来，跟祁帮的大户一说，大家也有种豁然开朗之感。

听了乔老太爷的平遥之行，三爷也豁然开朗了。他也不再多逗留，匆忙返回太谷来。

3

六月二十八，戴膺在上海收到老号发来的电报，命他赴京张罗复业事。戴老帮倒也不很意外，他估摸着，也到了该返京的时候。去年六月二十九，他带领京号伙友撤出京城，及今整整一年。

五月间，朝廷曾降诏天下，择定七月十九日由西安移銮回京。沪上一片议论，说朝廷此诏不过是做给洋人看的，两宫未必急于回銮。但戴膺断定，朝廷回京是为期不远了。

戴膺来上海这七八个月，天成元沪号业绩虽也大进，但漂亮的生意实在也没做成几笔。西帮票号生意的优长处，在南北大码头间的金融调度。北方生乱，只剩了南方一头，再有本事，也寻不着用武之地。所以，戴膺在协助沪号孟老帮张罗生意之余，心思大多用在了考察西洋银行上。

经这次劫难，他早已预见到，日后东西洋银行在华势力必将大盛。西帮不做改制银行的打算，即便渡过此次难关，以后也再没有多少好戏可唱了。经亲身考察，戴膺才明白，往日说不动老号及财东改制，实在是因为连自己也不大明了洋式银行为何物。票号与银行，原来是互有异同的，并不是形同水火。说异，也说同，也许更容易打动老号及东家吧。

戴膺离沪返京时，心里想的还尽是改制银行的事，对京号复业的难处，实在也未做细想。他毕竟在京号领庄多年了，临危出智，力挽狂澜，也不知多少次了。老号电报上已言明：在晋京号伙友即将上路，叫他直接赴京就是了。他在沪号本也没有多少牵挂，说走便能走。

唯一要斟酌的，是此番北上返京走陆路，还是走海路。陆路其实也是走水路，租条客船，轻桨细波，假运河北上，也受不了多大罪，只是太慢。走海路，离开上海即可直达天津，海轮也走得快些。但海上行船，风浪难测，要受许多颠簸之苦。他也不年轻了。

思之再三，戴膺还是选择了海路：毕竟是非常关头，早一天到京总是好的。

他也幸好选择了海路！因为一上船，竟遇见了蔚丰厚的京号老帮李宏龄。

戴膺与李宏龄同是多年驻京的老帮，一向意气相投。自去年来沪后，听说李宏龄到了西安，哪能料到竟会在这海轮上突然重逢！两人的惊喜，可想而知。于是赶紧去找船家，两人合住了一间客舱。

安顿下来，戴膺才问李宏龄："子寿兄，这一向你也在沪上吗？"

李宏龄说："我是刚从浙江处州赶到上海，只歇了两日，就上这海轮了。老号催呢，叫尽早返京。静之兄一直在沪上？"

"去年冬天，我就来上海了。想起来了，你将一位公子送到浙江处州赵翰林的家馆课读。此去处州，是专门看望公子？"

"这等小事，静之兄还记得？"

"这能算小事？就是西帮中的大户，又有几家送公子来文运隆盛的江浙课读？"

"你是没见我这个小子，太文弱了，不是做生意的材料，只好叫他读书吧。"

"既来看望公子，为何选了这样一个紧急时候？"

"去年拳乱平息后，我就到了西安，帮衬着张罗那边生意。今年一开春，老号又叫我来江南巡视码头。早想就便去趟处州，一直未能成行。日前听说和局定了，洋军即将撤出京津直隶，就知道我西帮票商快返京了。这才赶紧去了趟处州。到处州还没几天，老号发到杭州的急电果然就撵过来。"

"我们老号也催得急！看来户部一定发了公文，命西帮回京开业。"

"可朝廷回銮的吉日，还没择定吧？朝廷不回銮，京饷就聚不到京师。只靠我西帮携资返京，就能救活京市？"

"子寿兄，你我伺候户部多年，它哪有几个会理财的！谕令西帮返京，无非想遮去京市的萧条，以迎圣驾吧。"

"但我们西帮带回的商资，哪能遮去京师萧条？现在的京师，可是一贫如洗了。"

"要不我说户部无人会理财！"

"官家还用得着理财？既能仗势敛财，恃权搜刮，无本万利，那还理什么财！朝廷缺钱花，就跟各省要；官吏缺钱花，就跟子民百姓要，都是唾手可得。"

戴膺就放低声音说："子寿兄，你正点到朝廷的要命穴位了。"

李宏龄忙问："朝廷的要命穴位？"

"可不是呢！这次由拳乱洋祸引发的塌天大锅，朝廷吃亏吃在何处？就吃在这个穴位上：只知敛钱花钱，不知聚财理财。"

"这是不差。但朝廷吃亏，还是没有坚船利炮，打不过人家。"

"不会聚财理财，哪来坚船利炮？这一向我在沪上考察西洋银行，结识了几位洋人。相熟了，彼此说话也就少了遮拦。说起这次战祸，他们也觉出乎意料。”

“出乎意料？是得了便宜卖乖吧？”

“我一个生意人，他们值得朝我卖乖？他们大感意外的，是清廷竟如此不经打，还没怎么呢，就一败涂地了。津京陷落之速，尤其出人意料！一国之都，竟形同一座空城！”

“这倒也是。朝廷养了那么多官军，也没见调重兵去守城护驾，稀里糊涂就把京师丢了。”

“洋人说他们也没调来重兵，总共也就一两万人马，更未正经结为联军。等攻下京城，八国还是八股军，各行其是。直到快入冬了，德帅瓦德西才来华就任联军司令。”

“洋人兵马虽少，但人家是洋枪洋炮。”

“子寿兄，我先也是这样想。可银行那几位洋人却说：坚船利炮，洋枪洋炮，固然厉害，可军费花销也十分巨大！”

“他们这是讥笑大清国贫吧？”

“自家贫弱，不叫人家讥笑也难。但这几位是银行中人，看世论事必先从银钱财政着眼。以彼之见，列强动用坚船利炮，远渡重洋来攻中华，全凭各国政府有雄厚财政，说用军费，就能拨出军费。”

“国富，自然花钱容易。”

“但以这几位洋人的眼光看，大清即便大富，朝廷手中也不会宽裕。”

“怎么会如此？”

“我先也不信，但经人家一指点，我才恍然大悟。真是旁观者清！”

“洋人怎么指点的？”

“子寿兄，康熙以明君传世，留下一条‘永不加赋’的铁诏，你不会生疏吧？”

“‘永不加赋’，当然知道……”

“这道铁诏是康熙五十一年所立，及今近二百年了，沧海桑田，什么都变了，只田赋钱粮不变，朝廷手里那能宽裕得了？”

"洋人眼睛是毒辣！可朝廷不加赋，也未能藏富于民，子民百姓依然恓惶。"

"这也正是洋人视大清财政无能的地方。朝廷死守了'永不加赋'的铁诏，可又管不住各省、各州县明里暗里加赋加税，更管不住大小官吏中饱私囊。天下财富再多，也只是聚到各级官吏的私房中，国贫依旧，民穷也依旧。突遇国难，朝廷可不是要抓瞎！"

"这真是一点不差！经乾嘉百多年盛世，大清国势也算强盛了。可到道光末年太平天国一起，朝廷高低筹措不来军费。着了急，竟逼着西帮捐纳买官！"

"户部历年所收的京饷，哪一年够花过？平常年景尚且支绌，遇了战事，可不要抓瞎。洋人敢讥笑大清财政为无能财政，就是看透了为朝廷理财的户部，只管敛钱花钱，不管聚财生财。户部征收天下田赋钱粮，只为养活朝廷，并不管天下民生各业。尤其最易生财的工商业，竟被视为卑贱之业，实在匪夷所想！洋人更觉可笑的，是皇上总以为天下之财，即朝廷之财，常年不留积蓄，国库不存厚底。遇了国难，才临时敛天下之财，哪还能来得及？"

"东西洋列强，难道正是看透了大清的这种无能财政，才屡屡来犯吗？"

"那几位洋人，是有此论。他们戏言：大清自诩为泱泱大国，初不以为然；后居华多年，才诚信斯言。大在何处？贵国官吏人数之庞大浩荡，实在是举世无双；而官吏的假公肥私之普遍、之贪婪、之心安理得，更是世所罕见！贵国朝廷若能以正当赋税形式，将举国官吏假公肥私的庞大收入，缴纳入国库中，那大清就真成了当今一大强国。以如此殷实的国库做支撑，何愁抵御外敌来犯？以如此殷实的国库扶持农工商，又何愁民生百业不兴？民生百业兴，赋税便易征缴，国库也愈殷实。"

"人家这讥笑之言，倒也是实话。"

"东西洋列强的财政，都是如此运作。人家国库常保有可观的财力，用于养活政府及其官吏的花费，只占小头；大头用于扶持民生各业。如此天长日久运作下来，国家哪能不强大！”

“洋式财政虽能强国，却要断绝举国官吏的财路，谁愿意效仿！戊戌变法就殷鉴不远。”

“可大清财政不变，就永远给东西洋列强留下了一个致命的穴位。什么时候想欺负你，就朝这穴位来。点住这穴位欺负你，结果必定是赔款割地！越赔款越穷；越穷，你这穴位就越要命。”说至此，戴膺放低声音说：“若再来一次庚乱，恐怕清廷就无银可赔，只好举国割让……”

李宏龄忙说：“你我生意人，免谈国事吧。”

戴膺说：“我也不是爱管闲事。在上海，我本是想了解洋式银行的定制、规矩，人家却说你了解了也无用。我就问：怎么，我们华商就比洋商笨，学不来你们的银行？他们说：洋式银行须在洋式财政中才能立足。由此引出议论，评说国朝财政。”

“洋人当然不想让我们仿办银行。”

“这倒也是。这几位洋人一面数落大清财政无能，一面又说：这种无能财政于贵国无利，但于你们西帮却是最有利！”

“怎么能这样说？”

“他们说：朝廷户部不会理财，才使精于理财的西帮有了生财的海阔天空！本该聚到国库的银钱，却聚到你们西帮的银窖里了。”

“洋人眼睛是毒辣，可我们受的欺负，他们哪里知道？”

“我可是对他们说：朝廷这种无能的财政，于你们东西洋列强才最有利！这一次事变，你们只派了一两万人，用了一年多工夫，就挣走我们九万万两银子，这种好生意更是旷世罕见！”

“静之兄，你也不怕惹恼洋人老毛子？”

“我也是戏而言之。”

“还是不谈国事吧。”

4

那时代由沪赴京,海路虽比陆路快,但也依然得熬过漫漫旅途。这一路,大体上还算风平浪静,但也因此显出枯索单调来。

戴膺与李宏龄真也再没多谈国事大局:不是不敢多谈,实在是再无那种谈兴了。京号复业倒是议论得多,只是对这两位京号高手来说,也不存太多畏难忧虑。只要东家肯补窟窿,别的都好张罗。

到天津上岸后,戴膺想在津号停留一二日,便与李宏龄分手了。

津号前年出事,去年又遇如此浩劫,复业担子只怕比京号还重。也不知老号选了谁,调来津号领庄。

自塘沽登陆,沿途所见就满目是劫后败象。进入天津城区,残状更甚。凡店铺被砸被烧的,狼藉依旧,几乎不见修复开业者。街面上连行人也稀少,许多边边角角,竟蓬勃生出蒿草来。明知遭了浩劫,但亲眼见了这一片疮痍,戴膺还是吃惊不已。

自家津号,劫状更惨。店铺除了房屋框架尚存,再无一处可见原貌,用一句'体无完肤'形容,实在不过分。作为票号老帮,戴膺很快看出了这体无完肤的含义:在津号被弃的这一年多时间里,真不知有多少人、多少次来此凿砸、翻找、挖掘,他们都想在这昔日的银号遗址寻宝淘金。他们一定也想看看,西帮票号内那神秘的银窖。大概也因此,被弃的津号虽已体无完肤,却未被放一把火烧毁。

这也算不幸中的万幸了。但将津号修复如初,不是一件小工程。

津号副帮杨秀山及其他伙友,都已经到达,暂住在附近一个客栈。

杨秀山见着戴膺,张口说的头一件事,就是他们这一班津号旧人刚到,就被闻讯跑来的许多人围住,几乎动弹不得。

戴膺就问:“那是些什么人,围你们做甚?”

杨秀山忙说:“我们的旧客户,老债主,都手持天成元的汇票、银折、小票，逼着要我们兑银子！”

对此，戴膺显然有些意外，几乎是自语，说：“这么快就来挤兑？”

杨秀山说：“他们一贫如洗，当然急着想兑出银子来。”

戴膺就问：“这些来要求兑银子的，是商家多，还是官吏多？”

杨秀山说：“只是一些零星的散户吧，大些的商号及官吏，还没动静。他们大概还不知道我们返津。”

戴膺便正色说：“杨掌柜，我看这些来打头阵的，说不定受了什么人的派遣，来试探我们，千万不敢大意！”

杨秀山一时不解其意，问：“受人派遣？受谁派遣？”

戴膺放低声音说：“叫我看，很可能是那些在我们字号存了私钱的官吏。他们的私钱，大都不便公开。所以，他们最心焦。”

杨秀山就说：“还是戴老帮眼力厉害。我们只顾应付，也未做细想。”

戴膺说：“杨掌柜，你们千万不要慌张！不拘任何人，凡是持票兑现的，一律热接热待！更要口气坚定，许诺人家一旦店铺修竣，复业开张，本号的旧票旧账一概兑现！”

杨秀山说：“我们也是这样说的，但许多人只是不信。”

戴膺断然说：“人家不信，我们更得这样做。我们敢回京津，就表明我们不怕算老账。想赖账，我们还会回来？一面不断给人家说这道理，一面加紧修复铺面，局面总会好转。”

杨秀山说：“但愿如此。过几天，新老帮到津后，也许更能稳住人心。老帮空位，也宜让客户生疑的。”

戴膺就问：“新老帮？还是东口的王作梅要来津号吗？”

杨秀山说：“是调西安的邱泰基来津号任老帮。王作梅仍留东口。戴老帮还不知道？”

戴膺真有几分意外，说：“西安的邱泰基？我真是不知。我到上海，已经七八个月了。”

杨秀山说：“邱泰基倒是有本事的掌柜，只是……”

戴膺打断说："东家、老号对邱泰基这样有本事的驻外掌柜，有过严责，贬罚不留情；有功也不抹杀，该重用还重用，甚好！由邱泰基来领庄津号，复业振兴，也是恰当人选。"

杨秀山放低声音说："听说是康老东台点的将。"

戴膺说："老东台一向不糊涂。天津码头不一般，你们还得多帮衬邱掌柜。"

杨秀山说："我们也盼在新老帮料理下，一扫津号近年来的晦气！"

戴膺就问："邱老帮几时能到？"

杨秀山说："他从西安动身，比我们还早。不出几日，也该到了。"

戴膺说："那我就多等一两天，看能不能见他一面。"

正说时，有伙友跑进来说："客栈外，又围了不少客户。"

戴膺便站起来，说："我出去见他们！"

邱泰基接到老号调令时，何老爷依然在西安。想起何老爷先前的预言，他是既惊喜，又惊异。

津号虽远不及京号显赫，但那是真正的大码头，也历来是西帮的重镇。所以津号老帮的人位，也一向为多数驻外老帮所向往。邱泰基自然也早想到天津卫码头露一手，可惜孙大掌柜总不肯将这个要位给他。前年受贬后，他本来已经断了一切高升的念想，只想埋头赎罪了，却忽然峰回路转。只一年，就从口外回到西安；在西安又只一年，竟要高就津号老帮，他怎么能不惊喜！

叫邱泰基感到惊异的，是何老爷的预言为何这样准确？来西安前，只怕何老爷真得了康老太爷的暗示。前年，他刚遭了老东台那样的严责，今年竟又受如此重用，实在叫人不敢相信。

这次老号的调令用电报发来，明令："邱速赴津领庄，万勿延误，西号交程、何二位。"可见事情紧急。

程老帮要摆酒席欢送，邱泰基坚决阻止了：如此张扬，叫人知道了还以为他旧病复发。可不敢如此张扬!

程老帮也只好作罢。但何老爷却不肯答应:“邱掌柜,你可不能悄默没就走了!没忘吧,还该我五两大烟土?”

“五两大烟土?”

“看看,还没怎么呢,就翻脸不认人了?”

邱泰基这才想起来:何老爷预言他将做津号老帮时,曾以五两大烟土作赌。他就说:“何老爷,咱们的号规你也清楚。我邱某私人手里,哪来买五两大烟土的银钱?”

“你借债,还是典当,我不管,反正得给我五两大烟土!”

“我身无长物,拿什么去典当,谁又肯借债给我?这五两大烟土,等回了太谷再兑现吧。”

“我出来自带的烟土,已烧得差不多,眼看要断灶了。”

“你贵为老爷,是可以在字号举债的。”

两人正说笑,程老帮已令厨房炒了几个菜,灌了壶烧酒,摆到账房来。其时已入夜,程老帮说不是酒席,只算夜宵。邱泰基也只好就范。

程老帮与邱泰基相处这一年,深感这位出名的老帮并不难处。有本事,又不张扬,这就难得。实在说,号内一切大事难事,全凭人家扛着,但时时处处又总把他这个虚名老帮推在前头。这样有才有德的人,另得高位那是应该的。只是,他真有些舍不得邱泰基离开。

交情上的感伤不说,邱泰基一走,西号就失了顶梁柱!尤其当此朝廷欲走未走的关口,谁知还会出现什么样的难局?

所以,喝了几盅酒,程老帮就一味诉说这份担忧。

邱泰基心里明白,老号敢急调他走,是因为有何老爷在西安。电报上也点明了这层意思:“西号交程、何二位。”收到电报,邱泰基曾当何老爷的面,对程老帮说:“你看,老号也言明了,叫何老爷帮衬着张罗西号的生意。他再不能白吃白住,悠闲做客了。”当时何老爷喜形于色,只是嘴上说了句:“孙大掌柜岂能给本老爷派工?”这不过是虚饰吧。他来西安后,张罗生意都张罗得入迷了。程老帮竟看不出来?

邱泰基喝了几盅酒,也就当着二位的面,尽量把事情挑明:

"眼下的西号,依然比京号、津号要紧。在这吃劲时候,老号调我走,是因为有你们二位在。想必程老帮也早看出来了吧?何老爷屈尊来西安帮衬我们,是看了谁的面子?我看是天成元两位巨头!孙大掌柜先求了康老东台,康老东台才出面请何老爷出山的。何老爷,我推测得不差吧?"

何老爷先哈哈一笑,说:"邱掌柜,你想赖账,不赔那五两大烟土,才编了这种奉承话吧?程老帮,你不用听他的!"

程老帮说:"何老爷当年的本事,我当然知道。"

邱泰基见程老帮似乎还不十分开窍,便换了种手段:不再多说西号事务,而是就京津官场商界事,向何老爷诚心请教。他邱某还如此崇拜何老爷,你程老帮还不赶紧依靠人家?

真心说,忽然给压上重振津号的重担,邱泰基也很想向何老爷讨教的。一说到张罗京津生意,何老爷就像新吸了大烟,谈兴陡涨,妙论不绝。所以,这次三人夜话,到很晚才散。

第二天,邱泰基即轻装简行,踏上了赴津的旅程。

5

戴膺在天津并未多住,便匆匆离津赴京了。津门的挤兑局面,令他想到京师也会很紧急。于是不敢多耽搁,打消了等待邱泰基的想法。

那天,戴膺出面会见围在客栈外的津门客户,真也叫他出了一身冷汗。无论他如何虔诚,如何对天许诺,如何从容镇静,那些客户只是冷冷看他表演,丝毫不为所动。他竭力表白了半天,人家始终不改口,就那一句话:"嘛时候能兑出银子?"

戴膺还提及前年津号也曾受挤兑,我们不是源源从京号调来银子,救了急吗?这次虽受了浩劫,但本号有财力补起窟窿,不会叫你们亏损毫厘的。西帮立身商界数百年，什么时候失信过？若不想守信，我们还回天津卫来做甚？

但任你怎么说，人家终是一脸冰冷，一股腔调："说嘛也没用，还是快兑银子吧！"

戴膺不敢再逞能，重申许诺后，退了回来。

回京的一路，他还不时想到那个可怕的场面。京师客户想来更厉害！

到京后，叫戴膺感到有几分意外的，是京城市面似比天津稍好些。首先，街面上的行人车马，就多了许多。被砸被烧的店铺，有些已在修缮中。但开门复业的，却也没有几家。

拐进前门外打磨厂，那里的惨状已与津门无异了。凡票庄，无不是千疮百孔，体无完肤！不用说，自家的京号也是被洗劫了一水又一水。戴膺见此惨状，忽然回首遥望前门楼子：它被火烧后的残败相，也是依旧的。

回想前门起火当时，硬了头皮挺着，没弃庄逃走，以为躲过了一劫。谁能料到没挺几天呢，朝廷竟弃京逃走了。真是一场噩梦。

京号的副帮梁子威，带领其他伙友，已到京多日。在梁子威的领料下，已雇了一班工匠，赶趁着修复京号。见戴老帮也到了，大家自然很高兴。

戴膺就问梁子威："你们刚到京时，有没有惊动旧客户？"

梁子威说："怎么没有！我们先脚到，人家后脚就围来了。都是问什么时候开业，以前的汇票、小票还能不能兑银子？"

戴膺说："也是如此？我路过天津时，津号就是成天被旧客户围着，生怕我们跑了似的。"

梁子威说："可不是如此！尤其对我们天成元，更不放心。"

戴膺吃了一惊，忙问："天成元怎么了，叫人家更不放心？"

梁子威无奈地笑了，说："京号被弃后，不知有多少人来翻腾过。有人想拣银钱，也有人想看看我们的银窖有多大，又是如何隐藏的。戴老帮你也知道，他们哪能寻见咱们的银窖？京号真给他们掘地三尺，翻腾遍了。越寻不见，越想寻；越寻，越失望。所以，京市已有一种流言，说我们天成元原来连银窖也没有，多少年来只是在唱空城计！”

戴膺听后也笑了：“我们在唱空城计？”

梁子威说：“可流言无情，人们自然格外对我们不放心。连银窖也没有的票号，能兑得出多少银子？”

戴膺沉吟了一下，说：“你们没有做什么辩解吧？”

梁子威说：“我还看不出来？眼下我们说什么，人家都不信。所以，就对伙友们说了：自家不要多嘴。”

戴膺说：“你如此处置，甚好。”

梁子威说：“可日后如何去除市间对我号的疑虑？”

戴膺放低声音，说：“等店铺修竣，复业开张后，我们再对外间说：本号弃庄一年多，银窖竟未被寻出，存银账簿几无损失，真不幸中万幸。此言一出，局面就会不一样了。”

梁子威问：“人家会信吗？”

戴膺说：“到时候，我们只要源源往出兑银子，谁还不信？”

梁子威一想，也就松了口气：人们心存疑虑，是怕你无力兑现；既能兑现，谁还跟你记仇。于是便说：“还是戴老帮老辣！”

戴膺说：“现在还不能大意。此手段也暂不能对第三人说。伙友们，你还须叮嘱：对外间一切都不要多嘴！”

梁子威说：“知道了。”

天成元京号，早年是有隐秘的银窖。但戴膺领庄以来，由于精于运筹，巧为调度，讲究快进快出，巨额现银已很少滞留店中了。即便一时有大额银两留存，戴膺也采取了一种化整为零的保管法：将现银分散到多处存放。京号中，除学徒外，人人都得分担保管现银的责任，当然规矩很严密。采用这种保管法，主要为减少风险。没有集中的银窖，大盗也失去了目标。即便失盗，也丢不了多少。

但这是天成元京号内的高度机密，外间哪能知道？经历这一次浩劫，字号一切暴露无遗。银号居然没有银窖，外界实在难以理解。戴膺毕竟是金融高手,他能将市间这种疑虑视为一大悬念,只等适当时候,给出意外答案。这不但是略一婉转,化险为夷,还有些像形意拳中的借力发力,外界疑虑越大,将来带给外界的惊奇也就越大。

戴膺去年带伙友返晋时,所携带的京号底账也被劫匪抢走了。不过,老号已做了补救。西帮票号实行总号独裁制,外埠庄口所做的大宗生意,都要及时发信报详告老号,记入总账;小生意在月报、年报中也有反应。所以,在去年劫难中遗失账簿的外埠庄口,老号账房已一一重新建账。京号当然在其中,戴膺也因此敢说不是唱空城计。

只是,今次这种大塌底的局面,戴膺也未经历过。能否如愿,他心里也没有底。显出乐观胜算的样子,也是为鼓舞本号同仁吧。

去年弃庄前,天成元京号的存银虽损失不大,但它历年收存的款项、发行的小额银票,尤其是替京师官场收存藏匿的私银黑钱,那可不是一个小数目。如果这些客户都来要求兑现,那京号真是招架不起!

梁子威已经给他说了,离开太谷前,老号的孙大掌柜明白交代:京号塌的窟窿,东家补;亏多少,补多少。历此塌天之祸,康家也不能坏了西帮"赔得起"的名声。

东家如此英明,那当然好。但挤兑一旦出现,你就是有银子,也来不及运到京城!越不能及时兑现,来挤兑的客户就越多。尤其存有可观私银的京师官场,挤兑危急时,他们会如何动作,真难预料的。

所以,戴膺深感西帮京号的汇业公所,该尽早集议一次,共谋对策。只是不知各号老帮是否都到京了?

戴膺到京的第二天,正要去草厂九条见蔚丰厚的李宏龄,忽然就有伙友跑进来说:"大内禁宫的那位小太监二福子,要见戴老帮,见不见?"

戴膺说:"是常来的那位二福子吗?"

"就是他。"

"你怎么跟他说的?"

“我说戴老帮要外出办急事，不知走了没有？”

“那你赶紧出去对二福子说：戴掌柜刚走，请您稍候，我们已经派人去追掌柜了。外头的事再紧急，也不能叫您白跑一趟。就这样说。我稍等片刻，就出去见他。”

戴膺及其他伙友，这时也暂在附近的客栈住着。等伙友将小太监引进一间客舍，他便悄然溜出客栈，在街市间稍作逗留，才又匆匆返回。

进来见了小太监，忙说：“不知二爷要来，实在怠慢了！”

二福子倒也不见怪，只是说：“能见着戴掌柜，回去就好交代了。上头公公听说戴掌柜回来了，立马就打发我来。要见不着戴掌柜，我回去还不得……”

戴膺忙打断说：“哪能叫二爷白跑一趟？我真是往珠宝市炉房有急事，已经快走出打磨厂了，有伙计追上来说二爷您到了。我一听，就赶紧往回折！再急的事，也得给您让道呀。”

“我们倒也没多着急的事。上头公公听说戴掌柜回京了，就叫我来瞅瞅。这一年来的，你们逃回山西，没受罪吧？”

“我们不过草民百姓，叫里头的公公这么惦着，哪能消受得起！逃回山西，实在是不得已了，期间惊涛骇浪，九死一生，也不用多说。你们留在大内，也受了罪吧？”

“可不是呢！洋夷老毛子，连大内禁宫也给占了。看我们这些人，就像看稀罕的怪物。也不管愿意不愿意，愣按住给你拍摄洋片！不堪回首呀。”

“真是不堪回首！我们东家和老号几乎遭了洋军洗劫！”

“洋人没攻进山西吧？”

“山西的东天门娘子关都给破了，你们没有听说？”

“真还没听说。”这时，二福子忽然放低声音说：“上头公公打发我来，就问戴掌柜一句话：‘我们以前存的银子，你们没给丢了吧？’”

戴膺立刻硬硬地说：“二爷，你回去对你们主子说：存在我们天成元的银子,就是天塌地陷,也少不了一厘一毫!”

二福子脸上有了笑意,说:“这回跟天塌地陷也差不多,所以上头公公天天念叨:山西人开的票号,全遭了劫,没留下一家。咱们多年积攒的那点私房,准给抢走了。我说,他给咱们丢了,那得赔咱们。上头说,遭了这么大的劫难,他们拿什么赔?我说,人家西帮老家的银子多呢。上头说,他们就是赔得起,遇了这么大劫难,还不乘风扬土,哭穷赖账?我说,他赖谁的账吧,敢赖咱们的?上头说,咱这是私房,又不能明着跟人家要……”

戴膺笑了笑,说:“也不能怨你们公公信不过我们,这次劫难真也是天塌地陷。二爷回去跟您主子说:存在天成元的银子,绝对少不了一厘一毫!我们老号和财东,虽也不会屙金生银,这次又受了大亏累,但就是砸锅卖铁,倾家荡产,也要守信如初!”

二福子说:“有戴掌柜这番话,我回去也好交代了。再顺便问一句:你们字号什么时候开张?”

戴膺说:“铺面一旦修竣,立马就开张!铺子给糟蹋得千疮百孔,正日夜赶趁着修补呢!”

“一开张,就能兑银子?”

“当然!一切如旧。”

“那就好。这一年来的,我们困在闲宫,少吃没穿,银子更摸不着!”

“敝号一旦开张,一切如旧,存兑自便。”

“那就好。铺子都毁了,银子得从山西运京吧?”

戴膺一笑,说:“调集银两来京,本号一向有巧妙手段。除晋省老号支持,江南还有许多庄口,一声招呼,就会拨银来京的。这一年来的,南方该汇京的款项甚多,一旦汇路开通,京号来银用不着发愁。”

小宫监懂什么金融调度?只是听戴膺说话,像有本事人那种口气,也就放心了,说:“戴掌柜,那我回上头:人家天成元字号说了,一旦开张,就来兑银子?”

戴膺说:“就这么说!”

二福子又低声问:“你们给我立的那个小折子,没丢了吧?”

戴膺也小声说:“二爷放心吧,哪能给您丢了! 去年弃庄前,敝号的账本、银折,早秘密转移出京。护不了账本,还能开票号?”

二福子更高兴了,说:“那敢情好! 我也不耽误你们的工夫了。”

戴膺忙说:“二爷着什么急呢! 太后、皇上没回銮,宫里也不忙。”

二福子说:“哪能不忙? 太后皇上快回銮了,宫里成天忙着扫除规置,不得闲了。”

戴膺乘机问道:“两宫回銮的吉日,定了没有? 原择定的七月十九,眼看就到了,怎么还不见一点动静?”

二福子就低声说:“七月初一刚降了新旨:回銮吉日改在八月二十四了。”

“八月二十四? 倒是不冷不热时候。不会变了吧?”

“宫里也议论呢,八月二十四要再启不了驾,就得到明年春暖花开时候了。天一冷,哪还能走!”

打听到新消息,戴膺才送走小宫监。

看看,连大内里头的宫监也不敢相信西帮了。如若朝廷今年不能回銮,西帮京号的复业,将更艰难。因为天下京饷不聚汇京师,西帮所受的挤兑压力就不会减轻。

6

戴膺到京后没几天,邱泰基竟意外出现。因为戴膺估计,邱泰基为了及早到任,多半直接赴津了,不大可能弯到京师来。

戴膺也有许多年没见这位新锐掌柜了。忽然见着,真有些不大认得。风尘仆仆,一脸劳顿不说,早先的风雅伶俐似乎全无影踪了。但这给了他几分好感:西帮中的好手,是不能把本事写在脸上的。

他忙命柜上伙友,仔细伺候邱掌柜洗浴、更衣、吃饭。邱泰基日夜兼程赶路,的确是太疲惫了,洗浴后只略吃了点东西,就一头倒下睡去。

第二天一早起来,他才不好意思了,对戴膺说:“也没人叫我一声,一头就睡到现在!本该在昨晚请教过戴老帮,今日一早就起身赴津的。”

戴膺笑笑说:“既弯到京师,也不在乎这一天半天。我从沪上回京,刚刚路过了天津。津号复业的事务,都上路了,你尽可放心。”

邱泰基忙说:“戴老帮做了安顿,我当然放心了。我弯到京号来,也是为讨戴老帮及京号同仁的指点。天津是大码头,又赶上这劫后复兴的关口,敝人真是心里没底,就怕弄不好,有负东家和老号。”

“老号挑你来津号,就是想万无一失,扭转以往颓势。”

“戴老帮你也知道,我哪是那样的材料?有些小机敏,也常常成事不足,败事有余。京号诸位一定得多多指点。”

戴膺正色说:“邱掌柜,现在不是说客气话的时候。此往津号,你有何打算?”

邱泰基仍然客气地说:“我正是一筹莫展,才来京号讨教。”

戴膺就厉声说:“既一筹莫展,竟敢领命而来?”

京号掌柜的地位,仅次于老号大掌柜。戴膺这样一变脸,邱泰基才不敢大意了。其实,他也不尽是客气,倒是真心想讨教的。于是说:

“此番调来津号,太意外了。所以,真不知从何下手。匆匆由西安北上,走了一路,想了一路,也妄谋了几招。但须就教京津同仁后,才知可行不可行。”

“我也是想听实招,虚言以后再说。”

“津号前年出了绑票案,去年又遭此大劫,我看最大损失不在银子,而在我号的信誉。去年弃庄时,津号的账簿是否也未能保全?”

“可不是呢。津号伙友弃庄回晋时,重要账簿都带出来了。但半路住店,行李被窃去,账本全在其中。”

“这件事,未张扬出去吧?”

“这种败兴事,谁去张扬!”

“戴老帮，那我到津后的第一件事，便要演一出‘起账回庄’的戏。”

“怎么演？”

“不过是雇辆车，再多雇几位镖局武师，往一处相熟的人家，搬运回几只箱子，顺便稍作声张而已。”

“邱掌柜，你这办法甚可行！天津就有现成一处相熟的人家。”

“谁家？”

“五爷呀。五爷失疯后，一直住在天津。这次劫难，疯五爷的宅子居然未受什么侵害。那里长年守着一位护院武师。”

“那这出戏就更好演了。戴掌柜，这虽为雕虫小技，可于津号是不能少的。津号连受两大劫难，人死财失，那是无法掩盖的。如若叫外间知道，我们连护账的本事都没有，想再取信于市，那就太难了。”

“甚好。你这一招，点中了津号的穴位。再说，津号账簿，老号已翻查总账，重新建起，由杨秀山带去了，你也不唱空城计。别的招数，也不必给我细说，你酌情出手就是了。津号的杨秀山副帮，也是有本事的人，你不要委屈他。”

“谨记戴老帮吩咐。我已不再是以前那个轻薄的邱泰基了，会诚心依靠津号同仁的。”

这天午间，戴膺摆了酒席招待邱泰基。席罢，邱泰基就动身赴津而去。

邱泰基走后不久，蔚泰厚的李宏龄就匆匆来访。

原来，西帮票号的龙头老大日升昌及蔚字号，近来受挤兑压力日甚一日。平帮的京号返京最早，所以字号的修复也快些。但离修竣越近，外面围着要求兑换现银的客户就越多。日升昌京号的梁怀文、蔚丰厚京号的李宏龄亲自出面，屈尊致歉，好话说尽，客户依然是冰冷一片。

这局面，戴膺在天津已领教过了。

戴膺就说：“你们日升昌、蔚字号是老大，自然首当其冲。跟着，就该轮到我们了。只是，这次挤兑先就朝了你们老大来，连‘京都日升昌汇通天下’

这块金招牌，也不信了？这真叫人害怕！”

李宏龄说：“可不是呢，挤兑来势深不可测！真是出人意料。来京这一路，你我还自信从容，以为西帮既敢返京，便已取信于市大半。要想赖账，我们回来做甚？”

“前几天，我一到津号，就知道我们过于乐观了。”

“我们西帮数百年信誉，怎么就忽然无人认它？”

“这与京城局面相关！去年七月间，京师稀里糊涂沦陷，想必对京人刺激太大。一国之都竟如此不可靠，人家还敢相信什么？”

“回京这几日，我是越来越感到，京人之冷漠，实在叫人害怕。”

“京人对我们冷漠，我看还有一层原因：这次朝廷赔款，写了四万万五千万的滔天大数。谁还预见不到日后银根将奇紧？所以，凡存了银子在票号的，当然想赶紧兑出来！”

“静之兄，我看西帮大难将至！”

“所以我早有一个动议：京号汇业公所，得赶紧集议一次，共谋几手对策。眼看成山雨欲来之危势，我们不联手应对，再蹈灭顶之灾，不是不可能。”

“我和梁怀文也有此意。跑来见你，也正是为这件事。但大家集议，也无非善待客户，尽力兑现吧。现在朝廷未回銮，京师市面如此萧条，我们一旦复业，必定只有出银，没有来银。即便老号全力调银来京，肯定也跟不上兑付。越不敷兑付，挤兑越要汹涌，那局面一旦出现，可就不好收拾了。”

“子寿兄，我最担心的，还是各家京号历年开出的小票。我们天成元散落京中的小票，即有三十多万两的规模。你们蔚字号、日升昌只怕更多？”

“我们有五六十万吧。”

“西帮各号加起来，有一两千万之巨！”

“都持票来兑现，我们如何支付得及？”

“可叫我看，最易掀起挤兑风潮的，便是京中这些持小票者。我们的小票早在市间流通了，即便为应付眼前穷窘，也会有众多持票者来兑现。”

“真是不堪设想。”

“那还不赶紧集议一次？”

“你们老号知京中这种局面吗？”

“我天天发信报禀告。”

“这次应付京市局面，全靠老号支持。老号稍有犹豫，我们就完了。”

“我们财东倒是放了话，京津窟窿，他们出资填补。”

“我们平帮的财东好说，他们听老号的。我们最怕的，是老号大掌柜过分自负。近来我们老号一味交代，不要着急，不要怕围住大门，不要多说话。如何调银来京，却未交代。”

“这次返京开局，非比平常。哪家老号也不敢大意的。”

“但愿如此。”

第七章　惊天动地“赔得起”

1

快进八月时，天成元老号的孙北溟大掌柜，接到西安何老爷亲笔写来的一道信报。

信报上说：前不久皇上、太后各下圣旨、懿旨一道，豁免回銮驻跸所经过的陕西、河南、直隶三省沿途州县的钱粮。太后还另降懿旨，赏给陕西人民十万两内帑。看来，朝廷择定的回銮吉日，不会再推延。另外，何老爷还告知，近来西号已大量收进朝中官员汇京的私款，望京号早做准备。

孙北溟接到何老爷这封信报后，立即将第一批现银十万两，交镖局押送京师。另发运十万两往天津。他挑了十万两这个数，倒也不是有意与太后比较，而是京津复业所必需。

虽然东家已放了话，要填补京津窟窿，但老号自前年合账后，存银还没怎么调动出去，支持京津尚有余力。再说，东家增资进来，也不是白增。合账时，那是要分利的。所以，孙北溟就先自己张罗运筹，不惊动财东。

但这二十万两银子起镖没几天，志诚信的孔庆丰大掌柜就突然来访。

孙北溟知道此来非同寻常,立刻让进后头密室。

孔庆丰也没顾上客气,就问:“你们的京号开张没有?”

孙北溟说:“运京的银子刚起镖,银到,就开张。怎么了?”

“我们早开张了几天,可调京的十来万两银子,只支撑了不到三天,就给挤兑空了。但持票来求兑的,还似潮水一般!这阵势,还了得吗?”

一向深藏不露的孔庆丰,已显出几分惊慌。

孙北溟受到感染,也有几分不安,但还是说:“京市困了一年,就如久旱的田亩,乍一落雨,还不先吸干了?挺些时候,西帮各号都开业,总会稳住吧。平帮几家大号,还未开业放款吧?”

“日升昌、蔚字号,都已经开业,受挤兑更甚!”

“他们也受挤兑?”

“你们京号的信报,就没有提及京市危局?”

“倒也提了。我还以为他们夸大了叫嚷,想逼老号多调些银子进京。”

“我也怕他们危言耸听,所以来问问贵号的情形。”

“平帮、祁帮情形,也该打听一下吧?”

“我已派人去祁县、平遥了。京中挤兑风潮如不能止住,只怕也会延及其他码头。尤其北方,历此大劫,哪里不是一贫如洗!”

“康家倒是早放了话,填补京津窟窿,要多少,出多少。贵号财东员家,更是听你孔大掌柜吩咐,要多少,给多少。”

孔庆丰叹了口气,说:“如今的员家,哪能与康家比!尽是些只会享福,不能患难的子弟,临到这样的大关口,他们哪能靠得上?我们全凭字号张罗了。”

孙北溟就说:“你们志诚信底子厚,不惊动财东,也能应付自如的。”

“这次风潮,来势不寻常,绝非一家所能应付!贵号也是大号,至今仍未开业,很容易叫京市生疑的。”

“生什么疑?”

“疑心贵号无力复业,存银要黄了。天成元这样的大号都失了元气,京人对西帮票号还会相信几家?”

“哈哈,哪有这种事!我们康老东家雄心还大呢,哪舍得丢了京号!京号一丢,别处的庄口也立不住了,我还有脸在这里坐着?我们京号,不过是损坏太甚,修复费时而已。”

“孙大掌柜,我还不知道你们的底子?我是说,京市挤兑既起,任何风吹草动,都可能酿成惊天大浪!别说你们天成元这样的大号,就是有一家西帮小号倒了,也说不定引来什么大祸。金融这一行,历来就是一家倒塌,拉倒一片!当年胡雪岩的阜康票庄倒时,拉倒了多少家?我们西帮也受了连累。所以,现在到了我们西帮同舟共济的非常时候了。孔某今天来,并不为催你们京号开张,是想拉了老兄一道出面,赶紧促成一次祁太平三帮集议,公定几款同舟共济的对策。至少是西帮票号一家也不能倒,真有无力支持者,各家得共同接济。”

“孔大掌柜,我和康三爷也议论过此事。今有你出面,我们当然全力帮衬。西帮集议,是刻不容缓了。”

两人就如何联络平、祁两帮,略作计议,就匆匆作别。

送走孔庆丰,孙北溟才觉自己出了一身冷汗。

早在十多天前,京号的戴膺就天天发信报,催老号尽早调银进京。因为京号汇业公所已有公议:西帮既已返京,就应及早开业,越拖延,市间生疑越多。京中对朝廷能否于八月回銮,疑虑重重,这很影响京人情绪。在这一片疑虑中,京号迟迟不开业,实在是授人以柄,引发疑云聚集。

津号的邱泰基,也是不断发信报来催促,说津市对我天成元疑虑最甚,抢在别家之前开业,才是上策。

京津两号越这样催促,孙北溟越不想早做决断:在这种时候,我们何必要出那种风头?在西帮中,我们无须抢在平帮之前,尤其不必抢在日升昌、蔚字号之前。在太谷本帮,也不必抢在志诚信之前。

孙北溟固然没有了争霸的锐气,但在心底里还是有几分对邱泰基的不大信任，更隐藏了前年津号绑案的疼痛。那几乎是一种觉察不到而又不能抗拒的情绪：他不大想让邱泰基在津号大出风头。

调邱泰基去津号，那的确是康老东家点的将，而且口气很硬，似乎津号非邱泰基莫数。老太爷竟然还说了这样的话：“大掌柜要信不过邱泰基，那信得过我吧？派老汉我去津号当几年老帮，成吧？不用邱泰基去津号了，我去，成不成？”

孙北溟领东一辈子了，还未见康笏南对字号人位做如此干预！

他还能说什么呢？看老太爷那架势，再不答应派邱泰基去天津，真能把他这领东大掌柜给辞了。孙北溟倒是真心想告老还乡，可也不能这样离号吧？

他答应了，只是顺口说了句：“要不是前年出了绿呢大轿那档事，我本来也要把他派到津号的。”老太爷一听，竟说：“那还是不如派我去津号！我去吧，不用派邱泰基去！”

按康笏南意愿，邱泰基去了津号，孙北溟心里自然有些疙疙瘩瘩。因为这点因素，又影响到对京号的决断，似乎京津两号这么快就联手来难为他。这本是老年人的一种多疑，但在辛丑年这样的金融风潮中，很可能会酿成一种大祸。孙北溟毕竟是在金融商海中搏战了一生的老手，听了孔庆丰一声喝，真如醍醐灌顶，惊出一身冷汗！

这时，他也才明白，老东台如此强行选派邱泰基去津号，原来也是有深意的：津号老帮不强，复业失败，说不定会将京号拉倒。京号一倒，那可就不能想象了！

天成元京号落在别家大号后，迟迟未开业，原来已令京市生疑？难怪戴膺那样着急……

孙北溟越想越坐不住了，感到必须立即往康庄跑一趟。京市危局得让东家知道，否则，万一生变，他也担待不起的。

刚吩咐了伙友去雇轿，就见三爷匆匆赶来。

三爷进来就说：“孙大掌柜，京市危急，你知道了吧？”

孙北溟就说："这不，我正要去康庄，给东家通报京中情形！三爷已知道了？"

三爷说："祁帮乔家派人来康庄了。他们的大德通、大德恒在京双双受挤兑。十几万银子放出去，连点响声都没有！"

孙北溟说："刚才志诚信的孔庆丰大掌柜也来过，他们的京号也如此，挤兑如潮。我们商量过了，要立即去同祁、平两帮联络，尽早实现三帮集议……"

三爷不等孙北溟说完，就掏出一份帖子来，一边展开，一边就说："三帮集议怕也来不及了。这不，乔家送来的这份急帖，便是日升昌的郭斗南和蔚泰厚的毛鸿瀚联手写的几款应急守则，要祁太平三帮各号严守无误！"

孙北溟一边接帖子，一边说："日升昌与蔚字号两大头联手？听了都叫人害怕！"

三爷说："当此危急关头，两家再不联手护帮，哪还配做西帮领袖？"

孙北溟忙说："我也是此意。郭毛两位大头都联手了，可见危局不同寻常。"

展开帖子，是专致太谷帮的：

太帮各号财东总理均鉴：

近来京师银市挤兑汹涌，危急异常。兑付吃紧，不是一家两家，凡我西帮票家，均受重压。此系时局拖累，与我西帮作为无关。但稍有不慎，势将危及我百年宝业！郭毛愚笨，亦觉到了祁太平三帮联手护市的紧要关口。理应邀三帮各号执事大人公议对策，唯怕时不待我。郭毛只得冒昧做断如次：一曰凡有京号未复业者，应尽速开张，不得撤关一家；一曰不论京号底账保全与否，以往放出的汇票、银折、小票，一概认票兑现，不许拒票拒兑；一曰各家财东老号砸锅卖铁、倾家荡产，也得为京号调足兑付银资，须知京号一旦不支，我西帮在各码头即全线受累；一曰一旦有力不能支者，各家都得尽速援救，不能袖手，不能有一家倒塌。以上四款，万望太帮同仁与平、祁两帮同守。另，津中银市亦有挤兑迹象，若步京市后尘，也望遵上款应对……

孙北溟是票界老手，当然知道郭毛二位提出的这几款都是必不可少的。只是，第一款就似乎首当其冲朝他来了！真没有想到，他稍一迟疑，竟受到全帮所指……不过，孙北溟此时已无委屈，唯感愧疚。看过急帖，便对三爷说：

"郭毛二位果敢行事，也是西帮之幸。只是，我老迈迟钝，未能敏捷调银，支持京津两号及早开业……"

三爷忙说："各家有各家脾气，早一天，晚一天，又能怎样？我们无碍大局就得了。"

孙北溟说："这次非同寻常！西帮各大号都争先恢复京号，唯我拖累天成元，以令京市对我号生疑，实在……"

三爷打断说："生什么疑？要多少，有多少，它生什么疑！前两天，老太爷还对我说呢：多学学孙大掌柜，遇事要沉得住气。"

孙北溟说："那是老东台着急了！"

三爷说："大掌柜要老这样自责，我也要急了！"

孙北溟才说："不多说丧气的话了。调往京津的银锭，已走了三天。银子一到，两号即可开业。"

三爷就问："发了多少银子去京津？"

孙北溟说："各发了十万两。现在看，是发得少了。"

三爷说："那我们赶紧再发一批！前头十万两兑付还未告罄，这后一批就到了。如此源源不断，也算后发制人的一种阵势。"

孙北溟立即说："甚好！三爷，我这就立马张罗，再往京师发十万两银子！"

三爷说："局面如此危急，老号也不能太空虚了。我这就回康庄，先起四十万两，交大掌柜调动！"

孙北溟说:“老号尚有余银,还用不着东家填补呢。再说,我也正想从南方调银北上。这一年来的,南边庄口存银不少。”

三爷就说:“大掌柜,也许我沉不住气:我看还是先不敢调南银北来。京津银市危情,很快也会传到南边的。那边起了风浪,我们就是救急,也是远水解不了近渴。”

孙北溟说:“三爷所虑不谬。不调南银,我手里也还有腾挪余地的。”

三爷说:“大掌柜,不必多说了。我这就回康庄起银,你赶紧安排起镖!当此关口,还是赶早不赶晚吧。老太爷已经放了话:这次填补京津窟窿的银资,不必写利息,日后原数收回就得了。这是救急!”

孙北溟说:“写利不写利,再议吧。”

三爷交代将平帮郭毛的急帖,先给志诚信的孔庆丰看看,再通告太谷各号同仁。之后,就匆匆赶回康庄。

2

三爷赶回康庄,还不到黄昏时候,他便去见老太爷。

但老亭出来挡住说:“三爷,来得不巧,老太爷正睡觉呢。”

正睡觉?午间已过,入夜尚早,这是睡的什么觉?三爷便说:“有件紧急的事,要禀告老太爷,也不宜叫醒吗?”

老亭说:“近来老太爷夜间睡得不好,昨夜更甚,几乎没合眼。熬到现在,刚入睡……”

三爷就说:“那就再说吧。只是,近来京市危急,老太爷不拘何时醒来,都给说一声,我有急事求见。”

老亭满口应承下来。

三爷从老院退出来,一直焦急地等待着。这是要从银窖里起银,不经过老太爷办不成。偏赶上老太爷刚睡着,这么不巧!近来老太爷夜间失眠,只怕也与京津危市有关吧。老太爷什么没经历过,这次居然也忧虑不安了，可见京津局面严峻异常。去年京津失陷时，老太爷似乎也没这么忧虑过吧？

一直候到深夜时分，老院仍无动静。三爷终于也不再等候了：在此紧急关口，老太爷安睡如此，是福是祸，他也实在无奈。一切还得等到明天。

三爷决定睡去，却无一点睡意。京津局面令他不得安宁，这不用说了。这一向叫他异常兴奋的，还有一件事，那就是邱泰基去津号领庄。这是他想过、却不能提出的一项重大人位安排。老太爷不但主动提出，而且竟那样强横，真是太叫三爷意外了。

意外的惊喜！

不过，三爷毕竟老练了一些，他未让自己的这一份惊喜，露出一点痕迹。

京号有戴掌柜，津号有邱泰基，不管局面如何险恶，总还是叫人放心一些。老号支援京津如此缓慢，是否同邱泰基的人位有关？孙大掌柜是不想派邱泰基去天津的。只是，在这紧要关口，还是装糊涂吧：孙大掌柜不能得罪。

这样想着，也就涌上几个止不住的哈欠。正要洗漱了睡去，忽然有小仆进来说："老亭要见三爷。"

三爷慌忙提了件白府绸长衫，就跑了出来。

"老太爷醒了？"他一边穿长衫，一边问。

老亭却凑近了，低声说："请三爷换件黑颜色的衣裳。"

三爷不解其意，就说："老亭，你说什么？我没听清。"

老亭就支开其他仆佣，小声说："请三爷换身黑颜色的衣裳再出来。"

"为甚？"三爷已发现老亭就穿了一身黑。

"出来就知道了。"

三爷换了一身黑出来，外面更是黑得伸手不见五指。他才意识到：正是月初时候。在黑暗中他还是发现，老亭并未带他去老院，却来到后院，又走近挡着侧门的那座影壁。三爷这才忽然意识到：这是要开启一座平时不动的秘密银窖吧。春天，老太爷向他交代家底时，九座秘密银窖，此处居其一。

看来，老太爷并不迟钝，要起巨银，支援京津。

老亭低声对他说:“去见过老太爷吧。”

三爷努力向黑暗中看去，影影绰绰发现有四五人在近处。唯一坐在椅子上的应当是老太爷。

他刚走近，就听见老太爷极其低沉的声音:“站住看吧。”

老太爷话音一落，四个人影就动起来了。

渐渐地，三爷能大致看清眼前的一切了:那是四个身强力壮的家仆，正麻利地拆去影壁脚下的那个花池。花池周边，原来就是用青砖活垒起来的，拆开几无声息。池中正盛开的西番莲，扒去池边的土，竟被一簇簇搬走:原来都是栽在花盆里，被土浅浅掩埋了。

移去花盆，四个家仆又伏下身子，用手扒拉残留的池土:不用锹铲一类家伙，显然是怕有响声。

此时，眼已看惯了，不再觉着四周太黑，但暗夜的寂静却似乎变得越来越沉重:三爷只怕这寂静被忽然打破。举目四下里望望，除了满天星斗，就是宅院高处的眺楼里那守夜的灯光。景象依旧，寂静也依旧。

几个家仆小心移动垫在花池底下的石板时，发出了轻微的响声。

三爷是头一回经历这场面，心不由收紧了一下。可老太爷那里，没有任何反应。他也才松了口气。

移开石板，就露出窖口了:一个像井口似的黑洞。秘密窖口，隐蔽得就这样简单?

这时，老太爷交给老亭一件什么东西，应该是银窖的钥匙吧。老亭接过来，就麻利地下到窖口，不见了。

等老亭出来后，就有两个家仆下到窖里，另两个留在上头接应:一个似从井里汲水一般，开始往上吊取银锭，一个就往库房搬运。

这一起银，就起了将近两个时辰。因为快到黎明时候了，才停下来。

停下来，又将窖口的花池复原，才算收工。

自始至终，老太爷一直端坐着未离开，三爷当然也不敢动。老亭没闲着，在窖口张罗着帮忙。还有一人，先是站在老太爷身后，起银开始便走了：那是家里的账房先生，他显然在库房收银。

收工后，老太爷跟到库房，三爷就劝他先补着睡会儿觉再说，老太爷却说："前半夜我已经睡够了。你没睡，也只好吃亏。天亮以后，你得去见孙大掌柜，叫他赶紧往京城起镖运银。"

三爷本来也打算如此，就连声答应下来。正要走，老太爷叫住说："先不要着急走，你也见见这几位。人家辛苦了大半夜，也不说句慰劳的话？老亭，叫他们进来吧！"

说话间，就见进来四位中年汉子。不用说，这就是刚才起银的那些家仆。三爷在灯光下看他们，自然觉得更强壮，只是没有一个很脸熟的。忙说：

"各位辛苦了！"

四人都没有说话，只有老亭说："三爷也辛苦。"

老太爷就说："今儿就由三爷陪你们吃饭，我累了。"

那四人就退了下去。老太爷也由老亭扶着，回老院去了。这时，账房先生过来说："三爷，这批银子大多是光绪初年的官纹银。还有几包，是墨西哥鹰洋。"

三爷就说："那还得交炉房重铸吗？"

账房低声说："老太爷起这批银子，我看是有用意的。"

"什么用意？"

"这批银子原样运进京，京市就会知道我们已动了老底，诚心救市。"

"那就原样起镖？"

"自然。"

这天夜里，康家从此处银窖起出二十万两银锭。此后，连着起了三夜，共六十万两银子。

老太爷对三爷说："养兵千日，用兵一时。我看现在到了用兵的时候了。我们备足了兵马，就看字号的掌柜老帮如何调兵遣将，布阵擒敌。你给孙大掌柜、京号戴掌柜、津号邱掌柜交代清楚：挤兑再凶险，咱银子也跟得上；窟窿再大，咱也赔得起！"

有老太爷这样的气魄，三爷当然不再忧虑什么。这三天中间，他说服孙大掌柜，接连往京津又发去两批银资。发运京师的，每批二十万两；发往天津的，每批十万两。

3

各号这样紧急往京津调银，镖局的生意自然也兴隆得很了。但就在康家接连起镖发银不久，传来太谷镖被打劫的消息。这不但叫康家焦急不已，也震动了祁太平三县的商界和武林。

因为太谷镖被劫，这可是太罕见了。

祁太平一带的镖局，在票号兴起后，并没有怎么衰落。有了票号，异地交易虽然走票不走银了，但也因此交易量剧增。月终、季终、年终结算找补，银钱的调动量还是很大。尤其祁太平，从各码头挣到的银钱，那是要源源运回老号的。这种走银，没有可靠的镖局，当然不成。

祁太平一带的镖局，由于收入不菲，因此能吸引武林高手来做镖师。这一带的形意拳武坛，所以能名师辈出，也是因为投身武界出路好，不论押镖护院，都有稳定而又体面的饭碗。有饭碗，又有用武的实战需求，武艺自然越发精进。练一身武艺，浪迹天涯，四方摆擂，一门心思争天下第一，那不过是写武侠小说的文人，借以演义一种状元梦吧。梦醒处，还是"学得文武艺，售予帝王家"。形意拳武师，将武艺售予商家，有价交换，稳做了专职武人，倒也能从容涵养自家的性情。这是闲话。

那时代镖局走镖，所经过的沿途地面，即俗称江湖者。那是要经过拜山、收买以至凭借高强武艺较量、征服，踩出一条熟道来。祁太平镖局，因镖师武艺好，走镖又频繁，熟道撂不生，所以在他们的江湖上，一般无人敢轻易劫镖。尤其因为他们财力跟得上，该打点的，打点得大方，重大走镖，极少有失。久而久之，江湖上便有了“祁太平镖，天下无敌”的名声。

咸丰初年，因怕太平天国北进，西帮在京的票号、账庄都及早歇业回晋。那次西帮由京携带回来的银资就有数千万两，以至引发了京城的银荒，即今天所谓的金融危机。这数千万银子，如何在京晋间平安转移？就主要是托靠了祁太平自家的镖局。京晋间运银走镖，本来就既重要又频繁，早踩成了最稳当的一条江湖熟道。所以，数千两银子源源紧急过境，几乎未出什么闪失。说是奇迹，不过分；说祁太平镖局本来就该做这样漂亮的活计，也不过分。

去年京津突然陷落，倾城逃难，各号来不及托靠自家镖局，加之京晋间拳乱大盛，踩熟的江湖也乱了套。这次西帮由京撤晋，损失空前。西帮受损，晋省镖局也觉脸上无光。

近来祁太平的镖局武林重整江湖，只想挽回往日的声威。所以，为打开旧道，很下了功夫。本来走镖已畅通无阻了，怎么又忽然出了劫镖案？

敢打劫太谷镖，那也不会是一般毛贼。

京市危急万分，偏偏走镖又受阻，这不是天要灭我西帮吗？

三爷听说有太谷镖被劫，头发都竖起来了。他认定是自家的银子遭了劫。虽不是很心疼自家的银子，但觉走镖受阻，这几天几夜算白忙乎了！自家的京号本来就开业迟，现在银子又接济不上，处境会怎样，真不敢想象。

他嘱咐四爷、老夏，先不敢将这消息告诉老太爷。然后就骑了匹快马，飞奔进城。

在广义堂镖局寻见李昌有师父，三爷劈头就问：“这是出了哪路神仙，竟敢劫太谷镖？”

昌有师父笑了笑，说：“三爷不必着急。要知道是哪路神仙，还能叫他劫成道？打发了几路探子，去打听了。”

三爷说："昌有师父，你说我能不着急？京津那头，水漫金山了，紧等这头的救兵呢。怎么偏偏就半路杀出这样一路神仙？"

昌有师父说："刚经乱世，摸不准江湖了。你们康家这两批货，前头一批，应该过去了，不会受堵；后头这一批，只怕堵在了寿阳，但不会遭劫。"

三爷听了，才稍安心一些，忙问："那是谁家的镖给劫了？"

昌有师父说："虽不是广义堂押的镖，但总是太谷镖！既劫成一家，别家他也敢劫。太谷武界都憋了一口气！"

三爷说："谁能不憋气！有什么要商界办的，你们说话。"

昌有师父说："商界正吃紧时候，我们武界偏失了手，脸面上都挂不住。"

三爷说："商界武界本来是一家，不用说见外的话！"

昌有师父说："三爷稍忍耐一二日吧。镖道不通，我们武界才着急呢。已经去请车师父了，要商量速战速决的办法。"

三爷听了，也就赶紧告辞出来。

送走三爷没多久，车二师父果然匆匆赶来。他显然不相信竟有敢劫太谷镖的。敢劫太谷镖，那就是敢跟他车氏门派形意拳打擂。多少年了，真还没几个敢这样打上门来的。所以一见李昌有，就问：

"太谷镖真给劫了？"

"前晌，有从寿阳过来的信差说，东天门外头出了劫镖的，劫的还是太谷镖！好几拨走镖的，都停在寿阳了，不敢再往前走。"

"真有这样的事？劫了谁家的？"

"详情还不知道。广义堂、公义堂、兴义堂几家大镖局，都派了急马去打探。"

车二师父一听，就跺脚说："出了这种事，还能坐在太谷干等探子回来？等回探子，再商量对策，再招呼兵马往东天门奔，什么都误了！尤其'太谷镖失手'这种消息，早传遍江湖了。快招呼一帮高手，先奔寿阳吧！"

“先奔寿阳?”

“能直奔娘子关,更好！越靠前,越好张罗。”

“那就听师父的！我这就去联络各镖局。”

“昌有,我也跟你们去寿阳。”

“哪用师父出动！师父出动,也太抬举这帮劫道的毛贼了。”

“毛贼敢劫太谷镖?”

“说不定还是一帮生瓜蛋。”

“尽往好处想！就冲你们如此轻敌,我也得去!”

李昌有说服不了车二师父,只好先去联络镖局。

镖局老大一听车二师父的点拨,才像忽然醒悟:前晌是慌了。干等着探子来回跑,真要误事。但各位老大也不同意劳车二师父大驾,车师父一出动,太引人注目,好像太谷镖真要败落,连老师爷也抬出来。车师父还是在太谷坐镇为上。

车二师父也只好不坚持了。他把李昌有叫到僻静处,秘密做了交代,也传授了以前用过的一些计谋。

当天傍晚,李昌有和另十来位形意拳高手,带了数十位一般的拳手,骑马飞奔寿阳。

康二爷听说太谷武界要去寿阳打扫江湖,也赶到城里。但镖局老大哪会叫他去?

李昌有一班武师赶到寿阳时,天还未亮。他们也顾不及喘息,就寻受阻在此的太谷镖师。

这些镖师已将东天门外的劫镖案打探清楚,派人回去搬兵了。一见李昌有这一帮高手,还以为援兵已到,只是惊奇如此神速。等这面把来历说清楚了,大家又赞叹起车二师父来:车师父好像算准了寿阳急等援兵!

但李昌有问清了前头的敌情,并没有轻松下来。

原来,在晋省东天门之外,也就是直隶井陉一侧的深山中,隐藏有一帮流匪。匪首不是别人，正是今年春天德法洋寇围攻东天门时，散布流言，引发逃难乱局的那个潘锡三。此人当时是盂县的一个乡勇练长，有些武艺，但品行不良。趁娘子关危急时候，勾结了官军中一帮兵痞，四出散布洋军已破关入晋，官军大溃。他们本来不过是想制造一点混乱，趁机抢劫一把。哪想，他们的散布的谣言，竟引起雪崩效应，娘子关邻近的平定、盂县，连知县大老爷都弃城逃跑了，一般百姓更是举家逃命。溃逃大潮波及寿阳、榆次，连祁太平一带也人心惶恐。潘锡三虽抢到了不少财物，但局面安定后，受官府通缉，只好逃匿到井陉深山中。近来见官道上镖车来往频繁，就跑出来抢劫了一趟。

镖师们打探到，潘锡三一伙仅十来个人，也没有武艺太高强的。但这伙人手里握有几杆洋枪！他们劫镖成功，就因为放了几枪，打中一位镖师的小腿，血流不止，其他武师拳手一时也慌了，为救受伤镖师，只好弃镖上马逃走。

手里有洋枪，真还不好对付。你武艺再好，到不了他跟前！

“这伙强人，哪来的洋枪呢？难道他们有本事打劫洋军？”李昌有无意间问了一句。

一位镖师说：“据我们打听，东天门附近因德法洋军围攻了好几个月，长短洋枪遗失当地民间不少。潘锡三他们不是从民间抢来，就是收买来的。”

另一位镖师就说：“昌有师父，我们不妨也收买几杆来！”

李昌有就说：“买来吧，我们谁能舞弄了它？”

“潘锡三他们，也没有请洋人操练吧？我看他们也不过放出响声来壮胆，也是瞎舞弄！”

李昌有听了这位武师的话，忽然有悟，忙问：“遭打劫的那几位镖师，还在不在寿阳？”

“还在。伤了腿的，肿得厉害，不敢走了。”

李昌有就赶紧去见他们。

这几位是合义堂镖局的武师。合义堂在太谷不是大的镖局，他们那次也没押太多的银子，阵势上就显得单薄。潘锡三头一次劫镖，就选了他们这家软的欺负。

李昌有看了看那位镖师的伤腿，说骨头没伤着，赶紧拔毒吧。然后问当时劫匪放洋枪的情形。

几位都说，当时听到头一声，还以为甩响鞭呢，只觉奇怪，也没害怕。劫匪是伏在路边的半山坡，叫嚷放下买道钱。我们只是笑，以为是些放羊汉，吆喝着解闷。也就朝他们吆喝：爷爷们押的就是银子，想收劫道钱，赶紧过来取！跟着又是一声响鞭，但也没伤着谁，牲口也没伤着。我们又笑骂那些杂种，他们又甩了一鞭。这样来回好一阵，才忽然伤着大哥的腿。见了血，我们也才醒悟了：这帮杂种，放的是洋枪！

李昌有忙问："洋枪放得不密集？"

"要密集，我们几位都得伤着，牲口也得伤着！隔半天，叭——放一声，隔半天，叭——放一声，稀拉得很。"

"放了多少声，才伤着你们？"

"啊呀，很放了一阵，少也有十大几声吧？"

李昌有不问了。去年太谷的义和拳围攻福音堂时，他不在场。听人说，福音堂里就只有三杆短洋枪，但人家放一枪，外头拳民就死一个。所以只是死人，久攻不下。听京号回来的掌柜们也说，去年京师陷落前，官军攻打洋人的西什库教堂，也是人家放一排洋枪，官军就倒下一片，几十天攻不下来。洋枪厉害，就厉害在远远放一枪，便能要你性命。潘锡三他们手里既有洋枪，怎么放了十大几枪，才伤着这边一条小腿，连牲口也没放倒一头？

可见这帮劫匪也不会舞弄洋枪！

李昌有断定了潘锡三他们不大会使洋枪，心里也才踏实了。他参照车二师父的交代，很快就谋出一个擒匪的计策。

当下，他将所有滞留在寿阳的太谷镖师都召集起来，与自己带来的武师拳手汇合成一股。略做交代后，就立马开拔，向东奔平定而去。

所有押往京师的银镖，也都起运同行。因此，也无法行进太快。到天黑时候，赶了近百里路，终于到达平定城。

镖师们按昌有师父吩咐，分头做了安顿，才歇息下来。

第二天一早起程时，镖师们已一分为二了：四名镖师还是照常打扮，押了一股小额银镖，插了“太谷镖”旗标，走在前后。其余大队镖师拳手，已改扮成驮炭的脚夫，脸上手上都抹上了煤黑，所骑的马匹，也就改扮成高脚帮的驮马。押运的银锭也都放进装炭的驮具里，只在上层伪装了炭块。他们分成四五人一帮，陆陆续续跟在那四位镖师后面。

这一带煤窑多，这种驮炭的骡马帮随处可见。

这一带山路也更崎岖，加上扮了驮炭马帮，也不宜急行。不过这天也行了八九十里，到天黑时终于到达东天门最险要的关隘故关。

李昌有也没多做交代，只命大家饱吃一顿，美美睡一夜。因为明天就要跟劫匪交手了。

这天又行五六十里路程，到后半晌时候，才算出了东天门，进入井陉境内。这里依然山势险峻，即便是官道，也崎岖难行。路上空空，未见任何行人车马。

镖师们都提起精神，预备迎敌。

但一直寂静无声。不断朝山坡张望，绿树野草间也不见任何动静。

这一带正是前几天遭遇劫镖的地界。劫匪不出来，是径直往前，还是诱敌出来？前头镖师令赶牲灵的马夫，借吆喝牲口，给后头传出暗号。

李昌有就跟后头，有几十步远。听到前头的暗号，也用暗号回应：停下来，歇一歇。

前头镖师们停下来，故意大声说笑。后头驮炭的马帮也陆续歇下来。喧嚣声开始在山间回荡。

但仍然没有什么动静。

他们只好继续往前走。进入一个山谷后，依然平静无事，大家已经松了心，以为不会遭遇劫匪了。这么兴师动众，白跑一趟，也叫人扫兴。

前头的镖师正这样想呢，就突然听见一声鞭响。响声在寂静的山谷间显得极其清脆，并回荡着，传往远处。他们立即意识到，这是劫匪放的洋枪。

劫匪终于出来了！

按事前昌有师父的交代，他们故作惊慌状，勒住牲口，欲调转头往回逃跑。跟着就又传来一声枪响，一位镖师赶紧佯装中弹，倒在路边。其他镖师马夫只顾吆喝牲口往回逃跑，更显得一片慌乱。又响了两枪。有一头驮镖的骡子，这次真中了弹，狂奔了几步，倒下来。镖师、马夫有三四人，也乘机躺倒在地。剩下的镖师马夫，逃跑了几步，未等劫匪再放枪，也陆续倒地趴下。

以现在的眼光看，这些镖师的表演色彩也太明显了，洋枪才响了几声，就打倒了四个镖师、五六个马夫、一头骡子？从另一面说，他们也太英勇，竟敢在枪弹飞舞之下，从容做这种表演！但这番演出，在当时可收到了预期效果。

就在他们做这种表演的同时，跟在后头的马帮，也显出惊慌状，喝住牲口，匆忙将煤炭连同驮具一道卸下，只牵了马向后逃去。他们做出了马帮遇匪时应做的反应：丢弃货物，保马保人。

这边潘锡三一伙匪徒，见镖师、马夫都给放倒，驮着银镖的骡马也站住不跑了，跟在后头的驮炭汉们更仓皇四散，以为他们又一次劫镖成功，兴奋异常。谁还去管放了几枪，该打死几人？

他们从山坡隐蔽处，奋勇跃出，吼叫着冲了下来。只是拢住驮银子的骡马，喜滋滋翻开驮具看时，里面装的怎么也是炭块？

劫匪们正在惊奇，已有数十人骑马冲过来：不用说，这是李昌有率众镖师拳手，冲杀过来。刚才他们佯装惊慌，卸下驮具，正是为了骑马冲来。

与此同时，佯装倒地的几个镖师也跃身而起，持械斗匪。

结果是可以想见的，潘锡三一伙匪徒被悉数擒拿。镖师这边无论武艺、人数都占优势，又设了这样一个诱敌计谋，当然该拿下的。劫匪那边，的确也不怎么会舞弄洋枪，而且在冲下山时，早得意忘形，洋枪都就地撂下，只提了刀械一类跑下来。手中没有洋枪，他们哪是镖师对手！

成功擒匪后，凡押有银镖的，就继续往京师赶路。与李昌有同来的武师，有几位护着镖队，又往前送了一程，到获鹿。李昌有与其余武友，押了潘锡三一伙，返回东天门。

这次打扫镖道，活儿做得算漂亮，也就很快在江湖间传开。此后，西帮由晋省急调巨银接济京津，再未受阻。

4

但就在井陉镖道受阻这几天，京师银市竟因此又起惊涛。

本来，西帮票号在京师复业伊始，就陷入挤兑风潮中。幸亏各号未十分慌乱，一面紧急由老号源源调巨银来，一面诚恳安抚客户，虽为守势吧，还算能守得住。尤其镖局押银一到，便悉数兑出，渐渐给了京市一点信心：西帮似有兑现实力，只是千里运银，快捷不了。

加上西帮的大小京号，不但全都复业，而且在挤兑风潮中还没一家倒下。这也给京人多了信心：西帮真要倾家荡产、砸锅卖铁，不负客户？

可此时京号老帮们都清楚，挤兑风潮还没有一点衰颓的迹象！多少现银兑出去了，持票求兑者依然蜂拥而至。这么多银子，就是丢进江海中，也能听到不小的响声吧？丢进京市，真是连一点响声都没有！

这次挤兑之迅猛、惨烈，京号老帮中的精明人物也不曾料到。

票号领袖日升昌、蔚字号，原还想在这次危局中出彩，但撑到此时，也心里没底了。京师的银市到底水有多深？张罗了一百多年金融生意，现在竟吃不准了？这不能不叫人害怕。经历这一年浩劫，京城银市是枯竭见底了，但眼下市面也还未见复苏，生意也不大好做，放那么多银子进去，也流通不起来吧？

挤兑风潮中，最见声势的，果然还是小额银票。金额虽小，持票者却甚众，天天来堵门的，大多是求兑小票的。票号本来也不大做小额金融生意，哪能料到平时为了方便官场，随手开出的这种临时便条，竟掀起如此惊涛！小票，小票，西帮历年在京师发出多少小票？真是谁也说不清楚。但各号已有约定，对小票一定要优先兑付，不敢大意。西帮小票失信，必然积怨京师官场，非同小可啊！可惜努力这许多天了，京人依然持小票争兑不止！人们还是对西帮财力有疑？

就在危局正处于这种微妙时刻，传来西帮银镖被劫的消息！激起惊涛，一点也不意外。

京晋之间镖道不通，西帮兑现的诺言还何以实现？甚至有流言称：此劫镖案，说不定还是西帮与江湖串通了编出的故事。他们不是财力不济，就是太心疼银窖里的银子，才编出了这样的故事，敷衍银市。此类流言腿太长，说话间就跑遍京城，击碎了人们的微弱信心。于是，惊涛拍岸，谁又能阻挡得了？

这惊涛再起时，天成元京号的处境，就更加严峻。

由于老号的迟疑，天成元京号本来就因晚开张而出师不利。虽经戴膺老帮极力张罗，被动局面也未转过来。

开张前，按照戴膺谋划，已悄然散出消息："天成元京号废弃一年，银窖竟未被寻出，真是隐秘之极。里面密藏的银钱账簿，完好无损。"这消息，真还如预料的那样，一时满城传颂。这本来是利好的开业局面，但老号就是迟迟不调银过来！同业中的别家大号，都争抢似的先后开张，戴膺也只能干着急，没法跟进。

这么利好，却迟迟不开门，又要出什么奇招？连蔚丰厚的李宏龄，也跑来打听了。戴膺能说什么？只好含糊其词。

客户可就不耐烦了，连连追问：存银、账簿既无损，为何拖延不开业？戴膺又能说什么！只好说：为寻银窖，铺面给损坏得太厉害，修复费时。

但这样能敷衍多久？没过几天，刚散布出去的利好消息，就变成了灾难：什么银窖完好无损，还是唱空城计！天成元京号未开张，就被挤兑的怒涛堵了门。

后来第一批十万两银子终于押到，紧跟着还有四十万两，将分两批运到。这虽有些后发制人的架势，但京市反应却甚冷淡。银子哗哗兑出，挤兑之势仍然强劲。这也不奇怪。金融生意全靠信用，稍有失信，加倍也难挽回。何况又是在这种非常时候！

更叫戴膺震惊的，是第二批二十万援兵前脚到，后脚就传来镖道受阻的坏消息！字号已将“四十万两现银即将源源运到”的准讯，郑重发布出去。话音未落呢，倒要打一半的折扣。这不是成心叫你再次失信吗？

真是人算不敌天算！天不助你，你再折腾，也是枉然。

戴膺仰天长叹，真是心力交瘁了。他在京师领庄几十年，还是头一回面对这样的危局。现在是京师票业全线危急，你想求救，也没处可求！祁太平三帮虽然有约，不能有一家倒闭，可现在谁家能有余力救别人？

戴膺倒还没想过天成元京号会倒，但已经不敢有力挽狂澜的自许了。

就在此时，副帮梁子威领着一个人进来见他。

“戴老帮，这位是德隆泉钱庄的蔡掌柜。”梁子威介绍说。

蔡掌柜忙施礼，说：“戴掌柜，我是常来贵号的，只是难得见您一面！德隆泉是小字号，受惠于贵号甚多。今日来见戴掌柜，只是表达一点谢意。”

戴膺真记不得见过这位蔡掌柜，看他这番殷勤样子，还以为是来拆借银子，心里顿时有些不耐烦：也不看看是什么时候！不过，面儿上倒没露出什么，只说：“蔡掌柜，不必客气。”

梁子威似乎有些按捺不住，抢着说：“蔡掌柜是来还银子的！”

“还银子？还什么银子？”戴膺不由问了句。

蔡掌柜就说：“去年贵号弃庄前，你们梁掌柜将两万两银子，交付我这间小字号。我与梁掌柜是多年交情，也没推辞。梁掌柜虽有交代：陷此非常险境，这两万银子不算拆借，你可随意处置。但我还是当作老友重托，做了妥善隐藏。不想，京城局面稍为平静后，这两万银子还真顶了大事！”

“顶了大事？顶了什么大事？”戴膺又不由问了一句。

“京师陷落后，市面当然是萧条之极。京华不见了，京人还得吃饭穿衣哪！不花大钱，小钱毕竟不能少。到去年冬天，市间的小商小贩很不少了。敝号也就悄然开张。为何敢开张？就因为有贵号的这两万两银子压底！从入冬到腊月，敝号真做了好生意。今年一春天，也做了好生意。京市银根太奇缺了！”

戴膺明白是怎样一回事了，忙说：“蔡掌柜，不该你来谢我们，是该我们谢你！去年京师陷落前，那是何等危急的时候，蔡掌柜肯受托藏银，我们已是感激不尽了。我当时就有话交代敝号伙友：柜上存银就是分赠京城朋友，也比被抢劫去强得多。蔡掌柜，眼下京师银市仍危急得很，哪能叫你还这笔银子！等日后从容了，再说吧。”

蔡掌柜说：“正因为贵号这样危急，梁掌柜也没来讨要过一回，我才更坐不住了！”

梁子威说：“我们戴老帮有吩咐：这笔银子是我们主动送出，今天再危急，也不能去讨要。”

戴膺说：“眼前危机，是时局引发，家家都如此的。”

蔡掌柜却说：“我虽是张罗金融小生意，也知银市脾气。这两万两银子，用于贵号兑付，顶不了什么事。但在这挤兑堵门的时候，我们反倒押银来还债……”

戴膺没等蔡掌柜说完，就长叹一声，说：“蔡掌柜，那我们就更应该谢你了！你这是及时雨！”

蔡掌柜忙说：“对你们这等大字号，我这能算几点雨！只是多年受惠，略尽一点力吧。”

戴膺说：“在此危急时候，几句议论的话流传开，说不定也会改变局面的！”

梁子威插进来说：“戴老帮，先不要谦让客气了，运银子的橇车还在门口等着呢!”

戴膺又一惊,忙问:“银子已经运来了?”

梁子威说:“可不是呢!”

戴膺一听,就郑重给蔡掌柜作了一揖,说:“蔡掌柜的仗义,我们是不会忘的!”

蔡掌柜说:“戴掌柜快不要见外,还是我们求贵号的时候多!”

三位走出天成元京号铺面,门外围的客户依然不少。两辆运银的橇车,更被人们围住。戴膺出来,也没有多张扬,只是指点伙友们往店里搬运银子。蔡掌柜见戴膺这种做派,也取了低调姿态,对围观者的问话,只做了极简练的回答。但那回答,却是画龙点睛之语:

“以后还得靠人家,不敢得罪!”

要在平时,蔡掌柜说的也不过是句大实话。那时代,钱庄虽也是做金融生意,但与票号比,规模就小得多。它的主业,起初是做银钱兑换,也就是银锭与铜钱之间的兑换,后来虽也经营金融存贷了,但生意也仅限于本埠范围。所以它没有外地分号,金融吞吐量也就有限了。钱庄资本小,遇到较大用项,就常找票号拆借。而票号主业,是做异地码头间的金融汇兑,银款来往量大,周期也长。常有闲资,也就放给钱庄、当铺,及时生些利息。在这种依存关系中,当然是钱庄弱小,票号强大。

但在这金融危机严重的时候,票号受的压力也就比钱庄大得多。此时蔡掌柜说这样一句话,也就比平时值钱得多:在挤兑堵门的时候,生意不错的德隆泉钱庄,还依然巴结天成元,敏感的银市绝不会熟视无睹的。

继德隆泉钱庄后,又有几家钱庄、当铺来帮衬天成元。

跟着镖道打通的消息传来,二十万银子又押到,天成元所受的压力才终于减缓下来。

戴膺和梁子威也终于松了口气。

不久,西帮各家京号开始源源不断收到西安汇票。这些汇票,都是即将回京的那班随扈权贵汇回来的西巡收成。按说,这么一大批汇票新到,西帮的兑付压力会更大。奇怪的是,这批汇票一到,京市的挤兑风潮竟很快消退了。

到这时,京号老帮们更明白了:站在暗处搅动这场挤兑风潮的,不是别人,正是那些留京的官宦之家。在去年的塌天之祸中,他们亲睹京师大劫,能不担心历年暗藏在西帮票号的私囊?西帮一返京,他们自然要做试探:私银还能不能支出来啊?所以挤兑风潮中,兴风作浪的主要是小票:小票大多在官宅。现在,得知西安随扈的权贵们信赖西帮依旧,他们才终于放下心来吧。

不过,以现代的眼光看,西帮京号在辛丑年所遭遇的这场金融危机,实在也是难以避免。遭受这样的挤兑,不是它的信誉出了问题,而是因它的金融地位引发。那时京师还没有一家官方银行,更没有现代意义上的央行。一国之都,经历庚子年那样的大劫,要复苏,需要多少货币投入!官方既无央行,户部又无力管这样的事,压力便落在民间的金融商家身上。西帮票号势力最大,受压自然首当其冲了。

西帮遵照“赔得起”的经商理念,打开祖传的秘密银窖,源源往京师投放现银,虽然意识不到是在行使央行之职,却将自家的信誉推上了巅峰。

5

京号稳住阵脚,戴膺这才想起津号。就问有没有津号的信报,信房说:有几封,已及时交给戴老帮您了,还没有拆阅呀?

戴膺忙在案头翻找,果然,放着几封,竟未拆看。这一向竟慌乱如此,戴膺自己也有些吃惊了:是危局前所未有,还是自己也显出老态?

他一一拆开看时,由惊到喜,也松了一口气。他也终于承认,邱泰基毕竟不是平庸人物。

这一向,天津也似京师,西帮各票号复业伊始,即陷挤兑重围中。但津门毕竟不是京师，西帮面临的危局也就大不相同。

天津没有京城那么多衙门和官吏，所以也就没有小票之灾。但津门是北方第一大商埠，票号的重头戏是在商界。津号开张后，涌来挤兑的也主要是工商客户。他们人头不算众多，但求兑的数额却大，求兑的又都是逾期的存款，不好通融。老号调十几万两银子过来，实在也打发不了多少家。

西帮老号本来已经调出血本，在倾全力支持京津复业，只是镖局运银要费些时日而已。可津门商界却不愿等待！为了争夺兑现，各家竞相将银票贬值，票面百两，只求兑现七八十两，能兑到就成交。

商家如此贬值兑现，是急于恢复商贸。津门劫难甚于京师，银根短缺更甚京市。议和既成，复苏在即，商家都想抢先机。谁先筹到银子，谁就抢到了先机。可如此将银票贬值，西帮各号都不愿意。因为票号在津门的金融放贷，远远大于收存。存单贬值，借据也要贬值，两相冲抵，西帮吃亏太大。

尤其票号中老大日升昌，珍惜自家百年声威，带头放出响话："日升昌银票，无论收支，一文也不贬！"紧跟了，平帮蔚字号也放出同样的话。不久，西帮各号也都跟进了。

这样一来，外面虽有挤兑，票号倒也从容了。从容由老号调银，从容足额兑付，俨然端起了金融界老大的架子。

但津门毕竟是商贸大码头，市面很快就有了应对的招数：西帮银票既不肯贬值，又不能及时兑现，那就直接拿它流通了：商机不等人！一时间，西帮银票与现银一样管用，形同流通货币。又因津门大额银票多，为做小额商贸，持票者又临时开出"拨条"，也即现在所说的"白条"。影响所及，那些与西帮无涉的商家，也以开"拨条"方式，开展商贸。只是，这种与西帮不沾边的"拨条"，就不大值钱，百两仅值七八十两以下。

津市复苏之初，就这样出现了银票、拨条满天飞。其中最受抢手的，当然还是西帮票号开出的银票、汇票。但西帮之票在流通中，也被商界分成了几等。财大气粗的大号之票，自然是足额流通。实力稍差，但信誉好的，银票也稍打折扣。字号小，或信誉出了问题的，银票便如“拨条”似的，流通时要贬值很多。

天成元在天津本是大号，老号也在源源调现银来接济。自然就紧跟了日升昌、蔚字号，公告商界：“本号一切银票、汇票、银折，无论收支，一文不贬！”但邱泰基很快就发现：天成元银票在津市竟然也是打折流通的！贬值虽不到一成，但比日升昌、蔚字号、大德通、志诚信等大号，已低了一等。

这就是说，在津市，天成元票庄已被划出一流大号之列。

邱泰基初来津号领庄，就张罗出这样一个局面？他当然不能接受。不过，他也没有太焦急。他到天津以来，并未做错什么事。他是力主抢先开业的，可惜老号不成全。但仅仅是开业迟了几天，也不至于被津市这样看扁吧？

显然，天成元在天津被低看，还是因以往的两件塌底事：前年五娘被绑票，去年字号被打劫。这两件事虽与邱泰基无关，但不尽快扫去其阴影，天成元津号真要沦落了。

邱泰基就此给京号写了信报，诚恳请教戴膺。但一直没有回音。自己夜夜苦思，也谋不出好办法。白天，他坐不住，借口要熟悉津门，到处拜山、走访、交友。那天去拜访一家洋行，偶尔听到一句话，忽然有悟，就赶紧跑了回来。

一回到柜上，就去见副帮杨秀山。邱泰基到任以来，一直对杨秀山恭敬有加。凡关号事，都要先与杨秀山商议；杨秀山有高见，一定照办。这样，杨秀山渐渐对邱泰基也有了好感。

杨秀山见邱泰基今日兴冲冲的，便问：“邱老帮，有什么喜事吗？”

邱泰基说：“哪来喜事！我只是忽然生出一个主意，也不知可行不行，才赶紧跑回来，请教你。”

“邱老帮老这么客气，我可不敢多嘴了！”

“杨掌柜，你在津门多少年了，我来才几天？我不请教你，请教谁？”

“快不用多说了,先说你谋出一个什么主意?”

“我先问你,天津的西洋银行中,有没有你熟惯的人?”

“有倒是有几位。找他们有何贵干?”

“我先问你,这几位熟人,你熟惯到什么地步?”

“再熟惯,也只是方便谈生意吧,人家毕竟是洋人。”

“方便谈生意就成。今日我在洋行听了一句话,很有用。”

“听了一句什么话?”

“我正跟洋行打听,西洋银行开出的票,兑现不打折吧?你猜洋行怎么说?他们说,洋人银行才没心思管眼前生意!我就问,那他们心思在哪儿?”

“在哪?”

“洋行说,都在忙着兜揽大清赔款!”

“他们倒是着急!议和的十二条还没正式生效吧?”

“那是一笔大生意呀!这数亿赔款,都要经洋人银行汇往各国,谁家不想多抢一份?”

“这与我们相关吗?”

“怎么不相关?你忘了甲午赔款吗,各省分摊的份额,还不是由我西帮汇到上海,转交西洋银行吗?这次,也例外不了。国内这样大宗的金融汇兑,也只有我西帮能做。”

“邱老帮,我明白了,你是想抢先下手,与西洋银行早联手,兜揽赔款?”

“你说对了一半吧。眼下,我们最当紧的,还是重振天成元在津门的声誉。声誉不振,以后兜揽赔款也要吃亏。现在津门金融界,谁的腰杆也比不了洋人银行硬。如有几家洋人银行,并不低看我天成元,津市也会跟着另眼看我们。”

“连津市都低看我们,洋人会高看我们?”

“要不我说兜揽赔款呢!我天成元在津门有所失手,但在其他行省还是大号。洋银行兜揽赔款,能不求我们?”

“原来是这样,邱老帮想跟洋人银行借力发功?”

“我只是有此愿望。能不能借来力,那就全靠杨掌柜与洋银行的交情了。”

“我先推荐一个人吧。戏还得全凭邱老帮来唱。”

“杨掌柜主唱,我帮衬。”

杨秀山推荐的这个人,是英国麦加利银行天津支行的一位买办,叫沙克明。外国银行的买办,也就是它聘任的华人代理。西洋银行中能直接操汉语的洋人毕竟太少。所以在华做生意,大多依靠这种买办。由杨秀山陪同,邱泰基与沙克明见了一面,居然就有了意外收获:天成元津号,竟从麦加利银行借出五千两现银!

要在平时的津门,从洋人银行拆借这点现款,并不是大事。但在眼下银根奇缺的非常时候,能办成这件事,可是真露了脸。不但从洋银行借出现银,写利也不很高,连票号同仁也在猜测了:这位邱泰基又使了什么奇招?

其实,邱泰基也只是预料正确而已。他虽然擅长应酬,可与洋人交流毕竟不同。同沙克明见面后,他刚说自己是从西安新调来,对方就问:“那你同陕西官府不生疏吧?”

邱泰基一听,就知道自己估计得不错。于是便说:同现任巡抚端方大人还算相熟吧。端大人在做陕西藩台的时候,我们就常有交往了。

沙克明听后,就开始陈说麦加利银行来华如何早,信誉如何好,与西帮票号交往如何愉快。

邱泰基趁机提出拆借现银的要求。

沙克明竟痛快答应。

事情办得这样简捷,邱泰基、杨秀山也有些意外。

趁此顺利,他们又找了两家洋人银行,居然也都拆借成功。很快,津市对天成元也不敢低看了。

与这几家洋人银行交往，邱泰基也明白了：洋人看银市，有许多与津人不同处。天成元津号虽出过那样两件大事，但洋人并不把它当作生意上的失手。而近来西帮返回京津，能这样源源运现开市，不贬旧票，洋人比津人还惊讶！西帮实力出人意料，如此爱护自家信誉，更令人不敢轻看。所以，洋人肯借力给你，实在也不只为兜揽赔款。

沙克明说：在天津，西帮大号最可信赖。看来，此言也不全是客套。

戴膺刚刚在上海考察过洋人银行，所以对邱泰基能想到向西洋银行借力振市，就特别有好感。尤其邱泰基以往背有胡雪岩做派的名声，这次向西洋银行借银，居然也不避嫌，这就更令人感动。胡雪岩最后就是栽在西洋银行的债务上。

津号得此好手，京号不但可以安心，甚而还可有所依托。

看过津号信报，戴膺当下就给邱泰基写去一封夸奖的信。同时也致信老号，说津号由邱泰基领庄复业，开局甚好。

6

津号颓势稍有挽回，邱泰基这才从容来探望疯五爷。

他刚来津时，曾演了一场“起账回庄”的戏。但那次怕太张扬，他未出面。而且“起账”的地点，也未选在五爷的住处。虽然京号的戴老帮提议选五爷住的宅院，但他回来细想了想，还是选了别处。为演这么一场戏，给五爷引来麻烦，也不好向东家交代。

因为这中间提到过五爷住处，更提醒他一定要去探望疯五爷。可津号开局不利，邱泰基一直也没顾上来。

这天，由柜上一位伙友引着，来到五爷住处时，敲了半天门，才终于敲应。

先出来开门的，是武师田琨。未开门前颇不高兴地叫骂着，等开门看见是津号新老帮，才忽然慌张了。

邱泰基已有些不耐烦，但没流露出来。陪着来的伙友早发话了："大白天的，门关这死做甚？"

田琨似乎更慌张了，说："这一向都如此，五爷夜间不睡，白天才睡。我们也只好跟着黑白颠倒。邱掌柜快进来吧！"

邱泰基进来，见这座两进宅院倒也拾掇的干净利落，只是一路寂静无声。

"五爷正在睡觉？"他随口问了一句。

田琨忙说："可不是呢！我进去，看能不能将他摇醒。"说时，就要先往里院跑。

邱泰基叫住说："快不用折腾他了。他睡他的，我进去看我的。"

进了里院正房，果然见一个人横躺在床榻上，张了大嘴在酣睡。

跟着的伙友先说："邱老帮，这就是五爷。"

田琨已经过去将五爷的身子搬正，一边吆喝："五爷——有人看你来了，字号的邱掌柜，五爷——"

邱泰基忙止住，说："不用折腾他了，由他睡吧。"

邱泰基以前有机会去康庄，是见过五爷的。眼前这个酣睡的人，却无一处像五爷，也许是睡相不雅吧。好在周身上下还算整洁，脸色也不错。

"田师父，听说你对五爷甚为尽忠……"

田琨慌忙打断说："唉，再尽忠，也救不了五爷！都是我惹的祸！"

邱泰基就说："以前的事，不用多说了。我来津号领庄，也当尽力照顾五爷的。这头有什么急需，田师父及时告诉我们。五爷成了这样，也是个可怜人，我们一道多操些心就是了。"

"那我就代五爷谢邱掌柜了！"

"不要说见外的话。在这里伺候五爷的，还有些谁？"

田琨又有些慌似的，说："也没几个人！都不想在这里久住！眼下除了我，还有位吕嫂，是老太爷亲自打发来的。厨子，两个杂工，都是从本地雇的。要不要叫吕嫂出来？”

“不必了。”

邱泰基又简略问了问当年绑票情形，就告辞了。

送走邱泰基，田琨忙进来见吕布。

吕布已穿好衣服，嘲笑似的说：“看你还是一脸惊慌！哪如我出来应付他们？”

田琨说：“邱掌柜的心思，全在五爷身上，并不十分看我。所以我早不惊慌了。”

吕布说：“这位邱掌柜还那么骄横？当年摆谱坐绿呢官轿，没让老太爷把他奚落死！”

田琨说：“我看这位邱掌柜也是心善的人，很可怜五爷。”

吕布又是一脸嘲笑，说：“你的心思才全在五爷身上！”

田琨忙赔笑说：“现在，就把心思都放你身上，还不成吗？街门二门，我都关好了。”

吕布说：“今天拉倒吧。叫这么一搅，我可没那心思了。你还是把街门开了吧，省得那几个杂工回来，又擂鼓似的敲。”

吕布来这里，也才大半年吧，就与田琨搅到一起，实在也是把后半生看透了。

她被逐出康家后，就知道自己触犯了东家太深的忌讳。她被放在老院多年，东家深处的东西知道得太多。平时辛金优厚，可一旦被疑，下场也可怕。她能被打发到天津伺候五爷，辛金依旧优厚，而且准许带了男人来，起初她还很庆幸。

可男人一开始就不想出来。好不容易拽着上了路，只走到平定，这个没良心的东西就高低不往前走了，说什么也要回去。也不等多劝说，半夜趁她睡着时，竟不辞而别。

吕布也知道，靠她的辛金，男人在村里过着吃香喝辣的富贵日子。说不定还为下了相好的女人。但她身在康宅，每三个月才能出来歇半月假。当年受老东西宠爱时，连这半月例假也保不住。因离不开你，才不叫你走，你也不好愣走。所以，她也不便多计较男人。

可现在她走下坡路了，男人也不体谅，依然只恋着自己那坐享其成的舒坦日子，不肯一道出来共患难。自家孤身到千里之外挣辛金，养活你在家里吃香喝辣？吕布的心里真是凉到了底。

到了天津，伺候的又是这样一位疯主子，你再尽心，他连一句知情达理的话也不会说。

除了疯五爷，在这里当家的就是这位田武师了。田武师年纪比五爷大，人也精明，尤其对疯主子，那真是尽忠之极。五爷的吃喝起居、喜怒哀乐，他都操了心管。疯人本来就喜怒无常，可五爷一不高兴，田琨就坐不住了，千方百计哄，直到他傻笑起来。哄他洗脸，哄他吃饭，哄他睡觉，那更是家常便饭。

这位傻五爷呢，谁的话也不听，就听田琨的。一时见不着田琨，更了不得，不是发抖，就是哭。

吕布初来时，见田琨如此仁义，心里还是很感动的。一个武人，有如此善心，又有如此耐心，很难得了。

只是，她自己对这位疯五爷，却生不出很多怜悯。也许因她对老太爷了解太多吧，总觉五爷成了这样，分明是对老东西的一种报应。而且，她就是想尽心伺候这位疯五爷，人家也不认她。

真的，疯五爷好像不喜欢她，更不许她靠近他。她一走近，他就乱喊乱叫，像见了强盗似的。在康宅时候，吕布也没得罪过五爷。她现在的样子，就那么可怕？

她问过田琨："五爷这是什么毛病，怕见女人？"

田琨说："是玉嫂吓着他了。玉嫂那人不仁义！五爷五娘好时，她多会巴结？见五娘没了，五爷成了这样，她就不耐烦了，成天哭哭啼啼只想回太谷。你心里烦闷，也不能朝五爷发泄呀？他已经成这样了，你还冷了脸指桑骂槐,发了火挑剔埋怨,也真忍心!”

五爷五娘跟前的玉嫂是什么样,吕布真没有多少印象。她就问:“难道我长得像这位玉嫂?”

田琨断然说:“不像,不像,一点都不像。”

“那我是太难看,还是太冰冷?”

“都不是,都不是。你千万不能跟五爷一般见识!他是给玉嫂吓的,跟你无关。你先让着他些,以后我能叫他喜欢你。”

那次,吕布就顺嘴问了一句:“那叫你看,我也不难看吧?”

奇怪的是,当时田琨竟很爽快地说:“吕嫂你要难看,天下真没好看的女人了!所以我说,五爷不是怕你,是还没认得你呢。”

“我是问你呢,又扯上五爷!”

“我就这么看呀!”

吕布不相信他说的是真话。真话不会这样说,就像喝凉水似的。但当时她也没追问,订正。其实,她也不希望他改口。

经田琨耐心调理,疯五爷倒真不害怕吕布了。渐渐的,五爷也愿意听她的话,愿意由她摆布。

有一次,她就问田琨:“你这样操心,是为了五爷,还是为了我?”

田琨说:“为了你,也为了五爷。”

她追问了一句:“到底为了谁?”

田琨的回答,真没把她气死!他竟说:“吕嫂,我是想叫你救五爷。五爷毕竟年轻呢,有吕嫂你这样的女人疼他,说不定能把他的灵魂唤回来。”

吕布立马拉下脸,厉声说:“好呀,你原来安的是这心!拿我使美人计?你是我什么人,主子,还是男人?竟要拿我去讨好这个疯人?先看看你自己是谁!”

田琨显然没料到会这样,顿时慌了,忙说:“吕嫂,我不是这意思,不是这意思,你误会了!”

“我误会了?我一个女人,不往别处误会,专往这种事上误会?那我成什么女人了？你先看清我是谁，也先记着你是谁！”

田琨更慌了，连忙赔罪，吕布已愤然而去。

吕布发这样大的火，也是因为田琨的话触到了她的疼痛处。那样尽心伺候老东西，落了一个什么下场！不用说富贵了，现在是连家也不能归，乡也不能回。你田琨也是伺候人的，竟也不把她当人！她伺候了老东西，再伺候这个小东西？东家不把她当人，你田琨也不把她当人？还以为你心善，仁义呢，真是看错了人！

田琨呢，他实在也没有恶意。五爷住进这处宅院，已经是第三个年头了。越住，这里越似一个孤岛。好人都憋闷，疯人他能舒坦了？玉嫂在时，她不仁义，成天怄气哭啼，还嫌他烦她。可她一走，这里清寡冰冷得简直叫人害怕。那段日子，五爷倒是不哭闹了，可仿佛更憨傻。

所以，吕布一来，田琨除了高兴，也得赶紧巴结。而实在说，吕布虽比玉嫂大些，可人家多年放在老院，出息的贵妇一般，佳人一般。吕布真比玉嫂好看得多。这样一个女人，如能和和气气守在这处宅院中，说不定真能把疯五爷的灵魂唤回来。五爷五娘的恩爱，田琨是知道的。他一直以为五爷失疯，就是因为猛然割断了这份恩爱，他的灵魂寻五娘去了。你能把五爷的灵魂唤回来，是做了善事，也是做了他的再生父母。

这有什么不好呀？

可吕布是真生气了，整整两天闭门不出。田琨吓坏了：她不会寻了短见吧？于是，使出他的武功，把她的房门卸了下来。

她还活生生坐在屋里，却是一身盛装打扮。

田琨一见，更慌了，不由惊呼：“吕嫂，你真要寻短见……”

吕布怪笑了一下，说：“可不是呢。晚一步，我就寻五娘去了。”

田琨一听就跪下了，说：“吕嫂，我不会说话，真没那意思！”

吕布又一笑，说：“除非你答应我一件事。”

田琨忙说：“十件也成！”

吕布说：“那你先站起来吧。”

田琨站起来，说："要我答应什么事，说吧！"

吕布说："你先把房门给我安上！"

田琨慌张把房门安好，又问："什么事，说吧。"

吕布看着她，半天才说："我还能有什么事，就是叫你把门给我安上。"

田琨一听，又有些慌了，说："吕嫂，你还是不饶我？"

吕布忽然就哭了，说："我是谁，我敢不饶你！我想伺候你，还高攀不上呢，我敢不饶你……"

田琨一时不明白吕布说什么，不由念叨："伺候我？"

"我这辈子就是伺候人的命。从今往后谁也不想伺候了，只想伺候你，还高攀不上！"

田琨这才听明白了，慌忙说："我有何德，受此厚福？"

吕布就过来捶了他一下，骂道："你的心思就全在五爷身上！"

从此，两人暗里就似夫妻一样了。虽不合夫妇之道，但一同沦落天涯，遥无归期，如此也算是一种互为扶持吧。两人如此一来，不仅都安心伺候疯五爷，这处孤岛也有了生气。但到了，终于也没能唤回五爷的灵魂。

第八章　走出阴阳界

1

津号开局稍见起色后，邱泰基也才给家中写去一信。

票号驻外人员的家信，一般都是寄回老号，老号再捎话给收信的家眷，叫他们来取。邱泰基这封信，自然是温雨田从城里的天成元老号取回来的。他见信是从天津发来，很有些奇怪。

显然，邱泰基从由西安调津时，行色匆匆，竟未写信告家中一声。

姚夫人见信也一惊，忙拆开看时，心里自然又是翻江倒海！以前那样凄苦万分地守着，男人也不过是一步一步长进；前年自己破了戒，失了节，男人倒一年一个样，一年一大变：这岂不是上天在报应她吗？她知道，去津号做老帮，那是男人多年的愿望。以前运气好时，那还一直远不可及；现在倒霉了，反倒一步就跃了上去：如此反常，谁又能料到？

雨田见姚夫人读罢信就坐在那里发呆，没敢多问，悄然走开了。

自从和主家夫人有了那一层关系，雨田可不像前头那个郭云生，还没几天呢，就将得意张扬出来，再往后，更将自己看成了半个主子。他是越往前走，越感到自己罪孽深重。在那个寒冷的冬夜，是主家夫人留住了他。但夫人是他的恩人，母亲一样的恩人，他不应该走出这一步。

夫人在相拥着他的时候，极尽了疼爱，他感到那里面也有许多母爱。所以他不敢放纵了来享受这一份疼爱。夫人那里温暖之极，迷人之极，但也沉重之极！他知道拒绝了这一份疼爱，也就失去了这位主家夫人，但接受了这一份疼爱，他又日夜不安。夫人对他越好，他越要想起远在外埠的主家掌柜。有朝一日，主家掌柜回来时，他怎么可能从容面对？

雨田不止一次对姚夫人说起这逃不过的难关。姚夫人总是说，你不用怕，有我呢。到时你只要听我的，什么事也不会有！但她有时也会说，该怎么，就怎么吧，谁叫我们走到了这一步？这样说的时候，他哪能不心惊肉跳！

尤其每当主家掌柜有信寄回，夫人总是一看就发呆。雨田是个心细敏感的后生，见此情形，他心里也会翻江倒海。夫人这样发呆，一定是觉得对不住男人。是他连累了夫人！所以，每次主家掌柜来信后，他总是躲避着，不愿见夫人，直到夫人强行召见他。他不能不应召去见，可每次都心情沉重，要很说一番“连累了二娘，想告罪辞工”的话。

姚夫人一听他这样说，反而很受感动，直说：“你有这番心意，我也值得了！就是挨千刀万剐，也值得了。”

起初，雨田见夫人这样说，还慌忙回答：“不值得，不值得！二娘是谁，我算谁？我毁了二娘，罪孽太大！二娘待我恩重如山，更不该。”

姚夫人好像更受感动，说：“你这样有情有义，我还有什么不值得？”说时，眼泪都下来了。

雨田他还能再说什么？也只能一切依旧了。再说，离开邱家，他也实在无处可去的。

这一次也一样，雨田见夫人接天津来信后神情复杂，便悄然躲避开。但也有不一样：好几天过去了，夫人也没有召见他。雨田就有些坐不住了。因为在以前，最多过不了两天，夫人准要召见他。或者，干脆在夜半时分就会潜入他的住处。

这一次,是怎么了?

雨田虽然希望不再往前走,可主家夫人真这样不理他了,心里到底还是受不了。起先,他还以为主家掌柜在天津出了什么事。但越看越不像。真出了事,夫人不会这样安坐在家,一点动静也没有。不是出了事,那就只有一种可能:夫人真幡然悔悟了。

雨田虽未进过商号,但他自小就知道,口外是商家圣地,西安是大码头,天津更是大码头。他来邱家这还不到两年,就亲见了主家掌柜从口外调到西安,又从西安调到天津,挪动的地界一处赛一处,而且还挪动得这样快!他从小就记得,母亲一直盼望父亲能挪动到离家近的地界驻字号,当然更盼望父亲能改驻大码头。可父亲熬到死,也还是没离开遥远的小码头。所以,邱掌柜在他心目中早已是一位威风的大人物。夫人怎么可能为了他这样一个卑贱的用人,长久得罪那样高贵的男人!现在邱掌柜荣调天津大码头,夫人一定更后悔了。

不是后悔,也是害怕了。

这样威风的掌柜,一旦知道了夫人的这种事,哪能轻饶了她?

当然也轻饶不了他这个贱仆。他死也无怨,只是连累了夫人!

夫人这样不理他,是示意与他断情,叫他趁早远走吗?

可他能往哪里去?

失去了夫人,世界又成冰天雪地,他也只有去死。

或者,趁早求夫人把他打发到遥远的地界,驻字号,做学徒?

雨田这样胡思乱想着又过了几天,仍然没有什么动静。夫人一直闭门不出,令他更坐卧不安。

这天,他终于忍不住,主动叫住主家小姐水莲,问道:“好几天了,也不见二娘出来,是不是病了?要是病了,我得赶紧去请医先。”

“没病。我也问过,妈说她没病,只是困乏,想多歇几天。”小水莲回答时,一脸灿烂。

雨田很害怕看见这种灿烂，忙说：“没病就好。我也该忙去了。”

水莲更笑着拦住他：“雨田，趁妈不出门，你还不清闲几天？今儿陪我进趟城吧！”

雨田更慌忙说：“我哪能清闲呀？已是秋天了，我得去跑佃户，查看庄稼长势。”

她依然灿烂笑着，说：“我不管庄稼不庄稼，反正雨田你得陪我进趟城！”

雨田哪能答应？只好换了央求的口气说：“大小姐，我吃的就是伺候主家的饭，伺候你进城，哪能不愿意？可庄稼是一年的事，现在佃户又花样多，不趁早查清长势，等庄稼快熟了，他们先给你偷偷收割一两成，哪能发现得了？”

“我不听，我不听！反正你得陪我进趟城！”

“进城做什么？”

“逛一趟呀。”

“可误了跑佃户，我交代不了二娘。”

“陪我进趟城，能误了你什么事！”

“时令不等人……”

“雨田，我就使唤不动你？”

“我是怕二娘怪罪……”

“我去跟妈说！”

“我听吩咐。”

见小水莲跑走了，雨田才松了口气。

小水莲对雨田，也与对云生不同。她分明也喜欢雨田，有事没事，总爱跟在雨田后面跑来跑去，问长问短。而且，她也照了母亲的叫法，一直坚持叫他“雨田”。母亲一再要她改一种叫法，她偏不，偏“雨田，雨田”地叫。她还要雨田叫她水莲，不要叫小姐。雨田当然不敢答应。

雨田与夫人未有私情前，见主家小姐不讨厌他，当然很高兴，也就极力叫她遂意，哄她喜欢。可自从与夫人有了超常关系，雨田见了小姐就心虚了，有意无意总想躲避。这一躲避，反倒引起小姐的多心：雨田为什么不喜欢她了？

小水莲就到母亲那里告了状。姚夫人一听就慌了，忙私下问雨田：你怎么惹莲莲了？千万不能惹，千万不能惹！雨田说明了他只是想躲避，并没有惹她。姚夫人就叮咛：也不能冷落她，千万不能冷落她！以前怎样，还怎样，不敢露出异常。

雨田这么年轻一个后生，哪可能心里藏下这等私情，外面不露一点痕迹？他虽不敢有意躲避小水莲了，却也很难从容依旧。而小水莲见他这样多了几分羞涩，倒也很满意：这样更便于支使他。

小水莲只是一个十一岁的女娃，她喜欢雨田，实在也只是一种纯洁的感情。在长年见不到父亲，又无兄弟相伴的家中长大，对男性自然有种新奇感。对云生的反感与对雨田的喜欢，原本就是这新奇感的两面。可怀着愧疚感乃至罪孽感的雨田，怎么也难以从容应付小水莲？

像这种叫他陪了进城一类的要求，水莲是常提出来的。雨田是能推脱，就推脱。陪了她出去，要不冷不热说许多话，不招她太亲近，又不惹她恼怒，实在太难。所以，雨田盼望着的，是夫人不准许陪小姐进城。

可水莲很快跑出来了，得意地对他说："雨田，妈同意了，叫你陪我进趟城。说是正好有封信，叫你进城交给信局。快去吧，妈叫你呢！"

雨田听了，不由一喜：他不见夫人只五六天，却似相隔了多少天！今天算是沾了小水莲的光，终于能重见夫人了。他竟没有多理水莲，就跑去见夫人。

几天不见，夫人是明显憔悴了。他进去时，夫人未说话，也没有抬头看他，仿佛不知道他进来。雨田便怯怯地低声问：

"水莲说有封信，叫我往信局送……"

姚夫人仍没有看他，只是冷冷地说："信还没写。去拿笔墨信笺来，我说，你写。"

这是给谁写信，叫他执笔？以往夫人给邱掌柜去信，都是自己亲笔写。而写那种不当紧的信函，夫人也只是交代一下，并不口授的。

他只顾这样猜想，竟未立刻回他住的账房去取笔墨信笺。

“你没听见我说话？”姚夫人厉声问了一声。

他这才赶紧跑出去。取来后，刚舔笔铺笺，夫人就开始口授：

“夫君如面——”

原来竟是给主家掌柜写信！雨田一听，手都有些抖了。

“由津寄来的家书已收妥。知夫君又荣升津号老帮人位，妾甚感光耀。谨祝夫君在津号及早建功，报答东家、老号。家中一切都好，只是莲儿、复生很思念你，妾也如是。夫君示妾，在津号恐怕要住满三年，才可下班回来，妾无怨言。只是，俟夫君归来时，复生已五岁矣！妾字。”

雨田在写头一遍时，太紧张，只顾了写字，未及解意，几乎未领会夫人口授了什么。等第二遍誊清时，才知信中意思。其中，主家掌柜要三年后才回来，最令他欣慰。近日夫人生气，也许是怨恨男人太无情吧。

他将誊清的信笺呈给夫人过目时，见她一脸冰霜，就说了一句：“二爷也是掌柜中的俊杰，归化、西安、天津，一年挪一个码头，又一个码头赛一个码头……”

他还没说完呢，就忽然听见夫人朝他怒吼起来：

“没良心的东西，你也是没良心的东西！你也想去驻码头？都是没有良心的东西！你们都去驻码头吧！都是养不熟的东西……”

一边怒吼，一边将手中信笺撕了个粉碎。

雨田哪见过这种阵势？慌忙跪下，却不知自己说错了什么。

2

那天，姚夫人的怒骂似大雨滂沱，很持续了一阵。收场时，说了一句话，更令雨田惊骇无比：

"你也走吧,我不养活你了,走吧,走吧!"

他给吓得懵住了,也不知如何辩解。夫人却已将他撵出来了。

他丢了魂似的走出来,倒把等在外头的小水莲吓了一跳。慌忙问时,他也不说话。水莲就跑进母亲屋里,很快,也灰头土脸地出来了。

水莲又过来缠住问他,他哪有心思给这个小女子说?只应付说:"我也不知二娘为何生这么大的气,也许嫌我写字写得太难看?二娘正在气头上,先什么也不要问了。"

打发了水莲,雨田也希望主家夫人不过一时说气话,并不是真要撵他走。

但他想错了。第二天,夫人屋里的女佣兰妮就过来说:"二娘叫传话给你,什么也不用你张罗了,收拾起你的行李,去另寻营生吧。"

夫人当真要撵他走?他愣住,不说话。

兰妮低声问:"雨田,你咋惹二娘了?叫她生那么大气,提起你,恨得什么似的!"

雨田才说:"我也不知道呀?昨天,二娘要给二爷回信,她说一句,叫我写一句。写完,就发火,真不知道是为什么。"

"你是没照二娘的意思写吧?"

"我哪敢!"

兰妮又问了些傻话,雨田也不想跟她多说,只是告她:"你给二娘回话吧,我走也无怨言。这两天,我把佃户跑完,查清各家庄稼长势,就走了。"

兰妮就说:"离开邱家,你到哪营生呀?"

"你快给二娘回话吧!"

打发走兰妮,他真就出村奔佃户的田亩去了。

带几分傻气的兰妮都知道担心:离开邱家去哪营生?但他已不去多想。走一步,算一步吧。昨夜,他几乎未合眼,已反复想过多少次,真离开邱家,也决不回叔父家。第一选择,就是投奔拉骆驼的,跟了去口外。驼户不要他,就自家往口外走。他相信,只有往口外走,就会有生路。

夜里,他也细想了夫人发怒的经过。他是说错了话:不该在她怨恨二爷无情的时候,夸赞二爷。对驻外埠码头,他或许还真流露出了羡慕?但夫人的发怒,似乎也真正唤醒了他的梦想。

他也真该为以后着想了。总不能老这样陪了主家夫人过一生。自家也是男人,也该到外埠码头去闯荡一番吧。不能像邱掌柜这样驻大码头,至少也要像父亲那样寻一处小码头驻。

总之,因为夫人的发怒,雨田倒真向往起外埠码头来。

带着这样一份向往,雨田不但没有了沮丧情绪,似乎还激发出一种成熟来。他马不停蹄地跑遍了邱家的十几家佃户,整整在外奔忙了三天。期间,一次也没回邱家,每夜都是就近住在佃户。

到第三天傍晚,他才回到邱家。一进大门,守门的拐爷就叫了一声:"雨田,你到底回来了!"

"怎么了?"

"你快进去吧!"

进来碰见谁,也都是那句话:"你到底回来了!"后来碰见兰妮,她更是惊叫了一声,说:"雨田,你到底回来了!二娘天天骂我,嫌我放走了你!你得对二娘说清楚,是你要走,不是我叫你走……"

"到底怎么了?"

"你一走,二娘天天骂我!一天能骂八遍!你到底回来了,我这就禀报二娘。"

"这几天,我是去跑佃户,跟你说过呀?"

"我说甚二娘也不听。你去说吧,我这就去禀报!"

兰妮跑进去后,雨田站在院里等了一会,见没有动静,只好回到自己的住处。

不久,小水莲跑来,问他这几天赌气跑哪儿了?还低声告他:妈的气更大了,见谁骂谁,你得小心!说完,赶紧跑走了。

然而,直到天彻黑了,夫人也没有叫他。看来,她是真动了怒。他走这几天，她以为是跟她赌气？兰妮或许没说清楚。自来邱家后，他也从未离开过一天。她有气，也难免。他可是尽心尽职跑佃户，一点怨气，一点委屈也没有。

她生这么大气，那就更不会收回成命，留下他了。

虽然有些舍不得，但他迟早得走这一步吧。

跑了这几天，他也累了。洗涮过，倒头睡下，很快就进入梦乡。也不知过了多久，他依稀听到一种哭声，似远又近，还有几分熟悉，只是寻不见人在何处。正着急寻找，猛然一激灵，醒来了。

一片黑暗中，哭声依旧，只是更清晰。

再一激灵，看见了坐在炕榻边的夫人。

他慌忙坐起来，要下地去，夫人拦住了他。

“你睡你的吧！把我气成这样，你倒睡得香！都是没良心的东西……”

“我是赶趁着跑佃户……”

“谁知道你跑哪儿去了，没良心的东西！”

“眼看秋凉了，我真是……”

夫人搂住了他，不让他再说。

这一夜，夫人感伤缠绵之极，却不许他多问一句，更不许他多解释一句。

第二天早饭时，夫人叫在她用餐的桌上多备了一副碗筷，并传了话出去：“雨田虽年轻，可管家有功。前几天下去跑佃户，不辞劳苦，甚是尽心。从今往后，雨田就同我们母女俩一道用膳了。都小心些，不能怠慢了他！”

这可又叫雨田吃了一惊！

主仆有别，那是大规矩。姚夫人这样公开将他与主家同等对待，虽没有料到，但他是知道夫人用意的：她不惜将事情公开，也要留住他吧？只是，他怎么可能心安理得来接受这一份高待！

可他也无法拒绝。正犹豫呢，水莲过来就拉他就座。座上，夫人已无一点怨气，从容说笑，精神甚好。水莲也是高兴异常。但他实在无法同她们一道高兴。

几天后，邻村有庙会。三天的庙会，头一天就热闹非常。这大概是因为去年有拳乱，今年前半年时局也不稳，一年多没庙会可赶吧。

姚夫人听说庙会很热闹，就吩咐雨田："你叫他们打听一下，看写了什么戏。后晌，咱们也套辆车，看戏去。"

雨田就说："那我去吧。顺手看有值得采买的，买些回来。"

姚夫人就说："雨田，你也得学会使唤人！不能光知道辛苦自己。我雇了这些下人，就是叫你使唤。不够使唤，咱再雇。"

雨田就说："采卖东西，还是我去吧。再说，我也想赶赶热闹。"

姚夫人说："你愿意去，那就另说了。可你得学会使唤人！不说我心疼你了，给我做管家，哪能没一点排场！"

要在以往，雨田听了这番话，会泪流满面的。现在，他却感到了一种压迫。

邻村的庙会场面，果然热闹异常。但他打听了几处，都说今年只写回一个"风搅雪"的小戏班。因为连年天旱，再加拳乱，村里公摊回来的银钱不多，写不起大戏班。

"风搅雪"，是指那时代草台野戏班的唱戏方式，也就是既唱大戏，也唱秧歌小调。大戏见功夫，有规模，但规矩也大；秧歌小调却能即兴发挥。小戏班为了谋生，也就大戏秧歌一齐来，台下喜欢什么唱什么。当时祁太平一带流行的秧歌，已自成体系，有了自创的简单剧目。剧目虽简单，却因采自乡民身边，又以男女私情居多，所以流行甚劲。小戏班当然要抢着"风搅雪"。

但就是像温雨田这样规矩的后生，也知道"风搅雪"唱到夜里，会搅出什么来：冒几句淫词浪语，那还是好的！

所以雨田断定，既然只有"风搅雪"，夫人大概不会来看戏了。他在会上转了一圈,见木炭很便宜,便要了两推车,押了回来。

姚夫人见他买回木炭来,没问两句呢,竟掉下眼泪来。雨田猜不出又怎么了,夫人才说:“你刚来那年,为买木炭,都把你冻病了!你忘了?”

雨田连忙说:“那是我不会办事,不用提它了。”

但他心里明白,夫人想的不是这件事,而是那个寒冷的冬夜,他去添了盆木炭火,她不让他走。可他今天买木炭,根本就没想到这件事。

打发走卖炭的,夫人就问他:“他们写回谁家的戏?”

雨田就说:“没写回正经戏班,只叫来一个‘风搅雪’的野班子。”

夫人竟说:“‘风搅雪’,也有它热闹的地界。一年多没看戏了,不拘什么吧,咱们去图个热闹。今晚的戏报贴出来了吧?有几出什么戏?”

“戏报上写的是,一出武秧歌《翠屏山》,一出大戏《白蛇传》。可这种野班子,它给你按戏报唱?还不知搅到哪儿呢!”

夫人毅然说:“不拘什么,咱们都去!后晌就套辆车去,先赶会,后看戏。”

夫人对“风搅雪”居然一点也不避讳,这叫雨田很害怕。以前,夫人在外头面儿上那是极其谨慎的,现在这是怎么了?夫人要真看“风搅雪”,那是一定要他陪到底的。在家与她同桌吃饭,在戏场同她一道“风搅雪”,那岂不是将他们之间的私情全公开了?她这样不管不顾,是一时赌气,还是真想走这一步?

雨田不敢深想了。夫人对他是有恩的。他不能毁了夫人。但靠他是拦挡不住的。他一着急,才想到一个人:小水莲。

他就赶紧把后晌要去赶会看戏的消息先告诉了水莲。水莲一听,当然很高兴,蹦跳着跑回去挑选衣饰去了。

好一阵,夫人也没叫他去。说明夫人是同意带水莲去的。雨田这才松了口气。带水莲去,就不会很看“风搅雪”了。

后晌出门时,一辆马车上还真坐满了:姚夫人,水莲,还有兰妮抱了小复生,另外还拉了几条看戏坐的板凳。夫人还叫雨田也挤上来,他哪能去挤！

但到了会上，姚夫人却一定要雨田陪了她们逛。雨田说，他先搬了板凳到戏场占个好地界。夫人不让，说没个爷们跟着，你也放心！他也只好陪了逛。

夫人就自始至终托了他的肩头，大方地在人流里挤来挤去。雨田心里不安之极！幸好在庙会那种氛围里，也没人很注意。连跟着的水莲、兰妮也不在意。

等入夜进入戏场，夫人叫水莲挨她坐一边，另一边就叫雨田挨住坐，兰妮挨水莲坐那头。雨田有些为难，夫人却是不容分说。他看戏场里气氛，似乎更宽容，谁也不管谁，才踏实了一些。

开场武戏也只是乱，不见好功夫，倒见台上的尘土升腾着，向台下飞扬。戏场里似乎也没几人在看戏，一片嘈杂。所以等武戏收场时，水莲和兰妮都在打盹了。复生也早在夫人怀中睡去。

雨田就说："二娘，这戏没看头，我们也该回去了。看她们东倒西歪的，来受罪呀？"

姚夫人却说："叫她们坐车回吧，咱们看，正经戏还没开呢。"

说时，她就摇醒水莲，叫醒兰妮，交代她抱好复生，坐车回村去。并交代车马也不用再来了，小心关好门户。她有雨田伺候呢，散了戏，雇乘小轿就得了。雨田也只好送她们去坐车，向车倌做了交代。

回来刚挨夫人坐下，就觉她的脚伸过来，勾住了他的腿。

重新开戏后夜已深，大戏也没正经唱，就"风搅雪"了。雨田真还没亲历过这场面，始终觉得不自在。看到要命处，简直觉得无地自容。

可夫人却似一团烈火，什么都不管不顾了，只听任野地的风吹旺她。没等散戏，她就拉了雨田挤出戏场。也不雇车轿，只是紧握着雨田的手，放肆地疯说着，走进了旷野。

旷野里疯狂的夫人，真叫雨田害怕了。

正是这一夜，使温雨田下了一个决心。

半年后，他真的跟了一支驼队，不辞而别，走了口外。这是他半年来暗中努力的结果。利用进城采买办事的机会，他找到了父亲的一位旧友，托人家作保，在口外谋得一学徒之差。

姚夫人在确信雨田不再回来后，几乎疯了。奇怪的，没有多久，她似乎就安静下来。而且，这一次她是重新回到以往那种苦守的日子，只等待男人下班归来。这是后话。

3

就在那几天，凤山龙泉寺周围的乡民，为了还愿谢龙王，也写了几台戏唱。因有商号捐助，这里请来的是正经戏班，庙会规模也大。

只是，康家没有看戏的习惯，更不允许去庙会那种戏场。所以，听说龙泉寺唱戏，康家倒也没人把它当回事。唯有汝梅有些心动。

时局平静后，老太爷就放了话：赶紧给榆次常家说说，挑个日子，把梅梅娶过去吧。跟着，两头就张罗起来，吉日定在了九月初六。

对此，汝梅很有一些伤感。她感到老太爷是有些急于把她撵走！自从她在凤山遇见那个神秘的老尼后，老太爷就和她疏远了。父亲虽没有疏远她，却也告诫她不许胡思乱想，更不许打探那些不该知道的事情。她很想听父亲的话，可他们越这样，她越放不下。

眼看要出嫁了，成为人妇，只怕出行走动更不容易。回首少女时代，汝梅最感遗憾的，便是未能跟随父亲多出几趟远门。好不容易去了一趟江南，偏偏赶上老夫人去世。刚到杭州，就日夜兼程往回赶！

她就是在这样感伤时，那个念头又闪了出来：去年初冬刚给老夫人画了像，腊月就病倒，今年正月就病重，二月就死了？这好像一步接一步，安排好了的？给这位老夫人画的虽是西洋画像，可尺寸却是遗像的尺寸……在从江南回来的路上，汝梅就曾给父亲说过这疑问，遭到了父亲的怒斥。

可现在这疑问非但未消，更变成了一种诱惑：汝梅非常想再一次私访凤山那座尼姑庵,看能不能碰见新逝的这位老夫人……

在汝梅这样的年龄,这种念头一旦生成,那是压不下去的;越压,反而越想一试。何况她又任性惯了。在少女时代即将结束时,她更不想放过这次冒险探秘。

只是,她找不到去凤山的借口。那些车倌们,叫他们去哪都去,唯有去凤山,谁都不愿拉她去。她疑心这是老太爷有吩咐,谁也不敢有违。

所以,一听说凤山龙泉寺唱戏赶会,就想借机去一趟。但她也只能磨缠母亲。父亲虽在家,却忙得像什么似的,很难见着他。母亲呢,不但没松口,还很数说了她一气。母亲现在俨然是主家婆了,一味护着康家规矩,数落她的没规矩。汝梅也只好死了心。

但不大一会儿,她就生出一个主意来。

她装着若无其事,熬到后晌,才又去见母亲。母亲以为她又来磨缠,已拉下脸来,她忙说:“妈,又怎么了?我不能来见你?”

母亲哼了一声,说:“谁知你又有什么好事!”

“那就不说了,什么也不说了。”

“你又想说什么?”

“不说了!”

“你到底又想说什么?”

“妈你总说我不懂事,我想懂点事了,你还是一脸恼!我懂事也是不懂事,我还说它做什么?”

“死妮子,你到底要说什么!”

“我看父亲和你,打里照外,比谁都忙,就想代你们去看看外爷外婆。不知这是懂事还是不懂事?”

“梅梅,我不是早有这意思吗?你只是不爱去!”

“现在去,不迟吧?”

“什么话!想去,就赶紧去吧。”

汝梅的外祖父家,与京号戴掌柜同村,就在不远的杨邑镇。虽也是大户，却无法与康家比，也没有康家这样太多的规矩。尤其两位老人，对汝梅宠爱得很，什么要求不答应？汝梅既一心谋着去凤山探秘，终于想到了借助这两位老人。

第二天一早，三娘就郑重派了车马，带了礼盒，送汝梅去了杨邑。

到了外爷家，汝梅又改变了主意：她不急于要求去凤山赶会了。凭她的经验，在赶会唱戏那样的时候，那座神秘的尼姑庵一定是山门紧闭的。去了，也是白去。所以，她在这里先安心住了下来，尽量讨外爷外婆高兴。

等龙泉寺庙会散了，她才对外爷外婆说：快出嫁了，想到龙泉寺许个愿。前两天赶会，嫌乱，现在赶完会了，正清静。两位老人听了，哪会阻拦？赶紧张罗车马，挑选仆佣，并叫她的一位表姐陪了去。

汝梅真是兴奋异常。

来到龙泉寺后，她又故技重演，在大佛殿敬香许愿后，就主张去爬山登高。陪她来的表姐是小脚，哪爬得了山？又见香客稀少，就怕上山有意外，不大愿意由她去。汝梅早谋好了对策，就说："表姐不放心，无非因我是个女娃吧？那我扮个男的，不就得了！"

表姐磨不过，也只好由了她。汝梅跟男佣们借了件布褂套上，又用一块布巾包了头。表姐说她不像男的，她说像个女佣也成，只是急着要走。表姐就叫两个男仆跟了去伺候。

出了寺院，汝梅就健步快行，想甩开仆佣。可这两名男仆视汝梅似公主，小心巴结，不敢有闪失。所以，无论汝梅快行慢行，总是紧随在后头。汝梅想了想，这两个男仆也不是康家的，跟着就跟吧。

她拖了这两个男仆，上山又下山，进入了那个寂静的山谷。

两个仆佣慌了，直问："这是到哪儿呀？"

汝梅带着几分神秘口气说："前头有座小寺庙，签儿特别灵验！"

两个仆佣不信，就说："怎么没有听说过？"

汝梅更神秘地说："这是女人求签儿的地界，你们男人怎么知道！女人求签儿特别灵。"

仆佣才不说话了。

但赶到那座尼姑庵时，山门紧闭，四周空无一人。

一个男仆问："就是这座小庙？"

汝梅点点头。

另一男仆就说："那我去敲门了？"

汝梅忙说："千万不能敲。越敲，人家越不开。敲开门硬闯进去，签儿也不灵。"

"那我们白跑一趟？"

汝梅说："先寻处树荫坐坐，我也累了。歇一会儿，庙门也许会开。"

看了看，不远处有几棵苍劲的老松树，就过去歇在浓荫下。坐了很一阵，尼庵依然没有动静。汝梅又开始怀疑自己上次所见。那次在这里所见的情景，回去对谁说了，都不相信。不但不信，还要笑她骂她。所以，她已经怀疑过许多次：是不是把梦境当真了？碰见一个老尼姑，脸上有美人痣，还问起六爷，这一切也许只是她做过的一个梦吧？

现在看这里的一切，小庙倒是见过的，可它是不是尼姑庵呢？山门紧闭，什么动静也没有。她不叫男仆去敲门，那是既怕再见着那位老尼，惹出更多麻烦，又怕出来开门的不是尼姑，而是和尚！那她的梦就真破了，索然无味地破了。

这样傻坐着，两个男仆很快不耐烦了。一个又要去敲门，一个劝她先回龙泉寺。她耐着性子又坐了一阵，仍不见动静，也只好站起来。想了想，还是暂时离开吧，不要冒失敲门。也许因龙泉寺庙会刚过，尼庵不敢轻易开门吧：她还是希望那是尼庵，而不是她的一个梦。

三人沿山谷走出来，快出山谷时，汝梅看见迎面有一个和尚走过来。因为最显眼的，就是光头和法衣，所以她断定那是个和尚。汝梅颇感失望！这和尚进山谷，只能是去那座小庙：它竟然不是尼姑庵？自己真把梦境当真了？

在这种心境下，汝梅也不大注意这个和尚了。只是等到走近了要错过去的那一刻,才不经意地举目看了一眼。看过后,她似乎也没有特别的表情,但走了十来步后,两个男仆才发现她不说话了!问什么也不搭腔,叫她站住也不站,就那样直着眼往前走……

两个男仆顿时吓慌了。

三爷本来正在天成元老号与孙大掌柜议论京津号事,见三娘派人来叫他回去,还有些想推脱。家仆说是急事,务必请三爷回来。他问是什么急事,家仆却说三娘也没交代。

三娘可从来没这么使过性子。三爷就问:“是老太爷有急事吗?”

家仆忙说:“老太爷那里没事!”

这就更叫人摸不着头脑了。三爷只好赶回康庄。进门一听三娘告诉,三爷的脸色立马严峻起来,忙问三娘:“这事没张扬出去吧?”

三娘就说:“我还不知道老太爷疼汝梅?所以,还没敢言声,怕惊动老太爷。她外爷那头,怕这边怪罪,只来给我报讯,也没敢送汝梅回来。我看这疯妮子,准是冲了什么不干不净的东西,中了邪!”

三爷说:“你也不用慌张,就跟没事一样,在家等着。这事,跟谁也先不要说。我这就去杨邑!”

三娘急忙说:“我不去哪成!不光汝梅呢,她外爷外婆也受了惊吓!”

汝梅曾有凤山遇神秘老尼那种经历,三娘其实还并不知道。汝梅不会跟她说,三爷也没对她说。所以,她也并不知道事态的严峻,只想去看看中了邪的女儿,也安慰一下担惊受怕的父母。可三爷断然不许她回娘家,说她一走,动静太大,惊动了老太爷,更麻烦。

三娘也只好遵命。

4

三爷到杨邑后,两位老人直说道歉的话。三爷就说:“她自小就野,哪能怨你们！只是这事没张扬出去吧？”

岳丈慌忙说：“这事着急还着急不过来呢，哪顾上张扬！”

三爷说：“就怕你们太惊慌，嚷吵得满世界都知道了……”

“没有，没有。一见梅梅成了这样，就赶紧给你们报讯！除此，还能去给谁说？”

三爷才说：“那就好。不过小事一件，太惊慌了，叫人家笑话。”

岳母就不高兴了，说：“梅梅都成了这样，还是小事？”

“关起门来，你们说成多大的事也无妨的！”

三爷又应付了几句，就去见汝梅。

初看，汝梅倒没有什么异常，但他走近，她竟像认不得似的。三爷叫一声“梅梅”，不但不应，连看也不看她一眼。

三爷到她跟前，连着叫了几声，还是不答应。

两位老人焦急万分，连说：“自从凤山回来，就没见她张过嘴，说过话！这可怎么是好？赶紧请有本事的道士吧？”

三爷叫来那两个跟着的男仆，详细问了问出事经过。之后就叫大家都回避了，只留他和汝梅，看能不能叫应她。

两位老人及其他主仆，也只好都退出来。

三爷把房门闭上后，先亲近和气地叫梅梅，她不应，也依然问她话，交谈似的与她说话。还特别说：“过几天，就带你去一趟京师！”可折腾了半天，还是不顶事，她依然直着眼，不认人。

三爷知道汝梅是惊吓过度了。但遇见一个和尚，就吓成这样？她又把这个和尚看成谁了？以前她说过，遇见一个老尼姑，脸上有颗美人痣，很像死去的老夫人。一个和尚，又能像谁？难道是跟她的那两个男仆有什么非礼之举？三爷刚才询问他们时，留心细察，两人并不像做过坏事的样子。

三爷常跑口外，经见过惊吓过度的人事。对吓傻了的伙友，有时猛然给他一巴掌，倒能将其唤醒。可汝梅是个女子，更是自家的爱女，真无法下手抽她这一巴掌。可她真要吓傻了,跟谁也不好交代。

这样一着急,三爷那火暴强悍的脾气又上来了,面对着汝梅,猛然大喝了一声:“你是谁？你不要缠她——”

三爷也不知怎么就喊了这样一句,但这一声喝叫,是那种在荒原练出来的吼叫,爆发慢,后劲大,给憋在屋里一回荡,真是很可怕。

这样一喝叫,真还把汝梅震动了,眼珠先就抖了一下,跟着转动起来,跟着又哇一声哭了出来,扑过来搂住了父亲。

三爷就叫了声:“梅梅——”

汝梅答应了一声。

三爷又问:“你认得我吧?”

汝梅说:“认得,爹!”

谢天谢地,总算把她吼醒了:三爷终于松了一口气。

听到这边吼叫,汝梅的外爷外婆一干人都慌忙拥来。见汝梅已哭出声来,也都长出了口气。两位老人正想细问汝梅受惊缘由,三爷立刻止住,说:“我也饿了,汝梅你饿不饿？快去给我们张罗吃喝吧!”

三爷把围着的人打发开,又哄汝梅止住哭。汝梅虽能认得人了,还是有些痴呆。三爷也就不再多问,尽量说些她愿意听的。

那天天快黑时,三爷和汝梅同坐了一辆马车,回到康庄。临别时,三爷又特别嘱咐了岳丈:汝梅凤山受惊这件事,千万不要张扬出去。

到家后,三爷也拦住三娘,不叫她问长问短,只说:“梅梅也没什么事,累了,不想多说话,俩老人就大惊小怪!”

此后几天,三爷也不叫多说受惊的事。他也没有怎么外出,尽量多陪着汝梅。但汝梅分明像变了一个人,成天不大言语,那几分痴呆气也未消去。尤其三爷不在跟前时,更胆怯异常,像害怕什么似的。

三娘早着急了,直对三爷说:“梅梅还是中了邪！请道士,还是请神婆,得赶紧想办法呀！梅梅老这样,还得了?”

三爷就瞪她:“你就想折腾得惊动了老太爷？我看梅梅是有心事,慢慢哄她说出来,就没事了。就只想中邪!”

“她有什么心事,能这样重?把人都压垮了!”

“她眼看要嫁人了,能没心事?她去龙泉寺,就是为了许愿。”

三爷这样说,是为了稳住三娘:汝梅受惊的实情,他不想叫三娘知道。而汝梅受惊的实情,他也还未正经问呢。不是不想问,是想缓一缓,能问出个究竟来。

又过了几天,三爷才把汝梅叫到自己的账房里。先告汝梅说,最近他想去趟京师,只是放心不下她。汝梅立刻就有些慌张,说:

“爹你去哪儿,也得带着我,我一人可不敢在家!”

三爷就说:“我也想带你,可你现在这样,怎么能出门?”

汝梅说:“我是害怕!跟着你,我才好些。”

“梅梅,你从小就是胆大的女娃,有什么能叫你害怕?我看你是胡思乱想,自家吓唬自家呢。要不,你是听了谁的胡言乱语了?”

“没有!我是碰见一个人,没把我吓死!”

“碰见谁了?又是一个老尼姑?你还没忘了那件事?早跟你说了,我派人去打听过,凤山里头就没尼姑庵!”

“不是老尼姑。”

“那是谁?一个和尚?”

汝梅又直着眼,不说话了。

三爷就说:“梅梅,看看你,又犯傻了!老这样,我怎么带你出门?”

汝梅才说:“我在凤山碰见一个人。”

“谁?”

“洋画上画的那个人。”

“洋画?”

“给她画了一张洋画,也给我画了一张洋画。”

三爷听明白是谁了,可他也几乎给吓傻了:新逝的老夫人?这怎么可能!

他努力镇静下来，说："梅梅，你怎么尽爱这样胡思乱想？他们说你碰见的是一个和尚……"

汝梅直着眼说："她不是和尚，和尚就是她。剃了头发，一身法衣，走路轻盈，远看像和尚，近看就是她……"

"梅梅，你还认得我吧？"

"爹，你不信，亲自去一趟！以前天天见她，我能认不得她？"

"梅梅，梅梅……"

"爹，连你也不信我？"

"信你，信你！"

三爷极力安抚住汝梅，并故作神秘状，好像要与她一道共享秘密，结成同谋，先不向任何人说出这件事。这一招，似乎还叫汝梅满意。

但三爷心里，却是惊涛汹涌！

真会是她？

她真还活着？

她的丧事，那场浩大豪华的丧事，他是自始至终都参与操办了。她怎么可能没有死？她入殓时，他还没有赶回来，未见她的遗容。但别人见了！

三爷不是糊涂人。他疼汝梅，也不会轻信她一个小女子的胡思乱想。他心起惊涛，那是有更深的缘由。身在康家，他对老夫人的频频亡故，已是早有些影影绰绰的疑虑。但那关乎老太爷的尊严，他尽量不去想那种事。

六爷的生母去世时，三爷已近而立之年。他冷眼看去，已觉有几分突然。待将杜氏续来做老夫人，三爷便更生疑惑了。杜氏那时一半京味，一半洋气，正风靡太谷。老太爷就赶得那么巧，正好丧妇？

不过，三爷宁可相信那只是自己偏心的猜疑，因为他也是激赏杜氏的！杜氏风头最劲的时候，三爷曾邀了几位友人，往杜家拜访过。那一次，杜氏也出来了，与他们谈笑风生，真是明丽芳香之极。他哪里料到，父亲居然把杜氏娶了回来！这真是太叫他意外，也太叫他伤心。那时，他早有妻小，按家规他根本不可能娶杜氏的。但居然是父亲把杜氏娶回来，三爷还是太难接受！所以，他生疑惑，也许是偏心使然，妒意使然吧。

杜氏初进康家那几年，三爷远走口外，将这一切深埋心底，永远不想动它了。世间除了他自己，也永远不会有人知道这一切。

可是，去年冬天带汝梅下江南时，汝梅说了她在凤山的奇遇，三爷当下就震惊了：他的猜疑原来也不谬？前头那位老夫人难道真是明亡暗废？可那样浩浩荡荡发丧了，怎么活下来，又怎么藏到山中的尼姑庵？尊贵为老夫人，就那样听任摆布？他无法细想，只是告诫汝梅，不要胡思乱想，不要什么都想知道。大户人家，宅院太深了，不要什么都想知道。

他当然疑心过汝梅的奇遇。她自小就爱疯跑，也爱发奇想。可她与老太爷老夫人无冤无仇，不会有什么偏心。童言无忌，童眼也无忌！

但那一次汝梅的奇遇，三爷只是惊异，却不想去触动。那一位老夫人故去已经多年，也无法去触动。这是去触动老太爷，三爷他怎么敢！

这一次，汝梅居然又撞上了杜氏……这个梅梅，她操了这份心，探到了更可怕隐秘，没有把她吓死！可他依然不能去触动吧，决不能去触动。

老太爷已经把半个家交给了他。

但她真没有死吗？

真没有死，又能怎么？

忍了几天，三爷还是无法放下这件事，无法放下这个杜氏。在想了又想之后，他决定去做一件事：派一个可靠的人，去凤山暗访一次那座尼姑庵，验证一下汝梅所说的，到底有几分真，几分假。

他也只做这一件事，只走这一步。不管验证的结果是真是假，他都到此为止了。他与杜氏也没有一点情分，犯不着为了她，去触动老太爷最要命的地界。

这件事，他也可以不做，只是按捺不下。

毕竟是杜氏，一个深藏在他心底的女人，与众不同的女人，下场太凄惨的女人。

但做这件事，还是太难了。

派谁去呢？这个出面暗访尼姑庵的人不能露出一丝与他有关的痕迹。一旦露出，必为老太爷所察，那后果不堪设想。这是与老太爷周旋！

三爷想了许多方案都觉不妥。在太谷，他可托靠的人，都是康家的熟人，老太爷的熟人。他没有自成体系的心腹，他哪想过要与老太爷周旋？口外倒是他自己的知交，可将那些人招来，也是太显眼了。

他终日这样忧愁，从小就时刻跟着伺候他的一个家仆见了，知道主家有了大的犯难事，便试探着问了一句："三爷，遇什么难处了？"

三爷扫了他一眼，顺嘴就说："我有什么难处？京津刚叫人放心，我在家歇两天吧，有什么难处！"

刚这样说完，忽然就闪出一个念头来：这件事也许该交给这个人去办？这个叫宋永义的家仆，从小就跟了他，跑口外、下江南也跟着，常为他办事。他对永义，也一向当心腹使唤。如果连这个人也不能托靠，那他还能成什么大事？

这样一想，三爷就断然决定将这件事交永义去办。办成，那当然好；办不成，甚至将自己败露出来，那也认了：半辈子了，连身边这个心腹也为不下，倒霉也活该了！

于是，他瞅了一个单独的机会，先对永义说："你能瞅出我有心事，也算没白疼你！"

永义就跪了说："也许我不该多嘴！"

三爷先叫他起来，才说："永义，我是有一件事想叫你去办。事情也不难办，只是除了你我，谁也不能叫知道。连你三娘、老太爷也一样。"

永义说："我知道了。"

三爷还想叮咛，一想，罢了，就交代了要办的事：找个可靠又与他康三爷不相干的人，最好是个老妇人，叫她去给凤山一座尼姑庵捐一笔香火钱;然后打听清庵里有几位女尼,什么模样。

永义听了,就说:“这事好办。”

三爷想问问他派谁去,也作罢了,只说了句:“小心去办吧。”

在此后的几天里,三爷见了永义也没多问。但心里却不平静:他这是正式跟老太爷周旋开了。也许,老太爷会给他一个意想不到的下马威?

五天后,永义给他回了话:“三爷交代的事已办妥。跑了两趟,香火钱才捐上,进去拜了佛。庵里只有一位法号叫月地的女尼,四十多岁,面容甚清俊,只是瘸腿。”

三爷极力平静地问了一句:“就一位女尼?”

永义说:“听说原来是两位。那一位法号名雪地,十天前云游外地名寺走了。”

“十天前?那位雪地什么模样,问了没有?”

“说是三十多岁,因未缠过足,行走方便,故外出云游去了。对了,还说那位叫月地的女尼脸上有颗痣。”

有颗痣!那汝梅所见的一切都是真的了?三十多岁,天足,这也像杜氏吧?可她偏偏在这个时候就云游走了?难道老太爷有了觉察?可十天前,他什么动作也没有,只是在安抚汝梅,连她所见的详情还没问呢。

杜氏也认出了汝梅吗?

杜氏真还活着?她云游外地名寺去了?

三爷为了使自己平静下来,问了问永义派谁去的。永义说,是编了个理由,求他姑母托了一相知的妇人出面去给捐的香火。头一次跑去,人家不收布施。第二次,又托说为还愿,必须捐出布施,才能保她独子长久平安。这才收了。

三爷赞扬了两句,并叮嘱说:“这事关乎汝梅,除了你我,不能再给第三人说。你姑母那里也叮咛一下。”

他是想将事情的严重性稍作化解才这样说的。永义似乎也未生疑心,连声应承了。

过了几天，三爷去见老太爷，说："西安信报说，朝廷快起跸回京了。我想即日启程，赶赴京师。京津两号此次开局惊天动地，我该去亲历一番的。"

老太爷说："那你就去吧，只是余波了。"

"汝梅近来郁闷不乐，我想带她出外走走，赶九月初六，送她回来。"

"不想嫁人，是吧？一路上，你也说说她，女娃家，不能野一辈子！"

老太爷没有一点异常，什么都应承。三爷虽松了一口气，但第二天一早，还是真带了汝梅踏上了赴京之路。

路上，他常忍不住要想：杜氏是否也往京师云游去了？

5

十天前，杜筠青真是离开凤山往京师西山云游去了。说云游，其实是下了决心，弃太谷而去，弃俗世而去。移往京师，那却不是她自家的选择，是随了剃度她的法师而去。杜筠青此去，将在京师西山事佛到底，修炼余生。

她此时出走，也同汝梅没有一丝相关，与整个康家都无一丝相关的。

那天她与汝梅迎面相遇，实在是什么也没有看清。不用说那天汝梅扮得不男不女，就是熟脸本相，杜筠青也不会留意到的。她真有些两眼皆空了，俗世的一切，都视而不见。就连终日与她做伴的月地，她也越来越疏远。因为月地到底不愿舍弃俗世，虽然月地的俗世几乎什么也没有了，就剩下一位六爷。

杜筠青的俗世，那是已经四大皆空，干干净净。她丢弃它，自然而然。

月地也很惊异杜氏的变化，这才几天，她竟修炼成另外一个人，冰冷而净洁，真如她自挑的法号：雪地。

六个月前，杜筠青知道了自己身处何处，本来想认命了，干脆真剃度出家，与康家永处两个世界。她比起前面两位老夫人，毕竟有不同，她毕竟报复过老东西了，或者，她自己毕竟是有罪孽的。

她真的恳请月地给自己剃度。月地先是嫌她入庵时日太短，半年以后再说此事也不迟。反正已在阳世以外了，一切都可以从容的。杜筠青疑心月地嫌她决心未下，就说：既不能立马剃度，那她自家总可以剪去这一头青丝，以明出家之志。

月地算是相信她了，可还是说："我自己还未正式剃度，哪能来度你？你既有此决心，也得从容拜一法师，由她来收你入戒。"

杜筠青就说："近处即有龙泉寺，请一法师来，也不难吧？"

月地却说："龙泉寺戒行也不严，如今那里也没有一位道行深厚的高僧住寺。等有法力的尼僧云游过来，你再受戒剃度，不是更好吗？"

杜筠青说："什么时候，才能等来这样的高僧？"

月地说："你既心诚，总会有机缘的。这件事，是事佛之始，不可仍以俗事把持，操之过急。"

月地这样说，杜筠青真也不能再说什么了。当时她只想问一句：你至今未正式剃度，是一直没有等到这样的机缘吗？她没有问。

杜筠青虽不急于剃度，但还是毅然把自家的头发剪去了，虽不似剃度那样根净，却与尼僧没有太分明的差异。

"死"后的日子就这样平静地开始了。杜筠青以为自己已经将俗世的一切都丢弃了。那边，已无一人值得她去牵挂，也无一人牵挂她。她才真应该心静如死水。

可实在并非如此。

她一人独处的时候，还会不由想到那件事：她至"死"也没能确定，是不是真正报复了老东西？她与三喜的出格私情，老东西是不是知道？既赐她"死"去，老东西应该是动了怒。可现在她知道了，前头两位老夫人也是在十年左右被这样废了。她们没有私通之罪吧？

她是到了被废的年限，才被这样赐“死”，并非因为自己的罪孽？

老东西要知道了自己的罪孽，一定不会装得那样从容自若吧？在最后那个冬天，老东西搬进了他的大书房。在她眼前，他太从容自若，以至叫她无法忍受！他要真动了怒，能装得那样点滴不漏？老东西一向以王者自诩，如果知道了她的罪孽，只怕赐她一个真死也不解气！

还有三喜。老东西要真知道了她的私情，那三喜是肯定活不成了。可三喜是死是活，她也是至“死”没有弄清。弄清三喜的死活，也就弄清老东西的虚实了。

三喜，他到底是死是活？他要死了，那是为她而死；他若活着，那她的出格就可能是自取其辱，白折腾了一场。

三喜，三喜，她至“死”也不知他的死活！

杜筠青终于承认，自己在心底也是藏了牵挂的，未割断的牵挂。

她静思了几日后，便决定去做一件事：往三喜的村子跑一趟，探明他的生死。他要真死了，她就甘心忍受一切，甘心为他剃度出家。他要活着，她也不再牵挂他了，甘心就这样“死”去。总之，她得了结这份牵挂。

她有腿有脚，下山跑一趟，不在话下。久不走长路，只需练几天，活动开筋骨，也就得了，不必像月地那样苦练一年多，才能行动。

杜筠青对月地说了：她想下山走走。月地也不多问，只说那由你。她忍不住说：“我可不去康庄！我与康家永远是阴阳两界了。我只想往乡间走走，学着化缘，以自食其力，不再食康家供给。”

月地也未细问，只说：“你虽有天足，也需练练腿功吧？我说过的绕坛功课，你不妨也练练。你是天足，可每日加一圈，九九八十一天，即可功成。”

杜筠青含糊答应下来，但一天也未去绕花坛。她不想步月地后尘。再说，成天绕那么一个小地界转圈，只是想一想，也会将人转傻的。她自己想出了一个非常直接的练腿办法：就直接下山沿了进城的大道走，走累了，便往回返；天天如此，天天长进，直到走到目的地。

杜筠青入住尼庵后，头脑一清醒就恢复了洗浴的习惯。这里条件虽简陋，却无须跑远路，自家烧锅水，就可洗浴了。加上离龙泉寺近，水质甚佳，浴后清爽似仙。所以洗浴更勤，几乎日不间断。如此洗浴，杜筠青便觉身体较以往更为强健轻捷了。有这样的体质，杜筠青往山外走，真是没往返多少天，就差不多快进城了。

三喜的村子，杜筠青曾经去过两次。村名叫沙河，它的方位：到县城南关，往西走，不远就到了。

为了去做这次探访，杜筠青特意新剪了一次头发，显得秃秃的，更像一个尼姑。她虽去过这个村子两次，但都有老夏跟着，每次都不让她下马车，只把三喜家人叫来，由她隔帘问话。所以，估计那里不会有人认出她来。但她还是精心将自己打扮成一个地道的尼僧，她不想被人当作鬼身来羞辱。

去的那天，她出发得很早。到南关时，才刚到早饭时候。但街面上行人已不少。她觉去沙河太早，就决定先进城走一趟。于是，沉着从容，毫不露心虚之状，大方地仰着冰冷的脸，穿城而过，居然没有一点麻烦。谁也没多留意她。

只是在返回南关后，她才生出一点感叹：这些年，三天两头进城洗浴，现在却要隐身而行了！市面一切依旧，可有谁会记起她的车马已久不进城了？

但她很快将这感伤驱赶走了，不必留恋，什么都不必留恋。

她从容走进沙河村时，发现自己还是来得太早。因为她不知道僧人是否会这么早来乡间化缘，更不知道附近是否也有尼庵。既然来了，也只好沉着应对吧。

进村后，遇到过几个男人，杜筠青都低头而过。他们对她似乎也没起什么疑心，可见放心行事就是了。所以，等遇见一位妇人，杜筠青便上前合十行礼，按预先想好的说："请问施主，贵村便是沙河吗？"

那妇人看了她一眼，也没异常表情，只说："就是。"

"想向施主打听个人，不知方便不方便指点？"

"这位师父打听谁？"

杜筠青又合十说："贵村一位做了善事的施主。"

"谁呀？"

"施主只说，他叫三喜，是给一家大户赶车。"

"有这个人。"但妇人露出几分疑问，说："他给你们布施过？"

杜筠青忙说："他是代东家的一位夫人给小庵布施了一笔不菲的香资，但不肯透露东家是谁，这位夫人又是谁。小庵近来要立功德碑，贫僧专门来问问这位施主，东家仍不肯显其名吗？不显真名，是否可择一化名？"

那妇人就冒了一句："三喜是给康家赶车！"

杜筠青故意问："康家？哪个康家？"

妇人见追问，忙说："我不多嘴了，想问什么，你去他家问吧。"

杜筠青就顺嘴问了一句："这位三喜不常回家吧？"

妇人也顺嘴说："他早驻外学生意去了，走了快两年了。"

他驻外学生意去了？那他没有死？

杜筠青极力忍耐住，请这位妇人指点清三喜的宅院。不管怎样，她得亲自去探访一次。

三喜刚失踪后，她往这里跑了两趟，他家人也说：东家把三喜外放了，驻外学生意。她问老夏是真是假，老夏说一个大活人不见了，也只能先这么跟他家交代。两年过去了，他家还这么相信，村人也这么相信？两年多了，三喜就是给外放到天涯海角，也该有封家信寄回吧？否则，家人怎么能相信他真外放了？

三喜家的大门已近在眼前了。杜筠青忽然生出许多勇气。

6

杜筠青刚才对村妇说的那一番话,倒真是她托三喜办过的一件事。那时她心境恶劣,真想过出家为尼。所以托三喜给一处尼庵捐过香资。她也真交代了三喜,务必隐去她的身份。那时,她与三喜还没有私情。三喜问她:"这是行善,老夫人为何不留名呀?"

她说:"为善不求人知,才为真善。"

她用这件事做试探,原来还想:三喜要真活着,听家人转达了这件事,他就会明白来访的尼姑是谁了。可现在,杜筠青已经有了一种预感,三喜若无其事地活着,既未受严惩,也不再记着她,只一心想在商号中熬出头。所以,她还要不要说这件事?

不管怎样吧,她还是要叫三喜知道,她曾来探访过他。如果他真活着,那他就该明白:她也没有真死!

杜筠青平静地敲开了三喜家的大门。出来开门的是一位老妇人,看穿戴与神态不像是仆佣。

杜筠青就行合十礼,说:"打扰了,请问这是施主三喜的府上吗?"

老妇人见她是尼姑,似乎也不讨厌,很客气地说:"就是。三喜是老身的三子,师父问他做甚?"

"因他做过的一次善事。"

老妇人一听,忙说:"师父快请进来说话!"

杜筠青跟着往进走时,三喜母亲一路说:她信佛多年了,今有女师父光临,很高兴。见三喜母亲这样一脸喜悦,杜筠青心里倒是凉了几分:他果然什么事都没有?

进屋就座后,杜筠青就照刚才对村妇说的那样又说了一遍。

三喜母亲听完,就忽然掉下几滴眼泪来,叹了口气,说:"我家三喜伺候的那位老夫人已经过世了。"

杜筠青故作惊讶,说:“这位施主寿数很大了吗？竟升天了？”

老妇人说:“哪呀,才三十多岁吧！太可惜了。她待我们三喜很仁慈的。”

杜筠青就说:“真是太不幸了。那她的遗愿更不便知道了。三喜还在那家大户赶车吗？”

老妇人说:“承东家器重,他已经外放学了生意。”

杜筠青故意平静地问:“老夫人升天后,他被外放了？”

老妇人说:“不是,外放有两年多了。”

杜筠青这才惊讶地问:“老夫人升天以前就外放了？为什么？”

老妇人很平静地说:“那也是老夫人仁慈！想叫他有个好前程。”

“原来这样,我还以为出了什么事。”

“大户人家的下人,外放是受抬举！做错事,哪会受抬举？”

杜筠青听了,心里虽翻江倒海,还是极力镇静下来,继续探问:“三喜既荣获外放,贫僧也只好白跑这一趟了。听三喜说,这位大户人家的老夫人有交代:不许显出她的身份。也不知该不该问一句:老施主,你能告知这大户人家是谁家吗？”

老妇人立刻就低声说:“康家,康庄的康家。”

杜筠青又故作惊讶,说:“原来是康庄的康家？太谷数得着的大户,那贫道更不便去探问了。那种大户,隐情太多。康家老夫人生前既不想显身,小寺也不便去挑明了。除非老夫人生前对你家三喜还有交代。三喜他学生意的地界离太谷远不远？”

三喜母亲说:“说远可是真远,在甘肃的肃州驻茶庄。不过学生意,谁不是先从远处驻起？”

杜筠青顺势又问了一句:“肃州是远,常有书信来吧？”

老妇人还是平静地说:“一年虽来不了几道信,倒还是总报平安。”

杜筠青再问:“今年有信来吧？”

“有,来过两道信了。”

“能拿一道来，我看看发信的地界吗？为功德碑事，小寺只好修书一道，寄呈你家三喜了。”

老妇人立刻就转身进了里间，拿出两封来，说：“这就是今年来的信。”

杜筠青接过，先看了看信皮，跟着就抽出信来扫了一遍。但她未看另一封，只是强作镇静，交还了信件，努力做了从容的道别。

但强撑着走出沙河不远，她已经无法控制自己，倚了路边一株老柳，瘫坐下来！

一切都白做了，一切都落空了。自己出格了一回，委身于一个下人，钟情于一个车倌，居然两头空空，什么也没得到。既没有报复了老东西，也没有得到三喜的真情！这个小东西，小无赖，原来什么事也没有，只是荣获了外放。看他母亲那一副子荣母贵的得意之情，就知道什么事也没有发生。小东西写回的家信，也是一纸春风得意。尤其信中涉及她的“死”讯，只用“康老夫人噩耗已闻”几字一笔带过，后面又是春风得意！

老东西要得知了她与三喜的私情，哪可能叫他这样春风得意？荣获外放，还住了茶庄？

但这个小无赖的突然失踪，一定与她的出格相关。不会是三喜这个小无赖告了密吧？他也不傻，不会这样自投罗网。

杜筠青这时才想到一个人：管家老夏，管三喜的老夏。一定是这个老奴才听到了风声，外放了三喜，调开了吕布，暗中捂下了这件捅破天的丑事。外放三喜，调开吕布，都是在老东西南巡归来前。为了捂严这件事，老奴才也不便严处三喜和吕布。

这个老奴才，他居然挡在老东西眼前，捂住了康家那片被捅破的天！他成全了老东西的脸面，更成全他自己，甚至也成全了三喜这个小无赖，只是坑了她一人！这个老奴才，她“临终”忏悔时，居然选了他！

是她先钟情于三喜，他未因她而丧命，她本也该高兴的。可他听到她的“死”讯，竟也那样高兴！他说过情愿为她而死，原来那也只是一句即兴的甜言蜜语！她的真情，她的献身，甚至都不及边远小商号的一个学徒之差！

正是从这一刻起，杜筠青才发现俗世于她已毫无牵挂。她不再有可牵挂的人，也没谁还牵挂她。她的俗世已经一片空白，干干净净了。

回到凤山后，她就像变成了另外一个人，冷漠得与月地也疏远了，但也日渐显出冰清玉洁。

就在遇见汝梅的前几天，原来在此住持的那位老尼，由四川返京，专门回来小住。她就是当年雨地的师父，后来移往京师西山修行去了。前年京师拳乱初起时，她即云游四川避乱。今闻京师已平静，跋涉回京。听说雨地已弃世，老尼也不胜感慨。她说佛家出家要义，在利人不在利己，是以自家的苦行苦修，为俗世众生赎罪。不跳出一己恩怨，或只求一己解脱，终不算真出家。

杜筠青这才忽然有悟：这就是自己等待的高僧吗？

她便提出了真出家，真剃度，真受戒的请求。

老尼见她神情冰清玉洁，也未多问，便答应了。剃度受戒后，老尼听她京音甚重，便问她愿不愿随她赴京？

杜筠青恬然说："愿随师去。"

走的那天，她也异常恬淡平静。

月地却颇为感伤。她倒不为自己将独守尼庵而生忧伤，只是感叹自家终不能丢下六爷，弃俗事佛。佛与她，终还遥远。六爷，她亲生的六爷，那才是她心中的佛。

送走老尼和雪地，月地是那样强烈地想再去一见六爷。不打扰他，只是远远地望他一眼。但打听到的消息，依然是六爷还远在西安。

第九章　谢绝官银行

1

西帮票号重返京津复业，严守了“天大窟窿赔得起”的祖训，敞开老窖积蓄，源源调运巨银上柜，兑现旧票，赔偿损失，很快激活了银市。西帮的实力再次惊动天下商界，西帮信誉更是陡涨，达到历史顶点。

历劫遇险反能借势出奇，这本也是西帮的本事。而这次历庚子大劫，西帮又使自家声誉大著，自然也惊动了京津官场。

辛丑年，也即光绪二十七年(1901)九月二十七日，朝廷外务全权大臣、北洋大臣兼直隶总督李鸿章在京病故。而此时回京的朝廷銮舆才行至河南荥阳。朝廷行在命王文韶接任外务全权大臣，北洋大臣兼直隶总督则叫袁世凯继任了。

袁世凯到天津上任后，很快也听说了西帮在复兴津市中的作为。此时，他正在甫任北洋大臣的兴头上，傲然做出了一个霸气的决定：开办一间北洋自家的官银号，请西帮票号加入，替他经营。他亲自定名为“天津官银号”。

天成元的津号老帮邱泰基，以及日升昌、蔚字号、大德通、志诚信等几家大票号的津号老帮，是在光绪二十八年（1902）春末时候，被召进北洋大臣衙门的。他们根本就没有想到袁大人居然是为此召见他们，一时谁也不知所措，只能以"事关重大，必须请示老号和东家"作答。

但出面召见他们的直隶藩台，却口气颇硬，说袁大人催办甚急，尔等必须尽早奉命，以不负袁大人对西帮的器重。

再器重，我们也做不了主！

按西帮规矩，这样的大事，即使老帮们有应对妙着，也得请示老号和东家的。所以也不尽是托词。

邱泰基回到津号，就急忙将此事说给了何老爷。何老爷此时正在天津。

他为何也来了天津？原来，朝廷离陕回京后不久，何老爷也与六爷一道返回了太谷。但这一趟西安之行，焕发了他的理商激情，回来哪还能坐得住？于是，就不断磨缠老太爷，希望再放他去跑码头。康笏南呢，见何老爷这次在西安立功不小，知道他还宝刀不老，也就忽然有悟：何不以西安为例，就用出游的名义，派何老爷去外埠有急务的庄口，协办、督办一些商事？此可暗比他为钦差！派一位举人老爷去做吾家钦差，也是一件快事。

当然明面上只能是老号的钦差，不能做东家的钦差。否则，孙大掌柜会生疑的。康笏南将此意说给孙北溟，他也很赞同，认为何开生这样的理商高手，窝在家馆，也太可惜了。只是六爷即将赴考，此时放走何老爷，合适不合适？康笏南连说："何老爷在吧，也是疯癫无常，他能专心给老六备考？还是放他走吧。我们到底谋出了一个使唤举人老爷的办法！"

何老爷对这份"钦差"当然喜出望外了。问他第一站想去哪里？他脱口就说出了天津。做津号老帮，那是他近两年来的梦想。天津商务也正较劲，而邱泰基毕竟初到京津。康笏南、孙北溟就同意派他赴津。

在西安时，邱泰基与何老爷就很相投，现在又于天津相聚，他们当然都很高兴。何老爷是这年春天到天津的。刚到不久，就遇了这样的事。

何老爷刚听了事情的大概，就猜出了袁世凯揣的是什么心思。但他没有急于说出，现在与在西安不同了，既为钦差，就不能太气势逼人，喧宾夺主。他只是问：其他大号是什么打算？

邱泰基说："都是大感意外，不知所措，要请示老号，尤其是东家。"

何老爷就说："这涉及股本、人事，当然得由东家老号定夺。可邱老帮一向主意多，你总得先拿个主意，叫老号东家裁定吧？"

"何老爷久住京号，摸熟了这等高官的脾气，该知如何应对的。"

"我跳出江湖多年，以前的老皇历哪还能用！袁项城这个人，更不摸他的脾气。"

"此人谁又能摸准他的脾气？戊戌年，他连皇上都敢背叛；近年在山东，太后的话也敢不听！"

"正是！我们区区民商，哪能伺候得下他？"

"我想也是。生意不似官令，成败常在两可间。给他挣了钱，他当然高兴；赔了呢？一赔再赔呢？他说不定会砍你的脑袋！"

何老爷见邱泰基与自己看法相同，就问："他的这间天津官银号，打算怎么叫我们加入，说了没有？"

"说是要按西洋银行的体例，叫我们出银出人。出银算入股，出人呢，给他操持生意。"

"我们出银出人，他们当东家掌柜，挣了钱，归他们；赔了，怨我们！我还看不出他这点心思？"

邱泰基见何老爷这样说，也便直说了："那我们只好恕不奉命？只是，我们驳了袁大人的面子，在天津如何立足？"

何老爷断然说："天津商界是大头，官场倒在其次。再说，津市劫后复兴也离不开西帮的。我估计，袁世凯想役使的几家大号不会有一家奉命的。面子肯定要驳他的，如何驳，还可有所讲究吧。"

"那我们就赶紧联络其他几家大号？"

“以我之见，邱老帮你得辛苦一趟，赶快往京师见见戴老帮。请他预测一下，袁世凯在北洋大臣任上能否长久？对其前程心中有底了，才好谋划如何驳他。我呢，即刻给老号、康东去信禀报此事，请他们尽快定夺。”

“何老爷真是想得周到！”

第二天，邱泰基就启程赶赴京师。

到京后，出乎邱泰基意料，京号戴膺老帮听完就问：“你们回绝没有？”

邱泰基忙说：“这么大的事，我们哪敢擅自做主？”

戴老帮断然说：“应该当场回绝！”

“当场回绝？”

“对，不拘寻个什么托词，当场回绝！”

“同去的数家大号，当时没有一家应承，可也没有一家回绝。”

“不管别家如何，我号也当回绝的！”

邱泰基忙说：“我初来京津，不会办事，还望戴老帮指点。”

戴膺这才叹了口气，说：“邱老帮，这也不能怨你。有一件事，你大概还不知详吧？”

“哪件事？”

“庚子年，两宫西狩时途经徐沟，康老东台曾陛见太后和皇上。”

“其时，我尚在口外归化城，也只是听说有这事，详情实在知之不多。”

“当时，我是陪了康老太爷去徐沟的。陛见中间，太后对康老太爷说得最多的，你知是什么？”

“是什么？”

“就是袁世凯想要你们办的这件事！”

“太后也想叫西帮替她开官银号？”

“可不是呢！太后很说了一番离京逃难出来所受的种种恓惶，尤其没带出京饷来，想花钱，就得像叫花子似的跟人要！所以，她就说了，日后回京一定要开间朝廷的银号，走到哪，银子汇到哪，就跟你们山西人开的票号似的!”

“太后也知道我们票号的妙处了?”

“反正是这次逃难,叫她另眼看我们了。她一再对康老太爷说:予与皇上回京后,尔等替予挑选些挣钱好手,为朝廷开一间银号!你想,太后真要开起银号来,还不把我们西帮手里的利源夺尽?官款京饷,哪还轮得上我们兜揽?所以,正盼着太后回宫后,重享至高排场,忘了开银号这档事!现在,袁世凯这样抢先要开官银号,办法也与西太后相同。这消息传进宫,能不提醒太后重温旧梦吗?我们如不断然回绝袁世凯,太后一旦下旨叫我们给她开皇家银号,那我们连托词也寻不出了!西帮既肯伺候袁世凯,哪还敢借故不伺候皇太后!”

“我真是不大知道这些详情。”

“既不知,即无过。何老爷也不赞成伺候袁世凯吧?”

“十分不赞成。我也十分不赞成。只是,袁世凯毕竟是北洋大臣,如何驳他,想听戴老帮指点。以戴老帮眼光看,袁世凯在北洋大臣任上,能否长久?”

戴膺又断然说:“不论能否长久,都得断然回绝他!回津后,不管别家如何拖延,你都要及早回复:天成元无法奉命!托词有现成的两条,举出即可:一曰刚历庚子大劫,字号亏空太甚,无力参股;一曰敝号人员都系无功名的白丁,按朝廷大制,进官银号只能做仆佣,不能主事做生意。”

邱泰基低声说了句:“何老爷可是有功名的。”

“何老爷也不能伺候他们!”

“那就听戴老帮的。老号、东家那里,不会有异议吧?”

“老号、东家那里,我来禀报。怪罪下来,与你无关。”

“那我回津后,即刻照办!”

邱泰基早听说京号戴老帮敢作敢为,却又不贪功,不诿过,今亲身领受,果然叫人钦佩。而在戴膺的印象中,邱泰基是个很自负的人,但到津以来却全不是这样。眼前这件事,他本可用信报、电报就商于京号的,倒亲自跑一趟。这很出戴膺意料,也就更多了对邱泰基的好感。

议事后,戴膺摆了一桌很讲究的酒席,招待邱泰基。席间,两人相谈甚洽。

等邱泰基返回天津,其他几家大号也已得到指示:赶紧婉拒袁世凯,恕不能奉命。托词与戴膺所举出的两条,大致相同。西帮老号一向也没这样痛快过,即便回绝,也是笑里藏刀,云遮雾罩,今次是怎么了?除了有戴膺那种考虑,显然还因为袁世凯人望太差,避之唯恐不及,哪里敢与他合股!

于是,邱泰基与其他几位津号老帮,分别给北洋大臣衙门递上了婉拒的呈帖。令他们意外的是,袁世凯大人似乎并未动怒,反而又不断派人来游说,语气也婉转了许多。

虽如此,邱泰基他们也只是虚以应付,老主意还是:拒不奉命。

2

京号这边,送走邱泰基没几天,就见宫禁中那位小宫监二福子登门而来。柜上伙友还以为他来存银子,也就只殷勤伺候,不想惊动戴老帮了。

哪想,二福子刚坐下就说:"快请你们戴掌柜出来!"

一伙友忙说:"我们戴掌柜……"还未等说完,二福子就厉声说:

"不管你们戴掌柜到了哪儿,也得赶紧给我请回来!"

"有急事?"

"可不呢,天大的急事!"

二福子还从未这么发过威,柜上伙友赶紧跑进去请戴老帮了。

戴膺出来,还没说话,二福子就说:"戴掌柜,赶紧吧,崔总管在宫门等着呢!迟了,谁也吃罪不起!"

戴膺一时摸不着头脑,就问了一句:"崔总管?"

二福子却说:"赶紧吧,跟我走,反正有好事!"

戴膺要进去更衣,二福子也不让,只好跟着这位宫监火速去了。赶到皇城宫禁的神武门，二福子就叫戴膺远远站着等候，他一人跑了进去。

戴膺在京号几十年了，还是头一回经历这种场面：站到紫禁城宫门之外等候！这分明是皇家大内要交办什么事，能是什么事？二福子只说反正是好事，能是什么好事？戴膺紧张地想了半天，才忽然有悟：只怕是皇太后想起了开银号的事吧？老太爷在徐沟觐见两宫时，就是大内的崔总管领进去的。一定就是这件事，可这算什么好事！皇太后若真发旨叫西帮给她开银号，那是既不能断然回绝，又不能应承，该如何措辞？

在宫门外站了很久，想了很久，既未谋出良策，也未等来宫内动静。戴膺正生疑呢，才见二福子跑出来，拉他走进宫门，命他跪下。他跪下低头趴了很一阵，才听见一个粗糙又尖厉的声音远远传过来：

"你是太谷康家的京号掌柜吗？"

戴膺不敢抬头看，只低头说："就是。"

"听见了没有？怎么不说话呀？哑巴？"

二福子忙踢了踢戴膺，低声说："高声答应！"

戴膺才稍抬起头来，大声说："小的就是太谷康家的京号掌柜戴膺！"说时，向前扫了一眼，几位小宫监簇拥着的那位大宫监，站在宫门之内。模样没看清楚，只看清相隔一二十步远呢，难怪得大声说话。

"那你听好了，本总管要传老佛爷口谕：'庚子年在西安过万寿，正是患难时候，难得太谷康家孝敬！所捐礼金算我们暂借，人家也不容易。再挑幅宫里藏的稀罕画儿，送出去借给康财主看几天，以嘉其忠。'听清了吧？"

戴膺赶紧高声答应："听清了，谢皇太后圣恩！"

那远处的喝叫，依然严厉："听清了，就画个押，把画儿拿走。此为朝廷内府藏品，价值连城，记着：不可示人，更不敢毁了丢了，还要跟你们要呢！"

二福子跑过去，先拿来一个黄皮折子，双手抻着，另一小宫监拿来笔墨，叫戴膺画押。翻开的那一页，空空无一字！文字显然折在前头了，二福子又紧捏着，不好翻看。戴膺是商人，未见字据写着什么，习惯地犹豫了。正想低声求二福子展开前头几页，远处就又传来喝叫：“怎么了，字也不会写？真掌柜，还是假掌柜？”

戴膺也只好匆匆写下了自家的名字。

二福子收了折子跑进去，转眼就捧了一个尺许见方的锦匣。戴膺接住，忙高喊了声：“谢皇太后圣恩！”

喊过，才觉出这锦匣不轻，多少还有些分量。字画，本也没有多少分量。可这么方方正正一个小锦匣，也不是装一般字画的尺寸。里面究竟装着什么稀罕的字画？

今天这样宫门接宝，更是大出戴膺意料！威慑天下的皇太后，竟也如此不忘患难之交？

回到京号，戴膺也只把副帮梁子威叫进内账房，细说了刚才经过。梁子威听了，也是惊诧不已。

“宫中藏品，价值连城，那会是一幅什么画？”梁子威不由说道，“我们先看看？”

戴膺忙说：“我们不能动！宫里怎样送出来，我原封不动送回太谷。”

“怕损坏？”

“怕担待不起！这么值钱的东西，我们开了封，万一有个差错，就说不清了。我们还是不动为好。崔总管交代了，只是暂借，还要收回呢。所以，也得赶紧往太谷送！”

“宫里什么时候收回，有个期限没有？”

“没说期限。”

“没定期限？”梁子威顿了顿，说：“以我看，西太后是不是想以此画抵债呀？”

“抵债？听崔总管传的口谕，也好像西太后在西安跟我们借过钱。借了多少钱，要拿价值连城的东西抵冲？子威，你知道借了我们多少？”

“我哪知道？两宫在西安时，邱泰基也在西安。问问他吧？”

"我看,还是谁也别惊动。最当紧的,先赶紧往太谷送宝！这不同于平时调银,跟镖局交代一声就得了。此既是宫中藏品,如何平安送回太谷,那就大意不得了!"

两人计议良久,决定由梁子威亲自押了这件宝物,回太谷去。但梁子威也只是担一个虚名儿,真东西还是暗中交给镖局押送。交代镖局,也只能说匣内装的,是为康老太爷新购得的一件古董。为了保险起见,交给镖局的,也分成真假两件,由两班镖师分头押送。因此,戴膺交代梁子威办的头一件事,就是比照画匣的模样、尺寸,再暗暗买两个回来。三个画匣,一真二假,分别押送。

在寻访画匣中间,梁子威探听到:这种画匣是装长卷画的。

长卷画？皇家内府藏的长卷能亲眼一睹的,只怕世间也无几人吧。但不管诱惑多大,戴膺是绝不会开封的。倒是越知匣内东西宝贵,他越感到应尽快护送出京:夜长梦多！京师这地界,什么人没有?

所以,在接到这件宝物四天后,梁子威及两班镖师都先后离京了。

梁子威走后没几天,戴膺就收到户部一纸请帖,说是户部尚书鹿传霖大人,要亲自召见西帮的京号掌柜,集议要事。

这也是破天荒的事!

戴膺在京号几十年了,真还未受过户部尚书的召见。以前的京号老帮,也没听说过曾享此种殊荣;若有,早流传为佳话了。时至今日,官虽已离不开商,但名分上商仍居末位。官见商都在暗地里,从不便在衙门正经召见的。尤其像户部尚书这样的朝廷重臣,叫他召见你？隔着千山万水呢,想也不用想!

庚子年,两宫逃难到太原时,户部尚书王文韶,曾召见过西帮的京号老帮。当时的王文韶,贵为协办大学士、大军机、户部尚书,是朝廷行在臣位最重的相国。他屈尊召见西帮的京号掌柜,也算是破天荒了,可那是非常时候,两宫穷窘之极,他出面跟西帮借钱,实在也是万不得已了。

这次鹿传霖下帖召见，却是在堂堂京师！

王文韶接任外务全权大臣后，鹿传霖继任了户部尚书，亦在军机走动。鹿传霖与西帮，倒是久有交往。他在陕西、广东、两江等督抚任上，都善理财、也喜欢理财，所以与西帮多有交往，互有利用。可仅凭这点，他就能不顾朝廷尊严，公然召见西商？不是那样简单！

联想到天津袁世凯的举动，特别是西太后的借宝出宫，戴膺预感到朝廷一定是在打西帮的什么主意！

他不敢耽搁，立马就奔草厂九条，去见平帮蔚丰厚的京号老帮李宏龄。

李宏龄也是刚收到户部的请帖，正疑问呢，见戴膺来了，便说："我猜着你也要来！"

戴膺就问："你也收到户部请帖了？"

"鹿传霖既要集议，也不会只请你们一家！"

"你们平帮一向与鹿大人走得近，他眼里哪有我们？叫我们去，不过是做你们的陪衬。"

李宏龄就皱了眉说："既是公堂召见，只怕不会是好事！"

戴膺就问："以兄眼力看，不是好事，会是什么事？"

"只怕和袁世凯打的是一样的主意！"

"我也这样担心，才赶紧跑来见你！"

两人刚说了这样几句，票业老大日升昌的京号老帮梁怀文也跑来了。他听了两人的猜测，也断然说："鹿传霖打的就是这个主意！不是想拉西帮给他开官银号，哪会给我们公堂集议的礼遇？"

戴膺就说："叫我看，鹿传霖虽位高权重，只怕也不敢擅给西商如此礼遇吧？"

李宏龄忙问："那你的意思，鹿传霖也是奉旨行事？"

戴膺不便将西太后借宝出宫的事说出，只好拐了弯说："这是关乎朝廷大礼，鹿传霖哪敢马虎？"

梁怀文说："要是朝廷也动了这种心思，我们如何回绝？"

李宏龄说："可我们也不能应承吧？这分明是与虎谋皮。"

戴膺说："老号、财东断然不会应承的。"

梁怀文说："我们回绝袁世凯，找的一个借口，就是强调我们系民商，不便入官门做事。朝廷要真打我们的主意，只下一道旨，准予封官，此借口就没了。"

李宏龄叹了口气，说："庚子年，祁帮露富过甚了！大德恒一家就借给户部三十万，大德通又将老号做了皇家行宫，如此张扬露富，朝廷岂能不打西帮主意！"

梁怀文也说："乔家两大票号，毕竟起山晚，沉不住气啊！"

戴膺怕再往下，就该埋怨太谷帮，忙说："叫我看，最惊动朝廷的，只怕还是我们劫后返京的作为，一口气就用巨银将京市撑起来了。劫后国库空空，你西帮倒有运不完的银子，源源入京，户部也好，太后也好，能不眼热？可我们不如此，劫后亦难复生！"

三人计议良久，也未谋出太好对策。只好议定见过鹿传霖后再说。见鹿传霖时，无论集议什么事，都不能轻易应承，要以请示老号财东为由，拖延下来。

三人还议定，在鹿传霖召见前，谁家暗中拜见了有私交的户部官吏，打听到重要消息，一定互作通报。

可惜，这样的事并未发生。召见日期太紧迫了。

3

果然，军机大臣、户部尚书鹿传霖大人，亲自召见西帮票号的京号掌柜，正是和北洋大臣袁世凯的打算一样：邀请西帮票号选派金融高手，参与组建大清户部银行，并请各大票号出资入股，官商合营这间官银行。

这间户部银行，也果然是奉上谕组建，不单是户部的意思。当今上谕，还不是太后说话！

一切都如戴膺所料。

只是，召见那天，西帮驻京的四十八家票号，无一遗漏都被邀请去了。这有些出人意料。为何如此一视同仁？听了鹿大人组建户部银行的设想，大家才恍然大悟！原来，户部银行打算集合股本四百万两银子，户部出资一半，另一半，即邀请西帮票号加入。仅以驻京四十八家票号计，每家认股五万两，西商的二百万两股本就富富有余了。出区区五万两银子，西帮谁家不是易如反掌？

难怪鹿传霖有善理财的名声，这一如意算盘真也打得不错。可惜，以此取悦西太后还成，想说动西帮的京号老帮，那是太肤浅了。

戴膺当时一听此打算，就识破了鹿传霖的真正用心：哼，四百万股本，户部出一半，它眼下能出得起吗？朝廷劫后余生，百废待兴，尤其背着那四万万五千万的滔天赔款，户部哪能拿得出这笔钱来开银行？就是真能拿得出来，只怕也要仗着官势，不肯实数拿出。银行开张时，准是官股虚有其名，仅凭西帮这一半商股运营而已！官商合营，霸道的还是官，吃亏的还是商。

戴膺看看在场同仁，一个个虽不动声色，但他已觉察出来：多数与自己一样，早识破鹿传霖暗藏的陷阱。所以，他也不动声色。

鹿传霖见掌柜们一个个静坐着，没有什么反响，就以为他们是怯场拘束：毕竟是面对户部大堂！所以，他也没有很在意。交代了户部打算，强调了这是奉圣旨办事，筹组银行是奉圣旨，邀请西帮加入也是奉圣旨，说清了这两层意思，也就不想多说了。然后，点名叫日升昌、蔚丰厚两家的京号掌柜，说说如何奉旨行动。

梁怀文和李宏龄，面儿上倒装得诚惶诚恐，但回答也仅是："即刻禀报总号和财东，响应户部谕令。"

鹿传霖倒也未细察，就昂然退堂了，先后半个时辰不到。前年王文韶以相国之尊，在太原召见这些京号掌柜时，只听见一哇声哭穷，借不到钱，尴尬之极，却也不便愤然退堂。两相对比，鹿传霖今日是威严排场多了。

可他能比王文韶当年更有收获吗?

受召见后,因一切在意料之中,戴膺也未急于再去见李宏龄和梁怀文,只是专心亲笔写了一封信报,急呈老号的孙大掌柜。这件事,是奉旨,还是违旨,总归得老号、东家做决。

第二天,信报才发走,就见梁怀文打发来一个小伙友,传话请戴老帮晚间赴宴,席面设在韩家潭,务必赏光前去。

此时梁老帮设宴局,肯定还是商议户部的谕旨,可将席面摆在韩家潭,那就有些蹊跷了。现在也不是狎妓戏相公的时候!或许,是邀来了户部的属吏?

傍晚时候,戴膺如约来到韩家潭那家相公下处。进去后,领妈正殷勤巴结,被梁怀文撵开了:"跟你说今日我们先要议事,少来打扰,记不住呀?"

戴膺见先于他到来的,是祁帮大德通的京号老帮周章甫。刚要问梁怀文,今日摆的是什么宴席,李宏龄也到了。梁怀文这才对大家说:

"今日请三位来,虽是我做东,却是应了一位大人的要求,祁太平三帮,各请了一位。"

周章甫便问:"这位大人是谁?"

梁怀文说:"来了就知道了,各位都认得的。"

戴膺说:"一定是户部的大员吧?"

李宏龄说:"别处大员,眼下我们也顾不上来应酬他!"

没说几句话呢,这位大员也到了。一看,当然都认得:是户部银库郎中张伯讷。西帮兜揽京饷汇兑,与户部银库哪能交道打得少了!银库郎中自然得格外巴结,请张大人在这种地界吃花酒,也就成了常有的事。只是,张伯讷今天的神色却严峻异常,与这相公下处很不相称。

梁怀文叫先摆席开宴,他也制止了,说:"今日有要事就教各位掌柜,先说话,再喝酒,以免误事!"

李宏龄笑笑,说:“张大人又吓唬我们吧？除了筹办官银行,还有什么与我们相关的要事?”

张伯讷说:“就是这件事!”

戴膺就说:“敝号已连夜写就信报,今一早即发邮,将部旨禀报太谷老号。既受朝廷圣恩,我们哪敢怠慢?”

周章甫也说:“想老号与财东,也不敢怠慢的。”

张伯讷冷笑了一声,说:“在这种地界,你们也不用假装了！我还不知道你们?”

梁怀文忙说:“张大人,我们又怎么得罪您了?”

张伯讷说:“你们给鹿大人演戏,还管些用,给我演戏,没用!”

李宏龄也赶忙说:“张大人,是不是鹿大人误会我们了?”

张伯讷又冷笑了一声,说:“鹿大人很相信你们,以为他这样出面一召唤,你们就会群起响应!”

戴膺就说:“张大人也知道我们西帮规矩,这种大事,务必要老号、财东定夺的。我们京号,只能尽力呼吁吧。”

张伯讷说:“本官今天在这里见各位,只想说几句实话,也想听你们说几句实话。此既为朝廷着想,为鹿大人着想,也是为你们西帮着想。”

梁怀文就说:“张大人既不把我们当外人,有何指教,就尽管说吧,我们诚心恭听就是了。”

张伯讷说:“那我先问一声,以各位之见,西帮是参加户部银行好,还是不参加好?”

周章甫说:“这不是我等可拿的主意。”

张伯讷说:“我不是强求你们越权做主,只想听听各位的见识！几位都是西帮中俊杰,驻京多年,该不乏远见卓识的。若此事由你们做决断,会如何行事?”

李宏龄说:“我等倒是早想将票号改制为银行,但从未想过官商合营。官尊商卑,如何能合到一处?”

戴膺却问："邀西帮加入官银行，真是皇太后的懿旨吗？"

张伯讷说："鹿传霖位尊，也只有一个脑袋，他哪敢假托太后懿旨！真是太后钦点叫托靠你们。廷议时，太后几次说：'开钱铺，咱们都不会，交山西人操办吧。山西人很会开钱铺，很会挣钱，予深知的。'军机大臣瞿鸿玑极力附议，说：'山右巨商，所立票号，法至精密，人尤敦朴，信用最著！'鹿大人当时也说：'盛宣怀办通商银行，已历数年，无大起色，即因未揽得西帮中金融良才！'从太后到军机，如此看重你们的金融本事，实在是西帮千载难逢的一个良机！"

梁怀文忙说："得朝廷如此器重，当然是西帮大幸。只是，与西洋银行比，西帮票号所操的体例章法，早显陈旧了。户部银行既仿西洋银行体例，我们实在也很生疏的。"

张伯讷长叹一口气，说："我真是高看你们了！如此千载难逢的良机，几位竟也视而不见？你们操办银行，再生疏，也比盛宣怀强吧？当今举国之中，操持金融，谁能比过你们？所以，你们加入户部银行，那还不是由你们把持它吗？再说，朝廷办户部银行，也不是要取西帮票号而代之。认点股，出个把人，也伤不着哪家宝号的筋骨。你们的票号照开不误，只是多了一个户部银行做靠山，又有什么不好！几位也知道吧，在西洋，如户部银行者，称国家银行，或中央银行，位至尊也！太后、军机请你们操持如此位尊的官银行，几位居然无动于衷？真是高看你们了！"

张伯讷这一番话，倒真打动了在座的两个人：戴膺和李宏龄。只是，他们都没有表露出来。当时，他们与其他两位一样，仅虚以附和张大人，未做实质表态。这倒也不尽是信不过张伯讷，只是这等由老号做决的大事，他们决不能擅自说三道四的。这是规矩。

张伯讷如此卖力说合，当然因为与鹿传霖私交不错，想帮衬一把。鹿传霖在此事上的过分自信，很令他担忧。不过，张伯讷也是看出了其中的历史机遇，真想指明了给西帮看。

那晚，四位京号老帮矜持始终，不吐真言，很令张伯讷失望。所以酒席散后，他也离去了，并未久留韩家潭。

去年在上海，戴膺从容考察过西洋银行，所以对国家银行的厉害，已加深了认识。张伯讷将户部银行比作西洋国家银行，他也就忽然有悟。张伯讷所言不差，这是西帮难得的一次变革良机。

大清的国家银行初创，即由西帮班底把持，实在不是一件坏事。尤其对日后票号转制银行，也大有助益吧。

在京号老帮中，对改制银行最热心的，还是李宏龄。所以，见过张伯讷后第二天，戴膺就又跑去找李宏龄了。

两人倒是一拍即合，都赞成不要错失眼前良机，应乘势接下西太后及军机处赐下的这杯敬酒，排排场场打入户部银行。当今之世，朝廷要办官银行已势不可挡。尤其历此庚子大劫后，国库空空，财政窘迫，办官银行就更急迫。明知官银行是夺西帮利源，但你不加入，它也要办；既不可挡，何不打入其中，使之尽量利我，为我所用？

再说，现在西帮信誉大著，名声这么大，连朝廷也赏你吃敬酒，我们如一味冷脸回应，似乎眼里连朝廷也没有了，激怒那位妇道人家，只怕后患无穷的。

只是仅李宏龄与戴膺二人也左右不了西帮大局的。头一步，他们得先说服京号老帮们。两人计议后，列出了对付户部银行的上中下三策：上策，当然是阻挡其成立，仍由西帮执国中金融牛耳；下策，不阻挡，也不参加，敬而远之，官商各行其是。上策做不到，下策不可取，只剩了中策：审势应变，参加进去，利我护我。

说服老帮们取中策，应不太难。只是，鹿传霖官商合股的陷阱，如何避开？

两人计议良久，认为西帮交代户部，在出银认股上可尽力磨减，越少越好，商股少，也才能逼出官股来；但在出人上，却宜宽大，占他人位越多越好。在出银出人上，持此一少一多，既不违旨，又使鹿传霖的如意算盘不如意，可能会获大家赞同吧。

两人有了此番主意，便鼓动梁怀文召集了一次同业公议。果然，京号老帮们大多赞成李、戴二位的主张。公议后，都立即以此主张说服老号和东家。

4

梁子威押了一个假画匣，最先回到太谷。因为他出京后，乘了一程芦汉铁路，即从丰台卢沟桥，坐火车到正定，然后才雇了标车，西行入晋。所以，他比镖师们早到几天。

他的突然归来，先把孙北溟吓了一跳。戴膺为了安全，事先未告之总号这个消息。等梁子威在密室说出了西太后借宝出宫之事，孙北溟更惊骇不已。连问宝物在哪儿？梁子威说明了押画迷阵，孙北溟又要立即将此事禀报康庄。

梁子威忙说："大掌柜，还是等镖局将宝物平安押回，再惊动康老太爷吧！宝物尚在回晋路上，实在不宜早声张的。"

孙北溟才说："梁掌柜想得周到。老太爷最喜欢金石字画了，听说后哪还能坐住？"

梁子威问："庚子年，西太后在西安过万寿时，跟我们天成元借过多少钱？"

孙北溟说："现银加银票，总共六万两银子呢！"

梁子威说："六万两？那这借出宫的，该是一幅很值钱的画了。内府藏画，虽号称价值连城，但现在京中古玩市面，再珍贵的东西，标六万两银子，那可是天价了！"

孙北溟说："值不值六万，老太爷一看，就知道了。"

梁子威这才忽然似有所悟，说："难道皇家大内也知道老太爷的嗜好？"

孙北溟没听明白梁子威说什么，便说："更值钱的东西，大内也舍不得出借吧？既是借给我们开眼，值不值六万，倒也不关紧要了。”

梁子威就说：“在京时，戴老帮就和我猜测过：此件宫藏古画，只怕是给我们抵债的。虽明了说借，却未定归还期限；借我们的六万，更未提一个还字！”

孙北溟却说：“只要老太爷看着值，抵债就抵债吧。”

梁子威感到，与孙大掌柜说事，好像总是隔着一层什么，难以说透。

在等待镖师的那几天，梁子威未走出老号一步：他还是怕将事情张扬出去。

五天后，终于将押宝镖师平安等来。画匣一交割，孙北溟就与梁子威一道，坐了字号自家的车马，悄然往康庄去了。

康笏南听完梁子威的禀报，精神顿时大振。先哈哈笑了一声，才问：“谁去宫门接的画？”

梁子威忙说：“是戴老帮去的。”

“哪座宫门？”

“是神武门。”

“谁出来送的画？”

“听说是崔总管。”

“崔总管？我见过他！在徐沟见两宫时，就是他引的路。那太监手劲还真大，死死攥住你，就往进拽！听说在西安，也是这个崔总管到咱们字号，讹了六万两银子？”

孙北溟就说：“就是他。老东台，你快启封看看货吧！从宫门接了画匣，他们可是谁也没敢动，原封给你送回来了。”

康笏南又哈哈一笑，说：“孙大掌柜，你也沉不住一点气？我问你：西太后借画给我，你知道为了什么？”

孙北溟说：“京号他们估计，是为了抵债，抵在西安讹去的那六万两银子。所以，才催你启封，看东西值不值？”

康笏南就问梁子威:“你们真这样以为?”

梁子威说:“只是一种猜测吧。或许,皇太后是真念着患难之交?”

“患难之交?”康笏南拉下脸来,哼了一声。“举国跟着她受难受辱,还要领她的情?”

梁子威忙说:“我们也不相信那堂皇之言!”

孙北溟就说:“老东台,是不想叫我们看宝吧?那我们就回字号去了,这画匣里装的是什么,是金子,还是石头,都与我们无关了。”

康笏南说:“孙大掌柜,就你着急!”

孙北溟说:“我们担着责任呢!梁掌柜这一路押宝回来,担惊受怕,费尽心机。”

康笏南就唤过老亭来,吩咐他去把三爷和六爷请来。今年三爷一直没有外出,所以立刻就到了。但六爷却未到,老亭回来说:“六爷说了,他正念书备考呢,要是生意上的事,就不来了!”

康笏南拉下脸说了声:“放肆,叫他来!”

老亭说:“我告他,不是说生意的事。他说:那我和六娘一搭去……”

康笏南更沉了脸问:“他说什么?”

老亭说:“要来,就和六娘一搭来。我说:老太爷只叫你一人,有紧要事!六爷还是说:那一搭去了,给老太爷问过安,六娘先回来就是了。”

康笏南忙问:“真都来了?”

老亭说:“哪敢叫他们来?我说,那得先问问老太爷!”

康笏南一脸怒气,说:“快给我撵走!快给我撵走!”

老亭应声出去后,孙北溟忙说:“六爷小两口新婚宴尔,如此相敬相投,也是康家福气。老东台,你也不用太计较了。”

三爷也忙说:“父亲有何吩咐,我代六弟领受就是了。”

康笏南冷冷哼了一声:“跟他五哥一样,没出息!”

六爷的婚事,也是在去年九月办的。汝梅出嫁,六爷娶亲,康家连办了两件喜事。康家的传统,是丧事排场,婚事简朴。这两件喜事,赶上动乱刚过，办得也就更简约。但婚后六爷和孙氏新娘，真是如漆似胶，形影不离。大家就惊奇，怎么跟当年五爷五娘一样呢？其实，六爷与孙小姐因有西安那一次秘密的浪漫之旅，回到太谷后不免相思得厉害，可又难以再秘密相会，熬到成婚，自然就格外亲密些。这就是现代很普通的恋爱，但在那时代不是常有，所以像传奇似的。这很使康笏南想起五爷五娘下场，就不大高兴。尤其这位新六娘，婚后不久，居然就和杜筠青一样，三天两头进城洗浴，而六爷居然每次还陪了去！这就使康笏南更不高兴，但又不便阻止。

这情形，孙北溟是知道的。康老太爷为此发火，在场的也只有他能说话，便说："老东台，你是不稀罕我们送来的大内藏画，还是真怕我们沾光，分享了你的眼福？梁掌柜，咱们还是先走吧？"

三爷忙说："老太爷是说我们呢！"

康笏南这才说："梁掌柜，去仔细洗洗手，过来开封吧。"

梁子威有些意外，慌忙说："我可不懂……"

孙北溟立刻说："你不动手，难道叫老太爷动手！"

康笏南忽然问："梁掌柜，你说里面是长卷？"

梁子威说："只是估摸。这种画匣，是装长卷的。"

康笏南就命老亭往桌上铺了软毡，软毡上又铺了软缎。这中间，已有仆佣过来伺候梁子威洗手。洗毕，老太爷就对他说："梁掌柜，开封吧。"

梁子威也只好捧起画匣，轻放在软锻上。然后，解开外面的锦缎包袱，这层包袱是京号加的；接着，解开了黄锻包袱，画匣才全露出来。

屋里顿时静下来了。

梁子威正要去撕匣口的封条，康笏南过来挡住，说："我来。"梁子威退后，康笏南命老亭倒了杯清水，含了一口，轻轻喷到封条上。片刻后，封条被完好揭起。他略挽了挽袖口，打开匣盖：大家不由都伸过头来，见里面还包着一层黄绫！康笏南小心掀开黄绫，才终于露出了画卷，几乎占满了画匣的一粗卷画。

康老太爷往出提画卷的时候，更是极其小心。画卷放到软缎上，他叫三爷过来撑住卷头，他自己慢慢往开推展。一边展开，一边低头细看。

大家也早凑近了来看：画似绢本，设淡色，幅宽一尺左右，长就不好估计了。画卷上仿佛是一条街市，布满茶坊，酒肆，脚店，肉铺，寺观，其间行人车马涌动，倒也逼真。只是，他们几位实在也不大懂字画，不知此画如何宝贵，只觉展开在桌案上的，仅为极小部分，不免惊叹此长卷之长！以前，谁也没见过这样规模的长卷画。

老太爷当然是懂画的，大家就盯了看他，想从他的表情上寻得暗示。但老太爷一脸凝重，也猜不出什么意思来。

画还在慢慢展开，老太爷这边往开展，三爷那边往里卷。谁也不敢说话，屋里气氛凝重异常。

大约展开到一半，老太爷忽然颓然坐来。这是怎么了？大家吃惊不小，尤其梁子威，更吓了一跳：出什么差错了？但又不敢开口。

孙北溟说："老东台，看累了吧？"

康笏南对老亭说："你们把画展到头，展到头，小心些展！"

展到卷尾了，康笏南站起来看了看，并没有什么收藏者的跋语诗文，倒是有画师的题款钤印，但那是颇生疏的无名之辈。

他又颓然坐下了，带着几分怒气说："宫中也藏这种东西！"

梁子威赶紧跪了说："老东台，有什么差错吗？"

康笏南说："起来吧，没有你的事！"

孙北溟就问："这画不值六万？"

康笏南就着老亭递过的铜面盆，洗了洗手，又呷了口茶，才说："孙大掌柜，出三万，我就卖给你！"

孙北溟笑了，说："我又不识画，要它做甚？太后真赐下一件不值钱的东西？"

康笏南冷冷地说："什么赐？她这是讹我们！这样的东西，还说是内府珍品，只借给我们开眼，真把我们当成土老财了？"

孙北溟说："能说详细些吗？我们可都在云雾山中！"

康笏南又冷冷哼了一声，说："她还以为我也跟你们似的，什么也不懂，只要是朝廷内府赐物，就价值连城了？我给你们说，这是一幅名画的摹本，低劣的摹本！"

一直未说话的三爷，这才问了一句："摹的是什么名画？"

老太爷说："传世的长卷中珍品《清明上河图》，系北宋张择端所作。入清以来，真迹即为内府收藏，世间再难见到。金元以来，摹本不少，其中亦有精品流传。太后出借，当然也只会是摹本，但也不能拿如此低劣的摹本来戏弄人！"

三爷就问梁子威："路上没出什么差错吧？"

梁子威忙说："没出差错！为保险起见，此画接出宫，就未敢在京多耽搁，路途上还布了迷阵，一真二假，同时一道上路。"

孙北溟说："你们在京也未开封验看吧？"

康笏南断然说："与京号无关！当场开封，你们也不识货。"

三爷就说："会不会是那位崔总管捣了鬼？"

康笏南说："不用多说了，这种事很像那位妇道人家的作为。梁掌柜，你们京号辛苦了。此事到此为止了，你们还是费心张罗咱们的生意吧。"

梁子威才松了口，说："谢老东台明察。京号生意，就请放心！"

5

数天后，曹家忽然派人来请康笏南与三爷，说备了桌酒席，务必来一聚。康笏南问曹家来人，有什么事吗？来人也不大知道，说主家只叫转达：贵府务必要赏光！

康笏南觉得有几分奇怪，也就带了三爷，应邀去了。

一到曹家，就见当家的曹培德有些兴奋。康笏南就说："贵府有什么喜事吧？"

曹培德忙说："哪有什么喜事！我是听了你老人家的指点，也要开一家票号。起了一个字号名，叫锦生润。想请教你们父子，此三字，在票号业不犯忌吧？"

康笏南一听是为这事，倒也不失望，就说："做生意做到你们曹家这种境界，起个什么名字都成！我早给你说了，曹家开票号，股本、信誉、码头，什么都不缺，只选一个好领东，就全有了。叫什么字号，实在很次要。"

曹培德说："那从你们天成元借一个好手，来给我们锦生润做领东吧？"

三爷说："曹家账庄的金融高手还少呀？"

康笏南却笑了问："你看上天成元的谁了？"

曹培德立刻说："京号的戴掌柜！"

三爷也立马说："你这是要砍我们的顶梁柱！还没开张，倒谋了要拆我们的台？"

康笏南依然笑道："戴掌柜过来做领东，你们曹家给顶多少身股？"

曹培德也笑了说："顶多少身股吧，你们舍得给我？戏言尔！锦生润初入西帮票业，初入太谷帮，只望贵府天成元大号不要欺生。"

康笏南正色说："西帮票业有规矩，无论祁太平三小帮之间，还是各字号之间，不倾轧，不拆台，危难时还要互相救急。争抢生意，当然常有。但百多年来西帮一直信守：内让外争。天下如此之大，各帮各号尽可自辟畛域，自显奇能，取利发财的，无须自相火拼残杀。曹家入票业，只会壮西帮声势，谁会欺负你们！"

曹培德起身作了一揖，说："有康老太爷这一席话，我们也放心了。为表谢意，请你们父子看一件稀罕的东西！"

一听稀罕的东西，康笏南心里就一动：难道曹家也得了皇家赐品？

曹培德带他们走进一间密室，除了一主二客，跟来的只有一个男佣。男佣进入里间，一阵响动过后，就见搬出一个匣子。这匣子较那画匣稍大，看男佣搬动的样子，分明沉重异常。

曹培德就说："这是朝廷内府密送出宫，暂借予我们观赏的一件珍宝。

刚从京师押运回来不久。所以敢说是一件稀罕之物。”

康笏南和三爷对望了一眼，便问：“西太后也借你们曹家的银钱了？”

曹培德听了一惊，也问：“难道你们康家也得了皇家赐品？”

康笏南一笑，说：“先看看这是一件什么珍宝吧！”

男佣卸去匣子，现出来的是一件金光闪耀的西洋自鸣钟！形状为西洋自跑火车头，钟盘不大，嵌在司机楼两侧，但火车头极其精致，虽小，却与真物无异。

曹培德说：“出宫时听宫监交代：此为西洋贡品，除了钟表机器，其余全用金子铸成，黄金、乌金、白金都有。运回来，我们用大秤称了称，五十斤还多！”

康笏南估计了一下，不大一件东西，就五十斤重，应该是金质无疑。他就问：“西太后借了你们多少钱，竟拿此珍宝来抵押？”

曹培德说：“人家说是借，不是抵债。要抵债，我也不愿意！这么件东西，值不值钱吧，太招眼！这种年月，摆在明处，不放心；密藏起来，还成什么钟表？玩赏几天，归还内府，最好。”

康笏南笑了笑，没说话。

三爷就说：“我看借你们曹家的银子不会少！”

康笏南听出曹培德不愿意说出出借御债的数目，便接了说：“庚子年两宫过境时，也没听说借你们曹家的大钱呀？”

曹培德说：“是在西安借的。”

康笏南就说：“祁县乔家也借过大钱给朝廷，不知赐了一件什么东西给他们？”

曹培德说：“听说那是户部出面借的，要归还。再说，庚子年大德通老号被赐为行宫，太后皇上住了一夜，这已是厚赏了。我倒是听说志诚信的京号，也从宫中接了一件稀罕的东西！”

康笏南就说：“志诚信也有赐品？”

三爷也问：“又是一件什么稀罕东西？”

曹培德放低声音说:“我听孔庆丰大掌柜说,是一件叫‘穿阳剑’的宝物。”

三爷不由问了一声:“一把宝剑?”

曹培德一笑,说:“此物只有二寸多长,粗细也仅似兰花花莛,看似玉石般一件死物,平时却须在小米中养着。说是男人遇有便溺不通,此物可由阳根马口自行穿入,等它自行退出,溺道即通畅矣。”

三爷说:“真有这么神奇?”

曹培德说:“谁知道呢?不过孔大掌柜还说,所谓通溺道,也许只是遮掩,说不定是治阳根不振一类。”

康笏南立刻就说:“原来如此!孔庆丰叫你亲见了此物?”

曹培德说:“我也是近日请孔大掌柜来指点票号,才听他说的,并未亲见。不过,是否将此物交给他的财东员家,孔大掌柜还拿不定主意。仅此一件赐品,员家子弟还不又要争抢打斗!你们想见此宝,赶紧去志诚信,孔大掌柜不会捂着不叫你们看。”

康笏南哈哈一笑,没说话。三爷却低下头。

曹培德忙说:“你们康家,也得了皇家赐品吧?”

康笏南收住笑,长叹一声,仍不说话。三爷只好说:“接是也接了一件宫中藏品,但甚为低劣!”

曹培德便问:“你们接了什么?”

三爷说:“一件古画长卷,可不但是后世摹本,还是无名画手的低劣之作!”

曹培德说:“毕竟是内府藏品,皇太后所赐。有此身价,总不是常物能比的。”

康笏南打断说:“不提它了!培德你想见识此画,又不怕后悔,那随时可来康庄。”

曹培德忙说:“一定去开开眼!”

康笏南说:“不提它了。西太后如此出借宫中藏品给我们,她用意为何？培德你想过吗？”

曹培德说：“眼下国库空空，也许她真想抵债？”

康笏南冷笑了，说：“我看她另有用意。”

曹培德忙问：“另有用意？愿听指点！”

康笏南说：“叫我看，这位妇道人家打的主意跟袁世凯一样。她只是先施此小恩小惠，后使唤我们罢了！”

曹培德有些意外，说：“西太后也想叫我们给她开银号？”

康笏南从曹家回来，是更沮丧了。

受赐皇家藏品的，原来不止他一家！仅太谷而言，就有曹家和员家的志诚信，而且受赐的东西都比他强！金质西洋自鸣钟，国人尚不会仿制赝品。那件神奇的穿阳剑，如果有伪，也不会收入宫中吧？谁敢拿皇上的此等要命处做伪！唯有这《清明上河图》的摹本，因真迹太珍贵，画幅又是丈五长的巨制，摹本低劣些，也易唬人眼目，甚而混入宫中。太后叫挑幅画儿赐他，就偏偏挑了这么一幅低劣者？分明视西帮财主无知！

但西太后如此广赐宫藏给西帮，康笏南更坚信了自己的猜测：这位妇道人家，一定是有求于西帮了。

果然没过几天，康笏南接到京号信报：军机大臣、户部尚书鹿传霖，已正式宣谕了朝廷圣旨及西太后懿旨，命西帮各大号出银出人，加入筹建大清户部银行。如何复命，望东家、老号尽早定夺。

读罢此信报，康笏南长长吐了一口恶气！如何复命，那还不是现成一句话吗？他立刻将三爷叫来，先给他看了京号信报，然后问：

“你说，该如何复户部之命？”

三爷说：“父亲料事如神，果然是和袁世凯打的一样的主意！但朝廷毕竟不同于袁世凯，尤其主政的西太后，已打了西帮主意。如何复命，事关重大，还得父亲定夺的。”

康笏南就脸色不悦，说：“我是问你的主见！”

三爷只好说："奉命当然是不能奉命的，可也不便明着回绝，设法拖延吧。"

康笏南却斩钉截铁地说："以我看，与袁世凯一样对待，断然回绝！给点小恩小惠，就想与虎谋皮，真是妇人之见！"

"父亲大人……"

"不用多说了，就这样交代孙大掌柜！"

三爷不敢再说，就退出来，要了一匹马，直奔城里的天成元老号。

孙北溟对康笏南的决断，似乎也不意外，说他自己也是此意。我们出钱出人，替朝廷开银行，岂不是要自灭西帮？乘眼下西帮声名大著，应当及早回绝。

三爷正要说话，在场的梁子威已抢先说了："三爷，大掌柜，此事非同寻常，恐怕还得多加斟酌吧。眼下西帮声名大著，再公然违背朝廷圣意，只怕那是要招后祸的。"

三爷就说："梁掌柜说的有道理。毕竟是面对朝廷，奉命还是回绝，如何奉命，如何回绝，都该细加斟酌的！"

孙北溟说："三爷，要细加斟酌，那你得先说动老太爷。"

三爷说："我是父命不能违。能劝动家父者，唯有孙大掌柜了。还望大掌柜能辛苦一趟，见见家父，细论对策。"

梁子威也极力鼓动孙大掌柜去见见康老太爷，孙北溟也只好答应了。

但康笏南主意铁定，不容置说；孙北溟呢，也无自己的卓见，事情就那样定下来了：命京号尽快复命户部，参加官银行，责任太大，敝号为民间小号，实在难当官家重任，乞免奉命。

对老号的此一决策，梁子威当然有些失望，但东家、老号之命不能违，也无可奈何了。孙大掌柜已交代下来：再小住几日，就赶紧返京吧。东家、老号意图你也明了，到京后就照此意，协助戴掌柜应付户部。

就在他要离开太谷前，戴膺的新方略报回老号。"少出股本，多占人位，加入户部银行，以为今后靠山"，梁子威对此中深意当然是明了的。而且，这一次又挟西帮四十八家京号公议之势，他也就试着重新劝说孙大掌柜，多多考虑京号的新建议。

三爷对这一新方略，也甚感兴趣。他特意与梁子威深谈了一次，便决定去说服老太爷。

无奈康笏南丝毫不为所动，甚而放言："她就是把《清明上河图》的真迹借给我，我也不能奉命！祖宗大业，岂可拱手让给官家？尤其当今官家，连自己京城都保不住，谁敢指望他们！要做这种事，等我死后吧。"

事已如此，梁子威也无心打听别家态度，匆匆离开太谷赴京去了。

京号戴膺先接到老号的指示，虽然大失所望，还想继续说服的。他已经给汉口的陈亦卿和沪号的孟老帮，发去求助信报，动员他们也出面说服老号和东家。但等梁子威回来一说详情，他也长叹一声，心凉了。

梁子威说："早知这样，我们还不如将那画匣暂留京号，不先惹康老太爷生气。老太爷一向还是愿听进言的，这次却是谁的话也不听。宫里赐了这样一件烂画给他，很有受辱之感。"

戴膺说："我看真赐一件珍品出宫，只怕老太爷也不会奉命。罢了，罢了，我们所能做的，就是回绝得不要太生硬，佯装尚可商量，讨价还价，尽力拖延吧。"

梁子威说："这事还要看别家态度，尤其是平帮的两家老大。还有祁县的乔家，近年很受户部器重。这些大号如与我们不同，康老太爷也许还会改变主意？"

戴膺又叹了口气说："别家也不乐观，拖延观望者多，做出决断的很少。我听李宏龄说，平帮那头连个正经回话还没等来呢！他也打发了副帮专门回晋说服，不知结果会怎样？"

后来的结果，还真如戴膺预料，各家陆续得到的老号指示，都是不想与官家合股共事，怕商家终究惹不起官家。最好的指示，也只是命自家京号跟随大号走，或进或退，都不要孤单行事：这显然是较小的字号。

既如此，在覆命户部时，大家也就听从了李宏龄、戴膺的主张：佯装讨价还价，先提出了“少出股本，多要人位”的请求。户部当然没有痛快答应，但经磨缠，居然也松了口。磨到后来，居然同意了“不出银，只出人，凡进银行者，即封官品”。京号将此意向传回老号，终也未获准许。

这次历史机遇，西帮就这样放弃了。

西太后出借给西帮大户的一些宫廷藏品，直到大清垮台，也未曾索要过。

袁世凯的天津官银号，是在光绪二十九年(1903)开张的；大清户部银行，则到光绪三十年(1904)才组建完成，但都与西帮无关了。鹿传霖求西帮合股不成，转而求诸浙江绸缎商帮，后者踊跃响应，加入了初创的国家银行。到光绪三十四年(1908)，户部银行改为大清银行时，户部曾再次邀请西帮选派金融人才加入，竟仍不应召。只有西太后以皇上名义钦点的一个人不得不遵旨应召。此人即祁县乔家大德恒票号的贾继英，庚子年一出手就借给户部三十万两银子的那位年轻的省号老帮。他后来做到大清银行行长的高位。这都是后话了。

第十章 尾声

光绪二十八年(1902)八月,六爷赴西安参加借闱乡试,延迟两年后,终于走进了贡院文场。

赴陕时,他要带了六娘同往,老太爷断然不允。只是召回了何老爷,陪六爷赴陕赶考。新婚后,六爷一直厮守着孙氏,备考哪能十分专注得了?但进入考场,倒也真做到了何老爷教诲的"格外放得开",三场考下来,也一路无阻拦。考完出来,尚有几分不够过瘾似的。

何老爷见六爷有此种神态,便说:"六爷,保你高中无疑!"

六爷也不大在乎何老爷说什么,考完便放他去了西安字号。他自己则出城去游玩,寻找当年与六娘浪漫蜜旅的旧迹。可没走几处,便失去了耐心,匆忙回城叫了何老爷,离陕返晋。他只觉与六娘分别太久了。

放榜时,果然如何老爷所料,六爷高中了壬寅科乡试举人,名次虽居中吧,毕竟金榜题名了。

西安字号刚发来报喜的电报,也不等官衙正式报喜了,康老太爷就摆了一次隆重异常的庆贺家宴。他虽看不起读书入仕,但自家出了一个正经举人,还是令他高兴的。尤其是这个老六,自己铁了心要做这件事,竟也终于做成。有此志气和心劲，何事不能成！他不忘母志，也难得了。康笏南觉得自己还是没有看错，老六到底是个可造就之才。眼看朝局一天不如一天，老六虽中举了，倒也不必担心会陷进官场太深，就只怕他步老五的后尘，只迷着媳妇，将才志都废了！所以，他想借此中举，激励他存大志，立宏图。

不过，此次家宴并未请外间宾客，只限本家族人。可算宾客的，仅几位康家商号的领东大掌柜，还有一位应坐上座的贵宾，就是六爷的老师何老爷。可惜他未等发榜，就急着远赴上海，做他的“钦差”去了。全国的庚子赔款，都要汇往上海，交外国银行汇出。所以上海更成金融重镇，天成元的沪号一向就弱，所以将何老爷派到沪上。

但席上，还是给何老爷留了上座，虚位敬之。开席后，康笏南还命六爷给何老爷的虚位行了礼。

待族人贺过酒后，康笏南就问六爷：“京师也是禁考之地。明年的会试，移往何处借闱开考？”

六爷说：“听说是河南开封府。”

“你有大志，明年三月也要赴开封参加朝廷会试吧？开封也有咱家字号。”

“父亲大人，明年会试，我不赴考了。”

“那是推到后年？这次科考，听说是补一个恩科，再补一个正科，连着考两年，后年依然有会试吧？”

“后年的确还有一科会试，但我也不考了。”

“怎么了？我可没拦你走科考之路。你拿了功名，我也一样给你庆贺，也一样是光宗耀祖。”

“在西安，我听说此两科被延误的大考，补过之后，科考即要废了，将改办洋式学堂。我要早知如此，连这次乡试也不会参加的。苦读多少年，熬到考期了，竟一再延误；终于开考，也终于中举，却是中了一个末科举人；才中举，即成明日黄花！我还去受会试那一份罪做甚？即便高中进士，也还不是明日黄花？”

康笏南听老六能这样说，当然喜出望外：他终于看清了科考的迷阵。但受此打击，从此更迷媳妇，不图有为，甚而玩世不恭，也是败家子了。所以，便说：“末一科会试，也该参加的。中一个进士，即便不做官，也叫人家知道你不是庸常之才。再说，千年科考，就此收尾，能亲历者，也算难得的一份阅历吧。”

六爷却说：“已亲历末科乡试，足矣。我反正不想赴会试了。”

“那你今后有何打算？”

“先与六娘一道，出外游历一番，看看天下胜景。”

祖宗，他真是要步老五后尘？康笏南听后，心中大不悦，但在此贺喜场合，也不便发作。只好不动声色，再问：“你不能以游历天下为业吧？”

六爷说：“游历一二年，等京师办起洋式大学堂，再进去亲历一番。”

有如此打算，倒也罢了。康笏南也不再多问。喜庆气氛也因此未被打断。

但六爷的中举，却送走了两个人。一个是他的生母，即早已“死”去的孟老夫人，现在唯一留在凤山尼庵中的月地。一个却是谁也没料到的四爷。

六爷中举的消息，没几天就“传”到了月地耳中。这当然是有人有意安排，用意也是给她一点慰藉吧。但月地听到这个消息，就终于觉得什么都可放下了。去年九月，听到六爷成亲的消息，她就觉得卸下了一份很重的牵挂。现在好了，什么牵挂也没有了。俗世对于她，也真是一切都了断了。

但有了此种彻悟，她却觉得自己忽然浑身软塌下来，仿佛体内的力气，正开始一缕一缕的散发而去。茶饭也食之无味了，夜里更不再能安睡。

惊异之后，她才意识到：自己真正的大限要到了。

意识到此，她也平静下来。想了想，在真正下坠阴间之前，她还要做一次“鬼”，去跟六爷告别。她不求再见六爷了，只要康家再闹一次鬼，六爷就知道是她来告别。

这是最后一次了。

在六爷中举七天后，康家果然又闹了一次鬼。凄厉的锣声，在夜半响了很久。这一次，六爷真相信是母亲来给他贺喜了，跪在她的牌位前，泪流不止。第二天，他和六娘去了一次前堂，祭奠了先母的遗像。他们也在杜老夫人的遗像前做了祭拜。

月地这次下山回来，没出三天，就悄然圆寂。但她是被太重的悲苦压倒的，只是不想说出罢了。

月地圆寂没几天，四爷竟也重病卧床。对月地的圆寂，康家没几人知道，但对四爷的忽然卧床，却叫全家上下惊异不已！四爷是康家最默默无声的人了，即便主持了家政，也依然如此。但他一向也无灾无病，而且又懂医术养生，时常给乡人施医送药，分文不取，大善人一个，怎么忽然就重病不起了？

康笏南听说了，也甚为惊讶。他几次亲自来四爷病榻前询问，四爷也只是平淡地说："父亲不必操心，躺几天就好了。谁能没有灾病？"

康笏南请来城中名医，诊断后也总说无大毛病。但四爷的病体，却也是一天不如一天了。

四爷也知道自己的大限将临，但他至死也不会说出其中缘由。

康笏南身后的六子，老大和二爷系原配所生，三爷和四爷则是续弦的第二任夫人所出。原配和这位续弦的第二任夫人都是真的早逝了。尤其第二任夫人与康笏南只做了七年夫妻，但他对这一位又最是喜爱。她忽然撒手，他真是悲痛万分。第三任夫人，也就是五爷的生母朱氏，便是比照着第二任夫人，挑选出来的。可娶回来没过多久，就发现一切都是枉然！这位新妇，哪有前头爱妻的一点影儿！于是便越来越不喜爱，后来终于谋出了那样一个“废旧立新”的秘密手段。

三爷、四爷，因是他最喜爱的女人所生，康笏南也就格外器重。将外务、家政交给这二位，这也是其中一大原因吧。

三爷处处争先出风头，四爷却如此默默不出声，好像是天性使然。其实，内中是有缘由的，只是四爷发誓不说出就是了。

原来，四爷在二十岁那年，康笏南将老院里一位失宠的“老嬷”外放到四爷院里，改派她做杂活。那时候，老院那里，第三任老夫人朱氏已经成功“病逝”，第四任老夫人孟氏续弦还没几年。这位老嬷在老院受宠时，曾偶然听得朱老夫人“病逝”的内情，除了惊骇万分，当然不敢声张。但失宠后被逐出老院，又改做杂活，心里就憋了气。有一次，可能憋气不过，竟对四爷说出了老院的那个最高机密！

四爷当时也没信以为真，只以为这位老嬷是在说气话，她一定是在朱老夫人生前受了委屈，才编了此奇闻泄愤。不料，这事发生后没过几天，那位老嬷忽然不见了。四爷问时，管家老夏说她疯了，已送出康家。

疯了？四爷左思右想，觉得那老嬷也不像疯子。再说，要早是疯子，老院也不该把她打发到他这里来。来他这里才几天，也没有骂她气她，怎么能忽然疯了？想来想去，四爷才怀疑到：老嬷那次给他说的奇闻可能是真事？

从此，这个疑心就压在四爷心头，再也没有释化过。只是，压在心头的这一疑团，他对谁都没有说出，也无法说出。就是对四娘，也未吐露过一字。但他的性格却渐渐变了，变成了这样终年默默不出声。他也没有什么志向了，只是喜爱习医，更爱给乡人施医送药。其实在他心底里，是想以自己的行善，来为父亲赎罪！因为他本来是十分崇敬父亲的。

他习医，也还有一更隐秘的目的：想探明是否真有那样一种迷魂药，可使人暂如断气魂离。但随着孟老夫人的“去世”和家宅的闹鬼，四爷已不再暗访此种迷魂药了，只一心一意施医行善。在主持家政后，也是忍让一切人，听命于一切人，甘愿负重行善。但愿此生能为父亲多赎几分罪，别的再无所求了。

可压在他心头的疑团早已凝结为巨石。他知道自己随时都会被它压死的，如果他的死能为父亲赎罪，他不怕被压死。

杜老夫人“去世”时，四爷已觉得自己快支撑不住了。所以，他是真心想给杜老夫人做哭丧的孝子，就在哭灵时当场死去，以赎父罪！可惜，三哥抢在了他前头，做了孝子。三哥能如此，实在叫他震惊，也实在叫他感动。但他什么都不能表示。

这一次，月地来告别六爷时，那凄厉的锣声，终于最后击倒了四爷。因为在康宅的老院之外，唯有四爷能听懂这凄厉的锣声！他就是在那一夜病倒的。

四爷的死，很叫康笏南伤心。葬礼自然也是十分浩大豪华的。但康笏南永远也不知道，四爷是为他而死。

康笏南一直活到大清垮台，进入民国。即便到晚年高龄时，他也不糊涂，尤其对商事，依然出神入化，炉火纯青。在内室，他似乎终于度过了青春期，不再有兴头玩“废立”。四爷死后第二年，康笏南续弦了第六任老夫人。不过，那是一个很普通的中年女人，他们也过着很普通的居家日子。

四爷死后，康家的外务家政都集于三爷一身，他也渐成大器，渐入佳境。可惜他竟也先于老太爷去世，虽然那已到宣统年间。三爷终日劳累异常，但也未显病态。那日赴本地商会的一个应酬，就在酒桌上，一口气没上来，竟升天了。他一直暗中寻访出家的杜老夫人，终无结果。这件事，随着他的去世，也永远无人知晓了。

三爷死后，只剩了一位六爷可出来继任。但六爷携了六娘，终年流连于京师，无心回来当家理政。康笏南只好叫他的长孙，即三爷的长子出来接手主政。这位大少爷，未曾到口外历练，对商事也无十分的敬仰。但有老太爷做靠山，还算能应付下来吧。

由于康笏南的高寿，孙北溟也一直不被准许告老还乡。京号老帮戴膺，眼看升任领东大掌柜无望，在京师几次呼吁改制银行又无结果，终于也先于孙北溟告老还乡了。

他离任后，京号老帮由副帮梁子威接任。

由于三爷的去世，邱泰基也无法走向领东大掌柜的高位，他只熬到汉号老帮的位置。汉号的陈亦卿老帮，也先于孙北溟退休回来。

不过，自辛丑年重返京津后，虽有皇家银行成立，西帮票号还是很做了几年好生意。直到辛亥革命发生，大清垮台，西帮也才随之盛极而衰。康家的天成元，自然也跳不出这个大势。倒是早已冷落了的天盛川茶庄，却还多支撑了一些年头。当然，也只是多支撑了一些年头。

——全书完

1998年11月至2000年5月写出

2000年9月至2001年2月改出

后 记

写完最后的章节，如释重负，也有一点怅然若失。写这部长卷，比预想的要累人，却也比预想的要“迷人”。两年多时间，全身心陷在这“白银谷”中，几不知外间正“跨世纪”。除非不得已了，每日都要写两三千字，时有倦意，却也常有走笔生趣的愉快。如此旷日持久地写作，倦意竟有快意相伴始终，这样的经历，以前不多，以后怕也不会多。

当今是小说的淡季，旷日持久写这样一部长卷，起因其实也十分简单：想努力写一部好看的小说。

明清时代的西帮商人，是未被彰显过的商界传奇。尤其是他们独创的票号，更是清代的一个金融传奇。胡雪岩因仿办票号，成就了他个人传奇的一生，成也票号，败也票号。在西帮的大本营祁太平，似胡雪岩这种等级的富商财主，那是一个群体。但我这部小说，不是写一个富商群体，也不是写一个地域传奇，而是取了一个广角式的视角：将票号作为一个带传奇色彩的金融制度、商业制度来写。

票号是中国土生土长的金融行当，它视同时期的东西洋银行为异类。但它在自己生存的社会里，又属异质。朝廷的道统历来就轻商，士、农、工、商的尊卑秩序,千古不易。西帮自己呢,因为生意做大了,影响所及,居然将神圣的儒学价值观“学而优则仕”,变成了“学而优则商”。一流俊秀子弟,都争入票庄;末流子弟,才读书求仕。这对封建道统的瓦解,是很可怕的。但它藏锋不露,在明清那样的封建集权社会中,居然成就了一种全国性的事业。西帮以“博学、有耻、腿长”面世,以“赔得起”闻名,将智慧与德行化做它最大的商业资本,在最需信用的金融行业中,独执全国牛耳百多年。它瓦解着那个社会的道统和礼教,却推动着那个社会的经济发展。这当是传奇。

不过,我做的是小说,并不是要讲上面那番道理。小说,先要好看。历史小说要好看,主要得靠历史的魅力,史实的魅力,而不能只靠今人“戏说”。这是历史小说的规矩。事实上,没有足够的史实做依据,今人也是很难将西帮的传奇,“戏说”出来的。

我在搜集相关素材时,找到一本《山西票庄考略》(以下简称《考略》),初版于民国二十六年(1937)。作者陈其田先生,是当时辅仁大学的社会学教授。为写这本《考略》,他访问过北平那时尚残存的票号,也到“祁太平”做过实地调查。还利用访问日本,向彼国的各种经济调查所收集相关文献。但他在《考略》末尾,却写了这样几句话:“山西票庄材料的贫乏,达到极点。最奇怪的是《山西省志》,太原、祁县、平遥及太谷的地方志,没有一字提到票庄。”他访问票庄遗老所得到的材料,也仅是“一些零碎的传闻及片断的记忆”。在日本所得也不多。

官修的正史,不收票庄一字,可见官家轻商也达到极点。而票号自己为了“藏富”“藏势”,以及为了保守商业秘密,也不轻易留存文字遗世。因此票号史就真成了秘史。关于票号的起源,有一种流播很广的传说,便很富秘史色彩。据此传说,明末李自成从北京败走时,携带了掠获的巨额金银财货,逃经山西,一路散失。“山西人得其资,以设票号。”票号规则极其严密,系由顾炎武、傅山两位名士所订立,故能长盛不衰。甚至说,票号还负有为反清复明聚财的秘密使命。经陈其田先生和其他学者的辨析证伪,这一类传说也只是民间的传说、演义而已。

不过，西帮票号的这种传奇性和秘史性，倒是很适宜做小说的。将湮没了的秘史发掘出来，再现它曾有的传奇本相，这对写小说的人来说，是太有诱惑力了。但这也有些像考古发掘，得小心，耐心，旷日持久才成。不像“戏说”、演义，那是做仿古制品，不必守太多的规矩。

我二十岁以前，一直生活在“祁太平”中的太谷县城，祖、父两代都在那里经商，当然也只是很小很小的商人。1986年，我决定“弃农从商”，由农村题材转向晋商题材写作后，先到“祁太平”的祁县跑了三年。从那以后，即开始留意一切与西帮商人、票号相关的史料、文献。这期间，山西学术界、金融界、史志工作者及其他文史工作者，对晋商、票号的研究也日渐深入，硕果累累。这使我受益匪浅，极大地丰富了创作素材，也开阔了思路。

经过这十五年小心、耐心的掘进和积累，对西帮商人及其所创票号，总算剥去了一些遮蔽它的迷障，摸到了它的一些筋骨。对于做小说来说，这似乎也够了。给这些筋骨赋予血肉，乃至灵魂，那就是做小说的工夫了。我想说的只是，因此部小说的素材来得不易，所以进入写作时也就不敢马虎草率。

小说本应该是引人入胜的。票号的传奇，本也提供了许多的胜景、胜境，如何“引”得好，我也不得不用心。既不能似坐电动索道，使胜景来得太容易；也不能因胜境在前，走去的一路就太枯索。当然，这也都是做小说的规矩，我只是不敢偷懒罢了。

以今天的眼光看，百年前的西帮票号，当然已经是很落后、很腐朽的一种金融制度了。但它对“商”的理解，对“商”的敬畏，用我们中华自己的文化资源，对“商”的滋养，在那样一个受主流文化歧视的社会环境中，将“商”推到的成熟程度，似乎也还值得今人回首一望的。1986年，我开始关注西帮商人时，“商”似乎还居于各行之末；今日，已是无人不言商了。我在写这部小说中间，常发痴想：如果今日我们的商品经济，是在百年前西帮商人所达到的高度，往前推进，那争一个世界商贸的“五百强”，或扫除市场的假冒伪劣，也许不会像现在这样难吧。

总之，希望于这部小说的，首先是好看，其次读后也还有益。如此而已。

是为记。

作者

2001年3月初